崇禎皇帝・風雨江南

◎胡長青　著

主要人物表

周延儒，字玉繩，號挹齋，南直隸常州府宜興縣人。萬曆四十一年會試、殿試皆第一。兩度出爲首輔，深得崇禎器重。後因罪大，被賜自盡。

溫體仁，字長卿，號圓嶠，浙江湖州府烏程縣人。萬曆二十六年進士。爲首輔八年，與復社結怨極深，後遭罷黜，卒於家。

楊鶴，字修齡，號無山，湖廣武陵人，萬曆三十二年進士。官至兵部右侍郎，總督陝西三邊軍務，力主招撫，失敗入獄，遣戍袁州。

楊嗣昌，字子微，號文弱，湖廣武陵人，萬曆三十八進士，楊鶴之子。官至禮部尚書兼東閣大學士，制定「四正六隅十面張網」之策，後督師追剿不成，憂憤交加，驚懼而死。

洪承疇，字彥演，號亨九，福建省泉州府南安縣人，萬曆四十四年進士。初授刑部江西清吏司主事，代楊鶴爲三邊總督。剿滅民變，屢建戰功，加太子太保、兵部尚書銜，總督河南、山西、陝西、湖廣、四川五省軍務。後調任薊遼總督，抵禦滿清，松山戰敗，被俘投降。

陳奇瑜，字玉鉉，山西保德州人，萬曆四十四年進士。以兵部右侍郎兼右僉都御使，總督陝西、山西、河南、湖廣、保定軍務。因招撫失敗，被捕下獄。

張溥，字天如，號西銘，南直隸蘇州府太倉州人，崇禎四年進士。創建復社，領袖士林，爲操權柄，促成周延儒復出，後爲好友吳昌時毒死。

吳偉業，字駿公，號梅村，南直隸蘇州府太倉州人，崇禎四年進士，官左庶子。著名詩人，尤長於七言歌行，後人稱之為「梅村體」，《圓圓曲》為世人傳誦。

陳子龍，字臥子，南直隸松江府華亭縣人。崇禎十年進士，曾任紹興推官和兵科給事中，清兵陷南京，他和太湖民眾組織聯絡抗清，事敗被捕，投水自殺。

錢謙益，字受之，號牧齋，南直隸蘇州府常熟人，萬曆三十八年進士，官至禮部右侍郎。既是東林元老，又是文壇領袖。迎娶名妓柳如是。後降清。

柳如是，本名楊愛，字影憐，後改姓柳，名是，字如是，浙江嘉興縣人，明末名妓，秦淮八豔之一。自幼被賣到吳江周府為婢，後入風塵，二十四歲嫁錢謙益，錢死一月後，自縊身亡，年僅四十歲。

李自成，原名鴻基，陝西綏德州米脂縣人，明末農民起義領袖。家世業農，以家貧，為人牧羊，略識文字，曾為銀川驛卒。崇禎二年率眾起義，投靠闖王高迎祥，稱闖將，高死後，繼稱闖王，十七年大順王，年號永昌。攻克北京，逼死崇禎，滅亡明朝。次年，為人所殺，或稱出家為僧。

高迎祥，一名如岳，明末農民起義領袖，號闖王，陝西延安府安塞縣人。崇禎元年率眾起義於安塞，後為陝西巡撫孫傳庭擊敗被俘，押送北京，被凌遲處死。

張獻忠，字秉吾，明末農民起義領袖，陝西延安衛柳樹澗人。崇禎三年於米脂起事，自號八大王，人稱「黃虎」。崇禎十六年克武昌，稱大西王。次年，建大西於成都，即帝位，年號大順。後為清兵斬殺。

目錄

第一回 艾老爺逞兇鞭義士 洪參政據理護軍糧

搶糧的兵丁見蔡九儀有如鬼魅般的身手，一時怔住，但見校尉被打得口鼻出血，個個憤怒，罵喊道：「他們不給糧食，還行兇打人。弟兄們要活命的，一起上啊！搶了他娘的！」眾軍士一哄而上，將糧車團團圍住，兩廂便要兵刃相見。洪承疇將馬韁一抖，搶前幾步，從懷中抽出令箭舉在手中，森然喝道：「我奉軍門大人的鈞旨，往韓城運輸軍糧，有敢攔截者，殺不赦！」

奔騰滾滾，氣勢磅礴的無定河，發源於陝西白宇山，自西北向東南，蜿蜒流過榆林、米脂、綏德，至清澗而入黃河。無定河地處漢唐邊塞，戰事頻繁，屯軍開墾，河道屢改，兩岸樹枯草稀，濁浪滾滾，捲石含沙。李繼遷寨離無定河西一百里上下，原名雙泉堡，是個不甚有名的小山寨，因北宋時黨項族的領袖李繼遷曾在此屯兵而改了名。

李自成與媳婦韓氏入了艾員外府做工抵債，他每日早早地起來，披上破舊的老羊皮襖，揣了乾糧，拿著羊鏟和長長的大鞭子趕羊上山。隆冬嚴寒，風冷如刀，吹澈骨髓，好在他練過幾年的武藝，體魄素來強健，冷了打套拳腳，身子便溫熱一會兒，只是活動起來不但耗費體力，還要耗費乾糧，不多時便會餓腸轆轆，可艾員外許他帶的乾糧不多，只夠吃個半飽的，除非冷極，他輕易不敢以此取暖，常常將羊趕到一個向陽的山坡，任羊群覓草而食，裹緊了皮襖蹲坐在地上，將脖子盡量縮短了，時而起身用鞭子或羊鏟喝斥幾聲離群的羊隻。他身懷武藝，臂力又強，甩的鞭子和鏟的土塊都極有準頭，倒也省了不少力氣，這樣慢慢熬到夕陽斜照長河落日時分，趕羊回來。日復一日，轉眼過了四五個月的光景。大地回暖，春事漸深，沒了嚴冬刀一般刺骨的寒風，放羊的辛苦似是少了一些，只是經過一冬的放牧，近處的草地多被羊群啃光，陝北地勢高寒，少雨多風，氣候乾旱，新綠長出還有些日子，正是青黃不接的時節，自成只好到遠處放羊，路途既遠，春日又長，乾糧越發地不夠吃了，半飽也勉強了。李自成趕羊走了大半日，想想三年的日子便要這般苦熬下去，心裏不有暗自悲歎，此時將近晌午，日頭沒遮攔地照下來，通身燥熱，他敞懷斜披著老羊皮襖，放眼四下望望，到處溝梁起伏，坡陡溝深，累累的黃土在驕陽下閃著刺眼的金光，他吆喝著羊群往山腳的溪邊飲水，剛到山下的岔路口，便聽到一陣急促的馬蹄聲，急忙護住羊群，片刻間，兩匹健馬一前一後飛奔而來，馬上是兩個身材高大帶刀背劍的漢子，一個渾身白袍，面白少鬚，另一個穿著天藍色夾襖，面皮焦黃，髯鬚虬綣，顯得越發高大威猛。二人到了岔路，勒住馬頭，白袍漢子問自成道：「兄弟，此路可是通往清澗縣的？」

自成點頭道：「兩位急急的，可是有官差要去清澗麼？」

那藍衣多鬚的漢子警覺地回頭掃看一眼，大笑道：「兄弟走眼了，咱哪裏是什麼官差？那些官差在後面呢！咱兄弟們是響噹噹的漢子，豈會屑於做什麼官差？咱見官差只會殺……」白袍漢子橫他一眼，藍衣漢子慌忙收口斂聲，白袍漢子馬上一抱拳，淡淡笑道：「我兄弟本好說笑，幸勿見怪。」

自成見他有意遮掩，還禮道：「怎敢。」

「如此甚好，後面有人問起我倆，勞煩兄弟幫忙。」白袍漢子說罷，用手一指指另一條路，隨即用力一夾馬腹，揚鞭而去。直到兩個漢子沒有了蹤影，李自成兀自呆呆地眺望著，心下暗忖道：看這二人的氣勢，不是官差卻是什麼人呢？正自思量，又是一陣馬蹄聲，猶如急風暴雨般響起，一支馬隊飛馳而來。李自成急忙閃身躲避，無奈羊群陡受驚嚇，四下散亂，一時約束不住，在路上四下奔散。馬上眾人大聲吆喝著停下，爲首的一個校尉罵道：「娘的，眞是窮山惡水出刁民，一個放羊的老倌也敢擋老爺的路！」刷的揮鞭就打，自成情知理虧，又見他們盔甲鮮明，知是官軍，不敢造次，只得用肩膀受他一鞭，那老羊皮襖本已舊了，經不起這般沉重的鞭子，啪的一聲，裂開一道淺淺的細縫，自成用手捂了，心疼異常。誰知那校尉依然怒意不消，一連幾鞭，連頭帶臉地打下，自成不敢硬接硬捱，忙順鞭勢將力道化去一些，那些軍卒見他手忙腳亂，也躲不過鞭子，不由一齊哈哈大笑起來。那校尉數鞭下來，早已腰酸臂軟，氣喘吁吁地住了手，嘴裏猶自恨恨地罵不住聲：「看你這呆鳥日後還敢擋爺爺的道兒！」

自成不敢頂撞，急將那幾頭羊趕下路來，便要離開，不料那校尉催馬趕上，伸鞭一攔道：「想走，爺爺可叫你走了？爺爺的話還沒有問完呢！」

「大爺有什麼話要問？」李自成忍氣吞聲，他擔心這一百多頭羊，想著家裏的妻女，要是羊群有個閃失，就是再做三年長工也未必賠得起，妻女豈不是難有出頭之日了？

校尉看他膽怯的樣子，心滿意足地嘿嘿笑了幾聲，問道：「爺爺問你，方才可看見兩個騎馬的人過去？」

「兩個騎馬的人？」李自成假作不解。

「不錯！他們是朝廷的欽犯，撫台劉大人懸賞畫影圖形捉拿二人，爺爺們一路追趕而來，想必你看見了。」那校尉伸手從懷中扯出一卷。

「朝廷欽犯？」李自成暗想：看那二人儀表堂堂，不像什麼作惡的匪類，如何成了朝廷欽犯？校尉見他發愣，揚鞭作勢喝道：「你裝什麼傻，快回爺爺問話！再若遲延，跑了欽犯，小心拿你頂罪。」

「方才小的在梁上放羊，遠遠見了兩個騎馬人，可是一白一藍的？」

「正是。他們往哪條路逃走，你可看清了？」校尉急問。

李自成指指朝東的路道：「他們往那邊兒去了。」

校尉回身道：「杜總鎮擔心這兩個反賊往清澗向王左掛求救，增援韓城，已派兵截斷了通往綏德、清澗的道路，他們插翅也難飛了。咱們只朝東往佳縣方向追趕，弟兄們加把勁兒，三千兩的賞銀若是咱們弟兄得了，就在米脂城裏找幾個絕色的婆娘樂樂！」

「好啊！都說米脂城的婆娘細皮嫩肉，水靈得天仙一般，咱也見識見識。」

「將炕燒得熱熱的，赤條條地摟著個小娘們兒，嘻嘻……也減了許多戍邊的苦楚。」馬隊亂哄哄地吵嚷著向東追去，李自成一顆心才覺落下，忽地想著校尉所說南面有伏兵截殺的話，心頭又陡地緊了起來，那二人怕是凶多吉少了，一邊暗自禱告，一邊趕羊飲了水，換到另外一個山坡，不時向南眺望，半日心神不寧，竟忘了饑餓。

紅日西垂，四處升起了縷縷炊煙，夕陽的餘暉散落在溝梁之間，或金黃或灰暗，景象極爲蒼茫。李自成無心看什麼景色，慢慢趕羊回去，到了村外，遠遠見家裏那孔窯洞似是冒出一縷淡淡的清煙，自己與妻女進了艾府，便再沒有回過家，若有人佔了窯洞，日後自己哪裏容身？李自成心裏一急，疾步過去探看。窯洞是父親李守忠留下的，那時李家在坡下還有幾畝薄田，爲方便耕作，便在坡上挖了一孔窯洞，孤零零的沒有鄰居，眼下那幾畝薄田爲安葬父母，早已典當給了艾員外。李自成到了坡前，不由吃了一驚，窯前的那棵棗樹上赫然拴著兩匹戰馬，窯裏傳出輕微的呻吟聲，他看著那有幾分眼熟的馬匹，驚愕萬分，難道是他倆在窯裏？此時，窯裏的人已然聽到羊叫的聲音，藍衣漢子持刀出來觀望，見了自成，將刀入鞘道：「兄弟，你怎麼來了？咱們眞是有緣。」

自成笑道：「這原是小弟的家，只是多日不曾居住了，怕是沒有什麼東西招待朋友。噫！你那位白袍兄弟呢？」

不待藍衣漢子回答，窯洞裏有人應道：「我在這裏，不知窯洞還有主人，叨擾了。」那白袍漢子以劍拄地，拖著一條腿，笑吟吟地站在門邊。自成看他的腿上一片殷紅，驚問：「怎的傷了？」

「官兵在路上埋伏，我倆沒提防，中了一箭，騎不得馬了，暫借寶地歇息歇息。」白袍漢子忽地皺一皺眉，咬牙不語，似是極為疼痛。

「大哥。」藍衣漢子見狀，忙上前扶他入窯坐下，從鍋裏取瓢熱水遞上，罵道：「沒想到躲過了杜文煥，卻遇到個什麼洪參政，如此心狠手辣，竟用倒鉤的狼牙箭，怎樣取拔也要帶下好大一塊肉來，哥哥吃苦了。」

「哥哥也沒想到胡廷宴一個糊塗官手下，竟有這般厲害的角色！」白袍漢子神情不禁有幾分黯然。

「哼！不過讀過幾本書的書生，不是三頭六臂的，有什麼了不起的？有朝一日小弟捉住他，一把將他的頭擰下來，做個尿壺用。」說罷大笑，轉身招呼李自成進來，自成聽他話語粗俗，又見他反客爲主招呼自己，想是個極豪爽的人，心下暗笑。白袍漢子正色道：「兄弟這話就不對了，天下最不可輕的就是讀書人，古今成大事的哪個不依靠讀書人？運籌帷幄，決勝千里，單靠蠻力怎麼行？」

自成聽他言語透出幾分文雅，句句在理，暗暗佩服。白袍漢子抬頭看看自成，和聲道：「這位兄弟，你我萍水相逢，多謝仗義援助。」他連咳幾聲，面色蒼白，見藍衣漢子兩眼頂著自己，神情極是關切焦慮，淡淡地說：「不妨事，我只是流了些血，又沒進什麼飯食，一時覺得頭暈。」

李自成這才想起晌午未吃的乾糧，急忙解開皮襖，那穀糠的乾糧被皮鞭抽打得裂成幾塊，用手捧了遞與白袍漢子。白袍漢子取了一塊皺眉嚼咽，又喝了幾口熱水，好似苦藥一般送服而下，面色漸漸和緩下來，問道：「我看兄弟性情沉穩，不像從小放羊的。」

「小弟曾在銀川驛做過幾天驛卒，去年才被裁減回家。」

「兄弟是本地人氏？」

「祖輩父輩都在這李繼遷寨。」

「那你想必是姓李了？」藍衣漢子插話問道。

「正是。在下李自成。」

「咱姓張，名獻忠。這位是高迎祥大哥，與我都在大頭領王胤嘉手下……」藍衣漢子見李自成面容如常，並未露出什麼欽佩之色，驚詫道：「兄弟沒聽說過高大哥的名號麼？他可是了不起的角色，在綠林……」

「李兄弟是個本份人，終日只知道面朝黃土背朝天，何必說這些不相關的事。」白袍漢子高迎祥輕聲一笑，擺手阻止張獻忠的話頭道：「我等相逢怕是多少年積下的舊緣，不須說什麼煩心惱人的事，還是大口喝酒的好。秉吾，可還有酒？」

「還有一些，是西安府上好的陳年西鳳。」張獻忠伸手在背上一摸，拎出一隻碩大的酒囊，乃是整張羊皮縫製的，原在背上平平地背縛著，好似衣服一般。張獻忠將塞子拔了，咕咚就是一大口，霎時窯洞裏盪漾著一股濃烈的酒香。

李自成多日不曾飲酒了，聞著酒香，深深吸了口氣，想著藍衣漢子方才自報的家門，又暗自吃驚，今日竟遇到了這般響噹噹的綠林豪傑。張獻忠的名頭極大，在米脂婦孺皆知，他本是延安府柳樹澗人，當過捕快、邊兵，有一身的好武藝，去年漂泊到米脂，受不得豪強的惡氣，領著十八寨的苦種們一起造了反，自號八大王。對那高迎祥知之雖少，但見張獻忠對他極是欽佩，畢恭畢敬，想必更是了不起的英雄。他見二人儀表軒昂，夤緣巧遇，有心結識，但聽高迎祥話中略含猜疑，朗聲道：「高大哥的威名原該知道的，只是、只是兄弟每日裏寄身艾府，一心想著放羊抵債，養活妻女，外頭的世道如何眞是無從聽說，哎……實在失敬得很！」

高迎祥道：「岔道口相遇，我知道李兄弟是個仗義忠厚的人，方才生怕連累了你，自然不須向你多說什麼話了。不知兄弟也是個有心人，來，過來一起喝酒。」說著指指身邊，示意圍坐過來。

李自成見高迎祥方才說話閃爍其辭，不似張獻忠這般豪爽，本已生出一絲不快，聽他如此剖白，極見性情，頓覺欣喜，卻待要坐，看看滿窯的塵土，搓手道：「有酒無菜，怎麼好？」出窯抱了兩抱乾草進來鋪了，借了張獻忠的解手尖刀，大踏步出去。少頃，提著一隻剝好的山羊進窯，卸作幾塊，往鍋裏一丟，添水燒柴便煮，慊然道：「家貧難以待客，權借艾員外的羊用用，見笑了。」高迎祥、張獻忠對視一眼，暗暗讚佩。

肉香入鼻，三人腹中大饑，猛吞痛飲，酒足飯飽，張獻忠取了一錠銀子道：「叨擾了，這些權作飯資，哥哥不要推辭。」

李自成搖頭道：「你我兄弟相聚，你出酒我拿肉，怎麼還會有錢財的往來？哥哥雖窮，快收起來，莫辱沒了義氣二字。」

高迎祥見他倆爭執不下，說道：「秉吾，不必客套了。李兄弟的高義我們今後再報答，不必急於這一時，辱沒了義氣事小，若因此給李兄弟惹來麻煩，豈不是害了他？」

「會有什麼麻煩？」

「你想李兄弟是個身無長物的人，怎麼會有這般的一錠大銀？遭人報官，非偷即搶，如何辯白得清楚，豈非害了他？」

「還是大哥思慮得周詳。」張獻忠笑笑將銀子收了，對自成道：「哥哥今後有事可到安塞找我，只要提起名字，自然會有人領你去的。」

「安塞離米脂幾百里的路程，往返少說也要十來天，一旦有什麼急事，怕是不及援手相助。」高迎祥蹙眉思想片刻，貼身摸出一枚窄小的烏木牌，遞與自成道：「清澗與米脂毗鄰，不過幾十里的路程，那裏有個好漢王子爵帶領幾百號人馬佔山爲王，他欠我一個大大的人情，兄弟若有什麼難處可去找他，他必會幫你。」

自成接過木牌，見那木牌摩挲日久，幽幽地閃著暗光，上面只寫著一個朱紅的「闖」字，婉轉道：「高大哥的情義小弟心領了，只是這牌子還請大哥收回，小弟一個放羊的想必不會跟綠林好漢有什麼瓜葛的。」神情竟有幾分遲疑。

「哼！哥哥眞是好不知輕重。高大哥的權杖不用說在安塞有如聖旨，就是在整個延安府也是管用的，多少人想求都求不到的，你反倒輕易地放過了。」張獻忠又驚又惱。

高迎祥一笑，不以爲意，緩聲道：「兄弟理會差了，綠林並非盡是些打家劫舍的強人，也有不少殺富濟貧的好漢。那王子爵先前也是種田的苦種，飽受官府逼迫，不得已嘯聚山林。你想憑白無故的，哪個願意撇妻捨子地出來打打殺殺，過刀頭舔血的日子呢？」

「可不是麼！那王子爵新婚的媳婦有幾分姿色，不想一日被縣太爺的衙內遇到調戲，他一怒之下，暴打了衙內一頓，惹下了塌天大禍，被枷到大牢，判了死罪，等到幾個知己的弟兄砸監反獄救他出來，妻子早被掠走。他夜裏摸進府裏，要救他媳婦，誰知那媳婦受辱不過，尋了短見。王子爵放火燒了縣衙，便佔山做了賊。」張獻忠一個粗豪的漢子說到此處，也禁不住淚光閃爍，嗓音有些哽咽。

高迎祥接著道：「那清澗的趙四兒本是一介書生，手無縛雞之力，只想十年寒窗光宗耀祖，棲身石油寺，點著一盞如豆的油燈一夜一夜地苦讀，村民爲他起個綽號，叫點燈子，不料官府知曉了，卻誣他效法前代的黃巢造兵書謀反，派人抓他，不反行麼？」他望望窯外漸漸黑下來的天色，輕輕搖頭歎息。

「那點燈子算什麼？高大哥也是讀書人，高中了秀才，有了功名，說不得再過幾年就要中狀元做高官了，不也被逼得沒了生路？還不只這幾個呢！王子順、苗美、張聖、姬三兒、王嘉胤、黃虎、小紅狼、一丈青、龍得水、混江龍、掠地虎、上天猴、闖王、孟良、劉六……數也數不過來，你想是也不曾聽說過？好了，這些事與你生計無關，自然不須打聽，只是這權杖還是要好生收藏，眞有了什麼難處，要錢有錢要糧有糧，萬不可小覷了。」張獻忠將李自成伸出的手擋回。

「高大哥的權杖，小弟豈敢小覷？只是怕受之有愧，佔了個大大的便宜。既是如此，再要推讓，反倒有些卻之不恭了。」李自成忙將權杖往懷裏揣好。張獻忠上前在李自成肩上一拍，大笑道：「這才是好弟兄！」

「好！」高迎祥含笑頷首，「兄弟，你既表字自成，必是有志向的，終老於家，每日與羊群爲伍，豈不埋沒了？大丈夫立身於世，當橫行天下，若是一味固守祖輩父輩留下的那點家業，還稱得上男子漢嗎？你我萍水相逢，哥哥臨別不避交淺言深之嫌，你好生思謀，若想成大事，可到安塞找我。」說完，拄劍出了窯洞，與李自成拱手道別，上馬而去。

此時，窯外暮色已濃，李自成看著二人的背影消失在蒼茫的夜幕之中，趕羊回去。妻子韓氏早已等得急了，往羊圈看了幾趟，見他回來，問他爲何比平日遲了大半個時辰，自成搪塞說走得遠了，心裏暗自害怕有人知道少了一隻羊，快快不快地回草房歇息。韓氏以爲丈夫累了，幫他將羊趕入圈中。

次日天剛放亮，那扇破舊的木門便被敲打得山響，屋外吵嚷成一片，「李鴻基快出來，快出來！」

李自成與韓氏急忙起身開了門，屋外的人一擁而入，上前將李自成撲倒綁了，推搡著便走，女兒嚇得大哭，「老天爺呀！這是怎麼了？」韓氏叫喊著抱住李自成的雙腿不放，李自成掙扎不脫，怒問道：「我犯了府上哪條規矩？」

「哪一條？哼哼，你自家不明白？你說，怎麼少了一頭羊？」艾府的管家從門外提著皮鞭進來，不住冷笑，「李鴻基，你好大的膽子！」

李自成一怔，知道無法抵賴，囁嚅道：「我一時大意，被野狼叼走了。」

「叼走了？」管家翻著眼睛盯著李自成，「那你回來如何不稟告艾老爺？分明有心使詐。艾老爺是是什麼樣的人物，也會被你這混蛋三言兩語地哄騙過去麼？昨天你回來得晚，艾老爺便起了疑心，派人一早去查對羊數，才知道少了，差咱來問你，看你說不說實話？」

「確是叼走了，我情願認罰。」李自成低頭道。

「認罰？」管家揚起手中的鞭子敲敲李自成的胳膊，湊進他的臉旁訕笑道：「你窮得快穿不起衣裳了，用什麼抵債？莫不是想把媳婦獻給艾老……噫—怎麼你還吃酒了？」管家瞪眼對李自成上下看看，伸手在他胸前袖口一摸一嗅，唰地劈面就是一鞭，嘴裏惡狠狠罵道：「你這不知死活的饞鬼，竟敢偷吃了艾老爺的羊，帶他去見老爺！」

「不必了。」隨著陰冷的聲音，一個五十歲上下的乾瘦老頭踱到門邊，捋著頷下稀疏的鬍子責罵道：「這種沒廉恥的家賊生來就是賤種，怎麼進得我的廳堂？我還怕骯髒呢！」管家等人連聲答應，來人便是米脂有名的財主艾萬年，早年他曾捐過一個六品的同知，見過不小的世面，作派比一般的財主大出許多，他緩和一下臉色，歎口氣說：「我艾萬年雖不敢說富足，這闔府上下也養著百十口的人，在我這兒幹活吃不飽飯，說出去哪個會信？李鴻基，你爹娘死時借了老爺的銀子，老爺抬舉你，教你放羊抵債，哪裏想到你恩將仇報，羊還沒養肥，你卻偷著殺了去吃？好好好，念在鄉親的情面，老爺也不送官了，可這偷吃的毛病非治不行！來呀！將他綁到村口的磨盤上，教他自家好生蹭蹭這張饞嘴。」

李自成被綁在一個村頭廢棄的磨房外，日頭照在身上，暖洋洋的，竟有幾分愜意，周圍擠滿了大人孩子，指指點點，七嘴八舌，李自成抬頭細看一遍，暗自歎息，閉目低頭。艾府的家奴過來按住他的頭在磨盤上蹭嘴，只消幾下，粗礪的石磨便將嘴腮臉蹭得鮮血淋漓，李自成羞憤難當，昏了過去。不知過了多久，才醒轉過來。此時日頭升到當空，晚春的日頭已有了幾分威力，沒遮攔地曬著，李自成便覺身上燥熱不堪。他早上滴水粒米未進，腹內饑餓尚可忍耐，口中乾渴最是難捱，嘴上的傷口已經乾裂，更是火辣辣地疼。

「站住，不許過去！艾老爺有令，不能給他湯食。」順著家奴的吆喝聲，李自成吃力地看見一個少年端著的瓦罐被打得粉碎，一甌清水灑了一地，瞬間只留下一個淡淡的水漬，輕煙般地沒了蹤跡。

「過兒！」李自成叫道：「你怎麼來了？」那少年是他大哥的兒子，已經十六歲了。少年甩脫家奴的手，跑到近前道：「嬸娘去求我爹，我爹不敢出面，還說攢的錢給我娶媳婦。二叔，我寧願不娶媳婦也要救你！」

「好孩子！別瞎說了，我不怪你爹。」李自成強忍下淚水，問道：「你嬸娘現在哪裏？」

「回去洗衣裳了，艾老爺不讓出來。」

李自成悲歎道：「連累她們娘倆了。過兒，你可願幫二叔個忙？」

「願意。」

「二叔的後背有些瘙癢，想是蝨子多該捉了，你替我抓抓吧！」

李過伸手進去抓摸，李自成湊進他耳邊低聲說：「二叔胸口貼身藏著一個木牌，你偷取出來，到銀川驛去找高傑，教他動用驛馬往清澗送給王子爵，自會有人來救我。快去！」

李過又驚又喜，胡亂抓了幾下，將木牌順勢放入袖中，自語道：「抓不完的蝨子打不盡的蒼蠅。二叔，快吃晌午飯了，過一會兒我再來給你抓。」一溜煙兒地走了。

午後的日頭竟似有些毒辣，李自成饑渴難當，頭暈目眩，村人早已散去，兩個家奴沒精打呆地靠在樹下看守。「嘻嘻，想吃嗎？」朦朧中李自成嗅到一股濃濃的肉香，睜眼看時，見一個十歲出頭的錦衣少年，一手拿著一個大肉包子，將那咬了一口的送到自己鼻下，誘人的肉香沁入心脾，李自成忍不住暗自吞嚥了一口唾沫，腹中更覺饑餓。

「少爺！」兩個家奴急忙起來見禮，那跟在身後的家奴勸阻道：「少爺莫靠他近了，免得髒了衣裳。」

那錦衣少年乃是艾萬年四十歲上得的寶貝兒子，平日裏驕橫慣了，哪裏肯聽？嬉笑道：「大個子，你想吃肉還不容易，你若來求少爺，少爺一句話，天天有你的肉吃，何必要偷呢？可看見這肉包子了，你若是搖搖頭晃晃身子學三聲狗叫，少爺就賞了你吃。」

「學呀！學呀！」

「快學吧！學了有噴噴香的肉包子吃。」眾人連聲起鬨，李自成低頭不語。

「娘的！少爺慈悲，你還不領情？」那錦衣少年甩手將包子打來，李自成略略扭頭，包子擦臉而過，打在磨盤上。那錦衣少年見沒打著，登時大怒，將另一個包子啪地往地上一摔，倒地大哭：「你賠我的包子，賠我的包子！」

家奴慌了，一個忙將少年抱起，另幾個撲上前將李自成一陣暴打，李自成又昏了過去。

豔陽高照，黃塵滾滾，陝西東部的官道上，一隊兵馬押著許多騾馬車輛向著韓城迤邐而行，蜿蜒數里，車上盡插黃旗，寫著「軍糧」兩個朱字。一位頭戴烏紗、身穿緋袍略顯消瘦的漢子，騎匹白馬走在前面。年紀三十幾歲，面皮白淨，頷下短短的三綹鬍鬚，疏朗的眉毛下一雙細長的眼睛，似睜似闔，時時閃出懾人的精光。要不是那身從四品的雲雁補服、烏紗帽、素金帶，腰間懸著一把寶劍，全然一副文弱的塾師模樣。此人便是陝西督糧道參議洪承疇，他身後跟隨著兩個護衛和一個清秀的小廝，身材高大的護衛名王輔臣，瘦小的名蔡九儀，小廝乃是他的貼身書僮金升，他們正急急地將軍糧送往韓城。洪承疇勒住馬頭，取了手巾擦擦臉上的汗汙，看看走得已顯疲態的軍卒，問道：「此地離韓城還有多遠？」

王輔臣道：「尚有五十多里。」

洪承疇一指前方的樹林，命道：「教軍卒們到那裏歇息片刻，然後加緊行路，今夜務必趕到韓城。」王輔臣答應一聲，打馬向前去了。

遠處的樹林被一團紫藍色的氤氳籠罩，似煙似霧，與後面連緜的山丘隱隱相連，遠通天際，景象蒼茫，與江南春色迥然不同。洪承疇不禁暗自嗟歎，忽聽前面一陣大亂，心裏一驚，卻見王輔臣飛馬回來，氣咻咻地報說：「大人，不好了，竟有官軍要搶咱的糧車！」

「不是山賊假冒的？」

「他們自稱延綏鎮總兵杜文煥的部屬。」

「杜總兵不是在韓城解圍麼，怎會突然間到了此地？」洪承疇十分詫異，催馬道：「待我去看看。」

洪承疇到了隊前，果見許多軍士攔在糧車前，護糧的兵丁各持刀槍與他們相持不下。洪承疇喝道：「哪個大膽，敢劫軍糧？」

一個校尉嬉笑上前道：「嘿嘿，大人看看我們不是扛槍打仗的？既是軍糧，自然就該給我們留下，什麼搶呀劫的，這話也恁的難聽了。」

「放肆！這是運往韓城前敵的軍糧，哪個大膽要留，不要命了！」

「我們也是在韓城打仗的軍卒，將我們的那份兒留下，有什麼不妥？」

洪承疇面色一寒，厲聲道：「哼哼……你們也在韓城打仗，怎麼卻到了這裏？分明是假冒官兵的山賊草寇，卻來賺我的糧草，有那麼容易！」

「他媽的，你這狗官眞是飽漢子不知餓漢子饑，我們這些兄弟一天沒吃上飯了，借你點兒糧食，還這般推三阻四的，還平白誣我們是山賊草寇！不看你烏紗緋袍的，就這麼一刀……看你……」那校尉話未說完，卻見洪承疇身邊一個瘦小的身影如灰鶴一般飛起，只聽「劈啪」幾聲響亮，那校尉捂著臉不住嚎叫，張嘴吐出一顆牙齒。

搶糧的兵丁見蔡九儀有如鬼魅般的身手，一時怔住，但見校尉被打得口鼻出血，各各憤怒，罵喊道：「他們不給糧食，還行兇打人。弟兄們要活命的，一起上啊！搶了他娘的！」眾軍士一哄而上，將糧車團團圍住，兩廂便要兵刃相見。洪承疇將馬韁一抖，搶前幾步，從懷中抽出令箭舉在手中，森然喝道：「我奉軍門大人的鈞旨，往韓城運輸軍糧，有敢攔截者，殺不赦！」他見眾人停下腳步，面面相覷，心知心思已有幾分動搖，接著勸道：「你們身爲朝廷的兵馬不思剿寇殺賊，卻反搶軍糧，不是造反麼？這可是死罪，要禍滅九族的！你們哪個家裏沒有父母妻子兄弟姐妹，拿他們的性命來換一口糧食，值不值？」眾人聽了，各自放下刀槍。洪承疇向校尉招手道：「你且過來。」

那校尉看一眼蔡九儀，躊躇蹙步過來，沒有了一絲張狂之氣，小心問道：「大人有何吩咐？」

「你們是誰的部屬？」

「小的們都在杜總鎮帳下驅遣。」

「果眞是杜文煥的部屬，那爲何到了此處？」

「小的們是要回寧塞。」

「韓城之圍未解，爲何要回寧塞？」

那校尉正要回答，一隊人馬自樹林中旋風般地鏘鏘而來，爲首的一員大將，金盔金甲，騎匹棗紅馬，年紀五十歲上下，滿臉虬髯，甚是威風，只是金盔上繫著長長的白布條，馬頭上也頂著一朵白花，身後的貼身將士也都披白帶素，個個面色哀戚，竟似送葬一般，極是滑稽詭祕。那將領手按寶劍，瞪起血紅的眼睛，叫道：「哪個打了我的人？」

洪承疇拱手道：「閣下可是杜總鎮？」

將領翻著兩眼道：「你是何人，怎麼打了我的校尉？」

洪承疇見他如此驕橫，官場的禮節竟也不顧，冷冷道：「不才陝西督糧道參議洪承疇。杜總鎮要知我爲何打人，問了校尉便知。」

杜文煥碰了個軟釘子，轉身朝校尉斥道：「你他娘的快說，怎麼給人打了？」

「小的手下那幫弟兄已一天沒吃東西了，見了洪大人的糧車一時忍不住，就要……哎喲！」校尉見杜文煥揮鞭打下，不敢躲避，硬挺挺地吃了一鞭，臉上登時一道血槽，涔涔流出，那些軍士看得個個膽寒。

洪承疇冷笑道：「杜總鎮，洪某曾聞聽將軍治兵極嚴，哪裏想到竟會搶劫軍糧？方才還以爲是哪個山頭的賊寇假冒將軍的旗號，誰想果是將軍的手下，眞是見面不如聞名，實在教人心寒齒冷。」

「你說我不過是徒有虛名？」

「那倒不敢。只是洪某知道用兵當有法紀約束，不能放縱恣行，所謂凍死不拆屋，餓死不擄掠。不然見利忘義，與嘯傲山林姦淫搶劫的賊寇有什麼兩樣？」

杜文煥登時語塞，面色鐵青，喊一聲：「來人，將他拿了！」兩個武士上前將校尉捆綁起來。杜文煥仰天長歎，垂淚道：「我杜文煥自領兵以來，大小戰陣無數，哪個不奮勇爭先，不曾貪得一錢的財物，誰料今日竟做出這等事來！哄搶軍糧必要嚴懲，但若不是隨我擅離韓城也不至於此，責打八十軍棍，攆出兵籍。八十軍棍，我代你受四十。動手！」手下將士聽了，一起跪地求情。那校尉伏地痛哭，拔刀便要自刎，眾軍士急忙攔住，哭鬧成一片。

洪承疇本氣他言語莽撞粗魯，但見他知過既改，性情極是豪爽，又見軍卒哭得動情，也覺不忍，勸阻道：「杜總鎮，軍糧尚未遭劫，其罪似可從輕。將軍若一心責罰，洪某非睚眥必報之人，如何忍心？」

杜文煥默然，良久搖頭歎息道：「都是我連累了他們。」

「將軍何出此言？」

「洪大人可看見我身上披的重孝？」

「我正想動問。」

杜文煥長歎一聲，泗涕橫流，他伸手抹了一把，切齒道：「我在韓城正與王左掛、苗美血戰，不料王左掛聯絡賊人神一元，攻陷了寧塞，一把火燒毀了我的五嶽草堂，將我家大小三十八口沒剩一個……可憐我那八十七歲的老母親，還有小妾所生不足周歲的兒子……都、都給他們殺了，屍骨拋在荒野，不知還能不能找得到。」杜文煥痛入骨髓，再也忍耐不住，伏在馬上大哭。

洪承疇道：「杜總鎮，此處非請教之所，請移步說話。」二人進了樹林，下馬席地而坐，洪承疇問道：「你可是要救援寧塞？」

杜文煥咬牙道：「我要找神一元報仇！」

「什麼時候得到的消息？」

「今日午時。」

「寧塞離韓城多遠？」

「五百多里。」

「六百里加急文書尚需一日一夜，就算一日奔跑了五百里，將軍再趕到寧塞，也要兩日，你想神一元可在那裏等你？」

杜文煥悚然醒悟道：「這……自然不會了。」

「將軍報仇心切，只求見面廝殺，未免心急智昏了，不想想擅離守地，是什麼罪責？」

「我、我心智早亂了。」

洪承疇暗自搖頭，蹙眉道：「將軍如此行事，軍門大人知曉了，可不是耍的！軍法森嚴，倘若……」

杜文煥一拳擊在地上，恨恨地說：「洪大人是說楊鶴！他懂什麼行兵打仗？只不過讀了幾天兵法，哪裏眞刀眞槍地打過仗！老說什麼不戰而屈人之兵，善之善者也，那不是做夢麼？」

「你氣惱也沒什麼用！招撫之策，是經皇上恩准的。如今臨陣潰逃的可是你。」

「只要讓我報了家仇，回來就是千刀萬剮，我也感激他。」

「仇麼？一天兩天的，怕是難報。還是快些趕回韓城，以免事情鬧大，沒有迴旋的餘地。」

杜文煥黯然道：「我若回去，楊鶴豈能放過？他本來說我肆意剿殺，有礙招撫大局，早將我看作了眼中釘，恨不得除而後快。哎！我杜文煥也是堂堂七尺男兒，平生大小百餘戰，不曾怯懦過一回，如今卻連一家老小都保護不了，有何顏面活在世上！回去即便不死，也撇了手下這些弟兄，還不如找神一元幹上一場！」

「將軍激於義憤，一時情急，心裏只想著報仇雪恨，也是人之常情。哪個沒有父母兄弟，沒有妻子老小？你我雖萍水相逢，但將軍的忠勇我早有耳聞，斗膽勸解一句，報仇不可急於一時，風物長宜放眼量，事情還沒有到拼死一搏的地步。將軍執意要去，沒有糧餉怕也到不了寧塞，終不成學那山賊草寇打家劫舍？我若冒死分贈將軍幾日糧餉，急切之間怕也難手刃仇人，終非良策。去留還要三思，必要愼重。」

「文煥魯莽，是個粗豪的人，事已至此，想挽回怕是遲了。」杜文煥不禁有幾分懊悔，又有幾分狐疑。

洪承疇微微一笑，說道：「遲倒未必。我有個計較，似可減輕將軍的罪責。」

「大人明言。」

「我詐稱賊寇截糧，派人求援，城下遇到將軍，匪情如火，不及向軍門請命，如何？」

「只是拖累大人，心裏難安。」

洪承疇豪邁笑道：「陝西賊情不是指日可除的，我與將軍還要爲此事共患難，拖累兩字從何談起？」

杜文煥心下大爲感激，抱拳道：「自古大恩不言謝，日後有用我之處，萬死不辭。」

「將軍言重了。」洪承疇起身眺望韓城道：「將軍私離，賊人勢大，韓城不知如何了？將軍速去，我隨後多插旌旗，以爲後援，使賊人驚疑不定，賊人若逃，將軍可在後面追擊，韓城之圍必解。」

「此計最妙！」杜文煥詫異地看了洪承疇一眼，飛身上馬，揚鞭一揮，喊道：「趕回韓城——」

第二回

議籌糧聞變遭責難
敗援兵施計破內應

蔡九儀大喝一聲，敵住數人，拳法兀自不亂，卻苦了一旁的洪承疇，沒有丁點兒的武功，只將手中的寶劍胡亂舞動，劈、砍、刺、割……手忙腳亂，圍攏的人見他將寶劍舞得一片銀白，後退幾步，但見不成什麼章法，又聚攏上來。畢竟眾寡懸殊，任憑蔡九儀功夫不弱，時候一長，也累得難以支撐，洪承疇更是到了強弩之末，腳步踉蹌，險象環生，寶劍幾次碰撞，險些脫手而飛。正在危難之際，一陣驟急的馬蹄聲傳來，官道上塵頭大起，洪承疇不及回身看望，大聲問道：

「來的可是杜將軍麼，快來救我！」

楊鶴到任陝西三邊總督已有年餘，在他到任之前，陝西境內聚眾造反的雖說有西安府白水王子順，延安府府谷王嘉胤、宜川王左掛、安塞高迎祥，鞏昌府成縣、兩當王大樑，寧塞神一元，階州周大旺，洛川王虎、黑煞神，延川王和尚、混天王，慶陽韓朝宰人數卻不足兩萬，他想著必是官貪吏墨，嚴催酷比，才激成民變，若多加安撫，想是不會太過棘手，陛辭時皇上問及平定西北方略，他只簡要說清慎自持撫恤將卒，不料皇上竟是似激賞，諭示他亂民亦我赤子，不可妄自殺戮。得了皇上口諭，他便有了主張，定下招撫為主追剿為輔的方略，一邊上奏皇上，一邊籌措糧草。事情剛有些眉目，接到兵部加急文書，後金大舉入關，京師危急，號令天下兵馬勤王，顧不得境內民變，急忙派兵東進。好歹後金兵退了，山西巡撫耿如杞、甘肅巡撫梅之煥各率的五千人馬卻因糧餉拖欠，在回來的路上一夜潰散，西北境內一下多出大批的叛卒。這些叛卒個個都是訓練有素的兵丁，逃到各處入了夥，造反的饑民如虎添翼，其勢大熾。

一介文士，十年寒窗，如今做到開牙建府的封疆大吏，他仍脫不掉遊山玩水吟詩作畫之性，可眼下西北盜賊蜂起，諸事煩雜，終日焦灼，幾無餘暇，哪裏還有在京城做都察院副都御史的清閒雅趣？好在前任武之望是個極喜歡享樂的人，總督衙門修建得極為寬闊氣派，拾級而上進入督署大門，沿甬路往北依次是儀門、大堂、二堂、三堂、四堂，大堂以外還看不出什麼特別之處，沿大堂東西兩側天井的便門向北穿進二堂，便覺與一般的總督衙門大不相同了。「退思堂」三個藍底趙體大字比前面督署大門上方正中所懸匾額的白底黑色扁宋大字柔媚親近了許多，顧名思義是為警戒遇事深思熟慮，反省補過，楊鶴常常在此複審民刑案件會見外地官員。堂院閎深，有耳房各兩間，東西廂房各三間，廂房門前有抱柱石，室內均為穿堂屋，開設後門，可直通東西更道和花廳。四周廊廡相通，托欞、廊沿、門楣雕工精細，是武之望從安徽調集能工巧匠仿江南式樣修制的，足不出戶便可領略幾分園林山水之美，正合楊鶴心意。三堂只有三間小小的花廳，四周都種著些梧桐竹子，窗明几淨，花木參差，是內簽押房。花廳後面隔著小小三間翻軒，是書房。四堂也很闊大，有正房五間，左右耳房各兩間，東西廂房各三間，小巧幽雅。楊鶴生性清慎持重，赴任未帶家眷，辦公在大堂，歇息在內押簽房和書房，偌大一個院落顯得空盪盪的，了無生氣。

剛過卯時，楊鶴草草吃了飯，躲在書房靜坐沉思，想著怎樣給皇上寫奏摺。哎！都是那個皇太極，好好地不在東北待著，跑到關內來搗什麼亂？袁崇煥若是將後金兵擋在關門以外，哪裏會有各地辛苦地長途奔襲出師勤王？西北境內哪裏會有這麼多的叛卒？陝西三邊總督武之望也不會畏罪服毒，我楊修齡自然就不會幹上這個苦差事。他越想越覺鬱悶，提筆寫道：「臣初任半年，漢南賊遂蕩平，延安亦粗底定。後因京師戒嚴，調將徵兵，沿邊五大鎮如吳自勉、楊麒、尤世祿、王承恩、楊嘉謨等統兵一萬七千餘眾，先後入援。又值延撫張夢鯨物故，陝撫劉廣生、甘撫梅之煥親自領兵出關東去，以致邊腹空虛，賊復乘機蠢動。」寫到此處，忽覺將責任推得太過乾淨，竟有藉口推脫之嫌，搖搖頭將紙捏成一團丟在地上，親兵進來稟報說：「軍門老爺，陝西參政道洪承疇求見，在外簽押房候著呢！」

「教他到書房來。」楊鶴頭也未抬，盯著地上的紙團，不住地苦笑。

不多時，洪承疇衣衫齊整地進來，不慌不忙地行禮參見。韓城之圍解去、王左掛潰敗招安的消息，楊鶴已然知道，洪承疇前敵送糧又爲疑兵驚退王左掛的事傳得極爲神奇，似是枸欄瓦肆說書的江湖藝人嘴裏的故事一般，使他名聲大噪。楊鶴抬頭仔細打量一番，見洪承疇一副文弱塾師模樣，心下狐疑，將筆放了，招呼他坐下，寒暄道：「洪參政，韓城解圍，你功不可沒，本部堂正要上奏朝廷，爲你敘功。」

洪承疇欠身遜謝道：「都是軍門調度有方，卑職何敢言什麼功勞？」

楊鶴見他如此懂得進退，心裏大覺受用，又見他從容自若，便有幾分喜歡，堆起笑臉道：「亨九，你不必謙讓。功必賞，罪必罰，乃是千古不易的用兵之道。本部堂查了你的履歷，也是個兩榜出身的進士嗎！」

洪承疇聽他稱及自家的表號，心頭一熱，忙回道：「卑職是福建泉州府南安縣英都霞美鄉人氏，生於萬曆二十一年，萬曆四十四年中二甲第十七名進士。選爲刑部江西清吏司主事，隨後調任刑部貴州清吏司署員外郎主事，改任刑部雲南清吏司署郎中事主事。天啓二年，外放擢升兩浙提學道僉事，兩年後升爲兩浙承宣布政使左參議，三年後轉升陝西督糧道參議。」

「你的職責本是催繳糧草，押糧草到前敵，不用說辛苦，也是難爲你了。」

「爲王前驅，不敢言苦。都是軍門深恤民情，將清澗知縣免了，將他兒子充了軍，如此王左掛造反惑眾的藉口便沒了，怨恨怎能不消？」

楊鶴詫異道：「那他怎的還要圍攻韓城？」

「那王左掛得蜀望隴，必要殺了清澗知縣才覺得解恨，這般貪心不足的賊子想必不可理喻。」

「本部堂依律而斷，雖不能像江湖豪客一般快意恩仇，一命抵一命，但也算爲他出了口心底的怨氣。」楊鶴輕噓口氣道：「如今王左掛、王虎、小紅狼、一丈青、龍出水、掠地虎、混江龍、郝小泉、苗美、王子順、張述聖、姬三兒等人都已招撫，本部堂發給他們免死牒，陝西境內造反者日少，只有王嘉胤、神一魁鐵了心地與朝廷作對，不肯仰體聖恩。」

「大人，這二人不是尋常打家劫舍的流寇，而是專和朝廷作對的巨賊。王嘉胤手下人馬眾多，高迎祥、張獻忠都是厲害的角色。神一魁所率多是反叛的邊兵，素好爭鬥，西北群寇實以此兩家最爲兇悍。卑職以爲似這般的巨賊，不可一味拘泥招撫，必要追剿……」

「嗯—這是怎麼說？招撫爲主，追剿爲輔，可是皇上欽定的平叛方略，萬一有什麼差池，如何向皇上交代？」

洪承疇見他臉色微變，急忙起身謝罪道：「卑職一時情急，慌不擇言，該打該打！卑職想的是西北民變蜂起，各路賊人才能性情大不相同，願意招安的固然最好，一心造反的也該鎮壓才是，不能一樣對待。」

「亨九，自古都是官逼民反，如同大禹治水，疏導勝於堵截呀！殺，能殺得完嗎？將他們逼到深山裏，找都難找，怨恨越積越深，他們不肯甘休，伺機糾纏，剿滅時日遙遙無期，皇上刻於求功，怕是賊未剿滅，我早已進了詔獄。」楊鶴面色沉重，揮揮手示意洪承疇坐下。

洪承疇暗覺他話中迂腐之氣甚濃，心裏極是不屑，卻又不敢反駁，低聲道：「卑職是擔心一味招撫給了賊人喘息之機，星星之火而成燎原之勢，再想撲滅就難了。王嘉胤得知王左掛圍攻韓城難下，心有不甘，派高迎祥潛往清澗聯絡，意圖會合一處，抗拒天兵。那高迎祥遭官軍截殺，想必又聽說王左掛潰敗投降，才死了心。卑職深怕各處招安的賊人群起效尤，賊勢做大……」

「高迎祥到了清澗？」

「卑職聞報領兵前伏後擊，中傷了高迎祥，他落荒而逃，卑職手下正在追捕。」

楊鶴輕噓一口氣道：「可有消息？」

「卑職調不動周圍各縣差役，難以張網，急急趕回西安向大人請命。回來的路上，聽說數十個賊人洗劫了李繼遷寨，殺了候補同知艾萬年。」

「都是些什麼人？」

洪承疇搖頭道：「卑職也不知曉，只知他們救走了一個人。」

「也是入夥的賊人麼？」

「此人只是一個羊倌兒，不知與賊寇有什麼淵源。」

「一個小小的羊倌竟值得如此大動干戈？」楊鶴蹙起眉頭，沉默不語，屋內登時沉寂下來。洪承疇這才開始暗暗打量總督大人，楊鶴初次入陝西時，他曾與三秦各級官吏一起迎拜，但當時人多離得又遠，隱約只見新任總督是個鬚髮花白身材略顯矮胖的老者。這次如此切近的會面談話，見他慈眉善目有如吃齋的居士，渾身儒雅之氣極為濃重，摸著鬍鬚似老僧入定，琢磨不透他的心思，一時又想不起什麼話題，大覺尷尬，額頭漸漸滲出一層細汗，兩眼從書案上掃過，見堆積的文牘下平放著一本書，題簽是幾個端嚴的山谷體：歷朝武機捷錄，旁邊又有幾個半行半楷的小字：大明南京兵部尚書、光祿大夫、柱國、新建伯王守仁自署，恭聲道：「軍門戎馬倥傯，猶自手不釋卷，眞是讀書人的本色！綸巾羽扇，指顧而挫鋒芒；隻馬單騎，談笑以退戎虜。陝西平賊指日可待了。」

「哦！這本《歷朝武機捷錄》乃是犬子來信舉薦的。陽明先生在我朝用兵如神，老夫素來欽佩。只是用兵之道，老夫一向未曾究心，如今找來一看，實在眼界大開。詩友樊良樞又將評定的《陽明兵》一稿寄來求序，期望甚殷呀！」楊鶴從背後的書櫥翻檢出一摞厚厚的文稿擺到桌上。

洪承疇聽他說起兒子，不再打官腔，改口自稱老夫，話語之中多有慈愛，似與子侄輩閒談，心神穩了許多，讚佩道：「令郎的大名卑職早有耳聞，恨無緣拜識。」

「犬子性本好兵，只是、只是為取悅他祖父與老夫，鍾情山水，結交雅士，竟為文名所掩。近來傳聞皇上有意命他任山海關兵備道，那倒是個歷練的好去處。」

「卑職與賢郎也有同好，往年閒暇，見陽明先生的《武經七書評》不過寥寥千餘字，許多地方不免隔靴搔癢，便重新評過。卑職輯有《古今平定略》三卷，他日軍門閒暇有了興致，還要好生討教。」

楊鶴淡然一笑道：「亨九，你今年多大了？」

「卑職虛度三十七春了。」

「你比犬子還小六歲，正是好時候。好生當差，你們同立朝堂侍奉明君的日子還長呢！噢！說得遠了。老夫此次深夜召你來，是想與你商議督糧之事，像韓城這般有警缺糧，臨時督送總不是辦法。你有什麼打算？」

「這……」洪承疇不由沉吟起來，太平年間督糧可是人人都欲得到的肥差，可眼下赤地千里滿野饑民，哪裏去找糧？何況他一個微末的從四品官，在陝西境內不用說與他品級相當的官員極多，就是高出他品級的官員也不在少數，如何籌措？他暗自叫苦，爲難道：「如今各地府庫均無餘糧，督運實在艱難。卑職路過米脂時，宴席上米脂知縣大吐苦水，各地州縣府衙最怕接到徵派的公文。公文一到，有時要豆米幾千石、草幾千束，有時要買騾子幾十頭、布袋數百條，有時要銅鍋數十口、戰馬百匹，官吏不敢拖延，只好分攤到百姓頭上，以致私派多於正賦，民怨沸騰，難保不鋌而走險。督糧本爲剿匪，卻又逼出不少賊人。」

楊鶴起身踱到花窗前，輕歎道：「哎！實話說，遼餉今年又加派了一百五十三萬兩，與原來的加派相合已多達六百八十萬兩，賦稅是重了些，可這如山的銀子撒到遼東、西北，不過星星點點了，哪裏夠用度？今年陝西大旱，招撫亂民，賑濟災民都需糧食，不加派你以爲當如何籌集？」

「糧食是第一要務，不是卑職藉口推諉，七品的知縣都有如此的怨言，那些五品的知府……

……」

「老夫明白你的心思，這些都不需你費神，本部堂授你專權。」

洪承疇起身，望著月下竹石班駁的暗影，緩緩說道：「如此籌糧就容易些了。卑職想籌糧不外三種法子。」他見楊鶴回身看了一眼，停頓片刻道：「陝西自萬曆爺時便災荒不斷，歷年藩庫的存糧都吃光了。省鎮、各府的一些大戶家中還有存糧，粗粗估算不下數十萬石。大人可倡議各地豪富捐獻。」

「只是這樣做，難免要開罪那些屯糧大戶了。」

「這些大戶都是極要臉面的人物，大人可將這些大戶的名諱按捐獻多少，依次刻入功德碑，永立鄉里，彰其義舉。還有朝廷的恩詔呀是要再請的。幾個月前，皇上命御史吳甡押送十萬兩內帑賑災，按理說我們做臣子的當體貼聖心，爲皇上分憂，再不能坐等恩典，但若要一味立足自救，不要朝廷一文錢一兩糧，無異竭澤而漁，不光有損皇上仁德，也是心有餘而力不足。弄不好鬧得雞飛狗跳，逼民從賊，西北清平就難有日子了。如今陝西糧價騰漲，一石賣至四兩銀子，安定、安塞竟高至十幾兩，十萬兩銀子能買多少糧？朝廷若再撥賑銀，不妨請旨換成江南的糙米，漕運到河南，再抽調陝西人丁運往各處，一可平抑糧價，二可多買糧食多救活幾個人，要比帶著銀子入秦實在得多。」洪承疇侃侃而談，籌畫極是精細周詳。

楊鶴愈聽心中愈是驚訝，沒有想到手下竟有如此的幹練之才，求皇上恩詔不難，可得有得體的藉口，最好是有平亂的捷報。江南乃是天下糧倉，有了銀子，糙米自然不難買運，可是即便皇上再撥十萬兩，也不過能買八十萬石糙米，盤算起來尚有五六十萬石的欠缺。想到此處，方才的一點兒欣喜登時化爲烏有。

洪承疇似是早已想到這一節，笑道：「陝西遭這般大災，籌集糧食自然比不得豐年。再說就是豐年，也免不了有凍餓而死的。缺幾十萬石糧食倒也沒甚要緊的，在各個村鎮開設粥場，定量供養，既餓不死人，又可省些糧食，只是要提防放糧吏員層層克扣，趁機貪墨。」

楊鶴搖頭道：「難呀！你既不能縛住他們的手腳，又不能日夜跟著他們，如何提防？」

「大人既授專權，卑職自然有法子辦理。」

「你打算怎樣辦？」

「殺人。」洪承疇將目光一斂，咬牙道：「那些冒領賑糧的，貪污中飽的，囤積居奇的，卑職非宰他幾個不可。」

楊鶴看著他滿臉殺氣，暗忖：他這般低微的官職竟如此陰狠毒辣，將來必成大事。洪承疇看到總督射來兩道目光，便覺有些失言，忙緩和下臉色道：「順順當當地放了賑糧，大多數百姓能塡飽肚子，也就不會聚眾謀逆從賊造反了。這是根本之策。大人若還覺糧食不足，卑職還有個釜底抽薪之術，算是第三種法子。」

「怎麼個抽法？」楊鶴聽得心驚，心裏卻忍不住稱讚。

「大人可將民間的青壯人丁抽到兵營，一可充實兵力，這些人吃上朝廷糧餉，也就省下了賑災的口糧，二可杜絕賊源，一舉兩得。」

楊鶴點頭道：「皇上罷免胡廷宴、岳和聲巡撫之職，如今陝西劉廣生剛剛履任，諸事還插不上手，延綏巡撫張夢鯨到任卻暴病而亡，本部堂不免有些孤掌難鳴。平定西北，急切之間要見事功，糧餉最爲緊要，非幹練之才不可。有你督糧，本部堂倒覺心安些，只是三邊人才缺乏，一等糧餉有些眉目，本部堂有意舉薦你去帶兵。我將你方才所言寫個摺子，奏明皇上。你且下去吧！」

「全靠大人栽培。」洪承疇答應著告退，楊鶴離座撿起紙團展開，叫來隨行師爺商議摺子如何寫，剛剛坐定，一個親兵飛奔進來，低聲稟道：「軍門老爺，綏德知縣派人送來一封急信。」

楊鶴拆信看了，急命道：「快將洪承疇追回來議事。」

洪承疇被急令轉回，他還以爲楊鶴變了主意，不願那樣籌辦糧草。他進了內簽押房，見陝西巡撫劉廣生坐在客位，雙手捧著肥碩的肚子，冷眼看著跑得尚有些氣喘的洪承疇，似笑非笑，指指案上的書札道：「你看，王左掛又要造反呢！」

洪承疇見楊鶴鎖著眉頭，神色間有幾分惱怒，忙上前小心說道：「卑職與前總兵杜文煥在韓城擊潰王左掛，王賊恐懼已極，繳械歸順朝廷，卑職將其殘部七百人盡情分散數地，王賊與親信五十七人交由綏德縣看管，王賊早已失了魂魄，成不了什麼大事……」

楊鶴揮手阻止道：「要是區區幾個降卒，本部堂何至如此焦慮？你看看吧！他們竟要做亂賊白汝學的內應。」

洪承疇恭敬地接過書札，一目十行地看完，似是遲疑地問道：「軍門大人，那白汝學有多少人馬？」

「八百人。」

「那白汝學不過是綏德城裏的一個小混混，八百烏合之眾就想鬧事，也忒看輕官兵了。」洪承疇暗自噓出一口氣，此時才覺身上早浸出許多汗水，前心後背一陣陣濕熱。

「土裏的泥鰍遇著風雨，也會乘機魚龍變化的，你莫要小覷了這幫賊人，都是些光腳不怕著靴的主兒！」劉廣生抬起肥胖的手抹了一下嘴角，揶揄道：「不過，連王左掛那般的賊人都是你手下的敗將，白汝學一介草民，連刀劍怕是也沒摸過，自然不在話下了。」

洪承疇聽他語含譏諷，身爲屬官卻不好拉下臉皮分辯，恭身道：「撫台大人，卑職願意提一旅之師……」

「那是自然，解鈴還須繫鈴人嘛！你降服了王左掛，他又萌反意，你去最爲合適。人馬麼，本部院倒是有三百親兵，終不成你帶了去？」劉廣生嘻嘻連聲笑道：「有兵馬哪個不會打仗？難道你忘了，上次解韓城之圍的人馬，還是本撫院經軍門大人首肯截留的勤王之兵，若是神京有什麼差池，這可是掉腦袋的罪過。我倆甘願冒著如此的風險，巡按御史李應期上的摺子卻一筆不提，只說你一人奇計破賊，是何居心？這不明擺著是要傷忠貞臣子的心麼？

怎麼，害怕了？沒人馬給你，就不敢去了？」

「……？」洪承疇不禁愕然，一時怔住，遲疑片刻才說：「爲王前驅，何敢懼死！卑職之意不在討要人馬，是想請二位大人給卑職臨機決斷之權。」洪承疇心頭一陣酸熱，大覺委屈。

楊鶴點頭道：「這個本部堂省的，將在外君命有所不受，只要你保得一方平安，凡事不必專請，可自行決斷。再說本部堂還要外出幾天，行蹤不定，你也不便往來請示。招撫王左掛的事，本部堂已上奏皇上，不可再有什麼閃失。」他略停頓一下，目光凌厲在洪承疇身上掃來掃去，冷笑道：「聽撫台大人方才說，李應期給朝廷上了專摺，極言你韓城之勇，不是你自誇的吧？」

「卑職並不知情。」洪承疇感到心底湧出一陣寒意。

「我想你也不是個目無尊上的人。韓城解圍到底是怎樣的一碼子事，本部堂也知道一二，杜文煥果然是聞警馳援接應糧草麼？此事本部堂無意追問，好在韓城擊敗了王左掛，功過兩抵。軍情緊急，你去吧！」

洪承疇心頭異常沉重，心知韓城之戰開罪了兩位大人，不住地暗自責怪李應期，都是他率意直言，不肯顧及情面，若是奏摺上替兩位大人美言幾句，如何會教我得了現世報？不給一兵一卒，卻按期核功，分明是有意刁難。看著總督大人陰沉的臉色，聽著撫台大人連聲的冷笑，他又急又氣地走出總督衙門，賭氣道：「沒有兵馬也好，省得有人資敵了。」回來換下官服，匆匆寫好一封短信，吩咐貼身侍衛王輔臣飛送杜文煥，喊了蔡九儀，二人各騎一匹快馬連夜出城。跑了整整三天，二人來到綏德城外，在一家小飯館打尖歇息。

已過三月，陝北春深，本該是農夫遍野之季，但連年的旱災使得多處田地無人耕種，任其荒蕪。觸目皆是的閒田黃澄澄地裸露在暮春的驕陽下，越發顯得乾熱逼人。剛剛過了午時，飯館只有洪承疇、蔡九儀二人，沒有其他的食客，一個駝背的掌櫃領著一個年輕的店夥計前後忙碌著。洪承疇點了一盤綏德油旋兒、兩碗蕎麥粥、一盤羊雜碎、兩根米脂驢板腸和一大盆沙蓋疙瘩湯，卻沒吃出什麼滋味兒，兩眼不住地向官道張望。官道上行人稀少，時有三三兩兩的饑民衣衫襤褸神情呆滯地走過。「呵——呵——」幾聲吆喝響亮傳來，一個牧羊人揮舞著杯口粗細的長柄鞭子驅趕著羊群而來，到了飯館前喊道：「小二，還有空房麼？」

小二見那羊倌眉毛極濃，高顴骨，鼻子挺直，儀表堂堂，只是嘴角臉腮的傷痕未癒，神情有幾分兇惡，急忙迎上去道：「老哥可是想要單間？」

「嗯！」

「隨我來。」小二疑惑地看看羊倌，納罕道：一個人吃飯也要單間雅座，敢是窮得瘋魔了，卻要講講排場，順手去接他手中的鞭子。那羊倌卻伸手阻攔道：「不勞動了。」逕自趕著羊群進門。

小二賠笑道：「老哥敢是要替羊飲水麼？水井在房後面。」

不料那羊倌冷笑道：「這些都是我家老爺的羊，尊貴得緊呢！這般毒熱的日頭還要在外面烤曬，熱死一頭你可賠麼？」不由分說，將羊盡情趕到屋裏，掏出一大把銅錢道：「來一大鍋綠豆稀湯，二十斤蕎麥粥，十斤驢板腸。」

「要這麼多吃食，老哥一個人如何吃得消？」

「多嘴！給你錢便是，問來問去地做什麼？」羊倌聳眉喝斥，相貌有幾分猙獰，小二口中囁嚅，喃喃自語。駝背掌櫃忙從櫃檯後跑上來，劈面給了小二一巴掌，罵道：「你這遭瘟的強驢，還不到廚下幫忙，只管在這裏胡亂倒什麼嚼子？」連聲賠罪，含笑引著羊倌進去。

洪承疇不露聲色地看著小二捂臉下堂，羊倌昂首向裏面去了，暗忖道：好個闊氣的羊倌！平生頭一次見在屋裏餵羊的，低聲對蔡九儀道：「聽說宮裏有一道小炒肉，用的豬每日要餵豆漿，眞不知還有這般餵羊的，你說怪也不……」他見蔡九儀向他使個眼色，收住話語，蔡九儀附耳過來道：「大人可聽那些羊叫得一聲？」

「沒聽見。」

「他趕的本來就不是什麼羊，自然沒有羊叫聲了。」

「不是羊還會是人不成？」洪承疇心裏一驚，兀自疑惑。

「不錯，正是些披了羊皮的人，光天化日做這般見不得人的勾當，想必是哪裏的賊寇強人。大人可覺得這羊倌面熟？方才他進去時回身看了大人幾眼，怕是認出了大人。」

洪承疇心頭電光火石般地一閃，記起韓城大戰時王左掛身前那個兇狠的侍衛，不由脫口而出：「李自成！」眞的是他？看來王左掛懷有反叛之心已久了，籌畫甚密。洪承疇越想越覺心不住地往下沉。

「大人，敵眾我寡，不要坐等杜總兵了，還是入城再說吧！」蔡九儀起身招呼店家算賬。那掌櫃在裏間答應一聲，門簾一挑，呼啦湧出十幾個大漢，將洪承疇二人團團圍住。掌櫃解開寬大的衣襟，從後背上卸下一個鐵鍋，伸直了腰，抹去臉上的污泥，一旁的小二嚇得撟舌難下，驚恐道：「原來你不是我們掌櫃的，那我們掌櫃的在哪？」

苗美嘿嘿冷笑道：「那個該死的駝子，咱見了他便心煩，早將他剁成了肉餡，你小子白跟了他這麼多年，那天夜裏偷吃肉包子，竟沒吃出人肉餡來麼？」一腳將小二踢翻在地，上前拱一拱手道：「洪大人，別來無恙。還認得咱苗美麼？」

洪承疇喝道：「你隨王左掛歸順，不好生奉命安居米脂，卻到這裏做啥？」

苗美嘻嘻笑道：「洪大人到了綏德城外，想必也是聽到了什麼風聲，咱就不必遮掩了。實話說與你，咱不願與總瓢把子分開，是來救他的。」

「綏德城內天兵枕戈待旦，飛蛾投火，你們要自尋死路麼？」

「這你就是只知其一不知其二了，綏德城內的官軍半數已有心投靠咱們，答應與總瓢把子一起做內應。洪大人沒想到吧？若無十分的勝算，咱們又何必大費周章地自討苦吃呢！」苗美回頭望望綏德城，不勝躊躇道：「再過幾個時辰，綏德城就是咱們的了，洪大人不必再枉費心機，還是請回吧！若是執意要留，到城裏咱請你好好喝上幾盅。」

洪承疇冷笑道：「多謝你的美意。我既來了，就容不得你這般放肆！來人，將他拿下！」

「哈哈哈……」苗美一聲長笑，指點道：「就你們主僕兩個還想動手麼，也不看看咱人手有多少！還是你自家綁了，也省得咱動手了。」他身後的手下一陣爆笑。蔡九儀早已按耐不住，一聲呼喝，搶步欺身，苗美躲閃不及，脖項間早中了重重的一拳，躲閃著痛叫道：「娘的，還真有不知死的鬼，給我打！哎喲——」蔡九儀如影隨形，連出數拳，將苗美打翻在地，俯身擒拿，忽覺腦後風生，急忙縮頭俯身躲了，向外躍開數步。李自成一腳踢空，雙掌卻流星趕月一般，一前一後擊到。蔡九儀見他招式之間竟含著武當八卦掌的功夫，當下不敢大意，施展平生本領，只十幾個回合，已佔了上風。

洪承疇喊道：「不要放走了李自成！」蔡九儀聞命招數越發緊密，李自成已難以招架，粗聲罵道：「奶奶的，你們看戲麼，還不上來幫幫手！哎喲——」分神說話，他出掌頓時慢了下來，連中幾拳。眾人這才醒悟過來，取出暗藏的刀劍罵喊著一湧而上。蔡九儀大喝一聲，敵住數人，拳法兀自不亂，卻苦了一旁的洪承疇，沒有丁點兒的武功，只將手中的寶劍胡亂舞動，劈、砍、刺、割……手忙腳亂，圍攏的人見他將寶劍舞得一片銀白，後退幾步，但見不成什麼章法，又聚攏上來。畢竟眾寡懸殊，任憑蔡九儀功夫不弱，時候一長，也累得難以支撐，洪承疇更是到了強弩之末，腳步踉蹌，險象環生，寶劍幾次碰撞，險些脫手而飛。正在危難之際，一陣驟急的馬蹄聲傳來，官道上塵頭大起，洪承疇不及回身看望，大聲問道：「來的可是杜將軍嘛，快來救我！」

「正是文煥。洪大人受驚了。」杜文煥舉著大刀，打馬衝入戰團，刷刷幾刀，救下了洪承疇，那些兵丁隨後將飯館團團圍住，分開廝殺。洪承疇略一喘息，急道：「杜將軍，不要放走一個賊人，免得走漏了消息。」

杜文煥自韓城解圍以後，一直對洪承疇心存感激，接到他的密信，親帶五百人馬馳援趕來，恰好遇到洪承疇遭人圍攻。苗美在韓城便見識過杜文煥的威勢，又見來了那麼多兵卒，眾寡懸殊，早已驚得心驚肉跳，不上幾個回合，被杜文煥一刀砍斷臂膀。「刀下留人——」洪承疇話剛出口，杜文煥早已一個夜叉探海割下首級，苗美那些手下給兵卒們團團圍了，槍刺刀砍，登時斬殺殆盡。李自成見機不妙，返身退回店內。

「不要教他跳窗戶逃了！」杜文煥一揮手中大刀，幾十個軍卒向店後左右包抄過去，不料李自成從店內取了鞭子，將鞭梢拔去，竟成了一把樸刀，雙手舞動，大喝一聲，跳了出來，瘋魔般地一陣狂砍猛劈。他一身蠻力氣，刀槍相擊，眾軍卒的兵器幾欲脫手，個個近身不得。蔡九儀急發一隻喪門釘，打中他的肩頭，李自成竟渾若未覺，只略停一停，將手中的樸刀回身擲出，樸刀帶著破空之聲，力道甚是驚人，直向洪承疇飛來。蔡九儀急忙連發數釘，才將刀頭擊得偏了，但樸刀去勢未盡，將一個軍卒穿胸而過，釘在地上。李自成趁著慌亂，奪了一匹馬，落荒逃了，不想懷中掉下一個木牌。

眾軍卒上馬要追，杜文煥阻止道：「任他去吧！不要著了他的道兒。他不過一個小賊，城裏的王左掛才是大魚。」取了那烏木牌子，遞與洪承疇道：「九公受驚了。」

洪承疇接了，見上面刻著一個朱紅的闖字，收在懷裏，拱手還禮道：「看弢武兄拿賊眞是快事！這次又要借重了。」

「不過是舉手之勞的小事，九公言重了。」

「不重不重。」洪承疇搖手含笑道：「救命之恩若算小事，那兄弟的這條賤命豈非太不値錢了？」

「這個、這個……我可不是這個意思，九公莫要……」杜文煥本是一介武夫，拙於言辭，情急之下，不禁期艾起來，見洪承疇、蔡九儀強忍著滿臉的笑意，才知道他是調笑，大笑道：「你、你九公的知遇大、大恩，文煥還未報答，咱們扯平了。哈哈哈……」見洪承疇大戰之前，猶自談笑風生，心裏暗暗佩服他的從容沉穩。

二人進店坐了，小二忙從盛上兩大碗綠豆湯來，杜文煥道：「進了綏德境內，我一時內急，便到一個山坳裏方便，卻看到兩輛帶布篷的大車，車上凌亂地堆著幾十套衣裳，四周一個人影也無，似不是無意丟的。再說大熱的天兒，卻遮掩得這般嚴實，顯然是有什麼見不得人的勾當。好歹尋著幾個過路的一問，說是有個大漢從車上趕下一群羊來，向著城裏去了。這普天下哪有坐車放羊的？這般毒的日頭，有車不坐卻趕羊進城，不是呆子便是傻子了。我便一路急急追趕，不想救了九公。」

洪承疇環顧店裏破舊的四壁道：「看來王左掛此次行動極爲詭祕周詳，想要趁我們不備，一舉拿下綏德。如今綏德城裏不知王左掛安插了多少眼線人馬，他們在暗處，我們在明處，這個仗不好打呀！」

杜文煥不以為然道：「嗨！有什麼不好打的？我帶來的全是精兵，想王左掛那幾個烏合之眾，一見面還不四散奔逃？」

「狗急了還跳牆呢！為活命這些人什麼事都做得出來，大意不得呀！我是怕出了什麼意外，無法向軍門大人交差，所以尋思著不用強攻明鬥最好。」

「九公的意思可是要將計就計？」

「能不露聲色自然最好，可是你我一出面，就給人家認出識破了，怕是不想強攻明鬥也不行。」洪承疇蹙眉沉思片刻，問道：「綏德城裏有沒有王左掛的親朋故舊或是相識的人？」

「上次我派人遣送王左掛來綏德，聽說他有個遠房的親戚在綏德城西街殺豬。」

「可知名姓？」

「姓左，名字叫……對了，叫左光先。」

「左光先，名字倒有幾分眼熟。」洪承疇起身踱步，拍著額頭想了一會兒道：「當年我做主事之時，曾看過一個兵部諮文，左光先本是遼東的一員梟將，因與上司不和，被遣還回鄉，廢黜不用。我想不妨借用此人，引蛇出洞。捉了王左掛，其他人便不足慮了。」

「九公想帶多少人入城？」

洪承疇指指蔡九儀，拈鬚微笑道：「只他一人。」

「那文煥豈非白白跑了一趟？」

「不必心急，城外的白汝學就交與你了，等他攻城，可背後擊之，必可全勝。」

第三回

施巧計斬殺王左掛
許厚祿招撫神一魁

周日強與吳弘器、范禮早已派兵淨了場子，率手下捕快班頭四周巡查護衛，眼見楊鶴與劉金、劉鴻儒三人進廟門跪拜盟誓，暗暗鬆了口氣，正在尋思如何安置總督回衙，卻聽廟內咚的一響，似是重物落地之聲，卻聽楊鶴失聲驚問：「你是什麼人？為何躲在樑上偷看？」不由大驚失色，急忙帶人搶入廟內。

洪承疇微服進了綏德，已近酉時，也不住旅店，主僕二人胡亂吃了晚飯，漫步來到西街，在一個草屋內見到了剽悍的左光先，假說有事求他引見王左掛，不料左光先將嘴一撇道：「小掛子如今富貴了，哪裏還認得我們這些窮親戚？你還是另找高明吧！咱可再丟不起臉面了。」

洪承疇一笑，伸手取了烏木牌子並一錠大銀道：「不須你爲難，將這烏木牌子送到，只說在陝西麵館候見便是。」

陝西麵館門臉兒不大，三間的大屋，中間寬敞的堂屋是十幾桌散座，東西廂房各設單間雅座，這家麵館的臊子麵極爲有名。洪承疇二人在西廂房要了兩碗麵、一盤帶皮驢肉、兩隻帶把肘子、一壺西鳳老酒，慢慢吃著。品嘗之下，果然名不虛傳，那臊子麵麵薄條細，筋韌光滑，鑽鼻子的香辣，剛吃了幾口，挑簾子進來一個五短身材的漢子，進門喊道：「高大哥，什麼風……」他一眼看到了便服的洪承疇，後面幾個字生生嚥了回去，慌亂地驚問：「怎麼會是你們？」

洪承疇將筷子一放，取手巾擦了手道：「我們不是你意中人麼？」

「哪裏哪裏，洪大人教我等歸順朝廷，實在是我們的重生父母一般，我們感激得很。」說著四下掃看一眼，見只有蔡九儀一人護衛，登時定下心來，問道：「洪大人不在西安納福，到咱這窮鄉僻壤做啥？怎麼得了這烏木權杖？」

「高大哥是誰？」洪承疇反問道。

「得饒人處且饒人，洪大人何必打聽那麼多，道兒上常說知道得多死得早，你可要小心了。」

洪承疇拍案低喝道：「本官饒得了你，王法卻饒不得。」

「哈哈哈哈……洪大人別忘了，這可是在咱的地盤兒，強龍不壓地頭蛇。洪大人這般尊貴的身子，眞的不愛惜？」王左掛嘲笑著伸手拔劍，一把冷森森的刀卻早已架到他的脖子上。門外的幾個侍衛聽到動靜，一齊闖進來，卻被蔡九儀一把喪門釘激射而出，枉自送了性命。

「洪承疇，你他媽的眞狠！我王左掛與你並無什麼仇怨，你何苦這般死死相逼？」王左掛咬牙發狠道：「你不要忘了，耗子急了也會咬人的，何況我堂堂一個六尺的漢子！做事還是留個後路的好。」

「哼——我身爲朝廷命官，吃著國家俸祿，你卻鐵了心造反，不是與我爲難麼？後路，留什麼後路？你是想要脅我麼？好，不用你勸，我自會留著，但沒有丁點兒的苟且通融，卻能永絕後患。」洪承疇不緊不慢，面色也不見多少兇惡，但那話語卻冷得透人骨髓，唇齒之間似是滿含著隆冬的冰雪，「推出去，殺！」

王左掛跳腳罵道：「洪承疇，你有種！可不要忘了，我手下還有許多的兄弟等我回去，若是午夜還沒見到我，他們一樣會造反起事。」

「不要做春秋大夢了。你的那些兄弟本官領他們來了。」眾人回身看時，見一個緋袍的男子排闥進來，大笑道：「老洪，我正要建一大功，榮耀回京，不想頭功還是教你得了，我只捉了這些蝦兵蟹將。」

洪承疇見來的乃是陝西巡按御史李應期，卻不知他怎麼到了綏德。巡按雖不過七品的閒差，但卻有彈劾糾察的大權，極爲清貴，就是一方的大員也會對敬畏三分，客氣得很。先寒暄著招呼他落了座，才喝令將王左掛推出斬首。

「殺不得！」李應期阻止道：「老洪不可魯莽了，還是要多揣摩一下聖意。」

「天意從來高難問，我不想落個玩寇的惡名，坐等星火燎原，自焚其身。」

李應期看了王左掛一眼，此時王左掛驕橫之氣皆無，竟是滿臉的驚恐之色，揮手道：「來人，先將這賊人押下去，好生看管。」這才坐了，將酒壺取在手中搖晃幾下，知道壺裏的酒所剩無幾，仰頭一口氣喝乾了，呼出濃濃的酒氣，見洪承疇在一旁冷冷地看著，哈哈一笑道：「天意難問那全是矇人的假話，只是咱們離京城太遠了，什麼風聲也難透到耳朵裏來。不過陝西民變一事，皇上可是有明旨的，前些日子破了韓城之圍，我上了加急密摺，皇上御批的那幾句話，想必你也聽楊軍門說了。」

「以撫字失宜，民窮爲盜，還須加意輯綏，察吏安民，以抵平康之治。我記得可有什麼差錯？」

「絲毫不差，正是這幾句話。可別粗看了，總該細心體味才是。民起爲盜賊，皆因窮困，窮困在於天災，近些年旱蝗頻仍，但並不足懼，倘若各地官吏都知道仰體聖意，撫恤愛民，十分的天災就減了三四分，加上老百姓的感念，活命本該不難。誰知那些黑了心的貪官，逢了災年反倒覺得有銀子可賺，上面的賑災銀貪墨，下面照常盤剝，天災加上人禍，老百姓便沒了活路，怎麼能不反？唉！如今的安民之術還是要多從招撫上下工夫，還是那句古話，心服總比刑服好呀！」

「善戰者以攻心爲上，這話原本不錯，可是對這些流民太過慈悲，恐難奏效。陝西民變之處雖眾，但多數不成什麼氣候，自楊軍門入主三邊，一味安撫，動輒發給免死牌，其實是縱寇殃民，百姓害怕流寇，官府又束手不管，他們能不猖獗麼？如此下去，局面怕是難以收拾了。」洪承疇越說越覺沉痛，「秀才遇見兵，光講道理總歸不如動刀子。」

「軍門大人這樣做也是奉旨行事，他何嘗不想早日蕩平秦川，回京優遊養老呢？老洪，你不要一肚子的氣話，牢騷太盛防腸斷。」

洪承疇眉毛聳動一下，搖頭苦笑道：「牢騷？我哪裏敢發什麼牢騷，流寇猖獗，局勢漸壞，我是心有不甘！招撫賊寇，皇上屢有明旨：秦晉之盜皆吾赤子，必先用撫。而撫不可以空言，宜急令地方官多方設賑，若撫之不從，唯有剿之一法。但楊軍門一味拘泥，不知變通，曲意招撫，朝廷臉面何在？如此招撫無異助賊，這些賊人陽奉陰違，一面求撫一面搶掠如故，如不剿滅，一旦養癰成患，撫策有失，陝西局面必成大雪崩之勢，無法收拾。終不能因他楊修齡一人誤了國事，卻要陝西的大小官員陪著一起掉腦袋吧！」

「老洪，如今上下一片主撫之聲，你放膽直言，擾亂撫局，不怕惹得楊軍門翻臉將你做替罪羊麼？我勸你還是將王左掛押解回西安，交與他處置，以免授人以柄，十年寒窗幻成一場春夢，吃虧的可是你個人呀！」

「王左掛乃是個反覆無常的小人，不殺他，只要一點兒風吹草動，我都難脫干係。」

「你定要殺他？」

「嗯。」

「老洪，韓城解圍之時，我就看出你有干城之才，不當久居下位，因此我上摺子多寫了幾筆，也許得罪了楊制台、劉撫台，可我是奉旨巡按，他們拿我也沒法子。你就不同了，身為屬官而不遵號令，哪個還願意抬舉你？招撫不過是權宜之計，你何必為一介草民，斷送了自家的大好前程？我此次微服來綏德，探察王左掛舉事的詳情，也怕你一時激憤，做出什麼顧頭不顧尾的事體來。你好生想想吧！楊制台怕是已往寧州招撫神一魁了，殺了王左掛，若是將神一魁激變了，不受招撫，難保他不遷怒於你。」

「神一魁可是自願歸降？」

「他派了兩個手下劉金、劉鴻儒到西安懇請歸順。制台大人兩日前就連夜騎馬去了寧州。」

「這麼說楊軍門應允了。」

「豈止是應允，他急於求成，已用六百里加急文書向皇上報捷了。」

洪承疇內心極為焦灼，長歎一聲，良久才說：「定邊副將張應昌剛剛斬了他的哥哥神一元，神一魁與官府有殺兄之恨，近來他攻陷合水縣，圍困慶陽府城，氣勢薰天，如何突然向楊制台求撫，不可不防呀！想必是他搶掠的糧草衣物難以自足，又被張應昌逼得不好招架，到了山窮水盡喝散夥酒的時候，以此詐降爲緩兵之計。」

「眞降也好，緩兵之計也罷，已奏呈皇上，哪個也不敢再變了。神一魁歸順，陝西巨寇便只剩下了王嘉胤一人，這不是大功一件麼？時辰不早了，我明日還要趕回西安，王左掛是殺是留，你斟酌著辦吧！」李應期起身一揖要走。洪承疇雙手將他拉了，含淚道：「兄台高義，容我日後報答。機不可失，寇不可玩，王左掛萬萬留不得！若因此有什麼罪過，我洪承疇甘願承擔。三邊剿匪的方略，我早已寫成條陳，懇望兄台轉達天聽。」說著，伸手從貼身的內衣裏掏出一個油布包來，噗通跪了，雙手高舉過頂。

李應期急忙拉他道：「諷諫奏聞乃是我輩的天職，義不容辭，不必行此大禮。」將包裹隨身收好，告辭走了。洪承疇恭送出店門，望著李應期打馬衝進了無邊的夜幕，怔怔想道：神一魁理應自縛繩索到西安歸順，楊制台卻巴巴地跑到數百里外的寧州，可見受降之情何等迫切！

楊鶴帶著參將吳弘器、中軍官范禮幾人，輕騎簡從地到了寧州。知州周日強將衙門讓出來做了臨時總督行轅，用過酒飯，知道制台大人性喜遊覽登臨，親自陪著看了梁公碑、普照寺貞元銅鐘幾處前朝故物，楊鶴對梁公碑嘖嘖稱讚。梁公指的是唐時名相狄仁傑，他在武則天垂拱年間做過一年多的寧州刺史，封爲梁國公。他在寧州任職期間，興利除弊，政績卓著。州人感其德政，爲其立了生祠，刻碑記事，名曰德政碑。宋代名臣范仲淹任環慶知州時，專程赴寧州拜祭，又將所作的表記附刻碑上：「天地閉，孰將起焉？日月蝕，孰將廓焉？大廈擈，孰將起焉？神器墜，孰將舉焉？」撚鬚看碑良久，沉吟道：「此次招撫神一魁，出民水火，陝西若因此一片清平，沒了刀兵之苦，貴州怕是又添一德政碑了，數代之後也必是文人佳話。」

周日強諂笑道：「三邊靖平，制台大人是要上凌煙閣題名的，區區一個德政碑怎麼放得下？」

楊鶴頷首微笑，指著不遠處一座高大的城樓問：「那是什麼所在？」

「大人方才怕是未曾留意，那是州衙門樓，名叫輯寧樓，乃是五代後梁龍德二年的舊物。」

「輯寧，好名字！此城樓高大氣派，在此處招撫神一魁，當不會失了朝廷的威嚴，百姓觀覽也極方便。」

「卑職這就命人去操辦。」周日強趕緊安排下去，又笑問楊鶴可願再看一處宋塔，楊鶴推說累了，回行轅歇息。

次日，楊鶴起來梳洗飲食已畢，從人伺候他穿戴整齊，冠冕顯赫地在大堂上端坐，文武官吏早已列隊靜候。將近卯時，周日強進來稟報說：「神一魁手下劉金、劉鴻儒等大小六十餘人，帶著合水縣知縣蔣應昌及保安縣知縣印信，在城外候命。」

「登樓。」楊鶴昂然出衙，文武官吏依次跟隨，登上輯寧樓。輯寧樓上插滿了彩旗，朱漆的通簷立柱在旭日中熠熠生輝，五開間的雙層樓閣遍鋪紅氈，廳堂居中設置了龍亭，左右樹起兩面杏黃的大旗，分別用金線繡著「太平有象」、「聖壽無疆」八個大字。樓前早已擠滿了人，有鮮衣錦袍的鄉紳富賈，有衣衫襤褸的窮漢饑民，個個臉上笑顏逐開，三五成群地等著觀看流賊歸降，幾個挑擔的小販穿梭在人群中，不住地吆喝「九龍金棗、紙皮核桃、曹杏脯——」。一些大姑娘小媳婦也不惜拋頭露面，躲在一旁遠遠地瞭看，多日不曾有的興盛太平景象似在瞬間回到了寧州城。

卯時剛過，楊鶴帶頭率文武官吏向著龍亭跪拜，眾人隨了楊鶴齊呼「皇上萬歲萬萬歲！」，行了謝恩大禮。司禮寧州舍人劉可觀禮贊道：「制台大人，神一魁請降。」

楊鶴凜然道：「洞開重門。」話音剛落，一聲禮炮響起，劉可觀領命小跑著下了樓，往城門而去，眾人一齊矚目觀望，城門大開。不多時，數十人的方陣自劵形的中門穿入，都是三十歲上下精壯的漢子，高矮胖瘦不一，衣衫更是極不講究，有的罩長袍，有的穿短褂，有的箍條汗巾，有的戴頂破帽，形色各異，陣形極顯雜亂。走在前面的兩人衣著最為整齊，一個是司禮劉可觀，另一個也身穿官服，只是有幾處污皺了，此人便是合水縣知縣蔣應昌。劉金、劉鴻儒合抬一副彩擔，說是彩擔其實是彩繩紮就的供桌，桌上放著一封大紅的請降書信，還有一顆方形銅印，想必是失落的保安縣的印信。劉可觀引領眾人上了輯寧樓，高聲喊道：「跪——」眾人向龍亭跪倒禮拜，三呼萬歲。

楊鶴命人收了印信，看了一眼畏縮到文武官吏後面的蔣應昌，含笑朗聲道：「你們請求歸順朝廷，一齊來降，又將蔣知縣及保安縣印信送回，足見已有悔罪輸誠之意，本部堂自然以禮相待，洞開重門以示青天白日無嫌介可疑。今後我等一同為朝廷出力，戮力王事，便是修成了正果，到時封妻蔭子，也不枉人生一場。」說罷，起身恭聲道：「宣旨！」

劉金、劉鴻儒等人急忙跪伏在地，劉可觀跨前一步，展旨讀到：「奉天承運，皇帝詔曰：剿逆撫順，諭旨屢頒，神一魁伏罪乞降，渠惡既殲，脅從可憫，自當申明大計，曲賜生全。陝西屢報饑荒，小民失業，迫而從賊，自罹鋒刃。誰非赤子，顛連若此！今特發銀十萬兩，酌受災處次第賑給。曉諭愚民，脅從歸正，即為良民，嘉與維新，一體收恤。欽此！」

宣旨已畢，楊鶴看著眾人，緩聲道：「你們既已受撫，便是再做良民，朝廷既往不咎，本部堂可授給免死牒，安置延綏、河曲。你們可聽清了？」

劉金、劉鴻儒等人叩頭稱謝，齊聲答道：「聽清了。」

劉可觀引領劉金、劉鴻儒二人抬起龍亭，又尋了兩個威武的漢子在前面掌起兩面杏黃大旗，隨在楊制台等人的後面，將龍亭請入總督衙門。楊鶴將龍亭接入大堂，又率文武官吏、軍民父老行了五拜三叩頭的大禮，眾人齊呼萬歲，受降禮畢。楊鶴招劉金、劉鴻儒幾個大頭目退入二堂安撫，詢問神一魁何時來寧州拜見，劉金叉手施禮道：「軍門大老爺，等我們回去見了大頭領，大頭領知道老爺這般禮遇我們，自然急著來拜見的。」

「禮者國之本。人無禮不信，國無禮不立。當今皇上仁慈，體恤萬民，懷柔遠方。聖天子在位，自是我等的福祉，你們要好生仰體，長思報效。」楊鶴吃了口茶，又道：「你們本是良民，無奈從賊，罪責不全在你們身上，本部堂豈可不待你們如良民？放下屠刀，立地成佛，只要有心從善，世人便要容得他，而不可再隨意污詬。前代有個大惡人周處，他聽人勸說，立志自新，不是成了仁人君子的榜樣？周處尚能如此，你們切不可自家輕賤了。」

劉鴻儒詫異道：「大老爺也知道周處？」

楊鶴見他相貌粗壯高猛，卻一直神情木訥地站在乾瘦的劉金旁邊，自始至終未發一言，不料竟有此一問，似有幾分內秀，雖嫌無禮，卻不以為忤，和聲道：「不止我一人知道，你們的父母官知州大人也是知道的。」

「知州老爺知道並不稀奇，倒是大老爺遠自西安來，是如何知道的？」劉鴻儒似是極為惘然。

劉金忍不住插嘴道：「這有什麼猜不破的，必是知州老爺說與大老爺的。」

楊鶴與周日強對望一眼，心下迷惑，聽他倆夾七夾八地說個不住，皺眉道：「你們不必胡亂猜想了，周處其人其事我是從書上看來的。」

劉金不勝欽佩道：「大老爺看的書可真多。周處不過是劉鴻儒姥娘莊上的一個土財主，人稱周呆子。他幼時父母雙亡，家境極是貧寒，遭人白眼無數，誰知不上二十年的光景，竟發達了，還被人寫進了書冊，何等光彩！」他說得嘖嘖有聲，不知是稱讚楊鶴讀書廣博，抑或是羨慕周處發了財。

楊鶴啞然失笑，搖頭道：「我說的周處不是你們這裏的。」

周日強不顧他二人吃驚的模樣，使眼色阻止他倆爭辯，哂笑道：「制台大人說的周處家在東吳義興，也就是今天的江蘇宜興縣，不是本地人。你們這些種田的粗漢，不曾念過什麼書，肚子裏能有什麼才學？眞是辱沒了你的名字。」

劉鴻儒吃慣了譏諷，沒有半點火性，孩子似地紅了臉，扭捏道：「小人肚子裏盡是黃屎，哪裏吃得上什麼青菜、羊血？名字是花十個銅錢請設館先生起的，想是爹娘不甘心教小人再種一輩子田的，誰知頭一天小人就逃了學。」他低垂著頭，暗覺對爹娘不起。

周日強哼道：「看你粗手笨腳的，一副趕車挑擔下死力的模樣，天生不是拿筆動墨的料兒！」

「老爺看得眞準，小人扶犁扛耙倒覺得輕快，拿管小小的毛筆卻似重有千斤，舞弄不動。」眾人見他偌大的漢子竟似小學生遭先生考問一般，手足無措，模樣極是滑稽，忍不住哄笑起來。周日強怕他絮絮叨叨話及稼穡的鄙事，忙岔開話題道：「莫扯遠了。制台大人說的周處生在晉朝，幾百年前的人物了，勇武有力。他自幼喪父，無人管教，稱霸一方，當地百姓將他與南山白額虎、長橋大蛟並稱義興三害。後來周處幡然醒悟，棄惡從善，殺死老虎、大蛟，拜吳郡名儒陸機、陸雲兄弟爲師，被官府徵召爲官，一直做到廣漢太守、御史中丞，成了流芳千古的名宦。自古英雄不問出身，只要不甘居下流，必會有所成就的。」

「俗語說浪子回頭金不換嘛！」楊鶴介面道：「你們既知悔悟，棄暗投明，便是替朝廷出力。讀不讀書，識不識字，一樣可以報效皇恩，要緊處是不是眞心情願，有沒有磐石不移的志向。向善之心多了，向惡之心自然減少。」

劉鴻儒一拍胸脯道：「大老爺，我們都是粗漢子，說話也是算數的，吐個唾沫便成釘，拉出的屎不能再縮回去。我們既答應歸順朝廷，不、不會輕易反悔……」他急得面皮漲紅，不住作揖打躬。劉金將他扯住，恭聲道：「老爺待我們以禮，我等自是感激不盡。我們都是粗人，沒讀過幾年書，識不得幾個字，卻不是無君無父的畜類，知道做事爲人義字當先，我等私下都崇敬關老爺，但凡有什麼大事要決斷，都要到關帝廟焚香盟誓，老爺若是信得過我們，可願到關老爺的神像前做個見證。」

不等楊鶴開口，周日強喝道：「胡說！你們已拜了龍亭御座，便算是禮成，何須再拜什麼土偶泥胎？如何這般首鼠兩端？」

劉金二人聽他褻瀆關帝極是憤懣，臉上陡然生出一絲不屑之色，迫於情勢，強自隱忍。楊鶴見他倆面色有異，笑道：「春秋盟誓，殺馬烹牛，這般習俗由來已久，也無可厚非。只要有益招撫平亂，就是多去幾趟也無妨。本部堂與你們一起往關帝廟焚香立誓！」

劉金二人聽了，跪請道：「我二人願爲老爺抬轎。」

楊鶴大喜，出來上了青呢大轎，劉金二人穩穩抬起，降卒、百姓在後面蜂擁跟隨，鼓樂喧天，迤邐往關帝廟而來。周日強與吳弘器、范禮早已派兵淨了場子，率手下捕快班頭四周巡查護衛，眼見楊鶴與劉金、劉鴻儒三人進廟門跪拜盟誓，暗暗鬆了口氣，正在尋思如何安置總督回衙，卻聽廟內咚的一響，似是重物落地之聲，卻聽楊鶴失聲驚問：「你是什麼人？

為何躲在樑上偷看？」不由大驚失色，急忙帶人搶入廟內。

「軍門老爺莫慌，你不是一直想招撫咱麼？」從樑上跳下的那人身材矮小，神形極是猥瑣，看著面貌清癯的楊鶴嘿嘿乾笑幾聲。

「你是神一魁？」事起倉猝，楊鶴吃驚之餘，想不到大名鼎鼎的神一魁竟這般乾枯瘦小，心下甚覺失望。

「怎麼，大人覺得不像？」神一魁雙目閃動，瞬間精光逼人。吳弘器、范禮按劍大喝道：「大膽神一魁，不告而入，敢是要行刺麼？」

楊鶴見他身上並沒攜帶兵器，心下坦然，擺手阻止道：「以貌取人，失之子羽，乃是聖人明訓，本部堂豈會泯然從俗？」

神一魁見他處變不驚，躬身長揖道：「其實咱與劉金等人一起動身，只是猜不透大人的心思，怕有什麼閃失，隱身在一旁靜觀。區區下情，還望大人海涵。」

「本部堂早將招撫一事呈奏皇上，如今是奉皇上明詔，豈有反覆之理？」

「咱見大人先命張應昌退兵休戰，又洞開重門，待我等以禮，如此鄭重其事，推心置腹，才敢放心現身。」神一魁屈膝叩頭。

楊鶴伸手虛攙道：「你既誠心歸降，也不枉本部堂一片苦心了。人生於世，孰能無過，過而能改，善莫大焉。有此善念，本部堂便赦免了你等的罪責，保舉你授個守備的官職，戴罪立功。那些軍卒願意留下的可安插各營吃糧當兵，願意回鄉的可發放印票，以為通關過境的憑據，好與家人團聚。本部堂預備向皇上專請恩詔，求賜帑銀二萬兩，用做遣返川資。」

神一魁聽了大喜，跪在神像面前賭咒發誓，卻聽廟外有人大罵道：「狗賊，你騙得了別人，騙不了我！」一個躍身進來，持劍便刺。神一魁情知有變，閃身躲到神案一側，伸手一探，早將燭臺操在手中抵擋。

楊鶴喝道：「杜文煥，還不住手！你敢壞了皇上的招撫大計麼？」周日強、吳弘器幾人急忙上前扯住，杜文煥兀自怒氣不息，罵道：「這般狼心狗肺的惡賊，連婦孺都不放過，招撫他何用？還不如一刀宰了利索。」

楊鶴勸道：「神一魁做賊之時，殺人放火自是難免的，世上有幾個仁義的賊寇？如今他既有心招安，爲朝廷出力，那些舊仇暫且放下，皇上已有旨寬恕，你非要與他爲難便是抗旨。」

杜文煥憤然道：「他殺了我家老少數十口，此仇不共戴天，豈可說丢就丢在一邊？自古殺人償命，欠債還錢，如何能輕饒？求大人不准他歸順，待卑職陣前擒他。」

神一魁見楊鶴執意勸阻，登時大覺心安，放下燭臺，笑道：「杜總鎭，人人都知你驍勇，咱卻不怕與你刀來槍往地領教一番，出出你胸中的惡氣，只是怕如此有違聖意，弄得你丢官去職的，反倒不美了，豈不是氣上加氣？」

杜文煥大怒，目眥欲裂，厲聲道：「休說什麼丢官，今日便是拼著丢了性命，也要將你這無恥鼠輩斃於劍下。」仗劍欺身，直取神一魁。劉金、劉鴻儒急忙上前援手，無奈手無寸鐵，被杜文煥一連幾劍逼得手忙腳亂。

神一魁見吳弘器、范禮冷眼旁觀，全無出援助之意，大叫道：「軍門大人，咱欽佩你是個至誠的君子，誰知你竟設計賺咱們上當，恕不奉陪了。」轉身便向廟門外逃竄，「回去！」隨著一聲暴喝，一人擋在了門口，拳勢乍吐，一股亦剛亦柔的暗力將神一魁生生逼退回去。

楊鶴擔心神一魁被逼急了，招撫不成，再去做賊，壞了大局，向吳、范二人急喝道：「快下了他的劍！」杜文煥早已看見出拳將神一魁逼回廟內的人是蔡九儀，知道洪承疇到了，以爲有了強援，不顧吳、范二人用劍逼來，和身直撲神一魁，趁他被蔡九儀逼得連退幾步之機，刷的一劍刺向咽喉。此時，洪承疇已進了廟門，大呼阻攔道：「戢武，不可胡來！」原來洪承疇送走了李應期，便要拜謝杜文煥率兵援助，不料卻撲了空，問了幾個兵卒，知道他帶了貼身的親兵也往寧州去了。洪承疇聽了大驚，料想杜文煥必是趕到寧州尋仇去了，擔心他情急智昏惹出禍端，急忙與蔡九儀騎快馬一路追趕下來。

蔡九儀聞聲，疾出一拳，後發先至，將神一魁震向一邊，寶劍冷森森在神一魁面門前走空。蔡九儀化拳爲掌，往杜文煥手腕上一搭一靠，杜文煥忽覺一陣酸麻，寶劍再也把握不住，噹啷一聲落在地上。楊鶴一臉怒容，叱道：「將杜文煥綁了！」

洪承疇急忙求情道：「軍門，念杜總兵遭滅門之禍，心神惑亂，情有可原。」

「招撫大局已經皇上恩准，他卻三番五次地攪擾，念你這次沒鬧出什麼亂子，且饒你這一回。再敢胡來，欺君罔上的罪名可是要掉腦袋的！」楊鶴哼了一聲，帶著神一魁等人拂袖而出。

杜文煥失神地望著楊鶴等人走得遠了，終於難忍心中的悲憤，放聲大哭。洪承疇並不勸阻，輕輕歎了口氣，等他收住哭聲，撫著他的後背搖頭道：「弢武，你太心急了。」

杜文煥淚流滿面，哽咽道：「家恨深仇，時刻斷難去懷。」

「唉！」洪承疇聽他心裏兀自不甘，「你這般魯莽，正好給人抓住了把柄，若是楊軍門以此參你，皇上怪罪下來，莫說報仇，怕連你自家的性命都難保了。」

「他楊鶴又沒有殺親之恨，自然心冷旁觀了。」

「不要說別人了，你自家也是不近人情。」

「我怎麼不近人情了？」

「你想想，招撫神一魁既經皇上恩准，豈可抗旨不遵？再說，楊軍門巴不得招撫神一魁而張揚其事，使天下世人盡知，也好風風光光地回京陛見，你卻要一劍將神一魁悄無聲息地斬了，這不是存心與他爲難麼？」

「這……」杜文煥一時語塞，抱頭蹲在地上，神情極爲痛苦絕望。洪承疇勸慰道：「你不必急於一時，要殺神一魁，今後再尋機下手不遲。」

「他有了楊軍門發放的免死牒票，只怕難以動手了。」

「你不光是個急性子，也是個直腸子，怎麼不繞幾個彎兒呢？」洪承疇撚鬚微笑，一副胸有成竹的氣派，杜文煥莫測高深，心下更覺茫然，起身長長一揖道：「若能殺了神一魁，大恩沒齒不忘！」

洪承疇還禮道：「言重了。你我同仇敵愾，何須如此。今夜慶功宴上，好生吃酒，不可再造次了。」

第四回 茹成名恃勇鬧戲筵 周閣老求計掌春闈

蔡九儀本氣他囂張，如今見他當眾服輸，不想再折辱他，道聲得罪，收了喪門釘，不料茹成名乘他轉身，一把抓住他肩頭，雙手高舉過頂便要拋出。眾人一陣驚呼，這般粗壯的大漢一擲之力不下千斤，蔡九儀如此瘦小的身子豈不摔得散了？蔡九儀卻並不驚慌，暗暗使出千斤墜的功夫，穩住身形，隨即曲臂出手如電，五指反轉，扣住他的雙手脈門，暗運內力，一扭一帶，茹成名頓覺雙臂酸麻，全身僵硬，偌大個身軀反被蔡九儀舉起。電光火石之間，一上一下地移形換位，眾人看得撟舌難下，齊聲叫好。

剛近酉時，寧州府衙便已熱鬧非凡，知州周日強早已搭好了彩棚，請了當地有名的秦腔戲班，大小官員圍坐一處，聽戲飲酒慶功。楊鶴居中坐了，神一魁、劉金、劉鴻儒三人也坐了主桌，周日強身爲地主便與吳弘器、范禮下首陪了，其他人等眾星拱月一般散在四周。班主陪著笑臉，跑到主桌前請主人點戲，楊鶴搖手道：「我不懂什麼本地的戲曲，胡亂點一通氣不出笑話？今個兒既是慶賀神一魁等人歸順朝廷，就由他們隨意點吧！」

神一魁與他死去的哥哥神一元都曾是延綏鎮的邊兵，軍中禮數大體還是知曉的，哪敢隨便僭越，趕緊恭身道：「理當軍門大人來點。」周日強等人也急忙附和。楊鶴才接過大紅的戲單看了，問道：「可有武戲？」

班主指點道：「這一行題作三國、楊家將、岳家將的便是。」

「就點這一齣吧！」

「《斬單童》？」班主似是吃了一驚，神一魁等人聽得一個斬字，面色也是一變，好在燈光忽明忽暗，楊鶴不解曲目何意，眼光一直未離開戲單。班主躬身施禮退下，鑼鼓、梆子驟然響起，不多時，一個紅花臉的大漢持鐵槊一溜煙兒出來，邊舞邊唱，隨後幾隊人馬衝出，將他圍住廝殺。楊鶴不知就裏，耐了性子看，半頓飯的工夫，站起身來，周日強想他必是要去方便，便親提了燈籠在前面引路，一旁的洪承疇搶步過來道：「周府尊，你且穩坐主桌陪大夥兒好生看戲，我陪軍門大人。」

楊鶴如廁已畢，看著在外邊靜候的洪承疇道：「亨九，我的耳朵幾乎聽得聾了，眞沒想

到竟還有這般聒噪的戲！」

洪承疇道：「大人來陝西不久，想是聽慣了江南十七八歲的小女子手執紅牙板，歌柳三變那闋楊柳岸曉風殘月，乍聞關西大漢綽鐵板銅琵琶唱大江東去，不免粗豪得大煞風景了。」

楊鶴哈哈大笑，又問：「《斬單童》不知是什麼戲？」

「大人耽心墳典，那些稗官野史的勞什子想是不曾寓目的。這齣戲文講的是隋唐間的故事，勇將單雄信不肯歸順李世民，單人獨騎殺入唐營，遭擒後，甘心引頸就死，決不肯歸順。」

「唉！眞是不知天命。」楊鶴大搖其頭，快步趕往前院。洪承疇緊跟幾步，低聲問道：「大人以爲這些賊人是眞心歸順朝廷？」

「你不放心神一魁？」楊鶴收住腳步。

「卑職方才看得眞切，大人點了《斬單童》，神一魁、劉金等人面現驚慌之色，神情忐忑難安，想必心懷鬼胎，不是眞降。」

楊鶴撚鬚道：「眼下並未見什麼反跡，不可疑心太過，逼他們再反。其實王左掛你也不該殺他，好在沒有防礙招撫大局，不然……」

「卑職以爲平定西北叛亂，必要除其根本，不然終不是長久治安之策。」洪承疇知道楊鶴並不怪罪，膽子登時大了，四顧周遭無人，悄聲道：「神一魁其實與王左掛是一丘之貉，都是強悍刁蠻之徒，本性反覆無常，信他不得。這等背恩負義的貪利小人，走投無路時，才不得已歸順朝廷，顯然並非心服。如今他既來投降，賊首都聚齊了，正是天賜良機，不如趁酒醉之時，當機立斷，一了百了。」

「你是要……」楊鶴做了個斬殺的手勢。

「今日已然不及布置了，可來日另設酒宴，請神一魁等人赴席，四周暗伏刀斧手一百人，大人起身推說如廁爲號，當筵殺之，釜底抽薪，看他鹹魚如何翻身？」

「胡說！讓他們卸甲歸農，自食其力，今後省去朝廷多少負擔！不然，總是剿剿殺殺，何時是個頭呀？」

「解散安插，言之甚易，行之實難，沒有足夠的銀子斷難辦妥。大人三思，如今許多村落盡成丘墟，數千之眾多是無家可回，無居無食，何以度生？」

楊鶴掃了洪承疇一眼，不悅道：「總不能將他們都殺了吧！再說神一魁歸順，已蒙皇上恩准，不好再變更了。本部堂若對來降的不能坦誠相待，如何樹立威信，豈不是堵死了歸順之途？我自有主張，你不必多言了。」

眼看將到左側的垂花門，洪承疇還要再勸：「大人，神一魁嗜殺成性，惡行昭著，人神共憤，唯有殺之以謝天下。此事不宜遲緩，早圖爲上。若心存狐疑，拖延日久，變故突生，悔之何及？」話音剛落，劉金、劉鴻儒二人雙雙迎來，一齊笑道：「軍門老爺去得久了，我家哥哥……不、不，是守備哥哥放心不下，命我二人趕來服侍。」

楊鶴微笑頷首，邁步進了前院，卻聽有人高聲叫道：「快停了，莫再唱這晦氣的鳥戲文！」但見主桌旁邊的酒席上一個彪形大漢，啪的一聲，將酒杯在地上摔得粉碎，一條粗腿搭踩在條凳上，嘴裏不住地罵。臺上的伶人嚇得轉身跑回後臺，班主急忙出來打躬道：「這是軍門大老爺親點的，大爺不喜歡聽，且忍耐一二。」

「啪、啪」兩聲，那大漢甩手兩個嘴巴，斥罵道：「娘的，那單雄信本是我們陝西的好漢，殺富濟貧，何等英雄，怎麼偏要殺他？」

班主便知大漢有心找碴兒，驚愕萬分，結結巴巴地說：「大、大爺，這齣戲文從小人的祖、祖師爺起便是這個模樣的，可怪不得小人。小人哪裏、哪裏有那麼大的膽、膽子……踩了螞蟻都怕硌腳呢！天地良心……」指手畫腳地詛咒發誓。

吳弘器看看周日強，見他端然不動，舉杯乾了，嘖嘖作聲，哂笑道：「英雄，哼！什麼英雄？不過一介草莽，不知天命所歸，怎能不挨刀劍？」

「可不是麼？說是狗熊才對。」范禮嬉笑著附和。

「娘的，欺負咱們陝西人麼？」那大漢一腳將凳子踢了，上前舉拳便打，吳弘器、范禮猝然不及防備，早中了幾拳，二人大呼小叫著拔劍要砍，卻被那大漢一手摁住一個，動彈不得。二人嘴裏不住喝罵，神一魁早已瞥見楊鶴進了前院，佯作不知，申斥道：「茹成名，你吃不得酒就別吃，灌上幾杯就撒瘋耍癡，借機犯上作亂，我等的臉面都被你丟盡了，還不快向兩位老爺告罪賠禮！」

茹成名一翻怪眼，將二人放手輕輕一推，吳弘器、范禮二人拿樁不住，伸手扶了桌子才未摔倒，只是桌上的壺杯盤筷一陣叮噹亂響，模樣甚爲狼狽。二人含羞帶愧，暗懷怨怒。茹成名哈哈大笑道：「賠個鳥禮！似這般酒囊飯袋，給我提鞋還嫌不中用呢！也做得什麼參將、中軍，卻給我個小小的把總，我心裏早就不服，還向他們賠禮？我不怕閃了腰，還怕折了他們的壽呢！」

楊鶴見他勇猛異常，心下本有幾分讚歎，但聽他目中無人誹謗朝廷命官，頓覺不悅，踱步過來，連聲冷笑道：「自恃幾分蠻力，便成英雄了？你毆打朝廷命官，便是無法。身在綠林，義字當先，在大掌家面前，旁若無人，咆哮宴席，便是無義。似你這般無法無義的人，也配說什麼英雄？口口聲聲替單雄信打抱不平，做的卻是三歲小孩子不屑做的蠢事，豈不笑煞羞煞天下英雄豪傑？」

茹成名沒想到楊鶴這樣一個瘦小的老頭，平日笑面佛一般，竟有如此凜然不可犯的氣度，一時語塞，半晌才發狠道：「不須論說什麼英雄，只要贏得我這雙拳頭，我便心服。」

「這個容易。」蔡九儀雙腿並未怎樣動作，身形卻如鬼魅般地滑到茹成名身後，一掌按到他項下道：「我手裏這顆喪門釘已浸過鶴頂紅，劇毒無比，你只要稍稍一動，便會刺破你的肉皮，見血封喉。你要不想死，便自家打上兩拳，喊兩聲我服了。」

茹成名哪裏甘心受制於人，見蔡九儀比自己瘦小遠甚，用力掙脫，不料項下的那隻手竟如鐵鑄的一般，如影隨形，躲不開半分一毫，情知遇到了高手，只得砰砰自擊兩拳，想是他出拳不遺餘力慣了，惱怒之下，忘了是打在自家身上，竟也用了全力，痛得齜牙咧嘴，神情極是滑稽可笑。蔡九儀本氣他囂張，如今見他當眾服輸，不想再折辱他，道聲得罪，收了喪門釘，不料茹成名乘他轉身，一把抓住他肩頭，雙手高舉過頂便要拋出。眾人一陣驚呼，這般粗壯的大漢一擲之力不下千斤，蔡九儀如此瘦小的身子豈不摔得散了？蔡九儀卻並不驚慌，暗暗使出千斤墜的功夫，穩住身形，隨即曲臂出手如電，五指反轉，扣住他的雙手脈門，暗運內力，一扭一帶，茹成名頓覺雙臂酸麻，全身僵硬，偌大個身軀反被蔡九儀舉起。電光火石之間，一上一下地移形換位，眾人看得撟舌難下，齊聲叫好。楊鶴出言喝止，眾人重新入座，開鑼聽戲。茹成名垂頭喪氣地回到座位，埋頭飲酒。

二更時分，酒宴散了。夜風浩蕩，吹來陣陣花草的香氣，楊鶴精神為之一振，遙望滿天星斗，無邊的銀河像一條長長的帶子斜掛中天，星漢燦爛，長空如洗，寬衣坐了，命人喚來洪承疇。燭影搖動，水氣嫋嫋，二人低頭品茶，都未急著說話。楊鶴放下青花茶盞，問道：「亨九，今日酒席上可曾留意什麼？」

「神一魁才德似不足以服眾，想是借了他哥哥的餘威，才坐得頭把交椅。」

「嗯！那劉金、劉鴻儒倒是真心服他，茹成名，還有同桌的兩個頭目張孟金、黃友才卻多有蔑視、不平之色，想是瞧他不起，或是不願歸順。既是如此，本部堂倒有個雙手互搏之術，誘使他們自家相殘，卻不省下我們許多氣力？也不算違了聖意。只是要借你的貼身侍衛一用。」

「但憑大人驅使。」洪承疇見他不肯多說，事關機密，也不敢貿然追問，但他似是給自己勸說得動了心，想法子來對付神一魁等人，心頭一陣暗喜。

「你教他明日過來聽差。杜文煥那邊兒你多盯著點兒，他一再妨礙招撫大局，只想著個人的私怨，哼……小心他拖累了你呀！」

「卑職省的。他的脾氣是暴躁了些，心裏卻是以國事為重，今日之事，想必仇人乍見，一時心急……」

「好了——你不必替他辯解了。本部堂可起用他，自然也可不用他。」楊鶴冷笑著伸手摸起茶碗，洪承疇見了，忙起身告退。楊鶴起身道：「我知道你有心幹一番事業，不肯久居人下。你我雖說心思時有抵觸之處，但治平陝西，還要用你。你放心，本部堂不會虧待你。」洪承疇一時揣摩不出他是真心褒揚，還是嫌自家鋒芒太露，不知如何作答，連道不敢。出得總督行轅，仍琢磨不透，悵然地走在漆黑的夜幕裏，突然聽到遠處傳來咿咿呀呀的琴聲。他入秦已有數年，聽出那是板胡的聲調，不知是誰深夜還有這般興致。夜色如玄布一般重重垂落，顯得空曠深沉凝重。琴聲婉轉嗚咽，時而舒緩時而急促，或淒涼哀怨，或欣悅留連，洪承疇霎時忽覺身心俱疲，淚水涔涔而落……

春寒猶重，暖閣裏的紅羅炭火燒得熱烘烘的，惹人困倦。

自後金兵退走遼東，袁崇煥凌遲而死，崇禎獨坐之時常覺百憂集結，萬緒紛來：後金兵不知何時再來進犯，遼東缺少良將；陝西民變蜂起，平定無期；江南復社聲勢日大，議論朝政，抨擊時弊……袁崇煥一案雖已了結，可不曾想到牽扯如此之巨之廣，半年以來，閣臣走馬燈似地換了三個。君臣相處這些日子，三個人無奈地去職，他甚覺可惜。韓爌老成持重，有心破朋黨之弊，到頭來卻落得兩方不討好，又與錢龍錫齊受袁崇煥牽連，失了多少人望？朕即便依然重用，你們就能自安於位麼？群僚暗懷不服，朕還能指望你們麼？成基命做了幾日首輔，卻是一副清流的體態，不知變通。唉！他又想起袁崇煥，其實他還是個難得的將才，可是一再請軍需器械，置辦起來著實不易，因此得罪了那麼多同僚。京城首遭兵火，大片皇戚貴冑的莊園別墅毀於一炬，以致羈押詔獄半年，滿朝文武大臣竟沒有一個替他上本求情，朕就是赦他也覺爲難。中秋既望之夜，袁崇煥的人頭悄然失蹤，沒過幾天，東廠的番子便打探出是袁崇煥的僕人佘義士，趁著烏雲掩月，將人頭埋在了廣渠門內的廣東義園裏，搭個草廬守護。埋就埋了，好歹君臣一場。其實他心裏依然餘恨難消，皇太極竟圍了我的都城，如此奇恥大辱，眞是令人又羞又憤。

崇禎透過東暖閣的花窗看看外面的天色仍有幾分陰霾，懶懶地仰倒在寬大的龍椅上小寐，朦朧之中又看到廣渠門外的那場惡戰，殺聲震天，驚得身子一搖，登時醒來，卻見曹化淳急急從外間進來叫道：「萬歲爺，可是有事喚奴婢？」

崇禎伸手一摸，滿頭是汗，掩飾道：「擰個手巾來！」曹化淳趕忙擰了溫熱的濕手巾遞上來，伺候崇禎擦了，笑嘻嘻地問：「萬歲爺，敢是這紅羅炭燒得熱了？奴婢打打簾子？」

崇禎道：「是有些熱了，簾子倒不忙著打。外頭有什麼事要奏嗎？」

「方才周閣老命人送來幾份摺子節略，奴婢見萬歲爺打盹，沒敢驚擾。這會兒萬歲爺看麼？」

「呈上來吧！」崇禎淨了面，精神爲之一振，接過工筆謄清的節略細看：遼東孫承宗議大凌河築城備戰，陝西楊鶴舉薦洪承疇爲延綏巡撫，禮部奏請春闈取士……心裏隱隱有幾分不快，這些奏本都是極緊要的事，斷不能寫成節略的，將節略一按，抬眼道：「小淳子，命內閣呈原奏本來！」

「萬歲爺，方才奴婢往內閣傳旨，周閣老還估摸著萬歲爺要看原本，囑咐奴婢代奏，那幾個奏本內閣一直還沒有票擬，故此才寫成節略。」

「哦！」崇禎一怔，「請周先生來。」他雖不願大小臣工們揣摩上意，曲媚逢迎，唯獨賞識周延儒的這份兒小心，做人主的最怕專擅罔上的權臣，他理會得太祖高皇帝事必躬親的苦心，有意栽培一個君臣相得的治世輔臣。初次見周延儒，驚歎此人儀表超群，談吐文雅，當下便生出了但凡聖主必有非常輔臣的念頭，周延儒因此機緣，由禮部侍郎升東閣大學士，參與機要，不久，韓爌、錢龍錫、成基命先後去職，周延儒一躍而爲首輔。周延儒隨著曹化淳進殿，跪在早已鋪好的紅呢拜墊上叩頭道：「臣周延儒恭請聖安。臣已有日子沒見著皇上了，皇上英姿猶勝往日。」

「先生近前來坐。朕今日有幾件事要請教。」一名小內侍忙搬杌子過來，周延儒側身坐了，答道：「臣惶恐，不敢當請教二字。」

「節略上所言大凌河築城、提拔洪承疇、春闈開科諸事，語焉不詳，爲何不見內閣票擬的原本？」

「臣也有心奏稟皇上。前二事，近幾日臣召吏部、戶部、兵部、禮部內閣會揖，本兵梁廷棟力主築城守備，可築城要花費三萬兩銀子，戶部一直虧空，籌措艱難，以致猶豫難決。」

「此事可是緊要？」

「大凌河古稱白狼水，後又稱龍水，凌水，直到我朝才改此名。大凌河兩岸多是高山峻嶺，若築城於此，易守難攻，便可屏障錦州。孫高陽奉旨出關東巡，見大凌河殘垣斷壁、破敗不堪，與遼東巡撫丘禾嘉上了聯名公摺。據遼東諜騎飛報，後金皇太極有攻錦州之意，若此城不修，後金鐵騎便可直踏錦州城下。」周延儒過目成誦，將眾人的摺子撮其精華，侃侃而談。

崇禎面色登時凝重起來，事情牽扯到後金，聽來便覺分外刺耳，點頭道：「朕的意思是要築城，銀子你命戶部想法子。帑銀朕不是捨不得，但擔心此例屢開，伸手的過多過濫。」此時，內侍上了茶，崇禎吃了一口，接著說道：「洪承疇這個人你可知道？」

「臣知道一二。此人是福建泉州府南安縣人，萬曆四十四年進士，做過刑部主事、兩浙提學道僉事，天啓七年任陝西督糧道參議。」

「楊鶴舉薦他任延綏巡撫，先生以爲如何？」

「這……」周延儒目光偷偷掃過崇禎，沒有看出什麼端倪，思忖片刻道：「洪承疇一個刀筆小吏，能解圍韓城，近日又設計斬殺王左掛，倒是個人才，只是由從四品的糧道驟然榮升從二品的巡撫，確乎有些快了，恐招物議。」

「陝西戡亂急需此等人才，時勢造英雄，該用不必遲疑。」

周延儒應道：「臣下去即擬旨。今年的春闈禮部上了公摺，臣想這是皇上登極再開掄才大典，後金兵犯京畿，停辦了一科，此次春闈重開必要辦得隆重些，貢院也需修繕，怕是下不來五萬兩的。」

「隆重未必多花費，多花費也未必就隆重了。掄才大典要在取才，必要公允，杜絕舞弊，其他倒在其次。停開一科，人才聚集更多，取捨不易呀！」崇禎停茶不喝，緩緩說道：「朕知道你們做臣子的也難，每年九邊兵餉加上內廷供奉、各邊撫賞及不時之需，太倉銀隨解隨出，不光沒有積蓄，年年都虧空二百多萬兩，還不算歷年積欠的幾百萬兩兵餉。遼東、陝西是朝廷心腹大患，今後萬萬拖欠不得，戶部畢自嚴曾有專折論及開源節流，開列十二事，增鹽引，議鼓鑄，括雜稅，核隱田，稅寺產，核牙行，停修倉廒，止葺公署，南馬協濟，崇文鋪稅，京運撥兌，板木折價。法子都可行，只是不免敲民骨髓。朕這些日子思慮著該催繳各省府歷年積欠的賦稅，雖說收繳起來緩慢吃力，不能救急，但終究是根本之策。那些積欠若能解歸太倉，戶部就不用天天喊窮了。」

「皇上聖見，洞徹萬里。各省府藩庫大多入不敷出，兼以積欠數額極大，派員下去催繳，急切之間見功也難。多年的積欠是歷任官員經手的，卻要現任的官員償還，哪裏去弄銀子？不如網開一面，先朝積欠的賦稅盡情蠲免，近四年的如數上繳，免得各省府畏難觀望，嘴上答應得痛快，背地裏虛與委蛇。」

「嗯！近四年的積欠賦稅還不足用度，前些日子本兵梁廷棟有摺子陳說加派遼餉，朕因茲事體大，留中壓下了。先生吃茶。」崇禎把盞示意，從幾案上的紅木匣子裏拿出摺子道：「他所說誠非虛言。今日民窮之故，唯在官貪。使貪風不除，即不加派，民愁苦自若；使貪風一息，即再加派，民歡欣自若。」

周延儒起身道：「皇上時刻以天下萬民爲念，不忍使之多受其苦，足見聖德。古人說：君瘦而天下必肥。今日的情形，太倉空虛，實是藏富於民，以各地官員推論，朝覲、考滿、行取、推升，使銀子少說也要五六千兩；巡按、盤查、訪緝、饋遺、謝薦，使銀子多達兩三萬兩，這些銀子若都歸了太倉，怕是盛不下了。」神色極是恭敬，即便有幾句諛辭也說得堂皇正大。

崇禎提筆在摺子上批朱，歎道：「累及吾民，朕終覺不安。就交戶部商議，如何加派，加派多少，上個條陳。」

周延儒退回值房，未及好生喝上一口茶，喘息片刻，次輔文淵閣大學士溫體仁含笑進來，打躬道：「首輔，聖躬安否？」周延儒心知他來探聽消息，心下極覺不耐煩，但溫體仁掌禮部時曾是自家的上司，不好冷頭冷面地晾他，何況他又先向皇上請安，微呷了一口捧在手中的熱茶，隨即放下略略欠身道：「聖躬安康！一日不見皇上，老先生便請聖安，可是難得的忠臣呀！」又指指旁邊的椅子，請他坐了，書辦忙著給他沏了熱茶。

「首輔過譽了。」溫體仁乾笑兩聲，取茶在手，瞇起兩眼看著茶盞上蒸騰的熱氣，提鼻一吸，連道：「好茶！好茶！」

周延儒怕他閒扯起來，空耗了時辰，又怕遭他轉彎抹角兒地套問什麼話語，並不接言，喊著他的表字道：「長卿兄，方才聽你們談論春闈之事，可有什麼高見了？」

溫體仁乾笑兩聲，連連擺手道：「哪裏有什麼高見？不過是胡亂說說罷了，專等首輔宣皇上的口諭呢！」

「此次春闈當有個全新的氣象。」周延儒見簾子一挑，何如寵與錢象坤、吳宗達依次進來，忙招呼道：「我正要向各位求教。」五個閣臣聚齊了，眾人搓著手圍著火爐坐下。閣臣之中，溫體仁與何如寵同是萬曆二十六年進士，資歷最老，錢象坤、吳宗達二人略晚幾年，周延儒遲至了萬曆四十一年，卻高中頭名狀元，榮耀無人可及，三十九歲便位極人臣，閣臣之中若論入閣的次序卻是最早的，何如寵與錢象坤次之，溫體仁、吳宗達最晚，溫體仁因崇禎喜他孤立忠心，特擢位次輔。不過，歷來唯重首輔，其他閣臣不過唯唯奉命而已。

周延儒等書辦添了炭火，眼角掃了端坐不動的溫體仁，打著哈哈道：「都坐，靠著爐子坐，沒有外人，就別拘什麼行跡了。我正想著請各位移步過來議議春闈之事……」他環視四位閣臣，有意停頓片刻，又吃了口茶。溫體仁見他如此拿捏，那三人卻平心靜氣地支楞著耳朵，心下暗自冷笑，不急不躁地吃茶。

周延儒放了茶盞，沉吟道：「今年春闈，皇上有意隆重，如何隆重卻沒明旨，頗費心思。」眾人猝然之間，沒有想好的法子，各自低頭擰眉思慮，值房裏一片寂靜，只有溫體仁兀自地吃茶有聲。

「貢院多年不用，需修葺的地方不少，影壁、大門、二門、魁閣、號舍、大堂、二堂、後樓，這些不必細說，單說那一萬多間號舍，還有主考、監臨、監試、巡察以及同考、提調執事等人的千餘間官房，再加上膳食、倉庫、雜役、禁衛等用房以及水池、花園、橋樑、通道、崗樓，需要多少磚瓦木料？」

「磚瓦木料不必管它，算算用多少銀子既可。」溫體仁嚥下熱茶，將茶盞輕輕一放，拈著花白的鬍鬚道：「既是禮部的事，銀子交由他們籌措好了。」

「禮部如何籌措？」周延儒聽他說得輕巧，心下有幾分猜疑。

「太祖高皇帝不基之初，便立了官妓之制，成祖永樂皇帝在金陵城裏城外建造重譯、石城、鶴鳴、醉仙、樂民、集賢、輕煙、淡粉、梅妍、柳翠、鼓腹、謳歌、南市、北市、清涼、來賓十六樓，輕眉淡粉，冶豔名姝，與眾多樂戶一併納捐，每年都有一萬兩上下的金花銀，四年下來，也有四萬兩了。」

「還有一萬兩的虧空。」

「太倉如洗，戶部無可奈何，就是請旨下來，畢自嚴也拿不出半兩銀子，這些虧空找戶部沒用。」溫體仁收住話頭，慢慢吹著漂在新續熱水上的茶葉，神情甚是悠然。

錢象坤一眼周延儒，見他低頭吃茶，恍若未聞，催道：「長卿兄引而不發，可是嫌首輔花紅懸賞不足？」

吳宗達也笑道：「次輔不可埋沒了高見。」

溫體仁並不理會，詭祕一笑道：「其實我也沒什麼籌錢的法子，不過避實就虛而已。銀子既不能天上掉地下出，就不要揪著不放。皇上說要隆重，其實意在儀式與功效。愚意以爲不必修繕過了頭，銀子有多少算多少，酌情使用，換個分量最重的主考就是了。」

眾人一驚，次輔依例主考春闈，分量已是極重的，溫體仁竟匪夷所思地說什麼重臣，自然不是嫌次輔主考不夠鄭重其事，而是畏難想撂挑子。何如寵、錢象坤、吳宗達三人不約而同地一齊看著周延儒。周延儒哈哈一笑，起身說道：「玉尺量才，可是無上的功德，我倒是有心搶這個差事，可主考春闈，向有成例。若是貿然改變，須請皇上裁斷。溫閣老一席話，倒是出人意表，量力而行也是個切實的法子，以免大夥兒都作難。」眾人唯唯，見二人都各懷心思，不敢多言，閒話一陣，各回值房。

周延儒回到石虎胡同的宅子，總管周文郁笑吟吟地迎到轎廳，打簾子伺候他下轎。自袁崇煥死後，他便不做副總兵，又回到周府。周延儒一邊往好春軒走一邊問：「許先生可在？」

「在、在。」周文郁雞啄米似地點頭道：「估摸著老爺快回府了，才進去一會兒，大爺等人陪著在裏面品茶呢！」

周延儒吩咐一聲：「我有事與許先生商議，閒雜人等一律不許出入。有人過府拜訪，一概不見。」說罷，頭也不回地邁步進了好春軒。

此時，好春軒裏笑語喧嘩，周延儒的哥哥周素儒與幾個門客李元功、蔣福昌、董獻廷正在陪著一個白髯老者品茗閒話，周延儒上前向老者深揖一禮，老者撫髯而笑。周素儒跳起身道：「玉繩，你回來得正好，許先生方才出了個上聯，我們幾個都在冥思苦想，對不成句。」

「恁的難了。」董獻廷搖頭歎息，見李元功、蔣福昌兩人兀自悶頭沉思，勸道：「省省腦子吧！慣對對子的來了，還要逞強麼？」

周延儒向黃花梨靠背圈椅上坐下道：「夫子出了什麼聯語？」

「山人方才見他們坐等得清閒，便出『黑白難分，教我怎知南北』一聯，本是遊戲玩的，不對也罷。」

周延儒閉目沉思，不多時，睜眼道：「青黃不接，向你借點東西。老師看可熨貼？」

「嗯！妙，實在大妙！」老者不住點頭，其他幾人也紛紛喝采。董獻廷不解道：「世上的人都說什麼買東西，怎麼不說買南北？」

周素儒道：「你這不是胡扯抬槓麼！多年的老話兒，都這麼說慣了。不信，你問問許先生，他老人家淵博似海的，什麼都懂。」

老者含笑不語，看周延儒目光有些游離，心不在焉，心知他有什麼大事要商議，便道：「不要調笑了，看玉繩有什麼要事？」眾人急忙噤聲。這老者一身煙色直身，戴頂逍遙巾，並不見什麼出奇之處，但眾人神色之間對他卻極敬佩，他是周延儒的老師許太眉。許太眉本是當世有名的隱士，隱居太湖馬跡山，才智超群，學識淵博，孤虛、風角、日者、靈台之學莫不涉獵，四書五經倒背如流。周延儒高中狀元衣錦返鄉，意氣昂昂，蹬車攬轡有澄清天下之志，聽說了許太眉的大名，布衣長衫，挾把油紙傘，只帶書僮周文郁，冒著濛濛梅雨，前往拜師。許太眉推說隱居慣了，不願再入紅塵，端出一盤紅紅的大棗款待，笑言：「周生既折蟾桂，文思天下獨步，以此爲詩一首如何？」紅棗本生在江北，在江南算是罕見之物，周延儒取一枚吃了，吐出一個兩頭尖尖的棗核，拱手道：「長者有命不敢辭。」即席吟頌：

紅綢袄袄核小小，
進到衙門走一遭。
骨頭全被扔出來，
肉讓眾官吃盡了。

詠物觀志，許太眉聽了心裏暗驚，此詩言語俚俗，卻大有擔荷天下苦痛捨生取義的旨趣，當即寫了「取法乎中」四個字，說道：「你今後的仕途都在此四字上，這四字體會得好，到時不用你來請，山人定去尋你。」

周延儒謹記在心，歷經萬曆、天啓兩朝，閹黨、東林兩不得罪，若即若離，由少詹事到禮部右侍郎，再拜東閣大學士，終至首輔，成了百僚之長。許太眉果然不負前約，葛袍竹杖芒鞋飄然進京，周延儒命人專門收拾出一個小跨院供老師落腳居住，轉眼間，許太眉來京半年多了。

周延儒最服膺東晉名相謝安處變不驚的氣度，不想掃眾人的興致，輕咳一聲道：「這並不難。依五行之說，南屬火，北屬水，叩人門戶借個火吃碗水，沒有不給的，無須交易；而東屬木，西屬金，都是有質之物，須經買賣才能成交，因此只能說買東西而不能稱買南北。獻廷，此說還合情理麼？」他見眾人點頭，才言歸正傳道：「春闈開科在即，溫烏程有意公舉學生主考此科，學生不知他何意，回來請教夫子。」說到後一句，神色之間，甚是恭敬。

事情既奇怪又倉促，許太眉也覺懵然無緒，沉吟道：「次輔主考春闈是歷朝因襲下來的成例，借爲皇上網羅天下英才而培植勢力，乃是求之不得的好事，他卻反而推脫，實在不合人情，其心叵測，不可不防。」

「北京貢院年久失修，戶部太倉又拿不出銀子，他會不會因此畏難？」

許太眉擺頭道：「區區幾萬兩銀子就是各省的巡撫也難不住，何況堂堂閣臣？魚與熊掌不可兼得，他既不肯任主考，必是意在取熊掌。」

「什麼是熊掌？」周延儒往前傾一傾身子，其他四人也側耳靜聽，生怕漏下一個字。

「眼下還不清楚，只好坐觀其變，以靜制動了。」

「夫子的意思是應下來，還是推掉？」

「應不應下來，還要看皇上的意思。只要凡事多加小心，不要授人以柄，量無大礙。」許太眉語氣頗爲自負，閉眼屈指算了一番，又道：「玉繩，你放寬心，老朽推算你的流年並無災禍之相。」

「去吧！相爺主考春闈，天下多少舉子奔走門下，銀子不是水一般地流進來？我那珠寶店怕都多了不少的生意呢！」董獻廷欣喜得搓手歡叫，彷彿金銀珠寶已如山地堆在了眼前。

周延儒面帶憂色道：「若學生主考春闈，溫烏程勢必暫代學生署理閣務，學生去閣日久，怕猝生變故應對不及。」隨即橫了董獻廷一眼，肅然說道：「近日必要收斂些，不要伸手過長，只顧銀子不顧命，王子犯法與庶民同罪，眞出了事，誰也保不住你！你們且下去吧！不要在此多嘴了！」

許太眉聽周素儒四人尷尬退出好春軒，抬起眼皮問道：「閣裏近日有什麼要務？」

「九邊兵餉，陝西民變，江南復社……」

許太眉打斷道：「這些都是外事，朝中有什麼大事？」

「春闈開科取士，議定吏部尙書、刑部尙書人選……」

「不必再說。山人知道什麼是熊掌了。」許太眉有如入深山採藥的郎中看到了一株千年的靈芝仙草，兩眼眯成一條細縫。

「什麼事竟比網羅人才還緊要？」

許太眉暗自冷笑：選才不如用人，溫體仁果然高明！口中一字一頓地答道：「大——塚——宰——。不過此事不必放在心上，他多個吏部尙書做幫手，分量還是輕，你只要在票擬上多駁上幾次，他們便囂張不得了。」

周延儒點頭稱是。

第五回

尋故人酒館遇奇士
入科場貢街識名流

周延儒小心地踏在隨從的背上，見人群圍的竟是一輛騾車，不知有什麼稀奇之處。側耳細聽，聽他們議論什麼燈籠、詩，這才看見車箱外面掛著一盞碩大的白紙燈籠，赫然寫著龍飛鳳舞的八句詩。正不知原委，卻見一個矮胖的舉子朝一人拱手道：「天如先生原來也在呀！多日不見，先生風采依舊。這燈籠上的詩究竟何意，還請指教。」

北闈開科的消息由禮部頒行天下，各省的舉子紛紛買舟乘車，動身趕奔北京，其實在此之前，甚至未過年關，不少遠途的舉子就來到了北京，一時之間，無數的舉子雲集天子腳下。宣武門大街一直往南，過了菜市口，向西折往廣安門大街，走不多遠，再往南折，有一條極寬的巷子——北半截胡同，江蘇會館便坐落在此。江蘇會館當街的門面雖有三楹，卻不宏闊，但裝扮得格外富麗。大門樓上，朱樑畫棟，錦幔宮燈，門裏便是花木扶疏的庭院，共有三進，三十幾間館舍。自永樂皇帝遷都北京，在京各地官員為敦親睦之誼，敘桑梓之樂，聯絡同鄉商賈開始捐建會館，供同鄉朋友宴飲雅集和接待舉子會試之用。或省設一所，或府設一所，或縣設一所，大都視各地京官之多寡貧富而建，哪些地方在京當官的多，捐建的會館就多，規模也大。到了嘉靖年間，興建會館風行一時。順天會館、河北會館、山西會館、山東會館、河南會館、四川會館、福建會館、江西會館、雲南會館……各省各府各縣的大小會館近百家散落在宣武門外騾馬市大街至虎坊橋一帶的大小胡同裏。江浙作為天下人文淵藪，明朝開國以來，科甲讀書風氣極盛，考取的狀元、進士獨步天下。江蘇本屬南直隸，陪都南京在其域內，地位又較浙江更重。江蘇的狀元與浙江、江西、福建三省數量相伯仲，但閣臣之中三個南直隸，兩位浙江，當朝的勢力天下莫及，江蘇一省的會館自然最多。江蘇會館以外，還有吳縣、宜興、昆山、淮安、武進、鎮江等各府縣會館。晌午時分，一輛騾車進了北半截胡同，「吁——」隨著車伕一聲呼喊，停在了江蘇會館門前，跟在車後的幾個小廝急忙爭著上前掀起車簾。

「哎喲！骨頭都要顛散了，這破爛車子！」車上跳下一個二十歲出頭的青年，外罩沉香色潞綢披風，穿著青圓領棉袍，戴頂儒巾，眉目清秀，風神俊朗。

「老爺，這乘車比不得坐船，哪裏有不顛簸的？再說京城乾旱已久，官道多日失修，免不了高低不平的……」車伕哈腰賠笑，將鞭子夾在腋下，雙手死死拉住騾子的轡繩。

「嘻嘻，駿公大閨女似的，如何吃得下這等苦楚。」車上下來一個三十多歲的瘦小漢子，神態有幾分猥瑣，五短身材，稀疏的髫鬚，一雙小眼睛不住亂轉，「不如雇一頂轎子抬你來了。」

眾小廝掩口而笑，那青年面色緋紅，卻不答話，站在車轅邊。車上又下來兩人，一人身材高大，滿臉英氣，年紀在二十二三歲，另一人三十歲上下，面容消瘦，兩眼卻神采飛揚，精光射人，不可掩抑。那人笑道：「來之，你莫逗他了，若論言辭機變，計謀百出，社中的兄弟哪個也不是你的對手。」

「天如，咱是看了你收的這般好弟子，眼饞得緊，這玉雕粉琢也似的，難得你引導他一門心思地砥礪文章，去年金陵秋闈時，秦淮河多少有名的女子，他竟沒一個瞧上眼的！」瘦小的漢子口中嘖嘖有聲。

「駿公胸藏大志，定要尋個天下無雙的絕色，才肯拋灑情懷。」高大青年一邊指點著小廝們搬下行李、書具一應物品，一邊湊趣調笑。

會館裏的長班聞聲領著兩個館役小跑出來，作揖道：「原來是幾位舉人老爺到了，可曾預訂了客房？」

藍袍青年上前道：「怎麼，客房還要預訂麼？」

「多新鮮！若不預訂，咱們這三十幾間客房早滿了。」長班想幾人必是沒多少權勢的，言語之間冷淡了不少。

「我曾預訂了四間清淨上房，你沒留麼？」瘦小漢子捏著稀稀的髭鬚，話中已有幾分不悅。

「可是太倉的西張先生？」

「嗯！虧你還想得起來，不過你認錯了人，西張先生是這位。」瘦小漢子指指三十歲上下的文士。

「這位老爺說的哪裏話？張老爺譽滿江南，就是在京城也是鼎鼎大名，崇禎元年入選太學，在京師結得燕台十子社，名公巨宦爭著結交，小人怎會輕易地忘了！只是不曾賁緣見上一面罷了。」

「無妨。」張溥含笑一一指引道：「這位是吳江縣舉人吳昌時字來之，個子高大些的是青浦縣舉人陳子龍字臥子，方才答話的是劣徒吳偉業字梅村。」長班連稱久仰，招呼眾人進去。

四人進了客房，草草吃了飯，聚到張溥的房內研討舉業時文，吳偉業沏了壺茶。吳昌時本性不喜什麼試帖八股，好在人機敏聰穎，鄉試中了舉人，算是已有功名，原本無心再戰春闈，此次結伴進京意在結交權貴，以便窬得機緣早入仕途。他見張溥又要講論時文，忙道：「這些功夫都在平日，臨陣磨槍已是晚了，這且不說，若要高中還需走動關節，不然再好的文章無人舉薦，也不免高置蒙塵。天如，你忘了天啓元年浙江鄉試一案了？」

張溥扼腕道：「忘？嘿嘿，怕是一輩子也難的。當年牧齋先生主考，我到杭州去訪張岱，在西湖與他有一面之緣，也是初次相見，不料浙江科考舞弊案當時並未獲什麼大罪，七年以後卻陡起波瀾，牧齋先生被褫職回籍，終日優遊拂水山莊，可惜，可惜！」

吳昌時擺手道：「不管怎樣，那錢千秋可是高中了，只是那老錢恁傻，認錯了門，不然還不是烏紗錦袍的，哪個敢小覷！」

「十年寒窗不能高中，不是學問不到就是運氣不好，若總想著終南捷徑，不是讀書人的風範了。」吳偉業不以爲然。

陳子龍也點頭道：「梅村說得極是，讀書人當憑文章取富貴。」

吳昌時反駁道：「話是這麼說，可歸結到底，我們此次赴京會試，求得不是一己之榮耀，犖犖大者是要復興東林，重振道統，如此個人用個人的勁兒，能行？」

張溥幼年曾下過苦功，所讀的書必經手抄，抄完高聲朗誦一遍，隨即焚毀再抄，如是者六七遍，因此額其書房的名號爲七錄齋。經史爛熟以後，才結交時文名家周鐘、艾南英，文章精進，一日千里，去年南京鄉試高中，更以文章自負，心裏本極贊同陳子龍、吳偉業所論，但聽了吳昌時一席話不禁有些心動，拱手道：「來之此話振聾發聵，我社中人物多爲龍鳳，若合全社之力，自然遠勝一人許多。怎個合法，說來聽聽。」

「天如，我說出來若有欠光明正大之處，可不要怪罪！當今做事的路子有正有邪，我可是但計功業不問手段的。」

「我知道你一心放在社事上，大夥兒都省的。」

「苟利復社生死以，豈因禍福避趨之。」吳昌時斂容起身，踱到花窗前朝外四下聽聽看看，轉身道：「來京之前，我聽說了一件事，不知你們可知道？」

「什麼事？」陳子龍、吳偉業幾乎一齊脫口而出。

「你們知道此次春闈的主考是哪個？」

「本年會試的考官是三月初六所放，武英殿大學士首輔周延儒總裁，何如寵副之，知貢舉為大宗伯徐光啓，都是極有人望、善於衡文的。二輔臣典試主考，自天啓二年壬戌會試便成了定例，閣臣本來有數，猜也猜得出來。」

「二十房官可知道有誰？」

陳子龍搖搖頭，吳偉業看看張溥，張溥道：「萬曆四十四年丙辰科，《詩經》六房、《易經》、《書經》各五房，《春秋》、《禮記》各二房，共為二十房，用翰林官十二人、六科官四人、六部官四人，共二十人充職。依例不外禮部、都察院、通政司、大理寺正官，詹事府、翰林院堂上官。」

「這都是前朝的定制，不會變的，可房官有誰卻是機密。據我所知，有個李明睿，梅村你可認識？」

「認識，太虛先生是小弟的發蒙老師，與家父一起曾在同鄉大司馬王在晉府上做西席。你怎的知道他老人家？」

「這位李大人奉旨北上典試，路經吳門，王在晉帶了兩個兒子特地等在劉家港，送了一份重禮，求多提攜。李大人未置可否，卻問及令尊的近況，聽說你高中舉人，稱讚有加。」

「送重禮？哼！他就是送座金山也不濟事了，那年年底，王家擺酒宴答謝西席，取出幾件祖傳的酒具，金托銀執壺、金托銀爵、鎏金銀托盤雙耳杯，喝的是上好的洋河陳釀，太虛先生一時興起，喝得大醉，卻兀自抓著鎏金銀托盤雙耳杯不放，王在晉怕他摔了祖傳玉杯，反覆勸說，太虛先生哪裏聽得進去？終是連人帶杯摔倒在地，玉杯登時碎成數片。這玉杯聞說出自宣德年間，極其名貴，王在晉心疼得拂袖而去，王家兩個公子忍不住破口大罵，太虛先生醉不到十分，哪裏肯讓？但終覺理虧，心頭又嚥不下這口惡氣，顧不得辭館，束修也沒討，連夜走了。家父次日清早起來，不見了太虛先生，一路追趕下來。好在時辰尚早，城門剛開，太虛先生宿酒猶未全醒，家父在城外追上了他，將十兩銀子送他。他竟不言謝，悶著頭走了。你想有此過節，王家再重修舊好可行？」吳偉業一口氣講出前塵往事，三人聽了不勝唏噓感歎。吳偉業話頭一轉，問吳昌時道：「噫！你怎的知道他們拜會太虛先生？」

吳昌時嘿嘿連笑幾聲，高深莫測地說：「蘇州府不過彈丸之地，劉家港又是人來人往的大碼頭，就是飛過一隻蚊子，怕有百十人看出公母的，何況是幾個大活人？什麼路數你就不必問了，此事千眞萬確。王家公子都有此心，你卻守著銀子不會花麼？」

吳偉業昂頭道：「腹有詩書氣自華，何必低三下四地求人？」

「嘖嘖嘖……你看你，方才我說了那一大堆竟白說了。若以社事而論，我們在社的人中進士越早越好，中的人越多越好。復社自尹山大會成立，到金陵大會，聲勢日益擴大，但還只限於江南幾省，此次北闈正是大張旗鼓廣造聲勢的好時機，影響士林，震動朝野，無過於此，但能高中，何必顧及什麼手段？」吳昌時說到最後，挺身而起，手掌輕輕拍在桌上，不料卻不自覺加了幾分力道，聲音甚是清脆。

吳偉業變色道：「我可沒那麼多的銀子送人！」

「我們可聯絡復社同仁，每人從官家貼補的銀子中匀出一些，湊千八百兩不難。」陳子龍慨然說道：「你若是高中，也是替復社爭光。」

「不必！李明睿看重的不是銀子，是偉業的才學，若送什麼銀子，反而壞了事。」張溥將茶盞放了，他心裏已明白事情的來龍去脈。

吳昌時頷首道：「不錯！天如此話極有見識。他憑錢財，咱憑靠山。駿公，你該去拜謁一下李明睿，以他與令尊的交情，請託的話無須說出，只要你能見上面，他自然明白。」

「瓜田李下，君子不爲，這事終究不尷不尬的，恕我……」吳偉業突然看到張溥鎖著眉頭沉思，似是有些心動，不好拂了大夥兒的盛情，忙改口道：「若是太虛先生不答應，豈不難堪？」

吳昌時冷笑道：「你多慮了。不用說李明睿不會袖手旁觀，就是他想忘恩負義也不敢。」

「你怎知道？」

「就憑今科主考是首輔周延儒。」

「這與他有什麼干係？」

「你忘了首輔也是令尊的舊交。周陽羨做諸生遊學四方時，在太倉與令尊一見如故，交誼頗深。此事李明睿必定知曉，他就是不賣人情給你們父子，還要看首輔的情面。周陽羨是難見到了，但若找到李明睿也足以成事。」吳昌時條分縷析，就是張溥心裏也暗自佩服，他乾咳一聲道：「拜謁長者與買賣關節大不相同。駿公，你豈不知唐人行卷之風？那些舉子與當時的賢達識與不識，自投名刺，一如貫休《還舉人歌行卷》所說「珮入龍宮步遲遲，繡簾銀殿何參差，即不知驪龍失珠知不知。」賢達們將錦繡文章向主司或通榜者加以揄揚、推薦，以文求仕，也算不得賄賂，自古學成文武藝，貨與帝王家，得其所哉，得其所哉！」

行卷是唐代科場中的一種習尚，當時頗爲風行。應舉者將平日所作得意詩文寫成卷軸，在考試前投送朝中顯貴，便是行卷。吳偉業受教於張溥，最重經史，這些前朝典故自然知道。只是他自信詩文罕遇對手，無須下什麼題外工夫，但揣摩張溥話中殷切之意，也覺有理，自忖能有車馬不必步行，不禁有些後悔，懊惱道：「臨時抱佛腳，燒香也不及的。我不知太虛先生住在哪裏，如何拜謁？」

吳昌時似是賣卦一般掐著手指道：「我聽說他住在香爐營四條江西會館。」

「老世叔在京這麼多年了，怎麼還住在會館？」吳偉業半信半疑。

吳昌時見他一副懵懂的樣子，暗自發笑，解釋道：「五品官外放到地方，自然風光得很了，可在京師不過一個微末小官，一年的俸祿不過二百兩銀子，要說他家小均在江西老宅，一個人加上跟班的隨從用度也不會多，賃得起房子。可是人在官場，比不得關起門來居家過日子，上憲、同僚的情分禮數不能少了，遇到他們生日、升遷，宴席帖子發得滿天價飛，要應酬還少得了使銀子？那些朝中的大員自然少了這些花銷，可那些品級低微的小官俸銀就不夠用了，卻懾於權勢，不敢破了這層情面，有的竟到錢莊高息貸銀，待領了俸祿再歸還，往往是拆東牆補西牆，實在是難！」

張溥心裏大覺憐惜，低沉道：「依照大明會典，五品官員住會館有違官制。會館不過是包三餐並雜役，其實省不出幾兩銀子，為著這幾兩銀子，竟然甘冒遭人彈劾的風險，看來真是逼不得已了。」

四人歎息一陣，吳昌時道：「梅村，如今太虛先生任房考官知曉的人還不多，你到江西會館，切不可聲張，不要到館役那裏打聽，一個間房挨一個間房地掃看，以免人人皆知，鬧得滿城風雨，誤了大事。盡快去吧！不然他若進了貢院就見不成了。」

張溥點頭道：「嗯！今日已初五了，按成例初九入貢院，事不宜遲，還是早些動身為好。」

吳偉業極佩服吳昌時的縝密心細，卻又暗覺為難，多年不見了，不知先生的容貌可還如從前？不然，就要看自家的造化了。他一路走著，一路禱告，到了江西會館，悄悄地找了個遍，竟是一無所獲。難道去遲了一步？吳偉業鬱悶地出了會館，但想起未做蠅營狗苟的宵小之事，名節沒有丁點污損，心下竟有幾分輕鬆，漫步回來，天色漸晚，走到北半截胡同南口路東，隱隱傳出喧嘩笑語。他循聲望去，見一套闊大的四合院，三間臨街的門面，朝南洞開的大門，屋宇並不甚高，門上並沒什麼招牌字型大小，掉頭欲走，透過門洞瞥見院內的影壁牆上有磚刻的招牌，青磚上刻著「隆盛軒」三個秀美的趙體白字，院內各房門窗大小不一，是個老字型大小的酒館，離江蘇會館隔著一條巷子。吳偉業不禁躊躇起來，折騰了大半日，勞而無功，不免覺得有些羞愧，多延捱一會兒，也算盡心了。於是邁步進院，小二見他一身儒服打扮，知道是趕考的舉子，笑吟吟地引他到僻靜的小房，問道：「大爺要什麼酒菜？」

「貴號什麼菜拿手，儘管上來！酒麼，就來一斤花雕。」

「大爺，炒腰花青蒸魚、四川辣魚粉皮、清蒸乾貝……不下十幾個名目。喲——大爺可是一個人，這些菜若全上來，未免多了。」

「不用多慮，我有銀子。」吳偉業伸手取出一錠大銀，輕輕放在桌上，推到小二跟前。

小二慌忙道：「小人豈敢嫌大爺銀子少？是怕大爺一人吃不完，實在可惜。」

「不必擔心，他吃不完，自會有人幫他吃。」不知何時門外站了一個手執千字牌的相士，身材矮小猶如十餘歲孩童，只是身材要粗壯一些，臉上鬍鬚稀疏，卻有半尺多長，不住地朝裏張望。吳偉業惱他唐突，有心喝斥，卻見他相貌奇特，想到李明睿不知在何處，不如請他測問一番。於是以手招呼道：「先生請入座賜教，若算得準，酒食吃得，銀子也不吝惜。」

矮相士將白幡倚牆放好，拱手道：「叨擾。」說著在對面坐下，問道：「大爺可是要問今科的運氣麼？」

「先生看我想算什麼？」

「入門休問榮枯事，但見容顏使得知。山人看你憂急於色，必是遇到極爲艱難的事了，靈棋、六壬推算起來太過繁複，怕你等不及。就測個字吧！煩請大爺勞動。」矮相士打開身上斜掛的大包袱，裏面筆墨紙硯香爐籤筒書帖紙卷一應俱全，便要預備紙筆，吳偉業道：「不必了。」用食指蘸了茶水，在桌上寫了一個「士」字。

矮相士看了片刻，說道：「大爺的心事怕是難成。」

「還請指點。」

「『士』字加『人』爲『仕』，大爺想必是尋人的。大爺寫的『士』字又似『之』字，此人怕是已經走了，找他實在不易。」

吳偉業看桌上的「士」字，因桌面平滑，茶水不住流走，端詳起來果然似個「之」字，聽了矮相士的話，皺眉道：「我有個故交，多年沒見了，他近年一直在京師，卻不知道在哪裏，我是急著想見他一面。」

「莫急，莫急。此人見到見不到沒什麼妨礙，大爺這麼急著尋找此人，想必是要他幫忙入仕，人雖找不到，忙他還是會幫的。」

吳偉業不屑道：「你倒會尋人開心！找不到人，怎麼幫忙？」

「大爺請看，士字加口爲吉，不用你求，他自會替你說話。」矮相士用粗胖的手掌捋著細長的鬍鬚，嘿嘿連笑幾聲，神情極是滑稽可笑。

吳偉業冷笑道：「這有什麼奇特之處？就是剛剛入學的童子，也會用這增字法的。測字的書我見得不少，不過拆拆合合而已，能有多少奧妙？」

矮相士不以爲意，拱手道：「大爺說的也是。測字之法由來已久，歷代的奇人異士多有撰著，坊間書鋪多有雕版，尋找起來也不難。這類的書無益於功名仕途，自然登不得大雅之堂，天下讀的人本就不多，大爺不顧失了身分翻翻這些閒書，已屬大不易了。可這類書說起來，不敢說像六經那樣是聖人仰觀天文俯察地理而寫成，卻也不是胡編亂造的。就說這拆字法吧，細分起來，名目頗多，有裝頭、接腳、穿心、包籠、破解、添筆、減筆、對關、摘字九法，乍看起來不出拆、增、減、換、借，其實運用之下，還要看個人的天資稟賦，天資稟賦不同，即便同一個字，解釋也會有異的，就像大爺們做八股文一樣，同一個題目也分上下高低的。大爺不可隨意將它看輕了。」

吳偉業見他娓娓而言，幾句話八面玲瓏，無懈可擊，卻又點到爲止，給自家留了臉面，情知方才魯莽了，摸出一兩銀子放在桌上，含笑道：「謝先生吉言。煩請推算今科如何？」

「煩請大爺再寫幾個字。」矮相士從大包袱裏取出一個小沙盤，放在吳偉業眼前。

吳偉業見院內的槐樹上掛著幾串紅豔豔的乾辣椒，隨手在沙盤上寫了「槐」、「串」兩個字。此時，小二已擺好酒菜，畢恭畢敬地斟滿了酒，小心退了出去。矮相士聞著屋內彌漫的菜香酒香，伸手取了酒杯，提鼻一嗅，瞇起兩眼，吱的一聲喝下肚，讚道：「眞是好酒！窖藏了不下十年。哦！你是想問今科的運氣，呵！這兩個字可是大吉之相，「槐」字乃是榜上經魁，「串」字是兩個「中」字，恭喜大爺要連中兩榜了。可要想高中狀元怕是不成，已有人了。」

吳偉業甚是詫異，反問道：「會試尙未開考，遑論殿試？怎麼會有人中了狀元，誰許他的？」

矮相士詭秘地一笑，「天機不可洩露。」

「終不能空穴來風，了無痕跡吧！」

「昨日山人在一家會館，大爺也不必追問是哪家，在那家會館裏，山人扶乩請仙，已是代天許了。仙人指點的不是平常的絕句，卻是八句古詩……」矮相士看著吳偉業冷笑不止，知他不信，閉眼吟道：「六經蘊藉胸中久，一劍十年磨在手。杏花頭上一枝橫，恐洩天機莫露口。一點累累大如斗，掩卻半妝何所有。完名直待掛冠歸，本來面目君知否？」

「這就是許了狀元？」吳偉業將八句詩仔細記下了，不知何意，心中一陣愴然。

「天機不可洩露，你自去體味吧！」說著起身欲退，吳偉業又取了一兩銀子，與桌上的銀子合在一處，雙手奉了道：「多謝指點，些許微儀不足以謝。敢問先生上下？」

「不敢。山人雲遊四方，不用姓名多年，自家都要忘了，大爺就稱山人宋矮子吧！山人每次來北京都遇到貴人，時光如流矢，轉瞬已過五年。五年前，高粱河上……唉！雲煙過眼，都成往事，還提它作甚？」宋矮子接過銀子，執幡而去，腳步竟有些蹣跚，不似來時穩健。

「宋矮子？江湖上何時出了這麼個奇人？」吳偉業目送他出了大門，想著他吟的那八句詩，無心吃飯，急急回到會館。

夜色已重，紅燭高燒。吳偉業進了屋子，見張溥、吳昌時、陳子龍三人圍爐吃茶，想是坐等他的消息，聽說沒有找到李明睿，陳子龍大呼可惜。吳昌時城府極深，一聲不響，臉上看不出喜怒之色。張溥竟也不埋怨，反倒安慰道：「天意如此，不可相強。」吳偉業暗叫慚愧，想起今日的奇遇，簡要說了一遍。四人沉吟良久，張溥拊掌道：「我知道這首詩的意思了。這是首藏頭拆字詩，可用離合增損法破解，首二句「六」、「一」、「十」合「辛」字，三四句「杏」字去「口」加一橫爲「未」字，五六句「爿妝」加「一點大」爲「狀」字，七句「完」字去頭爲「元」字，合起來便是「辛未狀元」四字。這首詩應在誰身上？」

「那相士緘口不說。」

「江湖術士說些吉利的話兒，不過是討口飯吃，本算不得什麼數，何必管他？」陳子龍大不以爲然。張溥陰著臉道：「寧可信其有，不可信其無。冥冥之中，或有天數。」他見吳昌時一直悶頭不語，問道：「來之，你以爲如何？」

「我？我總覺得事情有些蹊蹺，若果眞靈驗如此，怕是大有文章了。看來不少人下了書外的工夫，大意不得。」吳昌時心頭沉重，臉上隱隱現出一絲失望之色。

張溥拍案道：「盡人事而聽天命，未必無望！」

二月初六，何如寵、徐光啓帶領李明睿、薛國觀、倪元璐等簾官提前三天進駐了順天府貢院，周延儒身居首揆，特地請旨留閣辦公，八日一早入場。二月七日過了午時，他將錢象坤請到首輔值房，密談了半個時辰，才回府預備入院，溫體仁、吳宗達見他出閣，忙一齊過來相送。二月初九，是會試依例定下入闈的日子，本日考第一場，三日後考第二場，再三日考第三場。四更剛過，周延儒冠帶朝服坐了青幔大轎趕往貢院。

順天府貢院座落在京城東南角崇文門內觀星臺西北，永樂十三年在元代禮部衙門舊址上改建而成，此後一直是朝廷掄才大典的重地，經過多次修葺擴建，連綿成片，規模宏偉壯觀。貢院坐北朝南，四周圍以高牆，門有五楹，大門上方大書「貢院」，正中高懸「天開文運」泥金大匾。門分三重，最外面的門稱頭門。第二道稱儀門，前有盤龍大照壁，背面是貼金榜之處。第三道便是天下豔稱的龍門，非考生莫入，送考的人到此就止步了。後面依次是明遠樓、致公堂、內龍門、聚魁堂、會經堂、二十房等處，還有監臨、提調、監試、考試四房，彌封、謄錄、對讀、供給四所。大門外東西兩側建起「明經取士」、「爲國求賢」兩個石牌坊，外有東、西轅門，大仲春剛過，夜長晝短，將近五更，天色尚黑。周延儒的青幔大轎還沒到貢院大門，遠遠就看見貢院東街、貢院西街、貢院頭條、貢院二條、貢院三條，還有鯉魚胡同、筆管胡同、驢蹄子胡同，燈火通明，人聲嘈雜，有如湯沸，賣吃喝的、賣文房四寶的……在街道邊、胡同口擺得滿滿的，吆喝聲、說話聲響成一片。三三兩兩的舉子顧不得春寒料峭，提著考籃早早地趕來。周延儒命落了轎，打發轎子回府，換下官服，只帶了一個長隨，趁著夜幕擠入人群。

寒星滿天，斗柄倒旋，穿過路南隔街的鯉魚胡同，來到貢院東街，見一個年輕舉子似在與一個攤販討價：「就這樣一幅小小的畫兒，又是木版刷印的，竟要一錢銀子？一錢銀子能買多少張紙？」

「相公不可這樣說話，小人一年也只這幾日的買賣，這大冷的天，起早摸黑的，若沒什利錢，何苦不在熱炕頭守著老婆，還巴巴地到這裏受苦？一錢銀子討個口彩，圖個吉利，也值了。若是相公高中了，銀子還少了這一錢？就是幾千兩、幾萬兩也有的。」那小販喋喋不休，一口的京腔京韻，言辭之密水潑不進，那舉子一時竟插不上嘴，見小販住了口，才問：「你這畫上畫個藍面小鬼，一手捧墨，一手執筆，有什麼講究？」

「哎呀！我的大老爺，這你能不懂？小人卻不信！哦！是了，大爺是想討個口彩，小人就說與大爺聽。這畫有個名目，叫「魁星踢斗圖」，你看上面有個藍面小鬼，一手捧墨，一手執筆，單腳獨立站在鼇頭上，另一腳踢起，托起一個「斗」字。連鬼帶「斗」，像個什麼字？大爺學富五車，才高八斗，自然識得，這是一個草體「魁」字，大爺祥瑞，魁星踢斗，獨佔鰲頭，大喜大喜。」

那舉子摸出銀子遞與小販，恭恭敬敬地捧起魁星踢斗圖，轉身欲走，那小販卻上前一把拉住，舉子怒道：「我缺你銀子？說好是一錢的。」

「大爺誤會了。小人不是討要銀子，這請魁星還有個說道。」小販賠笑道。

「什麼說道？竟這般囉嗦！耽誤了入場，我可不與你善罷。」

「大爺息怒。這魁星本是主宰科考的神祀，你看他手裏那支筆，專點金榜題名人的姓名。大爺請魁星，須當面說出姓名，暗自禱告禱告，將圖帶進試場，貼在號房裏，包你高中。」

「眞的如此靈驗？」

「心誠則靈嘛！孔老夫子都說：祭如在，祭神如神在，精誠所至，金石爲開，又不多花大爺的銀子。」

「你也讀過幾天書？好！且信你一回。我祖籍南直隸蘇州府太倉州，姓吳名……」

那舉子尚未說完，卻見一人大呼著搶身過來道：「駿公，你躲在此處做什麼？教人找得好苦！」也是一身舉子打扮，身形略高大一些。周延儒心裏一動，暗忖道：太倉吳家，我少年做諸生遊學時曾與太倉吳琨一見如故，交誼頗深，不知此人與吳琨可有瓜葛？

那自稱姓吳的舉子忙將手中的圖畫藏入懷中，答道：「臥子兄，小弟也在找你們。」

「快走快走！前幾日你說的那人也來了。」說著拉起買畫舉子便走，邊走邊說：「你說那人可也恁的膽大，竟將這幾句扶乩的詩寫在燈籠上，想是欺人不知，走！咱去揭穿他。」

周延儒見二人神色有幾分詭祕，跟在他們身後趕往貢院外門。

貢院大門前，早已聚集了無數的舉子，依次等著入場。一隊兵丁刀槍明亮，巡視維持。周延儒見他們朝一堆人群擠去，一些舉子團團圍在一處，指指點點，嘰嘰喳喳，交頭接耳地不住議論，不知是在做什麼。隨從知道他不想擠入人群，急忙彎腰躬背，周延儒小心地踏上去，見人群圍的竟是一輛騾車，不知有什麼稀奇之處。側耳細聽，聽他們議論什麼燈籠、詩，這才看見車箱外面掛著一盞碩大的白紙燈籠，赫然寫著龍飛鳳舞的八句詩。正不知原委，卻見一個矮胖的舉子朝一人拱手道：「天如先生原來也在呀！多日不見，先生風采依舊。這燈籠上的詩究竟何意，還請指教。」

「此人便是張溥？」周延儒心裏一驚，看此人身材消瘦，貌不出眾，竟是人人崇敬、攘臂一呼、南北回應的復社魁首，他到底有什麼本領，竟能暴得大名？崇禎元年，他以恩選入太學，組成燕台社。二年，將幾社、聞社、南社、應社等十六家文社合而為一，名為復社，大會尹山，聲勢傾動朝野，天下士林側目。三年，又大會金陵，入社的名士高才三千餘人，遍及十幾個省。他不過一個新中的舉人，如何會有如此的法力？「興復古學，務為實用」，並無甚出奇之處，三千文士竟甘心聽他驅遣，大可奇怪！他電光火石之間，想起張溥的許多傳聞，饒有興致地看著張溥。

張溥昨日想了半夜，也猜不出包攬狀元的是怎樣的人物，口氣如此之大。今日三更時分，他與吳昌時、陳子龍、吳偉業預備應考之物，文具、燭火、食物，凡是闈中所需的用具，從釘錘到白泥小風爐，一應俱全，總計不下五十件之多，收拾檢點妥當，早早來到貢院街。不料吳偉業失了群，他與吳昌時、陳子龍分頭去找，約定在貢院門前會合，人沒找到，卻見了寫著那八句詩的燈籠，便多在人群裏不動聲色地查看。見被人認出，不敢洩露，客氣道：「兄台謬讚，小弟也懵懂不知其意。」

「先生之學出入經史，融通古今，若是不知，還有何人可以教我？」

「委實不知。小弟如今一門心思都放在科考上，無暇顧及其餘。時辰快到了，該入場了。」張溥看見吳偉業、陳子龍湊到燈籠前面端詳，怕他們一時興起，口沒遮攔地說出謎底，惹來什麼是非，急忙拱拱手，拉了便走，低聲叮囑他們不要多事。

「老、老爺，辰時已過，該進科場了。」周延儒兀自看著張溥幾人，腳下的長隨苦苦支撐，吃力地提醒。

他看看天色將明，退出人群，卻被人一把抓住，那人呼著他的表字道：「玉繩兄，你怎的還在這裏？」

周延儒聽出是兒女親家陳于泰，低聲道：「大來，人多眼雜，此時不宜相見。」

第六回

李明睿密約償夙債
薛國觀檢舉邀頭功

「太眉先生？」周延儒登時睡意全無，他知道若非有了極緊要的事，許太眉絕不會深夜而來的，急忙披衣起身，到了內龍門。好在舉子們三場已畢，門禁不如前幾日那麼森嚴了。周延儒從門縫往外看，借著門上的燈光，果見許太眉披著大氅站在寒風之中，焦急地不住來回走動。

陳于泰，字大來，號謙如，小周延儒三歲，兩家相距十幾里，是自幼熟識的夥伴兒，貧賤之交，後來陳于泰娶了周延儒的妻妹，兩家結了姻親，情意又深上一層。陳于泰小心四下環顧一番，將周延儒扯到一旁，賠笑道：「只幾句話。你看見那盞白燈籠了麼？我怕此次北闈教你為難，前幾日請了個江湖術士扶乩請仙，得了這八句詩，想是天命，便做了這盞燈籠，到時可為你分榜。」

「這燈籠何意？」

「這八句詩裏藏著辛未狀元四字，你看一、二句……」陳于泰面有得色，指點著解說起來。

周延儒臉色一變，怒道：「哼！你竟如此狂妄，誰許了你狀元？我在信上再三囑咐與你，你卻如此胡來！」

「我也是一片好心，只想……」

「狀元是想來的嗎？」周延儒拂袖折身而去，將陳于泰晾在一旁。到了貢院門口，邁步要進。門前幾個持槍的兵丁喝止道：「站住！時辰還未到，先在外邊排隊等著搜檢查驗。貢院重地，豈容擅闖！」竟將他當做了趕考的舉子。

周延儒一怔，長隨上前罵道：「瞎了你們的狗眼！竟敢阻攔主考大人？」

「主考大人？你糊弄哪個！天下還有不坐轎子進貢院的主考？哈哈哈……什麼熊樣的主考，我看倒像個多年落第的舉子。咳！考了幾回了？還這麼心急地進場，怕是考糊塗了吧！一邊涼快著，不是說給你了，還沒到開龍門的時辰呢！」

「你們這幾個奴才！」長隨作勢要打，周延儒阻止道：「北闈大事，不可胡鬧！」眾兵丁以為他怕了，哄然而笑。

「哎呀！首輔怎麼沒坐轎子……快請進！」副主考何如寵從大門裏急步出走下臺階，望著周延儒一身儒服，不知何意，慌忙將他迎進大門，守門的兵丁驚得目瞪口呆，眼看著周延儒整整袍服，邁著沉穩的步子進去，半晌回不過神來。何如寵一大早就在大門的耳房裏等周延儒，久等不來，屋裏的炭火燒得極旺，他竟靠著椅子迷迷糊糊地睡了過去，直到被門外的吵鬧聲驚醒，先前也沒在意，看看時辰不早了，便出來探看，見一身儒服的周延儒竟給攔在了門外，忙接了進來，調笑道：「想不到堂堂首輔一如舉子，被攔在了大門外。若是主考官缺席，這會試可怎麼考？哈哈哈……不是天下奇聞麼？」

「給他們這樣一折騰，當年會試的情形宛在眼前。」周延儒笑了笑，不勝感慨道：「為防夾帶和藏私，免生弊竇，每科會試的舉子，不管窮富也不論老少，都得赤身裸體遭受貢院衙役們查驗，眞是斯文掃地、顏面盡失，天下的讀書人有幾個沒在這裏飽受過羞辱？這倒令我想起一副茅廁的對聯：世間貞烈女子進來寬衣解帶，天下英雄豪傑到此俯首稱臣。」

「眞是妙語！只是羞煞了天下讀書人。可是若不這麼辦，實在也沒什麼更好的法子，哪個主考官不怕科場舞弊？世上可是什麼樣的人都有啊！」何如寵先是讚歎，繼而搖頭歎氣。

二人來到儀門，那些提調官、讀卷官、監試官、掌卷官、受卷官、彌封官、對讀官、搜檢官、監門官、巡綽官、提調官、印卷官、供給官等人已在門外迎候，爲首一人是禮部尙書徐光啓。眾人見首輔一身儒服徒步而來，各自驚訝。周延儒寒暄幾句，率領大夥兒進了龍門，趕往主考的辦事房——至公堂，何如寵、徐光啓也只好棄轎相陪。自龍門到至公堂是個一百二十丈左右見方的闊大院落，中間筆直的甬道，兩側是按《千字文》順序編列著一排排號舍，密密麻麻，有上萬間，如同蜂巢蟻窩。院子中央矗立著三層飛簷翹脊的高樓，四面皆窗，居高臨下，便是專供監考瞭望的明遠樓，樓上高懸聯語：「矩令若霜嚴，看多士俯伏低徊，群囂盡息；襟期同月朗，喜此地江山人物，一覽無遺。」樓前一株粗大的槐樹，那是天下馳名的文昌槐。繞過明遠樓，大約一箭之地，有一座軒敞的三楹廳堂，是主考官的辦事房——至公堂，匾額還是前朝奸相嚴嵩所書，因其書法嚴整端莊，留用至今。

周延儒仰頭看看當中高懸御書的「旁求俊乂」金匾，指著兩旁的楹聯呼著何如寵的表字道：「康侯，回想當年入龍門似在昨日，那陣勢如今每一想起都心驚肉跳的，眞不易呀！你看看這聯語寫得何其妥貼：號列東西，兩道文光齊射斗；簾分內外，一毫關節不通風。萬曆四十一年是個倒春寒，天氣極爲寒冷，爲防夾帶之嫌，本來衣衫就單薄，又沒帶取暖的炭火，號舍狹小，活動活動手腳都難，手腳凍得紅腫，裂了好大的血口子。哎！眞是三場辛苦磨成鬼呀！」

「可不是麼！有人說初進考場，光著腳手提考籃，好似乞丐。唱名入龍門，官喝隸罵，好似囚犯。進了號舍，孔孔伸頭，房房露腳，似秋後受凍的冷蜂。等考完了出場，疲乏已極，神情惝恍，好似出籠的病鳥。」何如寵唏噓道：「似首輔少年得志，高中兩榜，入宮折桂，天下能有幾人？首輔都有此痛楚，那些名落孫山猶自不懈的舉子豈非要嚇破膽了？不過，話又說回來了，經得磨難才修得正果。」

「可不是麼！要說到科考，我可沒有兩位閣老那般的高才，也沒有什麼福氣。萬曆九年中秀才，萬曆二十五年中舉，萬曆三十二年春闈才考中進士。二十歲的秀才，三十六歲的舉人，四十三歲的進士，爲了功名總共花費了二十三年的光陰。其中的辛苦可是數倍於兩位，如今年已古稀，見了這些舉子應試，兀自心有餘悸呀！」鶴髮枯容的徐光啓搖頭浩歎，瘦骨嶙峋的身子簌簌抖動數下，神情悵然。

周延儒知道他科舉仕途都不順利，會試後雖考選了翰林院庶起士，散館授翰林院檢討，兩年後升遷詹事府少詹事兼河南道監察御史，但父喪丁憂守制，又受閹黨排擠，崇禎元年才復了舊官，一下子蹉跎多年，難免心存怨氣，也在情理之中，當下乾笑兩聲，並不接言。何如寵卻避重就虛道：「門禁森嚴，周身搜檢，這也是沒法子的事，不然人人夾帶、藏私，掄才大典豈不熱鬧了！首輔可還記得嘉靖年間有人將鴿子帶進了貢院，妄想傳遞考題作弊……虧他想得出！」

周延儒與二人嗟歎說笑一番，一齊率領二十位房官在「大成至聖先師」孔子的牌位前恭行了大禮，進香盟誓完畢，然後領著房官、內提調、內監試、內收掌等內簾官到堂內更衣，徐光啓率領外提調、外監試、外收掌、受卷、彌封、謄錄、對讀等外簾官恭送周延儒等人由至公堂後進的小門入內，隨即落鎖封鑰，垂下一塊布簾，將內外隔開。科考期間門禁森嚴，這道小門不到開闈之日，不是奉皇帝聖旨，不可妄開，內外簾官不相往來，有公事則在內簾門問答受理，以免有舞弊之嫌。

吉時是欽天監奉旨擇定的，吉時一到，周延儒吩咐一聲：「開龍門！」龍門外的舉子們到點名臺前按著唱名順序，提著考籃，魚貫而入，各尋到自家的房號按榜就坐，忍不住向外張望，還不到封號發題的時辰，同舍的舉子們往來奔走，胡亂搭訕，焦急興奮地等著。吳偉業找到了號舍，將籃中的筆、墨、硯臺、食盒、飯碗、蠟燭，甚至便器、臥具、木炭、草紙、白米、鐵鍋、茶葉等一應物件放好，收拾停當，又從懷裏取出那張魁星踢斗圖，小心地貼在牆壁上。他初試北闈，見時候尚早，鑽出號舍柵欄，漫步閒逛。從龍門到至公堂有一條好長的甬道，甬道上橫鋪著青石板，兩旁在著桃樹李樹。他溜達到巍峨的明遠樓前，見樓下一株古槐，婉蜒而西，夭矯如龍，橫過甬道，冠蓋亭亭。他知道這便是聞名天下的文昌槐，據說極具靈性，半信半疑之間，有幾個舉子過來合掌默禱。他心中暗笑，想要去尋張溥幾人，偌大貢院，考棚號舍無數，不知從何處找起，抬頭看日色已晚，貢院放炮三聲，落鎖封門，想必名已點完，擔心號官封號，轉身徜徉而回。

暮靄初合，吳偉業喊了號軍代爲燒飯，胡亂吃了，點起蠟燭，翻檢考籃，見一應物件俱全，囑咐號軍：「題紙來了，即刻喊我！」放下號簾，熄燭歇息。此時北地天氣尚寒，比不得江南春早，朔風灌入號舍，冰冷刺骨，夜裏凍醒兩三次，將被褥緊緊裹在身上，兀自瑟瑟發抖，苦捱半夜，外面紛亂起來，隱隱聽到傳喚：「發題紙了，發題紙了！」又聽明遠樓上更鼓敲得正響，登時睡意全無，翻身起來，洗臉漱口準備答卷。

會試的頭場照例試「四書」義三道，「五經」義四道；第二場，試論一首，判五條，詔、誥、表內科一道；第三場，試經史策五道。三場之中，往往最中頭場，因此主要以「四書」義取士，題目由皇帝欽定，二月初八一早，禮部堂官在乾清門外跪接送到貢院，徐光啓跪在院門口接捧，供到至公堂中，傳鼓通知。周延儒、何如寵兩個總裁肅具衣冠，在內簾門口跪接，再命書法上佳的房考官將題目謄抄，監督工匠刻板、印刷，點清題紙數目，一張不准漏出，直到午夜，雕印完畢，即刻發放。

吳偉業將三代姓名和籍貫年甲、所習本經寫在首頁，看了題目，略一思索，振筆疾書，半夜半日的工夫，便已脫稿。朝外見巡鋪官沿著號舍永巷來回巡查，四下一片寂靜，知道都在用心作文，將文稿放置一旁，收拾著吃過午飯，倚牆小寐，醒來看看天色尚早，沏了一壺春茶，慢慢修正塗改，隨後調墨選筆，小楷謄清，黃昏時分，又看了又無犯規和不合程式之處，預備到至公堂交卷，領簽出場。掌鑰的號官輕手輕腳走來，手裏捏著三根蠟燭道：「夜裏可用燭火？」

「我已謄清了……」吳偉業正要婉言拒絕，那號官伸頭進來，低聲問：「你可是太倉的吳偉業？」

「正是……你怎麼知道？」

「聽說你到江西會館找過人？」

「李明睿？」吳偉業幾乎脫口而出，驚喜之下，連連點頭。可是仔細打量號官，分明不過三十歲上下，與李明睿的年紀相差許多，哪裏有一絲倜儻狂狷的模樣？頓覺疑惑，「軍爺是……」

那號官瞟一眼房外，輕輕搖頭道：「一個面生的人到了江西會館，還想教人不知道？」

吳偉業暗自詫訝，驚問道：「老世叔怎麼知曉的？」

「我與李大人忝列同鄉。聽說浙東口音，李大人便想到了你。」

吳偉業瞥見一個身穿獬豸補服的官員，帶著一隊兵丁朝這裏走來，想必是都察院的風憲官巡視考場，登時冒出一身冷汗，那號官也不再多言，順手將他案上的草稿拿了，揣入懷中，急忙離開。巡視的官員來到切近，看了看棚號，又翻檢了考卷的姓名籍貫，沒有發覺不妥之處，才轉身而去。

一連九天，三場考完，所有考卷都由外簾官糊名封存，收卷後，還要謄錄、校對，再將謄錄的考卷轉交內簾官。其實閱卷不必等到開闈，舉子第二場出場，便開始進卷。聚魁堂內，二十房官，公服上堂，相互一揖。在滿堂紅燭之中，兩總裁與眾人見過禮，居中南向落座，周延儒環視眾人道：「這回春闈名士如雲，諸位房官閱卷要格外用點兒心，才不負皇上重託，爲朝廷網羅人才。」

何如寵說道：「我是荒疏已久，老眼昏花，實在不足做這個副主考，蒙皇上聖恩，首揆提攜，勉力爲之，全仗諸位相助。」

眾位房官都知道這是例行的過場，嘴裏打著哈哈，抽籤分卷，各自帶回本房評閱。優異的文卷上呈請總裁取中，謂之「薦卷」。不薦的卷子，叫做「不出房」，雖薦而未爲主考官取中，稱爲「薦而不售」。薦卷多以頭場的卷子爲據，二、三兩場的卷子雖亦可以「補薦」，但往往中額已滿，擠不上榜了。其實只要主考官取中了，他人往往不會再有異議。李明睿將本房的考卷細細翻檢，又將草稿與謄錄的朱卷對閱了，確定是吳偉業的卷子無疑，小心揣在懷裏，直奔正副主考的辦事房。爲避嫌疑，科考期間主考官例不獨處，副主考何如寵身爲輔臣，事事忍讓首輔，怕自家礙事，藉口巡視，整天躲到一旁吃茶睡覺，辦事房內常常只有周延儒一人。

李明睿進來施禮道：「首輔，這篇文章絕佳，才華豔發，吐納風流，學問博贍，藻思綺合，實在不可多得！」

「哦？是哪個名士的手筆？」

「出自太倉吳蘊玉的公子之手。」

「吳琨的公子，你可拿得準？」

「拿得準，卑職審核得仔細。確是吳偉業所爲。」李明睿摸了摸懷中的那卷草稿，遲疑片刻，終於沒有掏出。

「容我細看。」周延儒將考卷藏在抽屜中，李明睿告辭走了。不一會兒，進來一個五十多歲的老者，身穿七品鸂鶒補服，四顧無人，將一篇考卷呈上道：「這是南直隸陳大來的考卷，文才勃發，端的錦繡。」周延儒見是禮部郎中李繼貞，點頭道：「老先生請坐了說話。你當年是吳琨的開蒙師傅，如今他兒子正在闈中，聽說他文章寫得極好，你可辨識得？」

李繼貞側身坐了道：「元輔，卑職曾聽吳琨說起過，他兒子的文風極像王文肅公，雄健峭拔。」

周延儒將一份考卷遞與李繼貞道：「此卷中有兩處化用王介甫之文：『因天下之力以生天下之財，收天下之財以供天下之費，自古治世，未嘗以財不足為公患也，患在治財無其道爾。陛下欲以先王之正道勝天下流俗，故與天下流俗相為重輕。流俗權重，則天下之人流俗；陛下權重，則天下之人歸陛下。權者與物相為重輕，雖千鈞之物，所加損不過銖兩而移。』倒也巧妙，與自家立論渾然天成。你看看可像是吳家千里駒的？」

李繼貞仔細看了道：「確鑿無疑。」

「待公議後塡榜，將這兩份考卷取為一、二名，以吳文壓卷。」

李繼貞長揖道：「如此取錄，可稱得人。」

二月十四日夜裏，公議草榜，預備明日塡寫張貼。名次排定，眾考官多無異議，只有房官倪元璐力爭將張溥拔在首位、陳子龍列入高等，周延儒沉吟道：「若論文章篤實，當以張溥為最。可他身為復社首領，名氣太盛，稍挫其鋒，細加琢磨才會成大器。為國求人，切不可只看重一時的名次，蕭何、魏徵也不是狀元郎出身，依然是千古名相。再說朝廷取材當自有法度，不可一味取阿士林，不然天下的讀書人都會以復社為進退，朝廷威福何在？東林之禍不遠，當深以為戒呀！」

「若不為朝廷所用，讀書做什麼？那陳子龍的文章出語狂傲，這樣的人更該多磨練幾回才是。」何如寵氣咻咻的，倪元璐不敢再爭。

草榜完畢，眾人散去。周延儒細數一遍，此榜共取三百四十七名貢士，竟有六十二人出身復社，心裏暗歎道：「復社若為我所用，朝野合一，這首輔的位子不但穩固，還會清心許多。」他心神舒泰，才感到這些日子疲乏已極，正要上床安睡，門外有人喊道：「首輔老爺，有人要拜見。」

「混賬，不知道這是國家掄才的禁地，能隨意出入麼？不要腦袋了！」周延儒朝外罵道。

「那人進不來，請首輔屈尊到內龍門說話。」

「來的是什麼人？」

「是個白鬚老者。小的不認識，他也不說名號。」

「太眉先生？」周延儒登時睡意全無，他知道若非有了極緊要的事，許太眉絕不會深夜而來的，急忙披衣起身，到了內龍門。好在舉子們三場已畢，門禁不如前幾日那麼森嚴了。周延儒從門縫往外看，借著門上的燈光，果見許太眉披著大氅站在寒風之中，焦急地不住來回走動。

護軍逢迎道：「首輔，要開門麼？」不料周延儒厲聲道：「沒有聖旨哪個敢開？」護軍無趣，轉身遠遠躲了。

「何人找我？」周延儒為避嫌疑，故意高聲問道。

許太眉應道：「是老奴。」

「什麼事？」

「夫人得了急症。」許太眉走近門邊，低聲道：「方才錢象坤送信，有人要上摺子彈劾會試舞弊，不知抓到了什麼把柄，千萬小心留神！」

「我知道了。快到太醫院請個太醫診斷。」隨即又小聲問道：「他還說什麼？」

「錢府管家傳話給了我派出盯在錢府門外的人，但怕有廠衛在左右，匆忙之中，只說了這兩句話。」

「哪個指使，是誰告發？」

許太眉搖頭道：「不知道。我想此事關係重大，別人來我不放心。北闈重地，怕你礙於門禁不願見面，將事耽誤了。」

「明日北闈即了，我進宮覆命，窺探動靜，再做商議。」周延儒心急如火，一陣夜風吹過，猛然打個寒戰，才覺到身上一片冰冷，前胸後背早已浸出了汗水。

彈劾科場舞弊的摺子已送進了宮，放到了崇禎的御案上，告發周延儒徇私舞弊，取中姻親陳于泰和友人之子吳偉業，說什麼「密囑諸公分房，於呈卷之前取中式封號竊相窺視」，上摺子的是禮科都給事中薛國觀，此次北闈，他以六部科道言官的身分參與其中。崇禎見多屬捕風捉影的推測之辭，語焉不詳，便留了中。

開春以來，崇禎的心情如春日的花事一日好似一日，遼東平安無戰事，陝西楊鶴傳來捷報，招撫了神一魁。自楊鶴陛辭赴陝西日起，崇禎一直有些憂心。他對楊鶴本來知之不多，從吏部大檔知道他籍貫湖廣常德府武陵縣，是萬曆三十二年進士，做過幾任知縣，後來做了京官，又屢遭罷斥，起用爲右僉都御史不到一年，升任督察院副都御史。依慣例，不應再轉調外任，但既是吏部會推，而他陝西三邊總督也屬緊要之職，不可懸缺過久，崇禎破例准允，卻又擔心楊鶴缺少戡定禍亂之才，更無拓邊守疆的閱歷，便在平臺召見，當面考問。問及平亂方略，楊鶴一句「清愼自持，撫恤將卒而已」，崇禎心寬了幾分，邊帥清正，將卒自然用命，區區幾個亂卒流民便不足爲懼了。如今陝西民變只剩下王嘉胤一路，孤掌難鳴，平寇指日可待。崇禎反覆看了楊鶴的摺子，禁不住展顏微笑，心底頗有些得意起來，九邊長年缺餉，士卒饑寒，這麼多年的虧空一時難補，非多用循吏不可。他命曹化淳從書架上取下一個錦盒，伸手打開，裏面滿滿的奏摺都依次排好，貼了閣臣墨筆票擬的紙簽，他冷哼一聲，用力合上道：「小淳子，將這個錦匣封好，六百里加急送與楊鶴。」

曹化淳吃驚道：「這些奏章已由閣臣票擬，都是彈劾楊鶴主撫養寇的，如何再轉與他？」「朕要推心施恩給他。」崇禎微微皺了下眉，旋即淡淡一笑，「小淳子，你忘了宮門前鐵巴上的祖訓了?下去掌嘴二十。」

「奴婢就在這兒自家掌嘴吧!萬歲爺聽了也好消消氣,逗樂兒解悶兒。」曹化淳兩眼逡巡著崇禎,見他臉上並沒有氣惱的顏色,小心地舉手作勢掌嘴。果然,崇禎哼道:「你這奴才倒是好心,可也恁多嘴了。這次且記下,以後一併懲戒算了。」

「謝萬歲爺!」曹化淳將錦匣抱在懷裏,跪下叩頭,又問道:「萬歲爺此招可是高明得緊,楊鶴見了想必感激涕零。」

「看來你在內書堂的書沒白讀,倒是眞懂了不少事兒!」

「內書堂再讀也是沒活氣兒的舊書堆,還是跟萬歲爺學得紮實。」

「噢——」崇禎從袖管裏掏出一個雞蛋大小的八角橢圓形蘇樣水磨紅銅手爐,「你倒說說怎樣紮實了?」

「萬歲爺一個月前已有旨將那些彈劾的奏章發了邸報,是教楊鶴知道朝臣……哎呀!奴婢著了萬歲爺的道兒了,豈非又要掌嘴?」

「哈哈哈……你不用怕,朕命你說,你還要抗旨麼?」

「彈劾的奏章刊發邸報,萬歲爺的意思不外乎一個字。」

「痛快地說!不必吞吞吐吐的。」

「逼。」

「嗯?」

「此次將這些奏章的題本並閣臣的票擬一起給楊鶴，也是一個字：安。」

「你說說看。」

「恩威並施，教楊鶴安心撫策，早定西北。」

崇禎不置可否，卻將話題轉了問道：「朕首肯楊鶴的招撫方略，外面可有什麼風聞？」

曹化淳嘻嘻一笑，「奴婢每日都在萬歲爺身邊，奴婢聽到的萬歲爺也聽到了，朝臣並沒有多少異辭。」

「朕心裏總覺有些奇怪，招撫方略初定之時，還有不少人奏楊鶴糜餉養寇，主撫誤國，如今知道他招撫有成，倒都見機得快了。」崇禎心神通泰，離了御座活動幾下手腳，「王永祚有日子沒進宮了，你知道他在忙什麼？」

「奴婢聽說他近日中意一個粉頭，據傳出自名妓薛素素的門下，嬌豔異常，極爲可人，將王公公狐媚了……」

「哼！是將朕的耳目迷了。」崇禎不覺動怒，在暖閣裏來回走了幾遭，問道：「西院還是那般熱鬧？」

西院即是西院构欄，與粉子胡同自元代便是妓女聚集之地，明代將官妓的居所改在了東城的构欄胡同，與教坊司所在地本司胡同和演樂胡同毗鄰，西院隨即衰落下來，成爲販夫走卒、江湖浪子光顧的場所，有些臉面的人物早已不屑去了。曹化淳見崇禎問起西院，他倒是偷偷去過幾次，每次都是敗興而歸，竟遇不到一個出色的女子，卻怕皇上知道責罰，支吾道：「熱鬧倒還熱鬧……不過，往西院走動的多是被斥退不用或進宮不久的小太監，王公公那樣的身分若去免不了遭人笑話了。王公公是娶到了家裏。」

崇禎冷笑道：「朕說呢！那些進了宮沒甚出頭的想打發光陰，到西院或在宮裏尋個菜戶解悶兒取樂兒，既是我朝陋規，也就罷了。如何一個有身分的大太監也這般屈尊失德，娶個青樓的骯髒女子，豈不污了宮廷？朕已有旨禁止內監娶妻及在外宿娼，他不知道麼？」

「想是知道的。」

「小淳子，你到大玄高殿取個歡喜佛，就說是朕特地賞他的，教他好生習練，多享極樂，只是要小心欽差東廠的關防印信，別是嫖得精光，換了銀子。」

「那、那怎麼會！王公公還是知道輕重的，那東廠關防非同小可，他豈敢……」

「囉嗦！用不著你替他講情。」崇禎見曹化淳言辭閃爍，還道他收了王永祚的賄賂，面色如霜，冷冷問道：「你與他可常見面麼？」

曹化淳嚇得噗通一聲跪了，叩頭道：「奴婢是什麼樣的人，只是一個小小的乾清宮管事牌子，哪裏高攀得上？太祖皇爺早定大法，奴婢有幾個腦袋敢結交外廷？再說，萬歲爺待奴婢天高地厚的恩德，奴婢怎能喪了天良，胳膊肘兒往外扭呢！」

「起來吧！朕也是隨便問問。」崇禎口氣和緩下來，說道：「小淳子，你跟著朕也有幾年了，世面也見得不少，又是內書堂的高才，朕有心栽培你，你替朕看著東廠，王永祚老朽了，早晚有一天朕會將東廠關防賞了你！」

「萬歲爺……」按照舊制，提督東廠須是從司禮監的幾個秉筆太監中選出，其地位僅次於司禮監掌印太監，算是宮裏第二號的人物，東廠的掌班太監僅次提督一等，雖說與乾清宮管事牌子都是五品的官職，但乾清宮管事牌子跟著皇上，往往身不由己，沒日沒夜地在宮裏當値，實在辛苦，宮內外看皇上的金面倒是也高看一眼，可哪有東廠掌班太監的日子滋潤？每天踏踏實實地睡個安穩覺兒，不用像在宮裏那樣提心吊膽，老怕出什麼紕漏，不管上衙門當差，還是回到私宅，都有人伺候，若是找個美貌風流的小娘們兒，嘖嘖……曹化淳垂手鵠立，心下一陣竊喜，做夢也想不到突然之間發達了，囁嚅道：「萬歲爺說、說的可、可是眞、眞的？奴婢何德何能，這……」

「又是混賬話！朕何須說假話？好生替朕盯著吧！東廠可是朕的耳目。」

「奴婢不願意離開萬歲爺。」曹化淳鼻子竟有些酸澀，語調略帶嗚咽。

崇禎笑罵道：「小王八羔子，老跟著朕你也未必甘心，這般提拔都沒個笑模樣，該不是貪心不足吧！朕不是呆子，不必教你哄著開心。你離了皇宮，可不是斷了線的紙鳶，想怎麼飛就怎麼飛，撒不得歡兒，小心繩子還在朕手心攥著呢！」說到後面幾句話，已是嚴厲起來，曹化淳身子略略抖動一下，跪下叩了頭，彎腰後退道：「奴婢知道了，只是、只是還不知今後誰來伺候萬歲爺，有些放心不下。等萬歲爺找好了人，奴婢交代他幾句話便去東廠。」

崇禎最恨人不本分，思出其位，想些不該想的事，若不是方才曹化淳難捨離別之情，多半已遭申斥，饒是如此，崇禎此時聽了，也禁不住微微蹙眉，懶懶不想說出，只伸兩掌一合，做了個圓形。曹化淳極爲聰慧，又在他身邊多時，崇禎的一舉一動多能猜測其意，脫口徑問道：「可是小程子？」小程子即是馬元程，那年八月中秋節在慈寧宮他仰望天上的圓月，說小時候餓極之時，恨不得月亮變成一個噴香的大油餅，因此宮裏的太監、宮女都喊他「麻油餅」，馬元程的名字反而叫得少了。

崇禎略點一下頭，「嗯！先教小程子跟著朕，交代他幾句也好，他心眼兒實，是得點撥點撥。你去東廠，朕再給你一道密旨，不到不得已時，切勿使用。」崇禎寫了「如朕親臨」四個字，在右角下畫了花押。

曹化淳小心收好，復又跪下膝行幾步，仰面含淚道：「奴婢知道這是萬歲爺的天恩，自萬歲爺踐祚以來，著意用人，王承恩究心飲食，說了個唐朝的御膳渾羊歿忽，便掌了御膳坊，萬歲爺用人眞可謂舉賢不避親，任用唯賢，大有古人之風，奴婢們就是赴湯蹈火，也在所不惜，總害怕辜負了聖恩呢！」

崇禎本喜他機靈通透，見他如此重情，想起當年兵馬司的救命之恩，暗自唏噓，也有些不捨，但聽他夾七夾八地說了一番，什麼「舉賢不避親，任用唯賢，大有古人之風」，倒不知他是在稱頌還是自誇了。崇禎忍下笑意，正色道：「你先不要只顧著高興，命你去東廠，終要看你差使辦得如何，若是辜負了朕的心意，南海子餵馬的人手還少，你好生斟酌。」

「奴婢明白。」

「明白就好。北闈會試幾天了？」

「今個兒是最後一天。」

「唔！」崇禎指指几案上的那個黃龍裹袱，面色陰沉道：「貢院那邊的情形如何，你去打探一下，看看可有什麼弊情。禮科都給事中薛國觀上了專摺，話卻說得含糊，科考試朝廷的掄才大典，容不得有半分的差池。」他拿起密摺，摺子上的幾句話分外刺眼：三百四十九名貢士中竟有六十二人身在復社；何地無賢才，而辛未貢士多出蘇、松、常、淮四府？薛國觀一個小小的七品言官，彈劾揭發本屬職責所在，但所奏多出風聞，沒有多少實據，背後必是有人指使。江南自古爲人文淵藪，人才出得多了未必就存有舞弊，倒是復社聲勢日大，不可等閒視之，免得又成一個東林，與朝廷對抗。崇禎暗想：張溥是個什麼樣的人，竟將十幾個文社合而爲一？此人好生用他，也是朝廷幸事。

曹化淳答應著退下，這一夜睡得極爲香甜，四更時分預備起來伺候皇上臨朝，想起馬元程做了乾清宮管事牌子，自家要到東廠當差，再也不必摸黑早起地受罪，整天價站得兩腿酸麻腫脹，嘿嘿地笑了，翻身躺倒，睡到將近卯時，出宮往東廠面見提督王永祚。王永祚知道他是皇上面前的紅人，十分地客氣，不以屬官看待。曹化淳新官上任，有心建功，暗地將得力番子手布在周府、錢府和各會館周圍，四下打探。

第七回

搶先機攜卷呈御覽
幸私宅探病慰輔臣

周延儒吃得通身見汗，燥熱難當，正要解衣擦拭，門外進來一人道：「汗未出透，大意不得。」周延儒聽得耳熟，探身一看，赫然見崇禎一身月白道袍，手裏拿一柄蘇式的竹骨摺扇，顧盼進來，身後緊跟著一個略顯矮胖的小太監。

周延儒送走許太眉，哪裏睡得著？翻來覆去地想著對策，過了三更才迷糊一會兒，顧不得夜深天寒，急忙起身。街上還沒有幾個行人，只有兵馬司的兵丁巡街查夜，四下一片死寂。周延儒心急如焚，一再催促轎子快行。這日正是逢六的大朝，周延儒先在便殿拜見皇上。崇禎問了科考的情形，溫聲慰問，周延儒察言觀色，未看出皇上有什麼猜疑，高懸的那顆心才安寧了一些。散朝回府，一個家人在轎前稟道：「一大早有幾個閒漢模樣的人在府門周圍逡巡，想是東廠的番子，許老先生教老爺留心。」

君威莫測呀！皇上輕描淡寫，原來是不動聲色，暗裏查訪。周延儒一陣心悸，突然想起了魏忠賢，當時何等的權勢！不出三個月竟吊死在了一個阜城尤家老店裏。他一路思緒萬千，悶聲不語。皇宮離府邸不遠，不到半個時辰便望見了石虎胡同。胡同口的小茶館喝茶的人不少，他卻一眼看到了一個熟識的面孔：曹化淳，他來此處做什麼？周延儒不及細想，進了大門便命人喊來一個矮胖的漢子，吩咐他到茶館尋人，自家急急換了便服，穿過角門到了珠寶店。

曹化淳心裏一直盤算著這趟差使，雖說奉旨行事，可周延儒不是一般的臣工，自家剛剛到東廠辦差，他怕手下人拿捏不好分寸，將事辦砸了，不好收場。這趟差使說是苦差也是美差，苦差是查贓證極難，凡是能應春闈的舉子，時文制藝都下過苦功夫，文章自然做得通，就是明知某人在闈中通了關節，沒有作弊的證據，只好無奈其何。想那薛國觀在貢院多日，

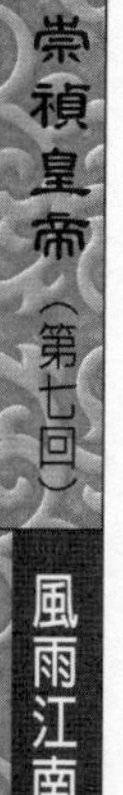

大睜著眼睛都沒看出什麼蛛絲馬跡，事後再查豈非癡想？說是美差，可惜此賣個大大的人情，說不定還會發一筆意外的橫財。曹化淳年紀不大，在宮裏歷練多年，耳聞目睹，與兵馬司做小書吏時已有雲泥之別。他命幾個便衣番子手在周府門外遊蕩，自家卻在茶館裏小睡，估摸著到了下朝時分，卻在茶館顯要處悠閒地吃茶，眼看周延儒下轎時朝茶館掃了一眼，知道他已看見了自己。果然，不多時一個衣衫鮮亮的矮胖漢子到了切近，打躬道：「這位爺，敝府主人有請。」

曹化淳將茶盞一放，聲音拉得老長，眼睛一翻，問道：「你們家主人，是男的還是女的？咱可想不起來了。」

矮胖漢子神色愈加恭敬，涎著笑臉道：「敝主人與爺是多年的交情，已備好了一桌整齊的酒席，專候大駕。」

「恭敬不如從命，帶路吧！」將手中的摺扇一收，便向懷裏摸銀子。那矮胖漢子伸出白胖的肥手阻攔道：「此許茶資也要爺來會鈔，不是打小人的臉麼！許老頭，這位爺的茶資算到我的賬上。」

茶館的掌櫃聽到喊聲，慌忙上前賠罪道：「原來是董大爺，方才人多，照顧不及，請大爺包涵，茶資就算了……」那矮胖漢子便是周府的門客董獻廷，他輕哼一聲，殷勤地引著曹化淳走了。

曹化淳來到珠寶店的裏間，周延儒赫然端坐在寬大的紫檀雕螭紋太師椅上，見曹化淳進來，起身寒暄道：「方才我還怕看走眼錯認了人，曹公公伺候皇上，難得一見，怎麼會到這等簡陋的小茶館吃茶？斗膽派董掌櫃去請，原來果眞是曹公公，快請寬坐！」

「董掌櫃？」曹化淳故意反問道：「他一個生意人怎的高攀上了端台老先生？」

周延儒見他出語文雅，心裏暗讚不愧內書堂的高才，老先生本是閣臣六卿之間極爲尊重的稱呼，他稱起來有些不倫不類，倒不見得有什麼僭越不敬，但卻抬高了自家身分，竟含幾分平起平坐之意，隱隱覺得不快，此刻有求於他，一時也顧不得許多，拱手笑道：「他本是我遠房的表親，在京城開了家珠寶店，離我這兒又近，才時常走動走動。」

二人落了座，捧著茶吃，周延儒見曹化淳大模大樣地舞弄著摺扇，神情有幾分滑稽。一年四季，無論冬夏，曹化淳總是扇不離手，若說有什麼用處，倒不如說是裝點風雅。曹化淳見周延儒慢慢品著香片，對著自己不住地瞧，哈哈笑道：「老先生喊咱來，不是爲吃口香茶吧？」

「我本是有意相求，一忽兒看到公公的扇子，走神了，莫怪莫怪。公公這把扇子可是蜀中的名產？」

周延儒投其所好，曹化淳臉上登時笑意大盛，將摺扇一晃道：「老先生好眼力！這可不是平常的蜀扇，金鈹藤骨，輕絹爲面，最是珍貴。平常的蜀扇不過幾兩銀子，可這把扇子幾十兩銀子也買不到。普天下樣式相同的也就這麼一把，是萬歲爺賞的，上面有萬歲爺的親筆御押，平常人看一眼都難！」

「曹公公愛不釋手，終日把玩，可也眞捨得！要是換了我，趕緊供奉起來還怕保管不妥當呢！」

曹化淳將御賜摺扇在宮裏招搖，不過是爲顯示皇上恩寵有加，好教宮廷上下又眼熱又忌憚，沒有想到妥善保管，聽了周延儒的話，心知在首輔面前賣弄過了，不免有失分寸，忙將摺扇收了道：「咱也想好生收起保管，可萬歲爺賞了，若不用萬歲爺會怪罪呢！再者說，成天伺候萬歲爺，若拿一把沒式沒樣的扇子，也怕損了天威。」看著扇子的折疊之處磨出了細細的毛屑，也著實心疼。

「曹公公府上尋不出幾把像樣的摺扇，說起來哪個會信？」

「不怕老先生笑話，委實沒有比得上這把摺扇的。摺扇多的是，都是紅漆綠箋的宮扇，看著就俗，在手裏這麼一拿，嘿——沒有一個應手的！」

周延儒將茶杯放下道：「上好的蜀扇都進了宮，自然不易買到，任憑你有的是銀子！曹公公沒有想過換個式樣，弄個蘇樣摺扇玩玩兒？」

「那敢情好！自田娘娘受寵，宮裏頭蘇樣風行，好的蘇樣摺扇都比蜀扇搶手，咱可沒那個膽子到內承運庫去取。」

「沒那麼難，我家裏有個製扇子的能手蔣蘇台，各色扇子製作得精妙絕倫，不用說馬勳、馬福、劉永暉，就是沈少樓、柳玉台也沒得比。哪天得空兒請公公屈尊選幾把？」

曹化淳眉開眼笑，拱手道：「那就先謝賞了。您府上咱還眞沒叨擾過，只聽說您那條街上有家古玩珠寶店，裏頭盡是些好玩意兒，今兒個不是來了！」曹化淳倒不是看得上幾把摺扇，但首輔這個天下第一權臣送自己扇子，那外廷的文武百官自然會看在眼裏，這幾把摺扇值不了幾十兩銀子，卻會引來無數的孝敬銀子，夏天的冰敬、冬天的炭敬……於是他想到了自己新置辦的宅子，簇新的宅子就是缺古董名人字畫什麼的，若置辦不齊，也不敢請宮裏要好的飲酒耍子，宅新樹小畫不古的，怕受人譏諷，今兒個若選幾幅前朝的丹青墨跡，也好遮掩遮掩。

周延儒聽出他話外之音，淡然一笑，說道：「倪雲林畫的扇面如何？」

「倪瓚的畫，大都是修竹數竿，意境蕭疏，又常以瘦筆破筆燥筆斷筆爲之，畫得冷淡，那一色的草字更是鬼畫符一般，咱認不得幾個。」

「曹公公過謙了。誰不知曉你是內書堂的高才，與鄭之惠都經皇上的親選面試，乃是欽定的名分，與殿試的進士有甚分別？若不喜歡倪雲林，趙松雪的花草可有雅好？」

「馬馬虎虎吧！只是趙孟頫的字恁軟，不中看！」

「金碧山水如何？」周延儒見他越來胃口越大，不想他年紀不大，竟這般貪婪，將來定非善與之輩，心頭雖有些肉痛，臉上卻依然微笑。

「是大李將軍還是小李將軍？」

「大李將軍的《江帆樓閣圖》，《唐朝名畫錄》稱其爲當時山水第一，我哪裏有那般的福緣？就是小李將軍的《春山行旅圖》，也只是聽說而已。」周延儒乃是萬曆四十一年的狀元，仕宦之外優遊翰墨，也是文采風流的人物，遙想唐朝畫苑盛事，也不禁怦然心動，嗟歎道：「就是皇宮也未必庋藏。我所見的是北宋王希孟的《千里江山圖》，畫法雖比李氏父子更精進了，名氣終是差了不少，但普天之下能鑑賞得到的也沒有幾人。」

「說實在的，那些畫咱也不甚懂，只知道青綠大山水亭臺人物熱鬧得好！王希孟字也方正得好！」曹化淳連聲喝采，分明是滿心歡喜，卻假意作嗔道：「老先生到底有什麼事相囑，繞了這大的圈子，又這般破費，豈不是見外了。」

「也沒甚要緊的大事，今天才知道曹公公新到東廠，今後仰仗之處還多，苟富貴，勿相忘，還要多多幫襯幫襯。」

「那個自然。」曹化淳從董獻廷手裏接過錦盒，打開看了，見畫軸裏露出一角白紙，捏在手中，偷眼一瞥，見是一張三千兩的銀票，起身告辭道：「今兒個咱不方便攜帶，請老先生差個人送到咱宅子，不敢再耽擱，還要進宮一趟，酒飯就免了。」

周延儒起身拱手相送，見他去遠了，邁步出來，看看外面天色，略殘的圓月冷冷地高掛中天，星光點點，一陣冷風撲面而來，家鄉宜興怕已是草長鶯飛了，京城卻還冷似冬日。

周延儒剛剛邁進好春軒，見許太眉依然在等，歉然道：「夜深了，竟還要煩勞老師，眞是……」

許太眉打斷道：「玉繩，此人是什麼角色？」

「東廠的新任掌班太監曹化淳，算是東廠第二號的人物。他原本在御前當差，昨日才提拔了。」

「此人秉性如何？」

「他倒是收了那幅古畫，銀票也沒客氣。」

「唔！」許太眉眉頭略略舒展，隨即復又鎖起，沉吟道：「既得皇上信任，他的話還有些分量，不過皇上一向明察秋毫，我擔心只他的幾句話去不掉皇上的疑心。譬如治病，外敷之藥只可止於肌膚，內治之藥才可深達肌理肺腑。此事溫、薛等人雖沒有什麼確鑿的證據，但我總怕皇上心裏有了疙瘩，暗裏提防著你，東廠眼線何等的厲害，就是今後處處加著小心，也難保不生一點兒紕漏，那時數罪歸一併罰，你的位子勢必岌岌可危。退一步講，皇上格外開恩，你也有了許多忌憚，不免縛手縛腳，日子就難過了。」

「皇上生性多疑，我若直率陳說，反而弄巧成拙，事情會更糟。」周延儒剛剛放下的心又懸了起來。

「善者不辯，辯者不善。當面向皇上解說，那樣未免太生硬了，此地無銀三百兩，教人懷疑你心虛了。但此事不宜靜觀其變，以免變生掣肘，應付不及。」

「老師以為此事如何做可補救？」

「是得想個法子，緘默無語無異於示人以弱。溫體仁必要鼓動其黨羽，交章彈劾，無中生有，眞眞假假，將朝野視聽攪亂，那時就百口莫辯了。」許太眉思忖片刻，說道：「此次復社之中春闈赴試的人，哪個的名聲最大？」

「張溥。」周延儒不知他爲何明知故問，耐著性子回答。

「他取在第幾？」

「二甲八名。」

「復社之中哪個名次最高？」

「吳偉業高中了會元。」

「他二人的文章如何？」

「各擅勝場，難分軒輊。」

「果眞如此，呈皇上看看如何？」

「老師的意思……學生明白了，若經御覽，一可去皇上疑心，又可堵他人之口，實在是一舉兩得的妙策。」周延儒大喜。

許太眉暗暗讚歎周延儒的聰慧，拈鬚微笑：「那就看你這個主考官的眼力了。」

薛國觀檢舉科考舞弊的傳言不脛而走，迅速在官員們之中傳開，隨即波及京城宣南的各處會館，順天府貢院附近的觀音寺胡同、水磨胡同、福建寺營胡同、頂銀胡同、裱背胡同、牌坊胡同、總捕胡同那些掛著「狀元店」或「狀元吉寓」客棧，舉子們出出入入議論紛紛。今年北闈會試，復社可算大獲其捷，六十二位社員中了貢士，京師震動，士林爲之側目，復社的鋒芒、氣勢日盛一日，風頭極健。在各地舉子看來，復社人有如此的成就不過是實至名歸，沒有什麼可奇怪的。放榜以後，中與不中也都各自認命，暫得解脫，呼朋喚友，笙歌宴飲，酒食征逐，醇酒婦人，放浪形駭，藉以抒發高中的情懷或排遣心中的惆悵落寞。不料，卻傳出復社科考大通關節的消息，一時群情震動，不少人由欽佩到痛恨，竟要聯名喊冤告御狀。張溥等人高中的喜悅登時化作了滿腹的憂愁，皇上將薛國觀的摺子留中不發，聖意如何到底吉凶難測，窺探出什麼端倪。周延儒那裏也沒有一點兒音訊，聽說昨日推病沒有上朝，不知是眞病還是…… 按說中了皇榜，便可高枕無憂，縱情歡娛了，但放榜以後還有磨勘一關，首嚴弊幸，次檢瑕疵。若查出有舞弊之實，輕則除名，重則逮問。早幾天門前車水馬龍，登門拜望道賀的絡繹不絕，這幾日漸漸冷落稀少，終於人蹤絕跡，人人都怕因他們沾惹什麼無端禍事，甚至竟有些人千方百計地討回拜帖…… 諸多事情攪擾在一起，越發地撲朔迷離，令人捉摸不透。

張溥、吳昌時、陳子龍、吳偉業四人坐臥不安，躲在江蘇會館裏，深居簡出，輕易不出門露面，生怕碰到落第的舉子鬧起什麼爭執，釀成事端，舊憂未去豈可再添新愁！最難過焦灼的還是吳偉業，薛國觀的檢舉直指他與陳于泰，他二人與首輔周延儒暗通關節被傳得沸沸揚揚，活靈活現。吳昌時知道會館的長班與本鄉在京的大小官吏往來頻繁，都是頗有神通的人物，偷偷使了五兩銀子，託他出去打探消息，大半日卻還不見蹤影。四人聚在一處，苦捱枯坐到午後寅時，等不到音訊，各自回房歇息。

春秋正是北京多風的季節。南風陡起，天色陰沉下來，一陣陣疾風挾裹著風沙，吹得窗紙撲簌簌作響。吳偉業睜著血紅的兩眼，懨懨地躺在床上，望著黑魆魆的屋頂發怔，口中苦澀難忍，似乎窗外的風沙吹滿了嘴巴，堵得呼吸塞窒艱難。他連著幾夜沒有好生睡覺了，前幾天是高中會元的欣喜亢奮，近幾日則是莫名的驚懼恐慌，一旦皇上震怒，監禁？充軍？殺頭……也只好認命，唉！眞是霉運當頭，沒想到世交之情反而會教人抓了把柄，可惜了那篇錦繡文章。世態炎涼啊！他心底暗自憤懣不平。前些日子放榜，他折桂會元，盡人皆知，那些認識不認識的人都來造訪，攀同鄉攀同年，何等熱鬧！如今薛國觀摺子一上，卻都躲得遠遠的，生怕受到什麼連累，門前驟然冷落起來。他思前想後，憂愁縈懷，一時難以排遣，正煩躁不堪，隨他來京伺候考試的家人吳福推門進來，神色慌張地說：「少爺，不好了，長班醉醺醺地回來了，一進大門，便叫嚷著要咱們天黑前搬出會館，不然館役要來趕了。」

吳偉業一骨碌爬起身，攘臂怒問道：「這是怎麼說？這江蘇會館乃是本籍的官員造福桑梓之所，江蘇一省的舉子趕考住在此處已是成例，我倒要看看哪個敢轟咱們出去？」

「嘿嘿，何必那麼大的火氣！要說轟麼，聽起來也委實難以入耳，小的豈能做出這等無禮的事來？不過是受全省的舉子老爺們所託，請吳老爺另謀上處，以免連累大夥兒。小的想您也不會如此忍心開罪大夥兒吧！」長班連聲笑著，打個酒嗝，踱步進來，臉上盡是笑意，語調卻冰冷異常，聽似客氣，實則是一副居高臨下、盛氣凌人的作派，將退路盡情封死，沒有絲毫商量的餘地。

「我怎麼連累大夥兒了？」

「吳老爺你是明白人，還需咱點破麼？小的看你也別問那麼多，存點兒臉面豈不更好？」

「但請直言，不必客氣，吳某洗耳恭聽。」吳偉業認起真來，沒有半點退讓的意思。

長班乾笑道：「吳老爺莫急，小的但凡有丁點兒法子，也不敢壞了會館的規矩。這會館乃是本省鄉賢們爲方便科考的舉子們所建，照理說，您自然住的。只是小的不敢因您一個得罪全省所有的舉子老爺。外面都說您與首輔有關節，如今皇上一心要查處贓證物證，若真有什麼差池，牽扯到辛未一科，就算本省舉子老爺還念些同鄉之情，不與小的爲難，可其他省的舉子們就是吐口唾沫，也能將我這個小小的長班兒淹死。您說不是麼？」

吳偉業默然，片刻才問道：「倉猝之間，你教我去哪裏尋房子？」神情不勝悲涼，似是覆巢驚飛的鳥兒。

「要是等皇上下旨封了會館的門，大夥兒可都沒地方住了。您還是走吧，算小的求您了，終不成大夥兒都陪你受累？」長班見他如此，心下也大覺不忍，語氣隨之和緩下來，但絲毫沒有讓步之意。

吳偉業聽他嘴上說得委婉，不住打躬作揖，但話裏話外依然似將自己視作作奸犯科的蟊賊強盜，口氣分明有些不屑，心中大痛，自忖爲顧全省舉子的鄉誼是該搬走，可這麼不明不白地一走，豈不是做賊露了贓物，不打自招了？到時想要清白就更難了。想到此處，不覺又憤懣起來，高聲道：「我是今科的會元，終不成要我睡在大街上？我倒不怕什麼，可不能不顧惜朝廷的體面。若皇上一旦怪罪……」

「哎喲——你快別說什麼會元了，皇上眞若怪罪下來，還指不定是殺頭還是充軍呢！能平平安安地睡在大街上，就是享福了。哼！那樣的日子還有沒有，誰敢說呢！」長班見他軟硬不吃，口中登時便不留情面了。

「你……你滿嘴胡說！」吳偉業見他出言刻薄，氣得說不出話來。

吳福見公子面色灰白，渾身顫抖，一把扶住，說道：「如今我家公子可還是今科的會元，皇上也沒有下旨要辦要殺的，你倒滿嘴胡謅什麼？不怕我們到順天府告你個假傳聖旨之罪？」

「隨你們到哪裏去告，只要快些搬出去，腿在你們腳上，哪個也不會攔你！」

「那你前日還求我家公子給會館寫什麼匾額？」

「前日是前日，今日是今日，那個匾額你就是寫好了，我也不敢再要，更不敢掛出去。你們能快些走，會館平平安安的，我就念佛了。」

吳福知道與他辯駁不清，這長班見過多少世面，口舌又伶俐，再辯駁下去，還不知道要說什麼出來，那時吃虧的還是自家，他將滿胸的火氣壓一壓，便要勸說吳偉業。不料，吳偉業早已氣極，嗔目吼道：「你這勢利小人！我、我今天就是不搬，看你怎樣？」

「怎樣？那就不客氣了。來呀！給我將行李等一應物品扔出去！」長班也急了，一聲呼喊，幾個館役一起擁進來，便要收拾行李，吳偉業與吳福死死擋在前面，緊緊護住。正在僵持，張溥等人聞聲趕來，勸阻道：「念在鄉土之誼上，且請再容一夜。今日天色已晚，等他明日尋下住處，自然就搬了，也不需你們勞動。」

吳偉業見來了援軍，翻身坐在行李上，氣得拍床大嚷道：「這些勢利之徒欺人太甚了。我就是犯了什麼罪，也要衙門來人解押，用不著他們驅趕。這會館也不是他一人的！」

長班扭頭道：「天如先生，要是平常的事體，也不敢驚動先生。老爺們都是讀書明理的人，這事要脾氣沒有用，不如趁早想法子。不然，等到三法司的人來了，連坐起來，哪個能脫得干係？我們這些撇家捨業的，從家鄉來到北京，惹不起事兒，誰不怕牽累到案子裏去？這且不說，你們十年寒窗容易麼？若是付之東流，誤了一輩子的前程，豈不可惜？」他朝外撇了一下嘴，壓低聲音道：「你們這兩天沒出過大門一步，大門外扒頭探腦是些什麼人？都是東廠的番子，早盯上這兒了，小的惹得起他們麼？再說，若是沒什麼風聲，小的何苦平白無故地得罪你們這些老爺呢！」

張溥見圍過來的人越聚越多，怕事情鬧大，不好收場，卻又無法再出言勸說，拉起吳偉業附耳道：「且忍一時之氣，不要弄得滿城風雨，三人成虎呀！」又對吳昌時、陳子龍道：「先去找房子，不必爭執與人家爲難。」

吳昌時、陳子龍本來見長班一味勢利，大抱不平，但聽他說得八面玲瓏，無懈可擊，心中的憤恨漸漸沒了，怒氣也洩了，暗歎禍福相倚，無常莫測。吳偉業考中會元，本是件大喜事，卻又被人誣告舞弊，這可是干犯國法，褫去功名不說，弄不好會掉腦袋的！吳昌時想到曾鼓動吳偉業去尋李明睿，更是不安起來，將吳偉業拉到屋中，溫語勸慰，又打發吳福出門去尋房子。

周延儒連夜遞牌子入宮，將吳偉業的卷子送呈御覽。崇禎沒有見他，只將吳偉業的朱卷留下。周延儒回府後惴惴不安，夜深才歇息，預備明日一早上朝探聽，不料第二天竟病了，身子忽冷忽熱，他躺在紫檀圍子黃花梨羅漢床上煩躁難耐，他的同胞哥哥周素儒與幾個門客李元功、蔣福昌、董獻廷及郎中張景韶都聚在好春軒裏，陪著說話解悶兒。日色向晚，夫人帶著侍兒提著食盒進來，見都是穿門過府的常客，也不避諱，逕自到床頭，打開食盒，取出一缽香軟的糯米粥，親手餵給他吃。周夫人是昆陵人，周延儒及第之前，二人便有婚約，只是周家極其貧寒，數年不能具禮納采，遑論迎娶。夫人的妹妹嫁得豪富之家，行聘之日，舖張揚厲，極盡奢華，夫人卻若無其事做她的女紅，與平常無異。周延儒那年落魄科場，依然白丁身分，夫人得了消息，依然不聲不響做針線，沒有半句怨言。周延儒二十歲中了舉人，得意異常，急欲成親，夫人勸他仍須求進，周延儒愧怍難當，遠赴北京，再戰禮闈，竟連中兩榜，會試、殿試俱爲第一，神宗皇帝欽點爲頭名狀元。朝廷聞知狀元家貧，特派官員爲其行聘，恩賜歸鄉親迎完婚，途經之處，郡守縣令迎送道旁，榮耀無比。周夫人賢慧之名一時之間鄉里盡知。夫人見周延儒吃了一碗，無意再吃，便與侍兒收拾食盒退了。周延儒吃得通身見汗，燥熱難當，正要解衣擦拭，門外進來一人道：「汗未出透，大意不得。」周延儒聽得耳熟，探身一看，赫然見崇禎一身月白道袍，手裏拿一柄蘇式的竹骨摺扇，顧盼進來，身後緊跟著一個略顯矮胖的小太監。

「皇上——」周延儒急忙掙扎起身，「臣該到門口跪接的，看門的奴才眞是越來越不懂禮數了……」

「是朕不教他們稟報的。」崇禎已到床邊，伸手在他肩頭一按道：「你是病人，不必拘禮。」周延儒惶恐地披了大氅起身，張羅著將雲紋翹頭案後的黃花梨靠背圈椅搬到亭花廳中央，權當了寶座。崇禎含笑坐了，屋裏的其他眾人早已跪伏在地。咫尺天顏，眾人既驚且喜，哪裏想到能見到皇帝？崇禎命眾人平了身，詢問先生可吃了餐飯，周延儒忙回說吃了米粥，才醒悟剛過申時，忙問：「皇上可曾進了晚膳？」

崇禎笑道：「在路上用了。」

「皇上萬金之尊，怎麼竟在街頭巷尾吃那些骯髒的鄙食，若是有什麼閃失……」

崇禎擺手道：「朕自登基，這是頭一回坐轎出宮，在前門的茶樓吃了幾個餛飩，還有一小碗元宵。那餛飩似不如翊坤宮劉宮人做得好吃，元宵倒比宮裏的新鮮，只是未免有些貴了，竟討了一貫錢。」

「平時只要三十文錢的，怎麼竟貴出許多來？想是……」周延儒瞥見那小太監面色紅白不定，心知是他做了手腳，忙收住話頭，開解道：「想是元宵做得好，別有風味。好比炒製龍井茶，獅峰、梅塢、西湖三地所產也有高下，又有蓮心、雀舌、極品、明前、雨前、頭春、二春、長大八級之分。若同選獅峰明前茶葉，同爲抖、帶、擠、挺、扣、抓、壓、磨等十種手法，然高手庸手之間，形色味便有雲泥之別。高手所製，甘香如蘭，幽而不洌，啜之淡然，看似無味，而飲後便覺隱隱有一股太和之氣在齒頟之間彌漫縈繞，半日不散，而庸手所製則白白糟蹋了天賜的嘉木。」

崇禎點頭道：「說的也是。只要吃著可口，自然是物有所值了。」卻又想起宮裏御膳坊做的撚轉兒、包兒飯、銀苗菜、長命菜，個個清爽鮮嫩，不知要花費多少銀子？周延儒見崇禎面色微沉，默然無聲，以為皇上有什麼機密大事要談，忙向眾人使了個眼色，眾人齊齊地退下。崇禎這才回過神來，問道：「先生此刻覺得如何？太醫可曾開了方子？」

周延儒忙回道：「皇上天恩，臣感銘五內。太醫早已來過，臣依方吃藥，病輕了許多，方才臣與幾個門客還在感念皇上的恩德，臣就是、就是死一百次也不能報得萬一。」眼裏登時滿是淚水，向門口招手道：「景韶，你回來說與皇上聽，免得聖心懸念。」

「原來先生府上備著郎中。」

「草民微末之技，不敢有污聖聽。」張景韶急忙轉身跪稟道：「閣老的病乃是勞累過度所致，春陽初生，乍寒乍熱。閣老幼年之時，用功太苦，勞損過甚而生宿疾。天有六淫，風、寒、暑、濕、燥、火，而風為百病之長。春氣所攻，風寒相合，宿病發動，以致體熱頭昏。這等病症其實多源於冬至後夜半一陽生之日，有的人體魄素健，有的人保養得法，便可無事。不然春夏之交，衣裳加減不當，便成此風寒之症。春風如刀能透骨，不可不防！諺云：避風如避箭，避色如避亂，加減逐時衣，少餐申後飯。」他難得睹見天顏，有心賣弄本領，不避煩瑣，說得極為詳細，「閣老的病，依草民來看，倒無什麼大礙，用幾日牛黃解毒丸、紫雪丹、杏蘇散三劑清毒退熱，臥床靜養，不日便可痊癒。」

「朕還以為你是什麼心病，鬱結在胸，難以排遣。其實主考會試，也不是件輕鬆的差使，費神苦熬不說，請託人情也總難免。人哪個沒有私心，只是要先國家而後其餘，便是忠臣。朕不用訪查，但見所取的狀元、榜眼、探花都不是浪得虛名的無能之輩，其中便沒有徇私舞弊。」崇禎寥寥幾句話，淡淡說出，人情世故竟極為透徹練達，看似隨意說出，周延儒聽來卻如暮鼓晨鐘一般敲入心扉，其中的深意他自然明白。崇禎連夜看了吳偉業的朱卷，他性喜八股，屢屢動手寫作，見吳偉業寫得果然出色，破題、承題、起講、提比、虛比、中比、後比和大結八段連綿縝密，不足五百字的文章立意深遠，一手館閣體的小楷雍容典雅，心裏的那些猜疑大去，這樣的文章取為會元絕非僥倖，看來此科果然得人。又見他的年齡不過二十三歲，那末後所寫「身家清白，身中面白無鬚」，雖是多年的套語，年少英才，也該是翩翩佳公子一流的人物，崇禎欣喜異常，寫了「正大博雅，足式詭靡」八字評語。一早又得到曹化淳的密報，沒有偵到什麼蛛絲馬跡，越發自信評判不差。

「皇上如此、如此知臣的心，臣就是肝腦塗地……」周延儒感激涕零，哽咽難語。他揣摩皇上別有他事，偷偷揮手教張景韶退下，一個小丫鬟奉上香茶。崇禎四下掃視一眼，見客堂雖不甚闊大，彩繪欒楝卻極盡藻飾，傢俱一色黃花梨木，無不精緻，四壁上掛著宋元書畫眞跡。繪著牡丹圖樣的雕漆茶桌上有一套小巧的紫砂壺，旁邊的小矮方凳上是一局尚未下完的殘棋，棋局四周有一條春凳和幾把官帽椅，想必下棋時觀者不少。崇禎本來喜好手談之道，閒暇時常與田貴妃下下圍棋，多有勝績。見書房陳設得精雅異常，笑道：「所謂齋欲深，檻欲曲，樹欲疏，蘿薜欲青垂幾席欄杆，窗竇欲淨如秋水，榻上欲有煙雲氣，墨池筆床時泛花香，精雅倒是有了，只是在此談論廟堂之事卻顯狹小了些，容不下幾個人麼！」

周延儒自做了首輔，便擴建了私宅，整座宅子不算後花園，總共兩進的大四合院，府門兩重，大門三楹，二門五楹，廳堂、廂房、耳房、影壁、遊廊、垂花門、甬路、後罩樓一應俱全，影壁、屏風、花牆、漏窗雕著鶴鹿同春，松鶴同春，蓮花牡丹，松竹梅歲寒三友，福祿壽喜的圖案，都出於園冶名手雕琢，好春軒拓爲七楹，硬山捲棚頂，出廊抱廈，什錦花窗。主人驟貴，院子簇新，越發顯得整潔氣派。周延儒聽崇禎還說什麼狹小，摸不準他話中究竟何意，不敢貿然搭言，嘴裏咿咿喔喔，訕訕而笑。

崇禎想起陝西巡按御史李應期六百里加急送來的密摺，轉了話題道：「內閣票擬的那些彈劾楊鶴的奏章，朕都看過了。說楊鶴縱寇養寇，都是皮相之談，其實楊鶴也不易，他素不習兵，手下又沒有多少心腹的將士，征剿實難哪！朕是不是選錯了人？」

「楊修齡招撫神一魁，如今陝西只剩下王嘉胤一股流寇，足見他深體聖心，招撫有術，言官們平日望風而奏慣了，哪裏能夠設身處地體味他人的苦衷。古人說：言之者無罪，聞之者足以戒。皇上何必往心裏去？大凡做事，眾口一詞終是少數，也未必就是幸事，只要事情做好了，那些別調異詞自然息了。」周延儒本來痰火頗盛，氣息不暢，連著說了一大堆的話，胸悶氣喘得有心要咳，又怕在君前失儀，強自隱忍，面色漲得緋紅。

「嗯！理兒倒是這個理兒，那些言官的話朕原本也沒放在心上，若他們說得可行，何必派楊鶴千里迢迢地遠赴陝西？下道或撫或殺的旨意不就行了！哈哈……」崇禎連笑幾聲，又皺眉道：「只是陝西官員若也彈劾，先生怎樣看？」

「臣並未見有陝西呈上的此類奏摺。」

「你主考那些天，陝西巡按御史李應期送來加急密摺，劾楊鶴曲意招撫，濫發免死牌票，賊人陽順陰逆，不只搶掠如故，甚至欺壓官兵，陝西雖得暫時平安，其實人心浮動，不久恐生變故，怕是無法收拾。」

周延儒見崇禎言辭之中多有憂慮，取茶吃了一口，喉嚨間便覺通暢了許多，「楊修齡想是見皇上屢次嚴旨安撫，唯恐皇恩不能澤及那些子民。」

崇禎搖搖頭，輕歎道：「推恩過寬，施得太濫，過猶不及，無補於事，畢竟是書生之見。」

「趁賊焰未熾，可要變撫爲剿？」周延儒試探道，話一出口，便覺不妥，皇上聖旨已下，朝令夕改，豈不貽笑天下？崇禎果不以爲然，沉吟道：「輕改方略，不利安撫人心，前方將士也無所措手足。其實對付陝西民變，不外乎征剿、招撫、賑濟三策，一味征剿，便將亂民逼上了絕路，他們必會死拼狠鬥；一味招撫，便會示人以弱，長大他們的氣焰；唯有征剿、招撫並用，才可奏效。這都不難，難在平亂以後如何安置他們。」崇禎起身踱到門邊，看著院中那棵鐵色的棗樹，已隱約現出一抹新綠，御花園裏本也有棵棗樹，花開的時節，甜香隨著薰風飄進來，極是醉人。崇禎不由深吸了口氣，扳著手指道：「那些亂民本來就沒有什麼家產，貧極從賊，在外漂泊多時，不用說田地荒蕪，就是存身的茅屋草舍怕也坍塌破敗了，遣散安插，總得教他們有個立足的地方！這要用銀錢，陝西的邊兵人吃馬餵耗費糧餉……」他忽然收聲而住，見曹化淳急匆匆地趕來。

第八回

小客棧將軍告御狀
灞陵橋巡按送故人

「咱就要這小彩雲了。」茹成名說著起身上前摟抱，閉著兩眼將滿是酒氣的油嘴拱到小彩雲的腮邊，猴急道：「教哥哥香一個。」不料卻覺嘴角一涼，睜眼看時，見劉鴻儒將一個盛菜的盤子擋在嘴前，裏面的菜汁油脂兀自滴滴答答地往下流，弄得滿嘴滿臉的油污，茹成名登時氣得大叫，惡狠狠大罵：「你這呆根，竟敢與大爺爭女人！」搶了小彩雲，朝劉鴻儒撲去。

曹化淳這幾日派出東廠的十幾個檔頭，各領數名番役四出打探，其實他是嘗到了甜頭，明白若要銀錢，必要辦案。那些東廠的千戶以及子丑寅卯十二科的人馬知他是萬歲爺身邊的紅人，說不得要做新督主，個個爭先向前，一心辦差，即刻到各街各巷、食肆、客店、商鋪等處稽查，多日不懈。只是他不過是虛晃一招，走走過場，只為多得些銀子。誰知歪打正著的，在一家客棧走過，見一個大漢與店裏的夥計打作一團。曹化淳上前喝止住了，那店主人似見了救星，跪地哭訴，說那大漢住店沒銀子，卻拿出一顆什麼鎮西將軍銅印抵押，晴天白日的，這不是訛詐麼！曹化淳接過銅印細細端詳，這是一顆熟銅鑄造的關防，直紐，長二寸九分，寬一寸九分五厘，厚三分，上書「敕造鎮西將軍之印」，九疊篆文，顯然出自宮裏匠作局或兵部名工之手，絕非仿製的贗品。但看那大漢身上破舊的粗服甚是污濁，一柄竹簪胡亂綰住頭髮，手腳頭臉有一層灰黑的污垢，瞧不出本來的顏色，活脫脫一個吃百家飯的乞丐，只是兩道粗眉依舊烏黑油亮，一雙眸子不時閃露精光，不似等閒之輩。曹化淳多少有些信他，剛才又見了大漢的身手，不敢用強，露齒一笑，轉身回屋，那大漢果然順從地跟在後面。不等問話便自報家門，自稱陝西鎮西將軍杜文煥，逃奔到京城要喊冤告御狀。待問告什麼人什麼事，那大漢再三緘口，默不作聲，後來竟倒臥在床上，鼾聲如雷地睡了。曹化淳不再追問，也不拘押回東廠，暗暗吩咐檔頭盯緊大漢，趁著宮門尚未下鑰到了乾清宮，不料皇上去了周閣老的府邸，又急忙趕來，見馬元程在好春軒門口鵠立，正要招呼，不想崇禎踱步過來，一眼瞥見，曹化淳忙跪拜在地。崇禎道：「只這大半日沒見，竟行這般大禮，不是生分了吧！」

「奴婢見了萬歲爺，一時歡喜，竟忘了宮裏的規矩，該打，該打！」曹化淳何嘗不知規矩：宮裏的近侍日常見了皇上、娘娘不必行跪拜大禮，可自家已不是什麼近侍，不該死守什麼規矩了，但聽皇上依然將他看得親近，心下感激莫名，忙將杜文煥的事低聲稟了。崇禎不動聲色地折身回去，接著說：「用兵打仗、賑濟災民，這些都要用銀子，賑濟是治亂之本，征剿是治亂之標，招撫不過是一劑調理的藥餌。哦——時辰不早，想是申末之交，宮門要下鑰了。」說著便往外走，周延儒起身恭送。

崇禎笑攔道：「先生不必拘禮了，夜風尚涼，你病體未癒，還是止步吧！不然，先生經得起折騰，朕若往返探視，還覺勞煩呢！」

周延儒含淚道：「皇上屈尊光降，這是多麼大的天恩，臣竟不能依禮遠送，若依禮遠送又違了旨，真教臣、教臣……」崇禎擺手上轎走了，他依然望著隱沒在夜色中的轎子喃喃自語。

悅來客棧是前門外一家平常的旅店，門口掛著兩個白色的西瓜風燈，微弱的光照下依稀可以分辨出門楣上的楹聯：近悅遠來，賓至如歸；戶開朝迎三島客，庭出暮接五湖賓。暮春時節，夜風如水，遠處隱約傳來幾聲鳥啼。白天的喧鬧已過，客棧內外一片寂靜，杜文煥毫無睡意，日間來的那夥人雖不知底細，但從被稱作曹爺的頭領身手步態言談舉止來看，必是宮裏的太監。他見曹化淳帶人走了以後，推測還會回來，此時必定留人盯梢兒。杜文煥渾若不知，叫了飯菜到房間，慢慢地飲酒享用，靜等著他們回來。接近未時，酒飯都已吃光，卻仍不見絲毫動靜，將那顆鎮西將軍大印抱在懷裏，倚床而睡。正在朦朧之中，卻聽有人喊道：「杜文煥，醒醒，快醒醒，有人來看你了。」

杜文煥機警醒來，見曹化淳笑嘻嘻地站在眼前，不住聲地喊，戒備道：「深更半夜的，哪個要見我？」

「到時你就知道了，跟咱走吧！」說完，領他出門轉彎，向後面的上房走去。

崇禎到了悅來客棧，他心中有種不祥之兆，隱約覺得陝西出了大事。曹化淳半個多時辰前已包了一間僻靜寬大的上房，專供皇上臨時駐蹕。崇禎淨了手臉，喝著新鮮的酸梅湯，見曹化淳引著一個大漢進來，問道：「你從陝西來？」

曹化淳見他遲疑，忙小聲叮囑道：「快跪下，見過皇爺。」

「皇上？」杜文煥如在夢中，怔怔地發愣，心下狐疑這般一個富家公子模樣的青年人會竟是無上威嚴的皇上。

「怎麼，朕不像皇帝？」

「……」

「杜文煥，還不跪下！」一旁的曹化淳急得動手要拉扯。

「楊鶴與洪承疇聯名保舉你爲鎭西將軍，是朕親筆朱批的，你還信不過朕？」

杜文煥跪倒在地，含淚道：「果眞是皇上！臣做夢也想不出會這麼容易見到皇上，本打算在午門外跪請，臣還想到通政司去敲登聞鼓了。」

崇禎陰沉下臉道：「你不在陝西殺賊，跑到京城找朕做什麼？私離巡地已是死罪，又要將鎭西將軍的關防抵押，你好大膽子！」

「皇上……臣有心殺賊，可、可楊鶴卻嚴令不准用兵，臣只有眼睜睜看的份兒……皇上，可要給臣做主，臣一家數十口都被流寇殺了……皇上，臣冤枉呀！」杜文煥一時發急，想起死去的家人，往日老母在堂，妻妾相喚，兒女繞膝，何等的歡樂！如今卻化作春夢，難尋一絲蹤影。那耗費了數年心血，請壘石造園的名匠修築的五嶽草堂也給神一元放了一把大火，蓮花庵、蓬玄閣、太乙樓燒成了灰煙，只留下岣嶁洞、天中館兩處烏黑的窟窿……往事縈懷，千頭萬緒，他不知從何說起，觸及舊痛新傷，竟自嗚咽有聲。

崇禎眉毛一挑，冷聲道：「哭什麼？有話慢慢說。」

「臣要告楊鶴。」杜文煥兀自不住抽泣。

「告他什麼？楊鶴是廷推的三邊總督，初任半年，漢南賊遂蕩平，延安亦粗見安定。如今陝西全境流寇多已歸順朝廷，只有王嘉胤一部頑冥不化，抗拒天兵。陝西廓清有日，朕還要記功獎賞呢！你卻來告他？是何居心，怕他得了全功？」

「皇上……臣不是那樣的小人。臣……皇上切不可聽他一面之詞，被他花言巧語蒙蔽了。」杜文煥面色淒慘，兩眼兀自淚如泉湧，向前跪爬幾步，邊哭邊訴：「臣奔波千里來告御狀，不是爲個人私怨，是爲陝西全省的百姓。楊鶴只知奏報平安，皇上可曾想到那裏的流寇如今有了免死牌票，淫掠更勝從前，各地衙門睜一隻眼閉一隻眼，不敢出面管一管，老百姓避之有如蛇蠍，實在是沒活路了。定邊副將張應昌帶兵征剿神一魁，眼看就要將他擒獲，楊鶴卻不知發了哪路昏，非要招撫不可，強令張副將退兵罷戰。這些事他摺子裏也說麼？臣如今孤身一人，沒有什麼牽掛，冒死來京，就是要皇上知道這些眞相，臣就是死……也瞑目了。」

「流寇招降不是實情麼？」崇禎的心不住下沉，手腳有些顫抖發涼。

「皇上，招降倒是不假，可那都是流寇的緩兵之計，不是心服而是假降哪！若非被官兵追剿得無路可走，哪個自動歸降？王嘉胤怎麼不降？」

崇禎聽得心頭冰冷，曹化淳更是目瞪口呆！難怪楊鶴摺子上屢次請餉，原來歸降的流寇一直難以遣散安插，他們聚集一處，吃喝玩樂，若是有人振臂一呼，豈不釀成大亂？招撫不遣散，危局險象仍存，到頭來白白耗費了許多的糧餉，於戡亂何益！崇禎越想越覺心驚，陰沉著臉，喝罵道：「該死的李應期！你每日裏巡查些什麼，怎麼不早報來？」

杜文煥活動一下跪得生疼的雙膝，回道：「皇上，李巡按和洪道台兩人對此早有微詞，只是懾於朝廷……不、不，是那楊鶴動不動就以朝廷來堵大夥兒的嘴，臣督率延綏、固原兩鎮行營圍剿流寇，楊鶴竟責臣盲目主剿有礙招撫大局，硬是削了臣的軍權。」

「朕不信，楊鶴爲何要這樣做，他通賊麼？」崇禎目光如刀，盯著杜文煥。饒是屢經戰陣的猛將，杜文煥見了崇禎的眼神不禁暗生寒意，浸出一層冷汗。「李應期呢？他怎麼不回來見朕？他可知道你來？」

「不知道。」

「你什麼時候出來的？」

「二十天前。臣多心，怕楊鶴知道消息派人追趕，不敢走官道，曉宿夜行，路上耽擱了幾天。」

「如今陝西怎麼樣？局勢怕是瞬息萬變的。」崇禎霍地站起身來，來回不住走動，厲聲說：「朕屢次有旨給楊鶴撫字得法，並非廢剿不用。楊鶴呈奏的摺子，數稱蕩平，復又猖獗，前後言語自相矛盾，先前那些捷報，多有虛飾。好你個楊鶴，朕付你專權，剿也好，撫也罷，可自行決斷，你竟如此仰體聖意？這欺君之罪，朕豈能容的！小淳子——」

「奴婢在。」

「你帶廠衛緹騎速往陝西，鎖拿楊鶴到京！」

「遵旨。只是……」曹化淳不由支吾起來，「拿了楊鶴，三邊無帥，怕是不利平亂。」

杜文煥也攔道：「皇上，這位小淳子公公說得有理。臣只是教楊鶴有所醒悟，改變方略而已。」

崇禎點頭道：「嗯……是得有個人主持大局。」他粗重地喘出一口氣，頹然坐回椅上，許久才道：「洪承疇怎麼樣？楊鶴已舉薦他做延綏巡撫，朕還在斟酌，從一個四品道台擢升二品巡撫，未免太快了些。」

杜文煥欣喜道：「嘿！皇上，洪道台可是難得的帥才，若是他做三邊總督，流寇便不敢橫行了。」

「先派人到陝西，查明報來。就怕局勢有變，往返不及。」崇禎心裏已有幾分信實杜文煥的話，略一沉吟，對曹化淳道：「小淳子，你速到內閣值房傳諭，速召李應期回來，找個幹練之才代他，發內帑十萬兩賑濟陝西。」轉頭又道：「杜文煥，你私離職守，本應到大理寺待勘，等楊鶴回京再行審議。念你心懷忠義，許你戴罪立功。依你說來，陝西大變難免，速往榆林協助洪承疇！」

杜文煥詫異道：「洪大人怎麼不在西安了？」他見崇禎一道凌厲的目光掃過來，知道太過冒失，不該多問。

「說與你也無妨。朕已升他為延綏巡撫，一旦陝西有警，也好策應。」

延綏乃是西北要塞重鎮，統轄長城沿線三十幾個城堡，與遼東、薊州、宣府、大同、偏關、寧夏、固原、甘肅並稱九邊，治所本在綏德縣，後遷到榆林，是三秦的門戶，又是陝西民變的集中之地，王胤嘉的老巢府谷離此不遠，派洪承疇這樣的幹練之才統領一鎮之眾，兩處互為犄角之勢，實在是萬全之策，看來皇上要一舉蕩平陝西了。杜文煥連稱皇上聖明，叩頭退下。

崇禎回到清暇軒，已過酉時，卻毫無睡意，想著派誰去確查此事。馬元程進來道：「通政司遞來一個摺子，是陝西來的，呂通政接了，怕誤了事，到處又找不到萬歲爺，一直等著。」

崇禎拆開看了，見是楊鶴的奏摺，大意是重申了招撫的理由，最後說此疏拜發之際接到邸報，見言官交章參論，自知奉職無狀，伏乞皇上另派久歷邊陲熟知兵事者，代臣總督，一鼓蕩平，臣願逮繫闕下就斧鉞之誅。想是楊鶴嗅到了什麼風聲，爲自家開脫，崇禎笑笑放在一邊。馬元程又遞上一個黃袋子，上繡著金色袞龍，撕去封條道：「這也是陝西來的。」

崇禎心知必是李應期奏來的密摺，但見黃袋子給他開啓，不由申斥道：「混賬東西！怎敢私拆密摺？」

「奴婢不……奴婢一時大意，眞是該死……」馬元程嚇得跪在地上，低頭不敢往上看一眼，渾身抖個不住。崇禎這才記起御前早已換了人，不再深究，將黃袋子扯開，取出奏摺，封皮上果然寫著「臣李應期謹封」幾個字，抽出摺子細看，不由大吃一驚，楊鶴既招撫了神一魁，怎麼又要殺他的手下？一旦激成變故，必然前功盡棄，陝西撫局不可收拾。崇禎心知下旨阻止已是不及，急忙又給洪承疇一道密旨，若西安有變，准許他便宜行事之權。

果然未出崇禎所料，此時茹成名已人頭落地，楊鶴更是焦頭爛額。神一魁招安以後，過了幾日，楊鶴將他與心腹劉金、劉鴻儒和大頭目茹成名、張孟金、黃友才幾人請到總督行轅，置酒高會，楊鶴與周日強做陪，專門從西安請來兩個歌妓，侑酒助興。這兩個歌妓都是西安城中一等一的角色，個個生得腰肢纖細妖嬈，齒白唇紅，一身珠光寶氣，加上膩膩的脂粉香，看得那幾個頭領眼睛都直了。等到歌妓開口唱曲兒，又是一個滿堂彩。那個身穿水紅緞襖的高挑歌妓扭擺著腰肢，施施然地邁步出來，朝宴席深深連施幾個萬福，嫣然一笑道：「賤妾小彩雲，給諸位老爺唱個小曲助興。」說罷，搖動檀板，輕啓朱唇，唱了一首《清平樂》，那幾個頭領都是粗豪的漢子，識不得幾個大字，聽得一臉茫然。楊鶴以手擊節相和，倒是聽得津津有味，見眾人不解，忙說道：「這是唐代翰林學士李太白奉旨爲當時第一美人楊貴妃所作，女史方才吟唱的曲調猶存盛唐遺音，十分難得，雲想衣裳花想容，春風……」

「不好，不好！咱是個粗人，沒念過幾天的書，哪裏知道什麼李太白、李太黑的，只知道米脂婆姨綏德漢，那米脂的女子當眞水靈得緊，細皮嫩肉的，不敢多摸幾下。」大頭目茹成名早已聽得不耐煩，乘著酒興大聲咋呼起來。

「不敢多摸？茹大哥摸過的女子還少麼？」

「茹大哥的那雙手粗礪異常，力道又大，經了他的手，哪個女子不是大呼小叫，忍痛不禁的！嘻嘻嘻……」

「想必是茹大哥下手忒的狠了，一個柔弱的小女子怎經得住？」張孟金、黃友才調笑起來。

楊鶴暗恨他們出言無狀，不知尊卑禮數，卻不動聲色道：「既是各位不喜歡，那就換個俚俗的。」

「好呀！唱個葷的，唱個葷的！」

「楊貴妃倒還要得，李太白且放他去！」

茹成名等人哄然叫好，神一魁等人也禁不住眉飛色舞起來，臉上掛著一絲絲淫笑，早忘了吃酒，恨不得一口將她們生吞了。

「老爺莫急，奴奴本是米脂人，就唱個家鄉小調兒吧！」小彩雲丟了檀板，起了個蘭花花調兒唱道：

「家住陝西米脂城，
四溝小巷有家門。
一母所生二花童，
爲奴取名叫彩雲。
二老爹娘太狠心，
只要銀錢不要人。
把奴許配老邊軍，
抛奴到了紅火坑……」

茹成名起身捅了神一魁道：「嘻嘻，你聽！把奴許配老邊軍，該不是說的延綏鎮吧！你可是在那裏吃過幾年軍糧的。是如何折騰人家黃花大閨女的？弄得人家到處訴苦水。」

神一魁想在楊鶴面前存一份臉面，賭咒道：「那幾斤糙米我一人還不夠吃，哪裏養得起媳婦？好生聽戲，莫要胡扯！」

茹成名淫性已起，不想兜頭遭他一盆冷水，大覺無趣，悻悻地退回座位。小彩雲正唱得幽怨：

「淚蛋蛋本是心頭血，
誰不傷心誰不滴。
越思越想越心酸，
淚蛋蛋漂起九隻船。
脫韁的野馬斷軸的弦，
逃到西安北里街。
清早起來霧氣騰，
前街裏碰上陳海金。
你給奴家把地方尋，
奴家解懷謝你的恩。
把奴引到興盛隆。
渾身身衣裳都換盡，
還送奴家桃紅粉……」

唱到後來，小彩雲想是記起了凄涼身世，淚水漣漣，氣息哽咽，好在後頭的歌詞多涉男歡女愛，極是粗鄙淫邪，悲悲切切地哭訴反勝過字正腔圓地吟唱。茹成名等人聽到妙處，禁不住拊掌大笑，倒不理會她唱得如何了，紛紛叫嚷：「唱個花俏動情的。」

周日強見他們不住吵鬧，怕楊鶴嫌聒噪，忙命小彩雲道：「別再唱那些悲悲切切的曲子了。軍門大人大老遠地請你們，是來助興侑酒的，你唱得大夥兒酒也喝不香，菜也吃不下，有什麼樂子！小心大人生氣了，重重罰你！」

小彩雲見捱延不過，輕擦了眼淚，換作一副笑臉，盈盈唱道：「燈兒下。細把嬌姿來覷。臉兒紅，嘿不語，只把頭低。怎當得會溫存風流佳婿。金釦含羞解，銀燈帶笑吹。我與你受盡了無限的風波也，今夜諧魚水。

俏冤家扯奴在窗兒外，一口兒咬住奴粉香腮，雙手就解香羅帶。哥哥等一等，只怕有人來。再一會無人也，褲帶兒隨你解。

俊親親，奴愛你風情俏。動我心，遂我意，才與你相交。誰知你膽大就是活強盜，不管好和歹，進門就摟抱。撞見個人來也，親親，教我怎麼好？」

「不好不好！這些曲子聽得人心頭火熱，卻總也搔不到癢處，算不得開葷。再換一個，會不會十八摸？」

周日強平日也不知有如此淫邪的曲子，聽茹成名說還有更勝一籌的，有心見識一番。他是做東的地主，既擔心楊鶴隱忍不悅，又怕幾個頭領不能盡興，偷看楊鶴一眼，見他無意阻止，便招呼穿綠襖的女子道：「就別躲著了，快上場吧！」

淫詞浪調乃是妓家姊妹取樂勸酒常用的手段，會的何止十支八支？只是有雅俗之分，遇上文人墨客詩酒雅集，她們照例是唱些《琴挑》、《夜奔》、《待月》、《出塞》之類的風流韻事。遇到一擲千金只為買笑的豪客巨賈，則唱些露骨的淫詞，正所謂上什麼山唱什麼歌。那綠襖女子曾是西安城裏的書寓，極為善解人意，本要扭捏作態討男人們憐愛，見這些鄉下粗豪的漢子不懂什麼風情，忙將一臉的羞澀換了，大大方方地斂衽施個萬福，鶯鶯燕燕地唱道：「緊打鼓來慢打鑼，停鑼住鼓聽清歌。諸般閒言也休唱，聽我唱段十八摸。一呀摸，摸到了姐姐的鬢角邊……二呀摸，摸到了姐姐的粉香肩……三呀摸，摸到了姐姐的眉毛邊……摸到了姐姐的小腳邊……」

神一魁、茹成名等人聽得眉飛色舞，擊桌拍掌，連呼過癮，醜態百出。楊鶴偌大年紀從未見識過這等淫鄙的曲調，也禁不住老臉暗紅，忙用袖子擦擦笑出的眼淚遮掩過去，若不是眾人在座，幾乎不能自持。茹成名早將上衣扯開，露出毛茸茸的胸膛，酒吃急了，順著嘴巴灑落胸前，他用手胡亂擦抹幾下，聽那女子唱到後面幾段，竟隨聲附和起來：

「老年聽見十八摸，
少年之時也經過。
後生聽見十八摸，
日夜貪花哭老婆。

鰥夫聽了十八摸，
抱著枕頭哭老婆。
和尚聽了十八摸，
摟著徒弟呼哥哥。
尼姑聽見十八摸，
睡到半夜無奈何。
你們後生聽了去，
也會貪花討老婆……」

「咱們聽見十八摸，且將妹妹當老婆。哈哈哈——」神一魁等人縱聲狂笑，礙於楊鶴的威嚴，不然早將兩個女子摟作一處了。

夜闌更深，宴飲猶自不息。楊鶴見眾人無心吃酒，笑道：「天下沒有不散的宴席，今夜就到此吧！早點兒歇息，明日若沒什麼事，可再接著宴飲。」然後轉臉向兩個歌妓道：「好生陪伴這幾位爺，不可偷懶。」

小彩雲媚媚地一笑，嬌聲道：「哎呀！大老爺，奴奴怎敢不用心盡力？倒是奴奴只姐妹兩個，可卻有六位大爺，怎麼個陪法，哪個在前哪個在後，還請大老爺明示才好，不然開罪了這六位大爺，奴奴這身嫩肉可經不起捶打喲！」

楊鶴的目光掃過神一魁等人，異常幽深，擺手道：「這幾位樂意怎麼玩兒，悉聽其便。」

「咱就要這小彩雲了。」茹成名說著起身上前摟抱，閉著兩眼將滿是酒氣的油嘴拱到小彩雲的腮邊，猴急道：「教哥哥香一個。」不料卻覺嘴角一涼，睜眼看時，見劉鴻儒將一個盛菜的盤子擋在嘴前，裏面的菜汁油脂兀自滴滴答答地往下流，弄得滿嘴滿臉的油污，茹成名登時氣得大叫，惡狠狠大罵：「你這呆根，竟敢與大爺爭女人！」捨了小彩雲，朝劉鴻儒撲去。

劉鴻儒如泥鰍一般，閃身躲在神一魁身後道：「有大當家在，你怎敢搶先？小彩雲怕還輪不到你！」

茹成名大怒，罵道：「既是有種出頭，就不要再做縮頭烏龜！來來來，我倆比劃比劃，贏了我的拳頭，小彩雲讓你！」

劉鴻儒絲毫不懼，擺開門戶，預備動手。不想茹成名出手甚快，啪的一聲，劉鴻儒臉上早已重重挨了一下，鮮血順嘴角淌出。茹成名叱喝道：「他娘的，你裝什麼大頭蒜，老子與神一元、高應登兩位哥哥起事的時候，怕是還沒有你呢！當年在延綏鎮，老子吃的是什麼苦，你哪裏知曉！破新安，攻寧塞，圍靖邊堡，克柳樹澗，殺參將陳三槐，老子哪次不是衝在前面？如今找個婊子樂樂，卻要靠後了？論功勞輩分，老子也可當半個家！怎麼，你這樣用眼珠子瞪老子做什麼，想是不服麼？再過來比比拳頭！」

楊鶴冷眼看著神一魁。神一魁坐著沒動，他不是心裏不氣，自從接替哥哥神一元做了首領，茹成名口服心卻不服，如今嘴上也不服了，當著軍門大人的面兒給他難堪，若不想法子殺殺他的威風，今後怕再難約束住他了，本想發作，又怕茹成名勇猛過人，張狂來難以壓服，給軍門大人瞧不起，許下的守備虛銜成了泡影，更不用說什麼實授了。心念及此，攥緊拳頭的右手緩緩鬆開，強自笑道：「常言道：兄弟如手足，妻子如衣服。何況她不過是個千人騎萬人跨的窯姐兒，豈能因她傷了兄弟和氣，漫說你單要他陪侍，就是將這兩個都要了，哥哥也捨得與你。」

「掌家哥哥果然豪爽，那就卻之不恭了。」張孟金哈哈一笑，過來拉起綠襖女子便走，竟是一個也不想留下。

周日強見楊鶴盯著自己，勸解道：「義字當頭，萬不可傷了兄弟和氣！其實也不必急在一時，似這般姿色的女子，西安城裏多的是，你們只要到了西安，就是一人兩個、三個，也費不了許多周章。」

劉金拔刀在手，咬牙道：「西安是西安，寧州是寧州，遠水不解近渴。張孟金，你是什麼東西，也敢張狂撒野！識相的，快將她放手，不然我這把刀可認不得你！」

楊鶴起身，假意嗔怒道：「大膽！本部院面前，你們卻這般放肆！飲酒耍樂，怎麼竟要舞刀弄槍的，還不收起來！」

劉金本無意爭鬥，只是如此忍讓太覺失了臉面，指望逼迫茹成名喝止張孟金，不想他自顧吃酒，全不理會，軍門大人卻大發雷霆，心下一怔，已是氣餒了。張孟金趁此時機，拉起綠襖女子便走。劉金看看站在楊鶴背後的蔡九儀，忌憚他本領高強，不敢出手阻攔，眼見張孟金擁著綠襖女子出了院門。

神一魁三人回到臥房，哪裏睡得著？一樁風流快活的好事，轉眼間生生被人攪了，心裏實難嚥下這口惡氣！劉鴻儒在床上翻來覆去，弄得木床吱吱呀呀地響，他與劉金睡在外間，聽著裏間的神一魁悄無聲息，知道他還沒睡著，不然必會鼾聲如雷。劉鴻儒碰碰劉金，劉金翻身坐起，低聲道：「什麼事？」

「我實在氣不過！娘的，他們倒舒坦了，摟著兩個如花似玉的小美人，卻教咱們當和尙撞鐘。茹成名也恁他娘的不講理，凡事都要拔個尖尖，眼裏還有大掌家哥哥麼？」

「可不是麼！既是大掌家哥哥讓先與他，再教張孟金那小子佔便宜，這不是得寸進尺麼？哼，總得想個法子教訓教訓他們，不然往後還不反了天？」劉金歎氣道：「不知首領哥哥怎樣打算。」

「若是依我的性子，早動刀子了，什麼兄弟不兄弟的，你不仁，就別怪我不義。」

「不要瞎說！大掌家哥哥想必已有打算，只是暫時不便說與咱們知道。」

「不行！我倒要問問大掌家哥哥怎樣打算的，不然悶也悶死了。」劉鴻儒大步進了裏屋，劉金待要阻攔已然不及，急忙跟著進去。劉鴻儒一挑簾子，裏面漆黑一團，借著窗櫺透進來的一絲星輝，模糊地看見神一魁盤膝坐在床上，閉目深思，大覺意外，訕訕問道：「哥哥還沒睡？」

「喔——你們也沒睡？坐吧！我就不點燈了。」神一魁伸手指指窗下的椅子道：「你倆

有事？」

「哥哥，這口鳥氣就這樣忍下了？」劉鴻儒心直口快。

「你想怎樣？」

「趁他們只顧快活，今夜就摸進去，喀、喀、喀！一了百了。」劉鴻儒手掌向下一砍，做了個殺頭的手勢。

「不妥，不妥！」神一魁搖頭道：「不可造次，萬一有什麼閃失，不是好玩的。」

「哥哥怕了？」劉鴻儒甚覺失望。

劉金勸解道：「不是哥哥怕了，哥哥是不想犯險而行。你想如今咱們的人馬半數是茹成名的手下，一旦行事不密，勢必兩敗俱傷，誰都沒好果子吃。」

「這只是其中的一層，我不動手想得還多。」神一魁蒼然一笑，神情極是無奈，長歎道：「你們說軍門大人爲何這般禮遇咱們？是因我們手下有這些人馬，可是這些人馬若是自相殘殺，到頭來所剩無幾了，軍門大人還將咱們放在眼裏麼？硬拼不是法子，你倆沒見方才軍門大人偏袒茹成名麼？」

「爲什麼要偏袒他？」劉金、劉鴻儒幾乎同時出口動問。

「這是卞莊刺虎之計，讓我們兩敗俱傷，他好坐收漁翁之利，我們不能教他如了意，不然吃虧的終是我們。」

劉金讚佩道：「還是哥哥想得周全。那麼這事就先忍下？」

「唉！哥哥你倒是拿個法子呀！」劉鴻儒搓著兩手，跺腳發狠。

神一魁黯然道：「我想了大半夜，沒有什麼萬全的法子，看來這事咱們自家是辦不得了，要找個幫手。」聲音顯得異常蒼老。

「向王胤嘉求援？」

「不是。」神一魁搖頭道：「不能找他，他也幫不了咱們，能幫咱們的只有軍門大人。」

「他方才那樣偏袒茹成名，豈能幫咱們，哥哥還是死了這條心吧！」劉金頗覺失望。

神一魁笑道：「你倆沒看出來，軍門大人是在演戲？其實他也恨透了茹成名，茹瘋子不服節制，肆意胡來，不用說軍門大人，就是周知州怕是也心煩牙癢，只是想著大局，怕惹惱咱們造了反，才沒有動作罷了。」

劉鴻儒欣喜道：「大哥是說軍門大人一直與咱們打啞謎，也想著收拾茹瘋子？」

「不錯。上次茹成名毆辱了參將吳弘器、中軍官范禮後，楊軍門甚是氣惱，就想著如何懲治茹瘋子，後來知州周日強暗地裏曾試探過劉金兄弟。」

「是有此事。周日強教我傳話給哥哥，若能除掉茹瘋子，可實授哥哥守備之職，還授……咳、咳……」他假裝咳嗽幾聲，生生將下面那句「也可授你總旗之職」嚥下，喘息一會兒，接著說：「小弟想哥哥義薄雲天，是個光明磊落的好漢子，不屑做這般下三濫的勾當，就沒將這些話放在心上，沒敢強勸哥哥。今夜此事，看來不能再隱忍退讓了，還是要先發制人，免得再遭他們欺凌。」

許多了。」

「嗯！我方才想了個計策，卻也拿不定主意，與他人聯手對付兄弟，一來對不起多年的情義，二來也怕遭人嘲笑，可恨他們竟然不知收斂，反而越來越出格了，事到如今，也顧不得許多了。」

「到底是個什麼計策？哥哥快說！」劉鴻儒搶過話頭。

「其實也沒有什麼出奇的，借刀殺人而已。」

「哥哥說仔細些。」劉金欠起身子。

「設法將茹成名誆到西安總督府，交由楊大人處置。」

劉鴻儒頗不以爲然，大搖其頭道：「哥哥想甕中捉鱉，怕是難成。茹瘋子是何等的奸猾，教他向東偏要往西的主兒，怎會聽咱們擺布？」

劉金道：「這個容易。楊大人不是說了，西安有的是窯姐兒，就由茹瘋子可著心地挑吧！牡丹花下死，做鬼也風流麼！」

「這個藉口好，他會去的。」神一魁長出口氣道：「我正想不出怎樣誆騙他去，如此最好。軍門大人在此逗留不了幾天，就教他帶著兩個婊子隨楊大人上路吧！天一亮，我便去求軍門大人，他不會不應的。」

洪承疇回到西安便接到調赴延綏的聖旨，他一邊命人收拾起程，命貼身書吏金升送信給蔡九儀趕往榆林會合，一邊依例到巡撫衙門向撫台劉廣生辭行。劉廣生看著昔日的屬官一下子成了開牙建府的封疆大吏，延綏雖說地屬陝西，但爲九邊之一，乃是獨立的軍事重鎮，不在自家統轄之內。地方不大，但品級與自家相同，已然平起平坐。劉廣生心裏鬱悶非常，可場面上還要過得去，依例在巡撫衙門爲洪承疇餞了行。二人悶聲對坐，洪承疇已覺難耐。吃了幾杯，劉廣生招呼歌妓上來侑酒，洪承疇起身向劉廣生拱手道：「撫台大人備了這樣齊整的酒宴，足見抬愛。承疇極想把盞言歡，不醉不歸，無奈王命在身，不敢遲延，就告辭了。」

劉廣生乾笑道：「洪大人抬出王命，哪個還敢留你？如此，就簡慢了。」說罷起身送到二門，連道恕不遠送，二人打躬作別。

申時已過，洪承疇不顧天色漸晚，帶著貼身侍衛王輔臣打馬出了長樂門。西安城四面各有一座城門，南爲永寧，北爲安遠，西爲安定，東爲長樂，去往榆林通常直出北面的安遠門，如此最爲便捷。洪承疇是兩榜出身的進士，極好風雅，城東灞橋，風景如畫，陽關三疊，絕唱千古，自然比出北門更能發古人之幽情，因此寧肯多跑幾十里的路途，也繞道出東門。灞橋在西安城東二十多里的長安縣灞水之上，相傳爲春秋五霸之一的秦穆公始建，此後灞橋多次廢毀多次重修，規模竟是越來越大，長有百十幾丈，寬兩丈餘，橫跨灞水兩岸，旁設石欄，橋下有七十二水孔，四百多根杜樁，兩岸遍植綠柳，陽春時節，含煙吐絮，隨風飄舞，好似冬日雪花飛揚。唐代在橋邊設有驛站，親友出城多在此送別，年年柳色，灞陵傷別，灞橋風雪是關中八景之一，豈可錯過！西安城那高聳的角樓越來越依稀模糊，灞橋的兩個高大牌樓已遠望可見。此時，紅日西下，雲霞滿天，柳絮飄飛，宛如冬雪。洪承疇下馬道：「今夜就歇在此處，明日一早再走。」說著將馬韁甩給王輔臣，沿著官道負手而行，腳步起落，拂起地上大團大團的柳絮，在他前後左右相隨，將到橋頭，牌坊下面有人歎息道：「如何這柳絮也難割捨？亨九兄，我等你多時了。」

洪承疇聽得耳熟，住下腳步，怔問道：「應期，你如何會在這裏？」

李應期轉過身來，晃一晃幾可盈握的一大把柳條道：「我在這裏都是因撫台大人到了這裏，我知道就是將灞水兩岸的柳枝折光，也留你不住。」

「你怎麼知道我會走東門？」

「哈哈哈……」李應期大笑幾聲，「你我都是兩榜出身，多少還都解得幾分風情。你若飛騎直出北門，就不是洪亨九了。」洪承疇也大笑起來。二人挽手上橋，河水漲綠，歸燕呢喃，幾條小船在河上往來，櫓聲咿呀可聞。李應期將柳枝一一丟在河裏，看著它們逐波漂流而逝，輕輕吐出一口氣道：「弱柳繫船，留君不住。亨九，你前程高遠，將來出將入相也在彈指之間。」

洪承疇壯志初酬，正在志得意滿之際，並沒顧及李應期眉目之間那縷淡淡憂色，朗聲道：「替皇上效命乃是咱做臣子的份內之事，也是我輩無上榮耀，至於出將入相，我可從未有過奢求，皇上明見萬里，聖睿天聰，依功獎賞，容不得半點遮掩虛飾。不過，話又說回來了，只要用心當差辦事，皇上自然不會虧待臣工，就像曹化淳曹公公，聽說已協理東廠了。他才多大的年紀？」

「不必攀比他人了。亨九，你一個從四品擢升成從二品，不次擢遷，可見皇恩浩蕩啊！」

李應期感歎道，眼中閃過一絲豔羨之色。

洪承疇談興甚濃，慨然道：「太平年景立功實難，免不了白了少年頭，空悲切。如今國家多事，你我在三秦爲官，雖說勞苦些，但終算有了用武之地，倘若有所作爲，也不枉了平生的襟懷。」

「三秦乃是非之地，可成人也可敗人。」李應期長歎一聲，嘴裏吟道：「灞橋晴來送別頻，相偎相依不勝春。自家飛絮猶無定，爭把長條絆得人。我不是要留你，是怕今後再難從容見面說話了。」

「自家飛絮猶無定，此句何意？」洪承疇這才覺察到他神情懨懨，落落寡歡。

李應期並不搭言，淒然一笑自顧自地說道：「我今日送你，不知明日有沒有人送我？我倒是不用像你似的，巴巴地繞道灞橋，心思神追，遙會古人。這裏是我的必經之途，想繞也無從繞過的。唉！難怪千百年來無數文人騷客魂牽夢縈，此處眞是送別餞行的絕佳處所，古今傷心的消魂之地。」他不勝唏噓，言談神色大異往日。

「你有什麼心事？不妨講來。」

「實不相瞞，我明日就要東歸了，業已宣了旨，與你調赴延綏的聖旨前後不差一個時辰。」

「那巡按御史一職豈非空缺？」

「巡按御史空缺有什麼打緊的，延綏巡撫不是也空缺了數月？再說，朝廷已另派了人來。」

「是誰？」

「吳甡。」

「吳甡友！再次入秦川，他會不會又來個大鬧筵席？此人眞有虎膽。」

「劉廣生可不是胡廷宴，他還敢麼？」

「他這個時候入秦，該不是朝著劉廣生來的，不是查贓官，是來賑濟災民，催著早日平定三秦的。」

「吳甡友參倒了胡廷宴，聖寵正隆，如今再次入秦，明擺著是要坐享其成，撈些資本，好脫身回京。聽說皇上有意升他做左副都御史，早晚要大拜入閣的。他勢必催逼楊軍門及早廓清匪患，如此那楊修齡的日子可不好過了。哈哈，無須多情談國事，賞賞灞橋的煙柳。此次一去不知何時再來？東去灞陵也無故人，到驛站飲上幾杯如何？」李應期眼中酸澀，語調故作放達。

洪承疇點頭道：「你東歸也好，可以過上清閒的日子了。帝京日下，萬商輻輳，哪裏會有三邊這般寒苦？好生納幾天清福吧！」幾句話開解得李應期臉色爲之一霽，爲前途未卜而煩惱之情頓減，二人賞著四邊的風景朝驛站緩步而去。

柳絮撲面，草青耀眼。李應期放眼四顧，惆悵傷春之情油然而生，喟了一聲道：「綠柳春風，天下絕佳的賞柳處，還當以灞橋爲首，山東濟南明湖翠柳，杭州西湖柳浪聞鶯，揚州瘦西湖長堤春柳，景象頗似，然終不如灞柳風雪動人心脾，勾人魂魄。」

洪承疇調笑道：「傷春悲秋，老兄倒是體會得個中三昧。你其實不必赴京城，卻該回江南了，如此方能趕上春，千萬和春住。哈哈哈……你當眞風雅得緊，也酸楚得緊！如此該有詩，不、不……是婉約詞記之才好。」

「你是笑我惺惺作閨中女子之態麼？」

洪承疇忙搖手道：「豈敢，豈敢！人人盡說江南好。遊人只合江南老。能歸老江南，畫船聽雨，也是人生的樂事。」

「那須少不得壚邊人似月，皓腕凝霜雪。不然終屬落寞難捱，殘生苦度，哪裏有些文章風流的況味！」

二人說笑下了灞橋，卻見西邊的官道上一騎飛來，蹄聲驟急，馬上人大呼道：「前面可是李大人？撫台大人有命，請快回衙迎接欽差大人。」

「吳姓來得好快！」二人驚諤得對視一眼，李應期愀然道：「看來你也沒人餞行了。」揮手作別，上馬而去。

洪承疇望著他們隱沒在漸濃的暮色裏，轉頭命王輔臣道：「今夜無人作陪，你我二人不免寂寞，就不宿在這兒了。到驛站換過馬匹，加緊趕去榆林！」

第九回

拜恩師負氣打惡僕
求序文刻稿忤房師

陳子龍大喝一聲，飛身跳起，擋在三人面前。兩個豪奴揮起棍棒劈頭打下，陳子龍不慌不忙，見那棍棒堪堪打到頭頂，身形陡地一轉，幾條棍棒全撲了空，只見他長臂一伸甩，拿住棍棒，那兩個豪奴使的是笨力氣，撲勢太猛，本已收腳不住，給他順勢一引一帶，竟然雙雙摔倒地上，四腳朝天，一條棍棒被他綽在了手裏。陳子龍哈哈一笑，取棍在手，舞將起來，棍影排山，風雷迸發，眾人看得目駭神搖。陳子龍舞得興起，將棍往地下一戳，那根棍竟直直地插入地中。

黃昏時，吳福回來了，他跑得氣喘吁吁的，將門一下子撞開，伏在地上，涕淚滿面，不住喘息道：「少、少爺，大喜啦！大喜啦……」復起身朝南方跪下，「咚咚」磕了兩個響頭，口中喃喃道：「祖宗保佑！祖宗保佑……」

「什麼大喜？」吳偉業在榻上一躍而起，上前攥住吳福的胳膊。吳福喜極而泣，趕得也急，用衣袖抹了一把臉上的汗水和淚水，斷斷續續地說：「我、我出了會館…… 北半截胡同，到、到了廣安門大街……也不知哪裏有、有房子……正找著，卻聽人說、說得熱鬧……」

「那些廢話少說些不行？」

「是、是。」此時吳福才調勻氣息，接著說：「小的回頭一看，見一座大茶樓前不少的人，還以爲打架動手呢！哎！這就說正題…… 小的揀要緊的說。原來街上正在賣公子的試卷。」

「這有什麼稀奇的？進士考卷結集兜售，都是坊間書賈牟利而爲，這是歷來的成規……」吳偉業突然將話頭收住，自家的文章做得再好，可給人家誣告，正在風口浪尖，哪個敢輕易刻印來賣？急問：「可有人敢買？」

「豈止敢買？小的好不容易才擠入人群，買了一冊，竟花了一兩銀子呢！」

吳偉業納罕不已，疑惑道：「這卻奇怪了，快將卷子拿來我看！」

「這有什麼奇怪的！那賣書人叫喊著什麼御批闈墨，說是自我大明歷朝以來頭一回有這樣殊榮的八股文章，大夥兒哪個不願買來看看？」吳福從懷裏取出一卷簇新的紙冊，題簽寫著御批闈墨制藝，翻過看扉頁，只寥寥數十字的序文，吳偉業卻看得石破天驚，「此卷乃辛未科會元蘇州府吳偉業墨闈制藝，蒙聖覽御評：正大博雅，足式詭靡。實科考之圭臬……」他將書冊往後一拋，虛脫般地一下子躺到床上，滿臉淚水將被褥濕了一片。

「公子、公子，你怎麼了？」吳福大驚。

吳偉業苦笑搖頭道：「沒事，沒事了。」

「小的想既有皇上御批，公子自然平安無事了。可見公子剛才仰倒，還以爲出了什麼亂子。小的隨公子進京，有沒有什麼功名倒不打緊，只要平平安安的，也好回去向老爺有個交待，不然……嗚——嗚——」吳福竟傷心得大哭起來。

張溥、吳昌時、陳子龍三人聽到哭聲悲切，還以爲出了什麼禍事，急忙一齊過來，看了書冊，大夥兒如釋重負，吳昌時道：「想必是首輔大人將梅村的考卷呈與皇上看了，皇上十分賞識，才題了這八個字。既有皇上欽定，此事便煙消雲散了。」

「此事大可懷疑，怎的皇上御批未久，便這麼快傳到坊間了？敢不是假冒的？」張溥緊蹙著眉頭，百思不得其解。

「天如，你常年蝸居在書齋，哪裏知道外面的世道？這裏可是京城，比不得咱們那小地方！京城的人哪個沒有三親六故？手眼通天的人物多的是，別看他一個小小的書賈，敢冒充御批墨闈，必是大有來路的，說不得有什麼關節在司禮監呢！小覷不得！」吳昌時大搖其手，「朝廷裏的許多事情，邸報還不如外相、內相的家奴傳得快呢！」

陳子龍冷哼一聲：「當年魏秉謙爲諂媚魏忠賢，不是將那些票擬稱作本家邸報麼？」「世事紛亂如此，一朝一夕怕難見功。」張溥聽得一時氣餒，心裏陡覺沉重起來。眾人正在猜測，周延儒派家人送信，考卷已經皇上品評，皇上還親往周府探病！眾人這才安了心。吳昌時便吵嚷著要吳偉業做東道，因天色已晚，只得作罷，各回寢室歇息。

次日一早，門前的番子走得一個不剩，會館依然又是車水馬龍。那長班過來謝罪，說是誤聽了傳言。吳偉業心裏暗道一聲慚愧，竟不生氣，擺擺手只說要靜心準備殿試，長班訕訕地掩門而去，吳福狠狠啐了一口。

三月十五，如期舉辦殿試。殿試由皇帝臨軒策士，親自主持，只考時務策一道。應試的貢士都是會試考取的英才，在殿試中均不落榜，只是由皇帝重新安排名次。錄取分三甲：一甲三名，賜進士及第，第一名稱狀元、鼎元，二名榜眼，三名探花，合稱三鼎甲。二甲賜進士出身，三甲賜同進士出身。三甲通稱進士。進士榜稱甲榜，或稱甲科。進士榜用黃紙書寫，故叫黃甲，也稱金榜，中進士稱金榜題名。吳昌時、陳子龍會試未能放榜，沒有資格參加殿試，只在會館坐等消息。

掖門大開，參加殿試的眾貢士，單號由左掖門，雙號由右掖門，點一名，放一名，依次進宮，最後齊聚奉天殿。宮殿巍峨，皇家威嚴，自是天下無人可及。張溥進了宮門，迎面便是廣十一間，高十二丈的皇極殿，乃是整座紫禁城最爲雄偉的宮闕，居三大殿之首。他走過已被磨得有些光滑的石磚甬路，想著自成祖永樂皇帝伊始，不知有多少皇帝、大臣在此走過，心中暗自嗟歎不已。登上兩丈多高的漢白玉殿基，仰頭望著殿頂明黃的琉璃瓦在日光下熠熠生輝，清風吹動簷角鐵鈴，發出一陣清脆悅耳之聲，透過巧奪天工的六扇雕花格門，隱約看到大殿正中金漆寶座，龍墀丹陛，氣象非凡。張溥知道這便是無數黎庶小民嘖嘖豔稱的金鑾殿，若非十年寒窗、身入宦門，等閒之輩怎敢冒著私窺宮門的大罪，一睹皇家氣派？他一邊想著，卻也不敢停留，顧不得細細瞻仰，隨眾越過皇極殿、中極殿，爬了數十層石階，來到殿試所在地的建極殿，竟是汗出如漿、微微氣喘了。放好考具，左右逡巡，見吳偉業、陳于泰也已進來，一齊等候鴻臚寺官員指點排班。

辛未科的貢士共有三百四十九名，皇帝不是千手千眼的觀世音菩薩，這麼多的卷子萬難看得過來，要另外委派專門的大臣協助閱卷，稱爲讀卷官。實際上閱卷並擬定名次，主要由讀卷官提出意見，再呈皇帝裁定。周延儒、何如寵率吏部、都察院、通政司、大理寺正官，詹事府、翰林院堂上官爲讀卷官；提調官則爲禮部尚書、侍郎；監試官由監察御史二員擔任；受卷、彌封、掌卷等官由翰林院、春坊、司經局、光祿寺、鴻臚寺、尙寶司、六科及制敕房官司職。

往年的殿試雖極隆重，也不過是走走過場，第一甲的狀元、榜眼、探花都已在會試的主考官心裏排好了座次，大致有了人頭，這些主考官一般又是殿試的讀卷官，而殿試卷子照例彌封，卻不另行謄錄，可以看字辨人，一旦主考官認準了哪個，自然留心了他的書法字樣，表面不露聲色，將卷子挑選送呈皇上欽定，其實暗中已然援手照應了。此次因事先有了舞弊的風聲，崇禎又是極爲好明察的秉性，竟親臨考場，當面督責。周延儒等人絲毫不敢馬虎，率領讀卷大臣朝服上殿。崇禎高坐在擺著茶點的彩漆桌後，望著跪在地上的一大片臣子、貢士，命他們平了身。早在唱名之時，崇禎就暗命幾個貼身小太監盯緊了吳偉業、張溥、陳于泰等人。

周延儒謹身正容地走到殿中東面擺設的一列長桌前，捧起上面擺放整齊的題紙，走到中間黃案前面，朗然說道：「恭接欽命策題！」

早已站在黃案前的禮部尙書徐光啓，隨即雙膝著地，雙手高舉，跪接了題紙，置於黃案正中。然後由鴻臚寺官員鳴贊，殿內殿外的讀卷大臣、執事官員以及數百名貢士，一齊又行了跪叩大禮。讀卷大臣陪著崇禎退回文華殿去歇息，禮部官員開始散發題紙。貢士們一人一個小方桌，跪在一塵不染的金磚地上，埋頭苦思細寫，大殿裏寂靜無聲。

張溥接題到手，取出題紙來，默念暗讀，見開頭和煞尾照例還是一段制式文字，二百字上下，策問的主旨不過是就時政大端，而歸約成的兩樁要事：去奢崇儉之方，練兵講武之要。從頭至尾念了三遍，張溥驚讚不已，這兩樁大事都是緊扣時政，確是經世致用的良方，想到方才遠遠看到皇上春秋鼎盛，如此下去必可化育萬民、澄清四海，自己不愁施展懷抱，有一番作爲。這樣一想，自覺成竹在胸，登時文思泉湧，處處逢源，一個時辰的功夫，已將草稿擬好。看看已近晌午，匆匆吃了幾口頒賜的點心，開始小心檢點。

金殿對策與會試一樣，字數多少也有限制，必須涵泳鍛鍊，由博而約，求其精簡。張溥將草稿仔細推敲一遍，又檢查程式是否違制，引用「聖訓」要「抬頭」，若逢御名須「缺筆」避諱。這才取出殿試卷子預備謄錄，殿試卷子規格最高，用七層宣紙裱成，正反六折，除底面外，共計十頁，每頁高一尺四寸，寬三寸七分，上面印好了筆直的朱絲欄，每頁十二行，每行二十四字。紅線墨字，色彩分明，鮮豔奪目。

此時多數貢士都在謄錄卷子，崇禎換了常服，進殿巡看，在吳偉業身邊駐足，見他翩翩年少，風神俊朗，心裏喜歡上了幾分。吳偉業覺察皇上在看著自己，心裏怦怦亂跳，手中的筆禁不住輕輕抖動，一向頗爲自詡的館閣體小楷便有了不甚端嚴之處。崇禎慢慢轉到張溥身邊，見他身形消瘦，舉止之間自有一股冷峻峭拔之氣，又見他運筆蒼勁，似是長槍大戟，威猛剛烈，力道雄沉。讀了幾句策論，但覺寫得文風樸茂，言之有物，極有見地，與一般貢士議論空疏迥異，暗想：此人倒是個難得的相才，若經磨礪，早晚必成大器。

張溥寫完卷子，重新細看，隻字不錯，無須挖補，欣欣然地到東角門交了卷，出了宮門，回望斜陽下的沉沉宮闕，越發顯得金碧輝煌，燦爛耀眼。

受卷官將試卷送彌封官，彌封好再送掌卷官，轉送文華殿讀卷官處，仔細評定高下。文華殿內，西向擺設了八張案桌，等讀卷大臣席地坐定，掌卷官開始分卷。從卯初看起，到次日中午看完所有卷子，然後共同商定「前十本」。三鼎甲必出於前十本中，因此最爲人看重，但此次是內閣首輔領銜讀卷，何如寵又暗中幫襯，其他六人不好拉下臉來，堅持己見。最終將吳偉業定了第一，陳于泰第二，張溥第三，三鼎甲既已議定，後面的七本關係較輕，就更不必強分高下了，只要將榜首、二甲榜末的名次斟酌妥當，中間的名次前後倒不必大費周章。二甲「賜進士出身」，三甲「賜同進士出身」，雖僅一字之差，卻與能不能點爲庶起士，入翰林院「讀書」，大有關係，不可不愼重其事。

剛剛議定了名次，崇禎笑吟吟地進殿道：「你們辛苦了！」

「不敢。臣等剛剛議定了三甲名次，預備著明日一早到乾清宮東暖閣進呈，聽候御裁。」周延儒等人急忙上前叩見，崇禎命他們回了原位，命道：「取三鼎甲來看。」他將三人的卷子讀了一遍，將吳偉業黜落一名，改爲榜眼，張溥由探花黜落爲三甲頭名，而將陳于泰拔爲第一甲頭名狀元，第四名夏日瑚點爲探花，其他貢士的名次沒有什麼大動。周延儒等幾個讀卷官看了，一齊稱頌萬歲聖明。崇禎笑道：「你們並不知道朕這麼做的道理，說得全是違心話兒！吳偉業年輕，缺少歷練，遇大事多少有些沉不住氣，心急則亂，那怎麼成？就得磨磨他的性子。張溥歷練是夠了，可卻不甚遵守法度，朕想用他，可替朝廷出力，終究不是處在草莽之間，領著幾個讀書人胡鬧！同是黜落名次，朕的用心卻不盡相同。」

「皇上見微知著，臣等……」

崇禎揮手阻止道：「好了！他們日後能替朕做事，成就一番功業，也不枉朕的一片苦心了！」

三月十八日是金殿傳臚的大喜日子，殿試到了最高潮。寅時剛過，天色微明，眾位大臣已經陸續到達，在本衙門朝房待命。皇極殿上已陳設了全副臚簿，殿內東面設一張黃案，上置「金榜」，禮部官員細心檢點妥當，通知鴻臚寺的官員，可以排班就位了。

一早起來，吳昌時、陳子龍便陪張溥、吳偉業二人等在長安左門外，長安門前已擠得水洩不通，有的看榜，有的看狀元，有的看熱鬧。辛未甲榜三百四十九名新進士，都在金水橋北、太和門外待命，分爲兩行，單數進昭德門，雙數進貞度門，依次跪在丹墀後面。

崇禎御殿，眾大臣跪叩已畢，周延儒起身直趨黃案，雙手捧起金榜，走向丹墀，交付跪受的禮部尚書徐光啓。徐光啓轉身將金榜放在鋪著黃緞的小几上，連几舉起，由左階下丹墀，將榜案置於御道正中的龍亭中。鴻臚寺官員高聲慢唱：「傳臚！」禮部司官出班宣讀諭旨：「奉天承運皇帝詔曰：崇禎四年三月十五日，策試天下貢士；第一甲賜進士及第；第二甲賜進士出身；第三甲賜同進士出身。欽此！」接下來便是鴻臚寺官員唱名傳臚：「第一甲第一名陳于泰——」末字未終，樂聲大作。跪在後面的陳于泰隨即起身，急步而趨，越過所有品級山，跪在讀卷官後面。「第一甲第二名吳偉業——」吳偉業出班急走，跪在狀元左面。

張溥聽到狀元果然是陳于泰，暗自詫訝不已。隨後聽到吳偉業高中榜眼，夏日瑚點了探花，自己中在三甲頭名，心頭陡覺一片冰冷，二甲、三甲只唱個總數，在原地隨眾行禮，無需出班，自然難入皇帝龍目。三甲賜同進士出身，多數是外放個知縣，山高路遠的，不知何日能夠回來？就是留在京中，也是微末的冷僻小官，軍國廟堂的大事萬難參預，實在是報國濟世無門呀！他心中一陣萎靡頹唐，抬眼遠望，見寶座上的崇禎正俯視著眾人，目光似是往這邊看來。張溥心裏鬱悶著，傳臚大典已告結束，崇禎正在寶座上遙望，目送「三鼎甲」由御道出正門。鼓樂前導，禮官捧榜，「三鼎甲」後隨，由御道正中出皇極門、午門以及作爲紫禁城正門的端門。再筆直往南，便是承天門、大明門。他隨眾人出來，看著外面人聲鼎沸，已是熱鬧到了極點，知道吳偉業還要陪著狀元跨馬遊街，在京城的九陌紅塵中招搖一番，而本省本府在京城的前輩都會趕來道喜，還須應酬，只好回到會館等候。接下來，禮部賜狀元及進士宴，赴鴻臚寺演習上表謝恩禮儀，謁國子監，謁先師廟……一連數日，忙得團團轉。這些事忙完了，新科進士依例還要拜謁座主房師，從周延儒起，都要拜到。

石虎胡同熱鬧非凡，周延儒府上人來人往，新科進士三三兩兩地邀了來拜座主，也有人爲謀個美差，借著感激師恩奔走活動。暮色方起，西山還餘著一抹紅霞，四頂轎子拐進了石虎胡同，剛剛望見周府巍峨的門樓，轎子遠遠地停了，張溥、吳偉業、吳昌時、陳子龍四人從轎中下來，吳昌時看聚在周府門口的幾個人都有長隨擔著禮物，扯住張溥急聲道：「天如，我來前說得怎樣？哪裏有空手拜師的道理？你看看門上的那些人哪個不是備下了贄敬？」

張溥卻不著急，笑道：「來之，似我等這般家境的，雖不能說貧寒，但能備什麼禮物入得首輔的青眼？你自管放心，首輔還不致於少我們這點薄禮。怎麼，你還以爲是入學發蒙要送什麼束修麼？」

「天如，你好不曉世故！這次是你們新科進士依例登門拜師，兩手空空如也，何以爲敬？」

「就憑我們十年寒窗、八載遨遊、一隻健筆吐出的錦繡文章。」不待張溥應聲，吳偉業昂然說道。二十三歲風華正茂的年紀，便連中會元、榜眼，是人生可遇而不可強求的幸事，少年得志，在師友面前也禁不住神采飛揚，意氣風發。

「錦繡文章？嘿嘿……」吳昌時一陣冷笑：「若全憑著文章取才，那自古還會有什麼悲士不遇？隋代開科以來，文章錦繡的何止寥寥有數的千百個進士？再說你就是中了進士，離治平天下還遠著哪！最好的前程不過考選庶起士，入翰林院學習三年後，優者留翰林院爲編修或檢討，次者出爲給事中或者御史。不然一下子放到僻遠的地方做個知縣，巴掌大的一塊地，百十幾個刁民，青雲之志如何施展？蹉跎幾年，終不免心在天山，身老滄州了。聖人並非事事清高峻潔，也要變通麼！變則通，通則久，不必計較由不由正途，只要達於事功，有何不可？」

「是這個道理。只是倉促之間，也備不下什麼別緻的禮物，周閣老是天字第一號的權臣，人物又風雅，若禮物不濟，不如不送爲好。」張溥本是不拘小節的人，聽吳昌時說得有理，頓覺猶如下棋但觀大勢而疏漏一招，心下不免有幾分懊惱。

陳子龍附和道：「堂堂閣老府第能缺什麼，就是金銀珠寶怕也堆成了山一般，還會少咱這些許的東西？送得不合心意，倒是不送爲好。」

「我備下江西鉛山府的上好大紅官柬，寫了門生帖子，聖人說辭達而已，何必費那些周章？」吳偉業想著父執輩的交情，其餘什麼禮物已不十分重要。

吳昌時本要再勸：禮物輕重本不打緊，但卻關乎心意。見他三人不以為意，也不好相強，心裏負氣，嘴上敷衍道：「好好好，反正我與臥子兩人今科未中，到相府也是陪太子讀書。若忤怒了周閣老，壞了你倆的仕途，可埋怨不得別人。」

四人爭論到府門，抬眼見三楹青碧的門樓，黑漆大門緊緊關閉，僅開了一側的角門，幾個青衣小帽的家奴裏外溜躂，不住地對上門的進士叫喊：「快些回去！相爺吩咐一概免拜，將門生帖子留下就算成禮了。」

那些進士一腔熱血要拜見座主，無緣見面心有不甘，仍在府門外徘徊流連。吳偉業命持帖子的長隨遞上拜匣，並五兩碎銀，賠笑道：「我等是來拜謁恩師的，煩請通報一聲。」一個家奴搖晃著邁出門來，接了拜帖，先捏了捏銀子，冷笑道：「我家相爺今日有公事，還未下朝回……你就是吳、吳……」待瞥了一眼大紅的拜帖，神色登時恭敬了許多，客氣地詢問。

「在下便是吳偉業。」

家奴將銀子收了，低聲道：「老爺上朝時留下話，張溥、吳偉業若來請進會面，其他的進士一律只留下門生帖子，打發回去。你當真是吳偉業？」

「前幾日禮部剛剛驗明正身，你還不信？」吳偉業語含譏諷，卻又隱忍不好發作。

「你身後的三人哪個是張溥？」

張溥在一旁冷眼看著幾個豪奴不可一世的模樣，竟對今科進士頤指氣使，心下憤恨不已，眞是一人得道，雞犬升天，不由想起家中的惡僕，恨得暗自咬牙。

太倉張氏，乃是名門望族。張溥的父親張翼之排行老三，大伯父張輔之任南京工部尚書，二伯父相之早死。張翼之娶妻陸氏，後繼娶潘氏，有側室三人：葉氏、汪氏、金氏。三房之中，大房位高名顯，顯赫一時，二房孤兒寡母，三房科考止步太學生，沒有半點功名，早早斷了科舉的念頭，棄儒經商，數年之間，家資饒富。張輔之雖做著二品堂官，但留都比不得北京，南京工部清水衙門似的，沒有多少油水可撈，眼見三弟財源通達，家業興旺，禁不住心急眼熱，屢屢侵奪欺凌。長兄如父，張翼之見哥哥官爵既高，自家房下的十個兒子大者才過二十歲，小者僅八九歲，沒有一個能立時指望的，只得忍氣吞聲，不惜銀子延請名儒碩學，望子成龍，也好時轉運來，一吐胸中塊壘。張溥生母金氏入門最晚，張溥排行第八，不爲宗黨所重，大房的家奴都瞧他不起。張溥發憤苦讀，六歲入學，七歲能日誦數千言，讀過的書都手自抄錄，抄畢吟誦一遍，隨即燒掉又抄，如此反覆六七遍爲止，將讀書的小屋取名七錄齋。張溥苦學數年，文名初顯，不料突來橫禍，大房的門客唆使翼之的故舊到州裏誣告翼之，官司雖以查無實據不了了之，翼之遭此暗算，氣結於心，每日閉目搖頭，垂淚歎息，不到一年，溘然而逝。張溥以刀刺臂，滴血書壁，誓言：「不報奴仇，非人子也！」大房的家奴見了，嬉笑道：「你一個小孩子家的，能報什麼仇？哪個怕你！」張溥心中大痛，轉而留心科舉時文，將黃淮、楊士奇等奉敕編纂的《歷代名臣奏議》讀得精熟，十九歲補爲博士弟子，聲名騰起。二十一歲設帳授徒，二十三歲創建應社，二十八歲合天下文社爲復社……這些年聲勢傾動朝野，可幼年的那口惡氣始終未出，今日見了這班豪奴，驀地又憶起遭受的那些羞辱，聽到豪奴喊問，邁步上前，昂然答道：「不才便是。」

「你二人可以進來，他們兩個相爺可沒囑咐過，不知是什麼角色，對不住了，就在外面等著吧！」豪奴伸手將吳昌時、陳子龍攔下，二人落榜本已慚愧萬分，又遭豪奴惡言譏諷，卻無顏爭執，呑聲退後。

張溥大怒，啪的一掌批在豪奴臉上，高聲叱道：「萬般皆下品，唯有讀書高。你不過閣老府上一條看門狗，也敢取笑讀書人？」

那豪奴平生沒有遭過這般羞辱，一下呆了，捂臉怔了片刻，才回過神來，叫道：「咱道你是相爺吩咐過的客人，禮敬你三分。不想你竟這般膽大，跑到相府撒野。快來人呀！」門內的豪奴聽到喊聲，呼啦一起出來，爲首的兩個豪奴手持棍棒朝四人撲來，那幾個等著拜謁座主的進士嚇得一哄而散。吳偉業自幼多病嬌養，哪裏見過這等陣勢，早已驚得面如土色，連連作揖道：「有話好說，有話好說，君子動口不動手，莫動粗！」那幾個豪奴如何肯聽，吆喝著一擁而上。

陳子龍大喝一聲，飛身跳起，擋在三人面前。兩個豪奴揮起棍棒劈頭打下，陳子龍不慌不忙，見那棍棒堪堪打到頭頂，身形陡地一轉，幾條棍棒全撲了空，只見他長臂一伸甩，拿住棍棒，那兩個豪奴使的是笨力氣，撲勢太猛，本已收腳不住，給他順勢一引一帶，竟然雙雙摔倒地上，四腳朝天，一條棍棒被他綽在了手裏。陳子龍哈哈一笑，取棍在手，並不還擊，挫步揚腕，舞出一趟棍來，磕、打、點、挑，棍影排山，風雷迸發，不多時，棒影和人影合在一處，有如車輪般的滾動旋轉，一根粗大沉重的棍棒在他使來，卻如閣中繡女指運金針一般輕靈巧妙！眾人看得目駭神搖，陳子龍舞得一時興起，倏地收住招勢，將棍往地下一戳，那根棍竟直直地插入地中，眾人各覺駭然。

陳子龍喘息幾口，招手道：「來來來，不怕死的快上啊！」那些豪奴連連後退，逃進大門，作勢道：「有種的等著，看爺們兒找人來收拾你們！」

不料周延儒正送客出來，見他們狼狽逃入，怒斥道：「你們幾個混賬，暈頭瞎眼的亂闖什麼？一點兒規矩都沒有！」

幾人嚇得作聲不得，周延儒見他們個個噤聲，越發氣惱，那挨打的豪奴知道瞞不過，才囁嚅道：「老爺，有人上門行兇，打了小的，小的們只想找人報仇，不想衝撞了相爺。」

「是些什麼人？」周延儒見門外是四個儒服的文士，心裏一怔。吳偉業幼時曾與周延儒有數面之緣，依稀記得他的容貌，周延儒並無大變，只是微胖了些，鬍鬚也多了，添了許多尊貴威嚴，急忙上前深深一禮道：「叔父大人可還記得小侄？」

周延儒見是個粉面朱顏、風流儒雅的儒士，先自喜愛幾分，細細端詳一番，驚喜道：「你是偉業？啊呀，彈指之間，已是玉樹臨風的美男子了。你父親可好？快請進來！」

張溥三人也上前拜見，周延儒微笑頷首，見三人面貌各異，陳子龍英氣逼人，吳昌時瘦小伶俐，自不必說，他上下打量張溥，見張溥氣度沉穩從容，舉手投足間隱含豪邁之氣。張溥也細細打量周延儒，見他衣著華貴，倜儻儒雅，上天眷顧，將美貌、才學與富貴集於他一身，少年得志，風雲際會，不惑之年就入閣拜相，成了人人敬畏的首揆，張溥暗暗讚歎。此時，周延儒將目光一收，指著身旁與他年紀相仿的高瘦男子道：「此人便是今科的狀元陳大來。」

眾人心裏抑鬱不平，口中卻連道久仰，寒暄幾句，陳于泰上轎走了。四人隨周延儒進門，一起用眼睛橫著幾個豪奴，幾個豪奴轉身躲在一旁，大氣也不敢出。吳昌時在後面悄聲問陳子龍道：「你幾時學得這等功夫？」

陳子龍神秘一笑，說道：「你忘了喻連河？」

「原來你還拜了師！」那喻連河是復社中少有的文武全才之人，本是蜀中人氏，迷戀江南風物，逗留頗久，其家傳的武功在江浙一帶頗有名氣。

「恭喜，恭喜！坐，你們都坐呀！」走進好春軒，周延儒臉上浮起喜見佳子弟的那種笑容，指指軒內的花梨靠背椅。四人哪敢輕易就座，張溥、吳偉業二人先以師生大禮參拜，吳昌時、陳子龍二人也行過禮，才小心告了座。

周延儒打量著四人道：「我此次主考禮闈，能為國家網羅你們這些青年才俊，大慰平生。偉業的文章我呈與皇上御覽，皇上竟也讚歎，連稱今科得人，朱筆御批了「正大博雅，足式詭靡」八字，這是我朝多年不曾有過的。皇上如此賞識，我也就安了心，如此那些宵小之徒就不敢再生什麼口舌了。」

張溥微欠一下身子，神色恭敬道：「全仗恩師周旋。如今世風日下，以小人之心度君子之腹的事卻也難免。聖人云：君子和而不同，周而不比，矜而不爭，群而不黨。朝中那些奸邪小人混淆視聽，駿公這幾日可是嚐到了不少苦頭。」

「依成例，溫長卿當爲今科主考，他未能如願，想必暗自悔恨，要攪攪局，鬧出些亂子。那上摺子的薛國觀乃是他的門生，自然願爲他馬前卒。不過，話又說回來，哪個不願天下英雄出於自家門下？憐才之心人皆有之，倒也不必厚非，只要應對得法足矣。」周延儒將事端起因點破，卻又略爲他人開脫，胸懷極顯寬廣磊落。

吳偉業感激道：「老年叔不忘故人，小侄銘感五內。小侄少不更事，險些惹了禍端，害老年叔操勞，深感愧怍。」

「世侄你萬不可這樣亂想。古人說：先國家而後私人，我未曾徇什麼私情，一心爲國取材。平心而論，你的文章峭拔高秀，正是國家的棟樑，國家掄才大典，意在舉賢，全憑個人本領，容不得半點僥倖，更不可強分什麼親疏恩仇。唯能如此，才可消弭奸黨的誹謗之言。」周延儒怕他糾纏科考話題不放，千言萬語地感恩道謝，忙將話鋒一轉道：「天如，你的殿試策論極好，可惜長了些，書寫也有一筆過了朱欄，有些違制，本該是高等的文章……我已請人抄來，細讀過了，確非等閒。」

「恩師過獎！學生得蒙栽培，眞不知道怎麼報答？」張溥登時想起果有一筆寫得激奮，過了朱絲界欄，心中不禁悔恨起來。

周延儒見他臉色微變，敘起家常道：「你的老親還都在堂？」

「先父見背了，老母在堂。」

「你們昆仲幾位？」

「十個。門生行八。」

「世居太倉州？」

「嗯！」

「江南自古就是人文淵藪，又是富庶之區，你們復社金陵大會，聲動朝野，勢力遍及大江南北，社藝之盛超邁古人。若能為朝廷效命，匡謬正俗，也是社稷之福。」

「學生於崇禎二年，聯合江北匡社、中州端社、松江幾社、萊陽邑社、浙東超社、浙西莊社聞社、黃州質社、江南應社、江北南社、江西則社等十六家文社，大會吳江尹山，合氣類之相同，資眾力之協助，成立復社。宣導興復古學，務為有用，不過嚶其鳴矣，求其友聲，常在一塊把酒論文，砥礪學問，涵養道德，其實不敢思出其位。」

「哈哈哈……」周延儒笑道：「逢人只說三分話，未可全拋一片心。我原想天如是個胸懷磊落的漢子，不料竟也不能免俗。我雖身在京師，多年不回江南了，江南的大小事情倒也瞞不過我。復社成立不久，既獲小東林的美譽，難道是浪得虛名？」

「這……」張溥面色一紅，說道：「恩師面前有什麼話不可講？復社自尹山大會成立以來，社員都是一些沒有功名的寒士，終日研討時文，心無旁騖，想著早登天子堂，比不得東林書院的那些縉紳耆老，實在是無暇……嗯，所謂小東林，不過是友朋們的抬愛，算不得數的。恩師想必知道涇陽先生曾撰有一聯語：風聲雨聲讀書聲，聲聲入耳；家事國事天下事，事事關心。東林諸老們倡實學以救世，視天下爲己任，因此聲聲入耳、事事關心乃勢之必然。我們復社後生小子自歎弗如，故當日尹山大會時，共訂盟規：毋從匪彝，毋非聖書，毋違老成人；毋矜己長，毋形彼短；毋巧言亂政，毋干進辱身。實在是不想做出位之思。」

「天如，你恁客氣了。首揆不過試探你的抱負，何必閃爍其辭！」吳昌時在一旁十分焦急，怕他風骨太硬一味爭辯下去，弄巧成拙，忙辯解道：「涇陽先生此聯語一出，風行海內。天下人看來，都以爲其心懷抱負可謂大矣，但學生以爲不免有關心太過之嫌。」

「關心太過，此話何意？」周延儒微微側了一下身子，看著有些矮胖的吳昌時，「這位是……？」

「晚生吳昌時，草字來之。浙江嘉興府人氏，去年中了舉人。」他見周延儒並無不屑之色，不慌不忙，侃侃而談：「世上有大抱負的人，往往不懂得變通，以固守學問道德與人爲難，東林諸君子一概難免。以致內閣所是，外論必以爲非；內閣所非，外論必以爲是。朝野相異，百姓不知其所從，人心焉能不大壞！濟世利人的旨趣豈不落了空？復社雖給人稱作小東林，也講求經世濟用，但對窗外風雨，卻是該入耳者入耳，該關心者關心，不敢只知諷議朝政，品評公卿。」

周延儒點頭道：「好個該入耳者入耳，該關心者關心！天如，你不必皺什麼眉頭，這段故事我也知道，乃是前朝的閣臣王荊石規勸顧涇陽時所言。不料顧涇陽卻極不贊同，反駁說外論所是，內閣必以爲非；外論所非，內閣必以爲是。我記得王閣老是婁江人，是你的鄉先輩吧！」他不等張溥應承，接著道：「天如，你們的心思我也猜測出一二。復社的聲勢雖說不算小，但若只是一味地研討文藝，再進一步就難了。若能學優而仕，境況自然會大不相同。近日有人給皇上進讒取締復社，我回奏皇上講學論文乃是太平盛事，禁它做甚？皇上的念頭倒是有些轉了！其實習文也罷，習武也罷，都是不虛此生，想要有所爲於世，而不能寂寂填溝壑。聖人說君子疾沒世而名不稱，不然豈不是有負父母師友的栽培！大丈夫不可一日無權，其實權勢能治人，也能自保。」

張溥見他折節下士，語意殷殷，戒備之心頓減，想到三十歲才中進士，比起吳偉業已拖延了七年，隱隱有些慚愧，慨歎道：「學生早有爲朝廷出力之心，雖蹉跎至今，忽忽已屆而立，終算有了報國的門徑。」

「門徑？其實不過入門而已。要想登堂入室，還需際遇和工夫。天如，你有什麼打算？」

張溥一怔，沒想到周延儒問得如此直接，但又見他語含關切之意，沉吟道：「學生此次名列三甲，前途怕是難料。」

「按照我朝成例，狀元例授翰林院修撰，從六品，榜眼、探花例授編修，正七品，品級不高，卻極清貴，非翰林不入內閣嘛！二、三甲進士想進翰林院還要經館選。天如，以你的文章，入翰林院做個庶起士不難。」

能館選翰林院庶起士自然是條上好的出路，做了庶起士，便有了入閣拜相的資本，以故翰林院庶起士被視爲儲相，成爲人人都眼熱的職位。張溥心下感激，謝道：「恩師抬舉，感念莫名。只怕學生歷練不足，當不得恩師栽培。」

周延儒微笑道：「得天下英才，也是人生的幸事，你們不必謝我。」他端茶吃了一口，又問道：「聽說復社費用極是拮据，尹山大會多是吳江縣令熊開元資助的？」

「還有幾個家境殷富的弟子捐了些銀子，堪堪夠花銷的。」張溥想起許多貧寒的社友自備川資趕赴尹山，卻無力資助他們，心頭又熱又酸。

周延儒歎息道：「靠人捐助不是長久之計。」

「恩師所言極是。尹山大會後，我們精選了時文制藝的一些篇章，彙集各社的文章編爲《國表》，我又將永樂朝敕編的《歷代名臣奏議》加以刪節，委託幾家書鋪代刻代售，收入也頗可觀。此次會試的妙文也想選編成集子，先將梅村應試的文章合編成一冊，已交與了書坊刊印，不日還要編選《國表》二集。」

周延儒聳了一下眉頭，說道：「溫閣老命五城兵馬司查了那家書坊，追問書坊老闆怎樣得到的會試文章，還有那八字御批。那書賈咬牙不吐一個字，五城兵馬司便將那些書版封存。其實這家書坊與宮裏大有淵源，我已命五城兵馬司放人，退還書版，不再追查深究此事。」

張溥道：「那書賈已討去學生的序文，說要正大光明地賣。事情這麼一鬧，矚目的人更多了，想必賣得更好。」

周延儒點頭道：「只要與朝廷氣息相通，這些都是小事，你們可放膽去做。若用度再有不足，我可捐助一些。」他轉頭看著吳昌時、陳子龍道：「你們的文章我業已看過，也是不可多得的人才。此科不中，倒也不十分打緊，你倆還年輕，都在而立弱冠之年，不要急於一時，再歷練幾年，中個頭甲未必是什麼難事。我這裏書箚往來極多，人手一時不夠，想請個幕賓，你們可願意留下？」

入首輔之門做幕賓，歷練長見識不說，請託通關節的勢必也不在少數，銀子自是不愁了，若僥得機緣，捐個功名，也是與舉業殊途同歸的。吳昌時忙說道：「我遭雙親捐棄，已了無牽掛，願意侍奉左右。臥子，你怎樣打算？」

陳子龍也有些動心，京師人文薈萃，天下名儒碩學雲集，在相府司職書箚奏摺，事近機要密務，日後殿試策問不難言之有物、對症下藥，但老母在堂，還要奉養盡孝，只得拱手道：「我早失怙養，賴老母撫育，此次千里迢迢赴京會試，離家已是久了，不敢再逗留拖延，只得有負首揆大人的美意，還請撫恤。」

「父母在，不遠遊。乃是人之常情，沒有人怪的。」周延儒仰身向後靠了，摸著秀美的髭鬚，兩眼微微眯起，臉上滿是笑意。

張溥也道：「你回去也好，一來好生侍奉慈母，二來正可潛心時文，以利再戰。」他起身打躬道：「首揆大人，我們叨擾太過了。」

「那就不留你們多談了。好在今後能常見面，不然秉燭長談，也可領教你們後生的銳氣。」周延儒笑吟吟地站起身來。

四人出了石虎胡同，見吳福與那四個轎子在胡同口的小茶館吃茶等候，張溥讓吳偉業將轎子打發回去，留下吳福與四人一起步行回去。圓月東升，其光如水，將街道照得清晰可見，遠近的房屋光影班駁、錯落有致，街道兩旁的柳樹枝條低垂，薰風中一絲絲花香襲來，春意濃到了十分。半個多時辰以後，五人穿過長安街到宣武門，張溥忽然問道：「我記得首善書院就在此周圍，雖已廢棄，如此良宵正可憑弔。」

陳子龍感慨道：「首善書院當年何等興盛！都察院都御史鄒元標、副都御史馮從吾兩先生主持，大學士葉向高撰碑文記其事，禮部尚書董其昌書寫刻石，都門風氣為之一變。誰知為魏忠賢、崔呈秀所嫉，說什麼聚不三不四之人，說不痛不癢之話，作不深不淺之揖，啖不冷不熱之餅，斥為僞學，破門毀碑，風流雲散，盛衰只在一時之間。前年禮部尚書徐光啓奏請改為西洋曆局，聽說請了幾個洋教士在裏面修訂曆書，想是面目全非了，不看也罷！先生久不到京師，想必不知道這些情形。」

「是啊！上次來京城也有四年了。」張溥聽說書院改了曆局，興致頓減，心裏暗自唏噓。

「天如，既來之，則安之。前面就是書院了，幾個洋教士見見有何妨？人說他們都是紅鬍子綠眼睛，面貌雖有些可憎，難道異域邪教吃人不成？」吳昌時即將入幕首輔之府，落榜的沮喪一掃而空，言辭極是豪邁。

吳偉業問道：「臥子兄，你說大宗伯徐光啓與洋教士往來，他可是你的鄉先輩，怎麼竟去結識這些洋番子？」

「我與徐大宗伯不過一面之緣，也不甚了了。噫！門外那人似是他，你可上前拜謁。」陳子龍用手一指前面，眾人見一座高大的牌樓下，有處修葺簇新的大院落，灰磚灰瓦，高聳的門樓上豎插著一個大大的十字架，下面「欽褒天學」四個金字在星月之輝下閃著冷光。一個鬚髮皓白的老者執著燈籠從黑漆大門出來，幾個隨從和轎夫迎上去伺候他上轎，大門又吱呀一聲開了，從裏面出來一個金髮碧眼的洋教士，手裏捧著一疊頁冊，說道：「大人請留步，曆法的最後一卷我已抄好，請大人帶回府上審校。」竟是一口字正腔圓的京城官話。

「那洋教士是誰？」張溥見那教士一身儒服，鬍鬚虯曲翻捲，十分詫異。陳子龍回道：「若是魏學洢在，說不定會知道。他與那些洋教士往來密切，又入了他們的洋教，認識不少洋人。」

張溥皺眉看著徐光啓將那疊頁冊小心地收在袖中，拱手道：「勞動你了。《崇禎曆書》歷時兩載有餘，今日粗成，終可喘口氣了。」轉身上轎。不料，一頂小轎如飛地趕來，擋在轎前，轎中下來的那人赫然是李明睿，上前打躬道：「老先生，可找到你了！」

徐光啓一怔，問道：「什麼緊要的事，夜深了還來找我？」

第十回

別摯友茶樓行酒令
賣珍藏家奴救主人

「啪啪啪……」四人心裏正在各自嗟歎，一陣拍門聲傳來。夥計開門一看，見是個四十歲上下的漢子，中等身材，白面微鬚，向小二打躬道：「小哥，兄弟楊義，有幾幅祖上留下的字畫，因急著用錢，想到雅座求幾位老爺發善心幫襯幫襯？」轉身向張溥四人一揖到地。

李明睿一晃手中的卷冊，氣咻咻地說：「老先生，你倒評評理，世間可曾有這般混賬的事體？金榜題名，將科考的錦繡文章結集付梓，竟不要房師的序文，反請他人代寫，這不是欺師滅祖麼！」

「你說的是誰？」

「除了吳偉業，還有哪個？」李明睿將手中的卷冊遞上，從懷裏掏出一卷紙來，嘩嘩幾把扯得粉碎，萬分氣惱地擲在地上，跺腳道：「呸！這個忘恩負義的小賊，我早寫好了序文，癡心等他來求呢！如今文稿都交書坊雕版了，哪裏還稀罕我這糟老頭子的什麼狗屁序文！」他望著那些紙片如落葉般地給風吹走，不住冷笑，面目猙獰淒厲，彷彿撕的不是薄紙而是吳偉業的臉皮，怔了半晌，驀地淚水涔涔而落，嘴角抖動，竟是傷心至極。

「哦——虛中！就要淨街了，此處不是講話的所在，且到曆局再談。只是曆局可不是什麼熱鬧的酒肆，怕是沒有你要喝的花雕或狀元紅。」徐光啓見他趕得滿頭熱汗，停了腳步拈鬚笑問。

李明睿性喜飲酒，到了京城任上，在東宮官屬的詹事府做個沒多少權柄的閒官，正六品的左春坊左中允，太子不過才兩歲的年紀，沒有多少事務，更顯冷僻，與人不常往來，加上生性耿介，平日裏沒有幾個吃請，不用說柳泉居那些名店，就是一些平常的酒樓也難得一去。家眷雖不在京城，可他常與煙波、回雪、八面觀音、四面觀音幾個紅顏知己往來，俸祿微薄，哪裏夠用度？日子過得悠閒可卻拮据，每日沽兩斤紹興老酒回家品酌，過過酒癮，喝得有幾分醉意後，便忍不得閒氣，就是天王老子也要指鼻子拍案叫罵一番。今日他吃了幾杯，若在往日早就頂撞說：「吃自家的酒哪個也管我不得」，但在路上奔波大半個時辰，酒醒了不少，又記起上下尊卑之禮，不敢造次，就是平日的狂狷之氣也收斂了一些，抬袖子擦擦額上的汗水，惱怒說道：「學生哪裏還有心思吃酒，肚皮都要氣破了！」

「此處漆黑……」徐光啓回頭看到門邊的一間房內還亮著燈，指點道：「且到門房再談。」一前一後進了門。

四人在陰影中看得眞切，各覺吃驚。張溥道：「梅村，我當日教你一併求了太虛先生的序文，放在首頁，你怎的忘了？」

吳偉業道：「弟子豈敢忘了。那日親到李世叔府上求序，他說還須幾日酌定，可這家書坊主人催促得急，想趁舉子們尚在京師逗留，儘快付梓，以免錯過了熱賣的時機。我便命吳福先將先生的序文送到二酉堂，說好必要等著李世叔的序文，誰知那書賈貪利，竟等不及呢！此事因我而起，弟子進去向李世叔請罪。」說著，便要上前敲門。

張溥一把扯住道：「此時進去無異火上澆油，他是不會容你說話的。再說這事幾句話也辯解不清，就不要急著去分誰是誰非了，待他氣消下去，再做道理。」

「他若明日到會館叫罵，豈非大覺難堪！」

「這也由不得咱們了。過些時候，我與你親到他府上，負荊請罪，將事情說明。來之，你看如此可好？」

吳昌時說道：「也只好如此了。先回會館吧！明日可請臥子到徐大宗伯的府上探聽一下情形。」

李明睿隨著進了房內，裏面伏案的大漢抬頭向徐光啓道：「老先生怎麼又回來了？」那人金髮碧眼，身形極是高大，燈影幢幢，面目忽明忽暗，直似陰曹鬼神一般。李明睿吃了一驚，但聽他說話竟是一口地道的京城官話，才穩住心神，想及大宗伯自成立曆局以來，朝夕與西洋人修訂曆法，原來洋人竟是如此模樣，不看也罷。徐光啓見他發愣，引見道：「這是西洋遠來的師傅湯若望，他與龍華民、鄧玉函、羅雅各幾位都學究天人，精通渾儀、天球、地球、日晷多種儀器製造。皇上開西方曆局，實是仰仗他們。」

湯若望起身頷首，露出一口白森森的牙齒道：「大人，這些謄清的卷宗我們放心不下，怕有筆誤之處，商量連夜翻看查檢一番。既然大人有事要談，我去羅雅各房裏。」將案上的文稿抱在懷中出門而去。

李明睿望著他的背影出神，沒想到這些遠邦異族的紅番蠻夷竟這般彬彬有禮，暗想他們怎麼不好生待在家裏，卻不辭勞苦遠渡重洋跑到京城來？聽徐光啓輕咳一聲，他才回過神來，將手中那本簇新的書冊恭恭敬敬地呈上，怒沖沖地說道：「大宗伯，千萬要給晚生做主！」

徐光啓接了書冊，見是一本新鐫的制藝文萃，上題「今科榜眼吳梅村程墨」，不解地問道：「早聞吳梅村的文名，你將此等俊彥網羅門下，好生教人眼熱！令徒此書一出，風行天下，古人說有水井處便有柳永詞。虛中，你的大名怕是要傳遍海內了。」

「大宗伯，多謝你吉言了。若眞如老先生所說的，我何必巴巴地深夜趕來找人評理！且看看裏面的序文，可不氣煞人麼？」李明睿捋袖往案上狠狠一擊，痛得隨即叉開五指，嘴裏吸著涼氣。

「刻書前有序後有跋，乃是歷來的通例，會有什麼奇怪的？」

「老先生，你老人家好生看一看落的是哪個的名號？」李明睿萬分焦躁，恨不得攘臂上前指與他看。

徐光啓將燭臺移近了些，看到滿紙龍飛鳳舞的行草，極似宋人黃山谷的筆法，大開大闔，氣勢恢弘，落款是「崇禎丙戌年孟春之月賜同進士出身張溥書」，下面一方朱印，有「天如」兩個篆體陽文，有些吃驚道：「這、這是有些不妥。吳偉業果眞魯莽，怎麼求了張溥的序文，照規矩該是向房師求序才對。虛中，事已至此，你想怎麼辦？」

「怎麼辦！此事關係名教，豈能善罷甘休！學生今天一早起來，書僮就送進這本書來，不知是誰夾在大門縫裏。學生見是吳偉業應試的文章，還以爲出自坊間假冒，因他曾向學生求序，學生做了一篇《示諸生行文法》的序文，尙未改定，如何會有了什麼「程墨」「房稿」？學生照著書前的牌記找到二酉堂，問他哪裏盜來的文章，嚷著要告官，哪想那書坊主人不住冷笑，將張溥的序文晃一晃，反要告學生詬污好人。學生怒沖沖趕到江蘇會館，便想大興問罪之師，誰想那個小賊到周閣老府上拜師去了。學生有心闖堂，又恐官位卑賤，就連夜找老先生請教來了。」饒是過了大半日，李明睿此番提及，兀自難掩滿臉的怒氣。

「看來你是要我助拳鬮府了？」徐光啓淡然一笑。李明睿不想他出言如此直白，侷促道：「這、這……老先生德高望隆，身居禮部清要之職，自然容不得這些苟且之事。」

「虛中，你已過天命之年，我也年屆古稀了，照理說也該看開些，不必斤斤於錙銖之較了，萬事只求心安，何論那些浮名？他們年輕氣盛，正是睥睨萬物之時，想也不是眼裏沒有你，沒有師道尊嚴，沒有禮法，不過一時失智，難免慮事不周，你身居師位，何必與他們一般計較？如此反降低了自家身分。君子以德服人，依我看，還是且忍下這口氣爲好，就是沒有你的序文，吳偉業出自你的考房，哪個也抹不掉！若他們不知反躬自省，士林物議，人心公道，也饒不過。你說如此可好？」徐光啓不急不躁，侃侃道來，見識果有超人之處。

李明睿雖暗自佩服，終究心有不甘，還要爭辯，徐光啓搖手阻止道：「張溥文名早著，出入經史，學問淵博，此次殿試所作的策論筆力雄健，縱橫通達，確是百年罕見的奇才。我聽說他幼年爲學極苦，前代先賢的高文佳作隨抄隨焚，不下七遍之多，自名其齋爲七錄。吳偉業在其門下受業十載，二人朝夕廝守，師弟之情不是我們這些房師、座主可比的。他尊張溥是發乎情，尊你是據於禮，其實本無二致。再說，他又是你的世侄，若爭執起來，日後你如何面對故人？」

幾句話觸動了李明睿，他憶起往事，想著當年捐館兵部尚書王在晉府上，一時負氣，不辭而別。正是隆冬季節，朔風寒雪，孑然一人，緼袍敝衣，身無長物，倉促之間，積攢的幾兩館俸也未及帶上，若不是吳琨追趕著送上十兩紋銀，怕是早已凍餓而死。想到此處，他長長歎了一口氣，自語道：「蘊玉兄，我本欠你太多，不想爲難你兒子，只是這口氣眞難下嚥啊！」

徐光啓說道：「你寬恕他，良心不寬恕他。他二人如此妄逞意氣，終非正大之途。若要成就一番事業，此等習氣不及早根除，一切都是癡想，都是鏡花水月。」李明睿點頭稱是，心頭的怨氣消了許多。

過了幾日，張溥以文名素著，經廷推館選做了翰林院庶起士，吳偉業依例授了翰林院編修，二人親到李明睿的私宅請罪，又與陳子龍拜謁了徐光啓，執弟子禮，請他居中調和，此事暫時擱在一邊。會是什麼人將書冊偷偷送到門口，以此挑撥李明睿的火氣，張溥與吳昌時思索多日，雖找不出絲毫的證據，倒也理出些頭緒，隱隱覺得此事必與溫體仁、薛國觀有關，不可大意。

不久，吳昌時應聘入周府做了幕僚，周之夔授蘇州府推官、劉士斗授太倉州知州，陳子龍春闈失意，打算與周、劉二人結伴南歸。張溥聯絡復社高中的社員吳偉業、楊以任、夏曰瑚、馬世奇、管正傳幾人給他三人餞行，酒筵就設在離翰林院不遠正陽門外的茶樓。

正陽門俗稱前門，是北京內城的正南門，也是京城九門當中規制最高的一座。正陽門至大明門前有一個正方形的寬闊場地，四周用石欄杆圍繞，便是熱鬧的棋盤街，又稱天街。街的東西兩側便是吏、戶、禮、兵、工五部及宗人府、五軍都督府、通正司、錦衣衛、翰林院、太醫院等官府衙署。正陽門以南，則是居民稠密、市井繁華的商賈之地，作坊、戲園、茶樓、酒肆等棚房鱗次櫛比，百貨雲集。

日色向晚，正陽門城樓、箭樓與甕城上染得一片橙紅。散班後，張溥與吳偉業將公服換下，除了翰林院，步行穿過棋盤街。此時已是初夏天氣，南面的天橋一帶河漢交錯，碧波蕩漾，夾岸的楊柳新綠乍吐，一片片毛絨絨的柳絮在空中飄浮飛動，北京的春色又足了幾分。白天那些打拳、賣藝、說書、唱曲的江湖人物都已收了場子，那些茶肆、酒樓燈籠高掛，笑語喧嘩，人流湧動，煎炒烹炸的香味隨風繚繞，極是誘人。二人在人群中擠了半天，才來到查樓，早有夥計笑嘻嘻迎上來，朝樓上的雅座高唱一聲：「貴客來啦——樓上伺候著！」

張溥、吳偉業拾級上樓，見人已到齊了。大夥兒起身寒暄，推讓著安排座位，周之夔、劉士斗二人力主陳子龍坐了首席。雅座單間來的多是有權有錢的主兒，不用掌櫃吩咐，那夥計見慣了各色場面，閱人又多，極是伶俐，沏上香茶，穿梭似地來回忙個不住，小心伺候。一盞茶的工夫，酒菜流水般端上來，登時滿屋子香氣撲鼻。張溥舉杯道：「今日臥子南歸，亦足、瞻甫二位放任蘇州府爲官，今日略備水酒，聊表心意。」他見陳子龍聽到南歸二字，面色赧然，知道他此科落榜愧對家人，笑道：「臥子，你的文章火候到了，此次未中想是老天教你回去多盡些孝心，四年後的甲戌科好中個頭名狀元。」

陳子龍生性曠達，只是他父親死得早，全仗老母撫養，娶妻生女，此科北闈不中，不免覺得羞見高堂，心思給張溥道破，只得將煩惱拋在腦後，將酒乾了，歎道：「我今科不中也是意料之事。」

吳偉業與他訂交最久，二人情同手足，聽他歎息，以爲放不下胸中的塊壘，調笑道：「臥子兄什麼時候學得占卜算卦之術？兄台向來是個不服輸的，今日怎的如此沮喪信命了？」

「只怪我命數不好。」陳子龍越發地長歎，眾人一齊放下杯子。

「怎的不好？」

陳子龍蹙眉道：「不是我無才，只是偏偏與眾位師友一起鏖戰春闈，你想各位都是高才，豈非我命數不好？」眾人見他如此胸襟，各自讚佩，一齊舉酒歡飲，滿屋喧鬧，高中金榜的喜悅與頭尚未褪盡，宴席之上倒也沒有多少離別的痛楚。

「來啦——，各位爺，這是咱們酒樓奉送的一道菜，有個喜慶的名兒獨占鰲頭，給應考的舉子老爺們圖個口彩，自打開春以來，趕考的舉子們個個喜歡，討個吉利麼！」小二笑嘻嘻端上一個紅銅高腳火爐，上鍋下爐，爐內炭火劈劈剝剝地燒得正旺，鍋裏雪白的湯汁熱氣蒸騰。眾人看這個菜上得熱鬧，注目細看，見滾開的白湯中煮著一隻伸長了脖子的甲魚。

張溥一眼瞥見酒席上那盤河間府的鴨梨，笑道：「春闈已過，這口彩有些晚了。不過，倒是契合今日的宴席。」他見眾人不解，指點著甲魚和鴨梨吟哦道：「世上萬般愁苦事，無過死鱉（別）與生梨（離）。」眾人譁然大笑。

「悶坐吃酒總無意趣。」馬世奇搖頭道：「北京城偌大個地方，其實遠沒有江南風雅。天如兄，去年金陵鄉試放榜後，暢遊秦淮，畫舫買醉，徹夜笙歌，何等風流快活！」

「最難消受美人恩。世奇兄帶了多少銀子，竟到天子腳下做這般溫柔富貴鄉的好夢！江北的女子人高馬大，個個如狼似虎的，不怕蝕了你的骨頭？嫂嫂若是追問起來，如何交待？」

「梅村，哪個有你的鴻運！高中榜眼，皇上賜你榮歸完婚，好事都歸了你，飽漢子怎知餓漢子的苦楚！」馬世奇嚥下口中的菜道：「眼看春天將過，你以為只有閨中少婦才有哀怨之思麼？」

張溥笑道：「終不成到旁邊的胭脂胡同或紗帽胡同給你尋個解悶兒的過來？」眾人紛紛叫好，有作勢拿銀子的，有口稱跑腿代勞的，弄得馬世奇臉漲得通紅，急著分辯。

吳偉業忙解圍道：「他哪裏敢？不過是過過嘴癮罷了。這點薄俸有酒吃就算不錯了，還是省些銀子給嫂嫂買些釵環為好。今晚還是照老規矩，行個令助酒吧！」

張溥點頭道：「說起吃酒行令，我記得有個掌故。宋人歐陽修有一回席間行令，說好每人須作兩句詩，所詠之事須觸犯刑律。一人起句「持刀嚇寡婦，下海劫商人」，一人接道「月黑殺人夜，風高放火天」，最後輪到歐陽修，好作的詩句已然不多，他思慮片刻，才說「酒粘衫袖重，花壓帽檐偏」。眾人笑他壞了規矩，便要罰酒。歐陽修微微一笑，說出一番道理：「酒能亂性，人若醉得不成形狀，什麼事做不出？」由此可知歐陽永叔詩風含蓄蘊藉，絕非倖至。平常的一個酒令都能如此，不降詩格，不亂方寸。」他見馬世奇的臉色越發紅得發紫，怕他誤會了自己是有意嘲諷，忙收了話題，說道：「梅村此次奉旨完婚，實在是我輩的榮耀，酒令就以此事為詠，在《詩經》中出句，合成一個花名。」隨即起句道：「宜爾子孫，男子之祥。宜男，並頭花。」

楊以任道：「天如說了頭上，我就說腳下了。駕彼四牡，顏如渥丹。牡丹，並蒂花。新人不唯頭面如花，腳下也步步生花。」

夏日瑚道：「兄弟就將他夫婦二人一起說了。不以其長，春日遲遲。長春，連理花。」

馬世奇叫道：「天如兄，這般雅致的酒令普天下有幾個能行的？你學富五車，才高八斗，卻拿來難我們，這酒還有法子喝麼！」

周之夔、管正傳、劉士斗幾人也嚷道：「這不是成心不教人喝酒麼！就是對得出，搜腸刮肚的，也喝不痛快，還是換個容易的！」

張溥道：「換酒令容易，世奇你起句如何？」

「好。我說個《四書》上的，這大夥都滾瓜爛熟的，張嘴就來。譬如為山，以譬字打頭的都行。」

夏日瑚接道：「譬如行遠必自邇。」

管正傳道：「譬之宮牆。」

周之夔道：「譬如北辰。」

劉士斗道：「譬如平地。」

陳子龍道：「譬諸小人。」

楊以任道：「譬諸草木。」

四書的「譬」字開頭的句子本來就這麼多，輪到吳偉業已沒什麼可說的，他看一眼收尾的張溥，見老師也在鎖眉沉思，只好說：「在開頭的已經沒了，往後放放吧！能近譬遠。」眾人嚷道：「不合規矩，爲何把譬字說在下面？該罰！」

吳偉業詭祕一笑，答道：「凡屁都是五穀之氣，本來就該放在下面，諸位兄台錯放在上面，反倒來罰我，是何道理！」

眾人遭他取笑，不依不饒，竟要繞桌子過來灌他，吳偉業情知開罪了眾人，躲逃不過，急忙舉杯自罰。

陳子龍道：「說到屁字，我倒想起一個笑話。前朝有個翰林院吳編修，巧於詼諧調笑。一次他誤入宮禁重地，被宮裏的太監捉住問罪。吳編修求太監高抬貴手，網開一面。這位太監對吳編修的名聲早有耳聞，便說：「聽說你善講笑話，今個兒你如能說得咱笑了，放你不難，可只能說一個字，多了不行。」吳編修才思敏捷，張口就說：「屁。」太監不解，問道：「這有什麼笑頭？」吳編修道：「放也由公公，不放也由公公。」宦官笑得前俯後仰，當即就把他放了。」言罷，忍住笑，兩眼盯著吳偉業，眾人登時醒悟，笑得前仰後合，齊聲叫絕。

「這個恁的俗，說不得回去要洗耳朵了。」吳偉業遭陳子龍調笑，一時還擊不出，忙遮掩道：「不如換個法子行令，檢《四書》相連數句，隨口說出，依座次遇「口」字者喝酒；字中有「口」字則照數罰酒。」

大夥點頭道：「好！這個容易了些。」

吳偉業飲了一杯，起令道：「人知之亦囂囂，人不知亦囂囂。」馬世奇、楊以任都得「知」字，各飲一杯，吳昌時、張溥、吳偉業、管正傳都得「囂」字，各飲四杯。

馬世奇道：「知之爲知之，不知爲不知，是知也。」帶頭飲了一杯，吳昌時、周之夔、吳偉業、管正傳都各飲一杯。

吳偉業擺手道：「不行不行，臥子那麼好的酒量竟空了兩輪，豈能盡興？不如改行一令。」

「好！你說怎樣改？」陳子龍枯坐無聊，再說自家坐了首席，不飲酒終究說不過去。吳偉業道：「第一句用古詩，第二句用詞曲牌，第三句取《詩經》，前後意思要貫串，不可胡亂拼湊。聯句上佳的，大夥兒齊吃一杯，以爲慶賀；不貫串或有誤的連罰三杯。」

「這個有趣。只怕難爲了天如。」吳昌時微笑道：「他平日裏只知研習經史，那些詞牌少有涉及。」

「不妨，我吃酒就是了。」張溥怕壞了大夥兒的興致，將酒杯端起淺呷一口，慢慢喝光，略略思忖道：「那我先出令。三月三日天氣新，好姐姐，攜手同行。如何？」

眾人見他出語香豔，調笑詼諧，又與眼下時令相合，齊聲稱好，各賀一杯。陳子龍接令道：「嫁得蕭郎愛遠遊，妙人兒，遇人不淑。」

吳偉業正色道：「嫂夫人小弟是見識過的，何等端莊賢慧，這話絕不是她說的，臥子敢是享了什麼齊人之福吧！」

陳子龍還未分辯，張溥接言道：「你明日即回去了，歸期既有，酒令便出得不實了。」眾人紛紛鬧著要罰，陳子龍只好連飲三杯。

吳昌時接令道：「臥子南歸正好有現成的句子，不是劉郎是阮郎，阮郎歸，篤公劉。」

馬世奇搶令道：「想佳人妝樓凝望，等得心焦了。萬綠叢中一點紅，羅敷媚，期我乎桑中。」

管正傳道：「這可是大大的不通了。臥子本是回家，怎麼卻說的好似淫奔野合一般？再說，妝樓與桑中並非同一個所在，教人莫衷一是，當罰當罰！」

劉士斗卻不以為然，說道：「這有何不解的？自然是一個在妝樓，一個在桑中了。梅村剛才不是說了臥子享齊人之福麼！」

楊以任對周之夔道：「你們不可扯遠了，誤了酒令。方才你亂了座次，也該罰。」他監督三人罰了，才接令道：「久別重逢，兩情纏綿。此事也不是三句話能道盡的，我添上三句：芙蓉帳暖度春宵，脫布衫，顏如渥丹。」

「好──」眾人齊呼，共飲一杯。陳子龍面色一紅，爭辯道：「那是你在家的情形，怎的胡賴在我身上了？」

夏日瑚等眾人笑聲甫住，接令道：「區區九句若要況其情景，自然不足，我也幫三句：芙蓉如面柳如眉，眼兒媚，窈窕淑女。」

眾人嘖嘖稱讚：「原來臥子有這等的豔福，怪不得急著回去呢！」

吳偉業仰頭乾了杯中的酒，說道：「既脫布衫，下面自然是鞋襪了。我再送三句：六寸元，膚光緻緻，繡鞋兒，碩大無朋。」

吳昌時見他出語幾近猥瑣，不顧陳子龍臉色有些尷尬，忙問道：「此酒令倒是沒有犯規，只是「碩大無朋」四字從何處想來？」

「快說，快說！怎麼得來的？」眾人不住追問，吳偉業偷窺陳子龍一眼，暗自悔愧，吞吞吐吐地說道：「這個，這個……倒也不是譏笑嫂夫人的……就是小叔與嫂嫂也不敢胡鬧的。這個……另有所指，只是事關宮闈，不可隨意說的，不然被廠衛偵知，那還得了？」

「什麼宮闈祕聞？定然是假託之辭，怕嫂夫人老大的耳刮子打你！」眾人哪裏肯依，吳偉業知道躲不過，更怕陳子龍誤會，壓低聲音道：「聽說翊坤宮袁娘娘腳大於常人，被田娘娘譏作肉屏風……」

張溥橫了他一眼，不等他說完，打斷道：「日輦之下，這些癡語妄言你也會信？此令捕風捉影，照例該罰三杯。」吳偉業登時醒悟，知道此事若給人傳揚出去，可是要掉腦袋的，忙點頭端杯喝了，遮掩過去。

周之夔嘻嘻笑道：「到底是真是假，咱管她作甚！不過，梅村所說的豔事，正好替我解了圍，想出個酒令來：此恨綿綿無絕期，長相思，寤寐求之。可貼切？」

張溥不好硬攔，只好勸道：「貼切倒貼切，不過方才說的是臥子，怎麼轉到梅村身上？

這般跑題的八股文，必被座師黜在孫山以外了，罰酒算是輕的，不能按常例了，換大杯來！」

周之夔忙道：「莫急，莫急！那我換一個，娉娉嫋嫋十三餘，好女兒，美目盼兮。」眾人越發不依了，紛紛叫道：「什麼十三餘、好女兒，這說的可是臥子之妻麼？哪裏著邊際？」周之夔只得飲了。

夏日瑚依次接道：「愛月夜眠遲，紅褋兒，白露未晞。仍說臥子，想必過得關。」

吳偉業不禁噗哧一聲笑出聲來，彎腰指著夏日瑚道：「夏兄的話可大大不合情理了，愛月夜眠遲一句，若是放在他人身上自然貼切之極，可臥子兄也如此這般，卻不是癡了？他可是要夜眠早起身遲的，夏兄卻偏要他遲睡早起，好生不體貼人！該罰，該罰！」

眾人這才記起陳子龍妻子的閨名叫月兒，又是一陣哄笑，吵著要罰夏日瑚三杯。張溥怕大夥兒鬧得失了分寸，忙接令道：「萬國衣冠拜冕旒，齊天樂，我武維揚。」

不料，一時情急，竟亂了令。夏日瑚端杯欲飲，聽了將杯子一放，拍手道：「好！我有作伴兒的了，一起喝吧！」眾人附和道：「是呀！你用起《尚書》來了，也該罰三杯酒。」

張溥一面飲，一面說道：「我改作『赫赫宗周』，何如？」

眾人不依道：「好倒是好，只是已然遲了。」

子龍想起落榜南歸，心中慘然，長喟道：「龍蟠虎踞石頭城，望江南，禾黍離離。」眾人喝得興起，猛聽他吟出此句淒涼的酒令，登時合座寂靜，面面相覷。

吳昌時不滿道：「大夥兒都在興頭上，臥子卻偏要佛頂著糞，白牆點墨，拈出這樣的酒令，實在是大煞風景。詞語雖工，卻與情景大不相宜，也要罰上三杯！」陳子龍也覺有些失態，竟不爭辯，引杯大嚼。

張溥見他如此，歎息道：「臥子這十四字足抵得上庾子山那篇洋洋大觀的《哀江南賦》。金陵六朝古都，歷代興廢可以想見：望西都，意踟躕，傷心秦漢經行處，宮闕萬間都做了土。如今做了留都，風雨飄搖二百餘年，眞如唐人王子安所說：勝地不常，盛筵難再。蘭亭已矣，梓澤丘墟。放眼古今，悲從中來倒也難免，自然要以酒澆澆胸中塊壘了。」

吳昌時拊掌道：「你們倆可眞是古今第一傷心人了，難得這般的歡會，竟體味出這麼多的悲傷來！我看這酒怕是吃不下去了，還是各自散了吧，臥子明日還要趕早動身呢！我這裏正擬了個酒令送他：惜花春起早，春光好，桃之夭夭。」眾人聽他酒令說得貼切詼諧，一齊大笑。

眾人拱手而別，張溥、吳昌時、吳偉業還要與陳子龍盤桓，就落在眾人後面。正要離座出門，的一聲響亮，旁邊單間像是什麼東西摔到地下，四人屏聲斂氣，就聽裏面有人斥罵道：「你個不長眼睛的混賬東西，想辦事卻不願花銀子，拿這破爛貨打發爺們兒？」

「這是前朝趙松雪的畫軸，另有宋朝有名書家黃庭堅、米元章的手卷，都是我家老爺生平的至愛，也值不少銀子呢！」

「多少銀子，不就幾張破紙麼，竟值你家老爺的一條命？」

那人賠笑道：「劉爺，這畫軸裏有一千兩銀票，您老人家想必還不曾寓目？」

「這幾兩銀子也弄來現世！你可是來救人的，不是來送冰敬，這般容易打發！你也不打聽打聽這京城的行情，一點規矩也不懂，虧你竟做了多年的管家，看你一副窮酸的小樣兒，哪個信你？」

「劉爺，這是我家老爺多年積攢下的，小的也知道打點要使銀子，可我家老爺俸祿一向就薄，他又清廉自守，與人不相往來。授了個三邊總督的缺兒，又是匪患極重的地方，實在一時也湊不了多少，我家少爺現在山海關做兵備道，他還不知老爺犯了事。這些東西您老人家先收下，小人再想法子籌錢，日後一定補上。」

「這行裏向來是一手清的，補上是哪位大爺給立下的規矩？哼，到時還指不定認識不認識爺們兒呢？三邊總督可是正二品的大員，這兩年朝廷撥發剿匪招安的糧餉多得不計其數，說什麼拿不出錢來，看來是捨命不捨財了。那好，爺們兒的話算是白說了，爺們兒也不缺這千兒八百的銀子，你留著另請高明吧！」

「劉爺，您千萬幫忙搭搭手兒，在小的這裏是天大的事，您老人家那裏還不是遞上句話兒就妥了？就高抬貴手，幫我家老爺這回，小的就是做牛做馬也要報答。」

「你這話說得輕巧，可是嫌爺們兒多訛你銀子了？我說楊義，爺們兒也不與你多費口舌了，這事要咱幫你，非五千兩銀子免開尊口！」

「劉爺，這畫軸、手卷怕不止五千兩，您就高高手兒……」

「混賬！這幾張破爛發黃的舊紙值五千兩？你當爺們兒是剛出來混的雛兒麼，給你三言兩語就輕輕糊弄了？你去門外喊喊，看能賣幾兩銀子？」

「劉爺……」

「滾出去！爺們兒在這兒等你半個時辰，看你怎麼混騙五千兩銀子？」

「劉爺、劉爺……您行行好兒，劉爺——」

「滾！」

張溥四人聽得雲裏霧裏，向那收拾酒筵的酒樓夥計問道：「小二，那邊是什麼人，如此驕橫？」

夥計朝外望望，將門關嚴了，才轉身低聲道：「大爺們想必是外地人，竟不認得瀛國府的管家劉全老爺？他老人家可是有著大大的名頭，滿京城裏沒幾個不知道的！」

「瀛國府是什麼來歷？」

夥計吃驚道：「我看大爺們都是讀書做官的人，京城那些外戚勳臣的府第怎的不知？這瀛國府可是大有來頭的，府裏的瀛國太夫人乃是當今皇上生身之母孝純劉太后的老娘，那劉全是太夫人娘家人，又伺候太夫人多年，紅得發紫，驕橫一些哪個敢說半個不字？」

四人聽說是外戚勳臣府上的家奴，知道是個厲害的角色，不再追問。夥計卻感歎道：「要說皇上可也眞是孝順之極，不到三歲，就沒了娘親，聽說他沒出宮做信王的時候，曾偷偷向老太監打聽劉太后的墳塋，派了太監王承恩代爲祭奠。有道是沒娘的孩兒無人疼，太夫人見了皇上，摟著心肝肉地哭叫死去的皇太后，皇上見了太夫人眞如見了娘親。一元復始，每年大朝後，皇上都要親到瀛國府拜賀春節，恩賜的珠寶金玉，嘖嘖嘖……」那夥計說得兩眼放光，兀自意猶未盡，彷彿眼前堆滿了金銀珠寶，極是豔羨。

「啪啪啪……」四人心裏正在各自嗟歎，一陣拍門聲傳來。夥計開門一看，見是個四十歲上下的漢子，中等身材，白面微鬚，向小二打躬道：「小哥，兄弟楊義，有幾幅祖上留下的字畫，因急著用錢，想到雅座求幾位老爺發善心幫襯幫襯？」轉身一揖到地，「實在對不住了，攪擾了老爺們的雅興，各位就念在小人一片救主的忠心，包涵一二。」

「你帶了什麼字畫？請坐下說話。」張溥剛才聽了個大概，知道他有黃山谷、米元章二人的墨寶，有心見識一番。酒樓夥計見客人不怪，收拾盤碟出去，端上幾盞熱茶，關門退下。

楊義急忙將身上斜掛的一個絳棠色包袱取下打開，小心捧出三個卷軸，恭敬地遞與張溥，在椅子上斜簽著坐了。張溥展開一看，一幅是黃山谷的行書《松風閣帖》，一幅是米元章的行書《多景樓詩》，另一幅是趙孟頫的山水《鵲華秋色圖》。仔細看了款識、流傳印章，都是珍品，看來這家確實遇到了天大的難事，不然絕不會將這麼珍貴的書畫忍痛割愛。別說是五千兩銀子，就是作價一萬兩也不多，平時藏家都是密不示人的，想要看一眼都難，不想卻偏偏碰上劉全這麼一個不識貨的主兒。張溥邊看邊摸，眼睛一刻也沒離開字畫。

楊義見他愛不釋手，攛掇道：「這三件書畫是我家老爺心愛的寶物，不是老爺吃了官司，要用銀子打點，哪裏捨得出讓！小人想這茶樓也算是京城有名的酒館，定有不少的官宦士紳巨賈，可去了幾間雅座，卻沒有幾個識貨的。」

張溥問道：「什麼價錢？」

「五千兩。」

張溥蹙眉道：「這三幅書畫倒是值這個數，可我們都是春闈赴考的讀書人，一時怕拿不出這麼多的銀子。」他平日極喜黃山谷的字體，平日難得一睹法帖眞跡，如今近在眼前，心裏實在有些不捨。

楊義好不容易遇到個買主，豈肯輕放？急道：「我家老爺平日交遊稀少，小人實在求助無門。老爺要眞喜歡，情願再少五百兩。」

張溥搖頭道：「那我也買不起。進京趕考時帶的銀子不多，僥倖高中金榜，幾個同鄉送了賀儀，與手頭所餘的銀子加在一起，不過三五百兩，何況還有別的用處。我剛剛授了翰林院庶起士，正在歷事觀政，除了有些許銀兩補貼伙食外，俸祿一文也沒有。這動輒數千兩的珍祕，實屬有心無力，抱歉之至。」

「銀子再少，就辦不成事了。天意，天意呀！」楊義抑鬱地將書畫包起，垂眉低首地轉身便走，長歎道：「老爺，小人無能，救不得你了！」聲音哽咽嘶啞，兩眼流淚，神情極是無助。

張溥有些不忍，問道：「敢問你家老爺上下。」

「我家老爺上楊下鶴字修齡，在京城也是有名有姓的二品大員。」

吳偉業搶問道：「他不是在陝西做三邊總督麼？」

楊義拍著大腿，惱恨道：「聽說有人在皇上面前誣告我家老爺，惹得皇上震怒，派緹騎要將我家老爺扭解回京，打入天牢。」

吳昌時冷笑道：「什麼誣告不誣告的？是他自尋死路，卻怪哪個！」

「你、你怎知我家老爺犯的是死罪？」楊義驚恐無狀。

吳昌時看看張溥、吳偉業、陳子龍三人，悄聲道：「聽說陝西出了大事。」

「什麼大事？」三人各覺愕然。

「神一魁又叛亂了，攻陷了寧塞。」

第十一回

楊軍門銜恨誅降將
吳榜眼遵命劾奸人

楊鶴沉著臉走到床前，掀起簾帷，茹成名赤身裸體仰臥在裏面，兀自酣睡未醒。圍觀的人群一聲驚呼：「哎喲！裏面躺著人呢！」「這有什麼稀奇的？剛從含春院抬出來的，沒人何苦費力氣抬個床呢！說不定還有個水靈靈的小嬌娘呢！」

楊鶴答應了神一魁所請，將茹成名、張孟金、黃友才帶回西安，設法除掉。他留下參將吳弘器、守備范禮協助知州周日強守城，由蔡九儀率領一隊親兵扈從，返回西安。寧州距離西安一千多里的路程，快了也要半個月的工夫。此時正是春暖花開的時節，萬物吐新，綠遍山原，最易萌動春情。楊鶴將西安的那兩個粉頭留給了神一魁，茹成名三人連日來與她們嬉鬧慣了，剛嚐了女人的甜頭，路上頗覺冷清寂寞，每日白天趕路，天黑到驛站歇宿，實在乏味。春夜還長，布衾冷寂，茹成名躺在驛站破舊的客房裏，更覺焦躁難耐，恨不得插上雙翅片刻間飛到西安，玩個痛快！過了三水、淳化、甘泉、宜君、同官，走得實在辛苦，前面是耀州城，茹成名嚷著要進城歇息兩天，找找樂子。楊鶴雖說有蔡九儀護衛，但也怕茹成名撒起野來，不好馴服，再說已到了西安府的地界，再忍耐幾天就大功告成了，權衡一番，不想強拂他的臉面，傳令入城休整。

耀州屬西安府管轄，燒製的青瓷以巧如范金、精比琢玉，聞名天下，是個買賣興隆的商埠，城內人煙稠密，商賈雲集，店鋪林立，百貨競陳。耀州的知州耿廷籙得到消息，早早在城門外列隊迎接，將州衙騰讓出來，供總督楊鶴一行人暫住。耀州不愧爲古有的名邑，耿廷籙又頗有政聲，將耀州治理得井井有條，看不出經受匪患的跡象。州衙建得極是闊大氣派，前坊、譙樓、議門、甬道、戒古亭、東西科房、大堂及東西耳房、二堂、內宅、東宅、靜怡軒、後宅等一應俱全。傍晚，接風洗塵的宴席十分豐盛，耿廷籙特地召了一個官妓侑酒，酒到半酣，茹成名喝得有幾分醉態，按耐不住一腔慾火，乘著酒興，起身抱拳問道：「知州老、老爺，咱、咱有件事求、求你。」

耿廷籙已從楊鶴那裏知道了這三人的底細，一來看總督大人的面子，二來也知道他們出身綠林，曾是殺人不眨眼的魔頭，如今雖說招安歸順，終究野性未除，心裏雖有些瞧他們不起，卻也不敢輕易開罪，臉上堆歡拱手還禮道：「有事儘管明言，如此客氣就顯得生分了，你我都在軍門大人手下聽差，大人面前哪有第二個老爺？還是兄弟相稱的好。」

「咱、咱這耀州城裏可有窯、窯子？」

「茹兄說的可是燒製青瓷的土窯？倒是還有幾個，不過祕方失傳不知多少年了，燒出來的瓷器實在粗糙，比起唐宋兩朝差得遠了。」知州搖頭歎氣，臉上有著漫談興亡、繁華不再的傷感與頹唐。

「什麼祕、祕方瓷器的，不是不是，咱哪裏顧得上那些破爛貨！咱說的是能找樂子的地方。」

耿廷籙扭頭瞥一眼楊鶴，尷尬道：「原來說的是、是那個，小弟實在是不知道。」

茹成名將酒杯在桌上一頓，翻著眼睛不悅道：「咱、咱不信！耀州城這般繁華，竟沒有幾處窯子可逛？敢情是不把咱當兄弟了。」

「這、這是哪裏的話？兄弟斷不會如此……」耿廷籙看著楊鶴，十分惶恐，臉上登時冒出許多的汗水。

楊鶴輕咳了一聲，解圍道：「你倆是誤會了。成名說的窯子名稱鄙俗，貴州自然不明白了。其實青樓也分個三六九等，有書寓、有長三、有么二，還有私窩子，窯子就是私窩子，是最低等的暗娼。有些苦難小民無法度日，往往私設娼窩，這也是沒法子的事，民以食爲天麼！」他吃了一口茶，接著說：「娼妓來源極爲古遠，史書上說管子治齊，置女閭七百，納夜合之資以富國，還記載越王勾踐將有過失的寡婦聚在山上，令士之憂思者遊樂，以娛其意。太祖高皇帝定都南京，也曾建花月、春風等十六樓爲官妓之所，由教坊司管理。永樂朝後，妓風日盛。秦淮兩岸，河房林立，珠簾點翠，庭院飄香。一有客至，門環半啓，珠箔低垂，假母肅迎，丫鬟環伺，廣筵長席，日費千金。四方遊子商賈，就是過往的官宦也個個趨之若鶩，朝廷雖有成規，無奈屢禁難止，人欲之中自有天理呀！」

「大人高論！」耿廷籙這才暗暗鬆了口氣，讚道：「難得大人如此開通洞澈，耀州的青樓也有幾座，卑職剛才是怕毀了茹老兄的清譽，不得不遮掩一二。老兄執意要去，小弟派個衙役帶路如何？」

「不必了，我們哥仨自行去找，更有趣味。」

張孟金、黃友才一齊起身說：「我們二人陪哥哥去，軍門大人但放寬心。」

「如此就失陪了，小弟還有些公事稟告軍門大人，三位自便吧！」耿廷籙拱拱手，茹成名三人向楊鶴施禮告退，楊鶴抬手道：「換了便裝，以免擾民。」

華燈初上，柳蔭街上紅燈高掛，迤邐半里之遙，兩旁垂柳掩映之下，庭院深闊，門樓高大，盡是耀州城裏有名的煙花柳巷。春夏之交，暖風薰人，夜色沉醉，正是風流快活的天賜良辰。街上的各家院子中傳出一片絲竹和歡笑之聲，中間又夾著猜枚行令，唱曲鬧酒，不絕於耳。茹成名三人在街上蹓達一遭，在挨門沿戶的娼寮中，揀了門上掛個金底黑字大匾的一家，此家門前人來人往，最爲熱鬧。邁步進院，龜奴笑迎上來，親熱道：「三位大爺，可有相好的姑娘？」

「囉嗦什麼，哪個姑娘好給大爺喊來不就是了！」茹成名三人大模大樣地走進廳堂，大剌剌地坐了飲茶。那龜奴見他們一臉橫肉，滿身匪氣，不像青樓熟客的做派，不知什麼來路，推辭說：「哎呀！三位大爺，實在不巧，今兒個生意實在是好，姑娘都給客人包了。要打個乾茶圍還可安排，要是留宿過夜，是不是到別處……」

「剛進門你就趕大爺走麼？誰不知道柳蔭街上就屬這裏的姑娘水靈！你是嫌大爺沒銀子麼？睜大狗眼看清了！」茹成名摸出一錠五兩上下的銀塊拍在桌上，獰笑道：「去將你們的頭牌嬌娘喊來伺候大爺！」

「頭牌？大爺這點兒銀子也就買兩石粳米，還不夠給頭牌丫鬟打賞的呢！」龜奴乜斜著銀子，鼻子冷哼一聲道：「三位還以爲這含春院是野雞窯子，也就打個釘兒解個悶兒，使不了幾文錢，臨走還管一碗咱耀州的窩窩麵吃？你們可看清些，這裏可是耀州遠近方圓百里有名的銷金窟。」

「加上這個總夠了吧！」黃友才丟出一枝金翠珠花，那珠花還是當年殺杜文煥全家時從他妻子頭上拔下的，黃金鍛造成彩鳳之形，鳳頭上嵌著一個豆大的紅寶石，璀璨晶瑩。

龜奴將珠花在手裏掂一掂，淺笑道：「若在平日客少時也將就了，可今晚不行，含春院的頭牌素娥姑娘正好有客。」

「哪裏的客？大爺來了就是主，快叫他滾，給大爺騰房。」

「大爺說得輕巧！那兩位姐夫可得罪不起，人家千里迢迢從江南趕來的，都是大客商，有的是銀子，人常說姐兒愛俏，鴇兒愛鈔，這普天下誰還跟銀子過不去？」

茹成名豹眼一瞪，吼道：「大爺放一把火，看他滾不滾！」張孟金、黃友才起身就往廚下去取火種，龜奴大驚，扯著嗓子喊道：「來人哪——有人砸場子！」忽啦一下，從門外進來七八個手持棍棒的雜役，將三人圍住。茹成名一陣狂笑，喝道：「你們幾個不知死活的鼠輩，也不打聽打聽大爺的來歷，惹惱了大爺，將你們一個個掏心挖肝下酒！」一腳將桌子踢翻，桌上的茶壺茶碗摔得粉碎。眾人見他兇猛剽悍，不敢靠前，那龜奴嚇得逃出門外。

「哎喲——這位大爺且消消氣！既是要找素娥姑娘，怎麼不進來說話？」一個滿身香脂的女人笑盈盈地從屋裏出來，三十歲出頭的年紀，喝退眾雜役，搖擺著身子走近茹成名，伸出一隻白嫩的手兒在他腰間一點，茹成名忽覺渾身酸軟，一腔的怒氣消了大半，說道：「既是當家的來了，話自然好說。」

鴇母笑嘻嘻拉他挨肩並頭地坐了，軟語溫存道：「似大爺這樣的豪傑，能看得上素娥，自然是她的福分，哪裏還敢推拖？教大爺這般坐等，實在怠慢了。只是大爺沒有提前招呼，那兩個老客一個做綢緞生意，一個買賣私鹽，兩日前大老遠地從杭州趕來找素娥，正是情濃之際，人家又肯大把地使銀子，也不好硬往外推。這兵荒馬亂的年景，一個女人家開了這個小小的含春院，也眞不易。大爺就權當哀憐奴家，包涵一二。」

茹成名摸一把鴇母的屁股，兀自憤憤不平地罵道：「那個不識抬舉的奴才，仗著誰的勢頭，卻要動粗耍威風！大爺是什麼人物？就是你們的知州耿父母也高看一眼的，明日發牌封院拿人，教你吃到嘴裏的銀子再吐出來！」

「哎喲——大爺發起怒來，凶巴巴的模樣好生嚇人，待會兒我女兒素娥見了，骨頭都嚇軟了，怎麼伺候大爺？」鴇母使出風流手段，在茹成名身上揑蹭幾下道：「都是那個死龜公說不得人話，得罪了大爺。大爺且耐住性子，略等片刻，奴家這就給大爺騰房去！」轉身招手道：「吩咐廚下安置一桌整齊的酒席，給三位大爺賠罪。」

那素娥姑娘果然色藝俱佳，加上忌憚茹成名發狠，極盡逢迎，盤桓流連到半夜，茹成名索性歇在含春院，任憑張孟金、黃友才二人苦勸，也不回州衙。次日，楊鶴等人起身準備啓程，卻見張孟金、黃友才，推測茹成名一夜未回，命二人去催，自卯時等到將近辰時，黃友才回來說茹成名吃得大醉，兩腿走不得路。楊鶴大怒，喝道：「不識好歹的奴才，給我抬來！」不多時，十幾個軍卒已將茹成名抬來，請問如何處置。楊鶴想到許多軍卒自青樓妓院抬人出來，勢必轟動整個耀州城，萬人空巷，爭睹奇觀，冷笑道：「衙前待命。」率領蔡儀九等隨從，與耿廷籙一起出來，見衙前的牌坊下放著一張月洞門的花梨木架子合歡床，衙門前跟來了不少看熱鬧的百姓，也有過路的行人駐足觀看，越聚越多，竊竊私語，議論紛紛。

楊鶴沉著臉走到床前，掀起簾帷，茹成名赤身裸體仰臥在裏面，兀自酣睡未醒。圍觀的人群一聲驚呼：「哎喲！裏面躺著人呢！」

「這有什麼稀奇的？剛從含春院抬出來的，沒人何苦費力氣抬個床呢！說不定還有個水靈靈的小嬌娘呢！」

「含春院的姑娘屬三絕之一，都是從大同府千挑萬選的，可不是浪得虛名。」

「什麼三絕？」

「薊鎮城牆、宣府教場、大同婆娘。」

「這是怎麼說？」

「薊鎮的城牆厚，宣府的教場大，大同婆娘美呀！」

楊鶴聽他們七嘴八舌地吵嚷，知道事情鬧得大了，傳揚出去，皇上面前不好回話，本想回到西安再動手，看來不能再拖延了，他心裏暗恨道：「茹成名，都是你自家作孽，只好及早打發你上路了。」殺心既起，回身向耿廷籙道：「只好再叨擾貴州一日了。來人！給我升堂，今日本部堂要肅明軍紀，給耀州百姓一個交待！」

隨從搬來桌椅，耿廷籙、蔡儀九等人左右侍立，楊鶴坐定，厲聲道：「將茹成名押到前來！」

軍卒為難道：「他、他還沒穿衣裳呢！」

圍觀的眾人哄然大笑，有人垂涎道：「若是床上有個沒穿衣裳小娘們兒，光溜溜白嫩嫩的，那才好呢！一飽眼福，還省了銀子。」

楊鶴瞪了那軍卒一眼，軍卒也知失言，忙給茹成名穿上衣裳，可就是這麼折騰，他依然不醒。楊鶴吩咐道：「取水來！」

一盆涼水潑下去，茹成名落湯雞一般，渾身機靈醒來，打個哈欠道：「好大的雨！」眾人又是一陣大笑，軍卒將他推上前，喝道：「跪下！」

「茹成名，你可知罪？」楊鶴臉上冷若嚴霜。

「我、我有什、什麼罪？」

「夜宿娼寮，違我號令，還要狡辯！」

「我、我到春風、風院是大人准許的，自、自然無、無罪了。」

楊鶴氣得鬍鬚亂顫，戟指罵道：「胡說！你這該死的土寇，本部堂一力抬舉你做人，向朝廷請旨招撫，給你俸祿，你卻不知報效，擾民生事，詬誣官長，依律當重責一頓軍棍，插箭遊營。」

眾人聽說茹成名原是流賊，各自驚駭，紛紛喊打，茹成名翻起怪眼，提起醋缽大的拳頭，晃一晃說：「爺爺若、若在往日，早、早殺個雞犬不留了。看你、你們還敢亂叫！」

「大膽狗才，如此狂妄！掌嘴二十！」

一個軍卒手持木板走近茹成名，便要行刑，茹成名飛起一腳將他踢翻，怒吼道：「楊鶴老兒，爺爺降你不過是圖個快活，大塊吃肉，大碗喝酒，你有酒肉，咱尊你一聲大人，若逛個窯子都需你來管教，何苦披這破爛盔甲，還不如落草自在！」

「給我拿下！」楊鶴臉色鐵青，拍案而起，這幾句話正捅到他的痛處，想起當年自己那番高論：糧餉用之於剿，就一去不返，況且殺人太多，也傷和氣。還不如用之於撫，救活一人就是得一條性命。盜息民安，功德無量。不料這些賊寇並不領情，暗悔不該對他們心慈手軟，白白耗費了一番苦心。這兩年多來，用在招撫上的糧餉不少，可是那些流寇旋撫旋叛，看來是天生反骨，感化實難，也憐惜不得，無怪乎孟子說：無恆產而有恆心者唯士爲能，確是知人論世的名言。電光火石之間，楊鶴將兩年多的招撫經歷想了一遍，心裏備感酸痛。

此時，茹成名一聲大喝，跳起身形，不料蔡儀九已鬼魅般地飄到他身後，伸手在他背上的大椎穴一拍，茹成名悶哼一聲，摔倒在地。張孟金、黃友才二人雙雙躍起，拼命來救，眾軍卒各持刀槍將他們攔在圈外，楊鶴見又反了兩人，氣得大叫道：「膽敢抗拒者，格殺勿論！全都拿下！」

蔡儀九打翻了茹成名，正要再過去拿人，茹成名就地一滾，雙手奮力抱住他的兩腿，口中大呼道：「兄弟，快走！」

張孟金、黃友才一怔，急忙向外衝殺，軍卒們阻攔不及，眼看他們逃出數丈以外，蔡儀九右掌拍下，茹成名噴出一口鮮血，叫道：「兄弟，給哥哥報仇——」雙手兀自不放，蔡儀九見掙脫不開，伸手掏出暗器欲射二人，又怕傷了圍觀的百姓，躊躇片刻，張孟金、黃友才已逃得無影無蹤。眾軍卒一擁而上，將茹成名剁成了肉醬。張孟金、黃友才一路狂奔，逃出耀州城，怕有追兵，不敢走官道，專揀行人稀少的小路，晝伏夜行，偷偷潛回了寧州城。

神一魁自楊鶴走後，每日帶著兩個粉頭取樂，劉鴻儒、劉金二人不好爭用，結伴到娼家嫖宿。張孟金、黃友才扮作討飯的乞丐，踩好了盤子，等在娼家門外，趁劉鴻儒、劉金不備，背後一刀打發了他倆。在僻靜處，將二人人頭割下，用包袱包在背後，剝下衣甲換了，踹開神一魁的營門，將他從床上拖出，兩把明晃晃的鋼刀架在他脖子上，兩個粉頭嚇得躲在棉被內瑟瑟發抖。

黃友才冷笑道：「大掌家，這幾日快活得緊，將咱們幾個弟兄忘在腦後了。」

神一魁做賊心虛，強作鎮定道：「怎麼是你倆？成名兄弟可回來了？」

張孟金哭道：「大掌家，茹大哥回不來了。他、他給楊鶴老賊殺了。嗚嗚……大掌家，你爲什麼要教我們三人到西安，不然茹大哥也送不了命。」

「可是你們三個願意去的，怎麼卻來怪我？」

「大掌家，當初咱們何必要招安，那時終日聚嘯山林，攻城拔寨，與眾兄弟大秤分金銀，大快吃酒肉，何等自在快活？卻要受楊鶴老賊的悶氣，還害了茹大哥的性命！如今官軍不把咱們當人，哥哥一味執迷，不怕冷了兄弟們的心？」

神一魁撥開鋼刀，取衣披了道：「黃兄弟說的也是一面之詞，咱們在綠林，佩服的是忠義關老爺，招安之時，咱們在關帝面前發了毒誓，賭了血咒，怎可失信於人？再說朝廷對咱們不薄，楊軍門是個儒雅的君子，並不曾小看了咱們，可是茹成名舊病復發，惹惱了大人？」

「不管怎樣，茹大哥罪不至死，也不能這麼白白地死了。」黃友才將桌角一刀劈下，勸道：「大掌家，如今老回回、八金剛、上天猴，還有王嘉胤、羅汝才、張獻忠、李自成，在山西鬧得紅火，不如咱們拉起竿子去那裏。」

「要去你們去吧，我不攔你們。」神一魁搖頭道：「朝廷也夠恩典了，咱們殺了多少人！光杜文煥一家老少奴僕就近三百條人命，殺孽太重，要遭報應的。」

黃友才嘲笑道：「我們尊你為大掌家，是要一起縱橫四海，快意平生，不想卻給兩個婊子迷了心，貪圖起安逸富貴了。兄弟就替哥哥去了這些累贅，看哥哥還有什麼牽掛？」他一步跨到床前，舉刀亂剁，兩個粉頭連聲慘呼，霎時香消玉殞。

神一魁阻攔不住，臉上紅白不定，發作不得。黃友才嘿嘿笑道：「人也殺了，哥哥還不想走？」

神一魁遲疑道：「喚劉金、劉鴻儒二人一起商議商議，不急於一夜。」

張孟金淡然說道：「我倆擔心他二人誤事，已將他們殺了。」說著將背後的包袱扔到地上，滾出兩個血淋淋的人頭，正是劉金、劉鴻儒，兀自驚詫地大睜著兩眼。

神一魁見沒了幫手，事已至此，寧州城是待不下去了，只得點頭答應。三人將連夜把參將吳弘器、副守備范禮劫走，一把火燒了兵營，帶著手下嘍囉，向北遁走，攻佔了寧塞。

吳昌時用鄉音將事情經過大致講了，說道：「楊鶴沒有追捕到張孟金、黃友才，就留在耀州調度應變，寧塞失陷，急命延綏巡撫洪承疇領兵征剿。誰知此時李應期回到京城，入宮詳奏陝西民變情形。他陳奏招撫非治本之策，流寇人數不減，變亂自然難除，旋撫旋變，旋變旋撫，何日才可了結？若成不了之局，陝西便是填不滿的無底洞，多少銀子也辦不成事。皇上聽了，半晌無語，一時難以判定是非，只好等新任巡按御史吳甡的奏摺。不料卻等來神一魁復叛、寧塞失陷的消息，陝西道御史謝三賓等人紛紛上摺子彈劾楊鶴主撫誤國，皇上忍著怒氣，將摺子一律留中不發，過了一天，吳甡送來六百里加急摺子，說楊鶴苟圖結局，徇撫諱剿，並言楊鶴貪賞冒功，如報斬昏天猴、曹操、獨行狼等。爲今之計，只有調兵措餉，南北會剿，殲滅賊首，招撫餘眾，秦地才可挽救。皇上震怒，將御案上的奏摺一摔，暴叫道：「好你個楊鶴！出了這麼大的事，竟舉重若輕地上了個《微臣萬苦堪憐事》的奏摺，含糊其辭，騙到朕頭上來了！什麼愈病愈憂，愈憂愈病，自己做了賊，能心安麼？朕命他總制全陝，何等事權！卻聽任流寇猖獗，不行撲滅，塗炭生靈，大負朕心！小程子，傳旨給曹化淳，命他帶錦衣衛官旗速到陝西，將楊鶴扭解來京，朕要看看他究竟是什麼樣的心腸？」他說得繪聲繪色，楊義雖聽不懂浙東的方言土語，但看他橫眉立目的模樣，已嚇得面無人色。

張溥不禁有些傷神道：「人生眞是聚散無常，楊鶴不知花費了多少心血，才搜羅到這樣的精品書畫，平日裏視作拱璧，如今還不如一堆金銀好用。」神色之間甚是悲涼。

「那咱們就積點兒功德，成全他一片救主之心。」吳昌時見三人發怔，附到張溥耳邊，低聲道：「你那幾百兩銀子的用處，必是想著打通關節。若要打通關節，區區幾百兩銀子也入不得那些京堂們的眼裏，白白打了水漂兒，不如……」他的話音越來越低，但在張溥聽來卻如黃鐘大呂，豁然開朗。吳昌時見他一會兒欣喜，一會兒皺眉，知道他已心動，朗聲笑道：「我們四人也能湊出千八兩的銀子……」

陳子龍不知他與張溥說了些什麼，但他幼年喪父，家境本不富裕，進京趕考還借了些銀子，擔憂道：「我們在京城舉目無親，告貸無門，那些錢莊和會館都極勢利，沒人擔保，豈肯通融借銀子給咱們？」

吳偉業點頭附和道：「那些錢莊借貸本來就是認人的，何況翰林院庶起士借錢，原屬錢莊的大忌，沒人擔保，他們斷斷不願冒此風險。」

「這個不用擔心，我自有辦法。」吳昌時故作神祕，將話頭收住，看著三人。

陳子龍催問道：「來之，我們知道你神通廣大，可你猶抱琵琶半遮面，未免不夠朋友了。」

「我在周府認識了一個有錢的主兒，開著一家大大的珠寶店，這點兒銀子不在話下。」

「你說的可是董獻廷？」

「咦！你也知道？」吳昌時頗覺驚詫。

「京城開珠寶店的，以前是魏忠賢的寶和六店，如今卻是董記了。」

張溥鎖眉道：「他若不肯，你可說咱們復社社員何止千萬，只不過暫借數日，等這科的春闈程墨售出，便可還他。」

「他豈在乎這幾兩銀子？他出銀子也是醉翁之意不在酒，不然他珠寶店的買賣也不會如此興旺。」

「只要我們在京城站穩了腳跟，不愁沒機會報答他。」張溥躊躇滿志，彷彿提刀四顧，想要一試身手的俠客。

吳偉業、陳子龍聽他說起復社，暗想：原來這些書畫竟牽扯到了社事，難怪先生如此出手豪闊！

天色正在戌時光景，吳偉業陪著陳子龍回了會館，張溥與吳昌時趕往周府。吳昌時將張溥逕自領到好春軒門前，退回寓處。周延儒正在票擬奏摺，見張溥夜裏來拜，破例從案後起身相迎，讓坐請茶。張溥將那顏色陳舊的錦盒放在案上，說道：「門生幾個今日得了三件稀罕物，不知眞假，特請恩師法眼明鑑。」

「哦！什麼稀罕物？」周延儒爲官多年，一直輾轉在留都南京和北京兩地，所見古物甚多，聽說稀罕兩字，興致大起，伸手取了錦盒，並不急著打開，卻將錦盒翻轉審視一遍，見那錦盒雖然破舊，幾乎難以辨認出本來的顏色，但上面的封簽用的是滑如春冰密如繭的澄心堂紙，外面罩著華美的雲錦。區區一個錦盒都如此不惜工本，顯然只有宮裏的匠作局才有這樣的氣魄，那錦盒中的物件必是前朝宮裏的舊物，怎樣稀罕自然是不言而明瞭。

周延儒輕拂一下錦盒，心中暗自讚歎，緩聲說道：「這盒子確是眞的！」他輕輕打開錦盒，取出三個卷軸，逐一打開，展放在案上，手持燭臺，小心地反覆端詳著字畫、落款、印章，眼裏射出兩道驚喜的光芒，口中嘖嘖有聲道：「天如眞是好福氣，平常人就是想看其中的一幅已屬不易，你卻將三件寶貝湊齊了，眞是難得。」目光一刻也未離開書畫，神情頗多陶醉，更覺豔羡。

張溥站起身道：「這三件書畫賣家索價不高，門生本來拿不準，怕給人家騙了，有辱恩師的門楣。既經恩師評判不是贋品，就是天下極珍貴的物件了，門生如何消受得起？就送給恩師清賞雅玩，萬請笑納。」

「哦？」周延儒滿臉喜色，嘴裏卻連聲道，「怎好掠人之美，怎好掠人之美！萬萬不可如此！天如啊，我家裏還有陳了多年的狀元紅，前些天你們來時，本要留飲的，只是來來往往的拜客不斷，沒有整工夫坐下，今夜補上如何？」

張溥天生傲骨，睥睨天下，放眼儒林，入眼的人物也只有錢謙益、陳繼儒、黃道周幾個先輩，本來對周延儒並未心服，但他畢竟是自己的座師，一日爲師、終生爲父的古訓斷斷不敢忘懷。周延儒自少年之時，一帆風順，青雲直上，看慣了官場的惺惺作態，他不稀罕銀子也不缺權勢，唯獨看重名聲，尤其是張溥這樣天下名士，出入門庭，爲我所用，今後朝野的物議自然要由自己引領了。

一瓶醇厚的狀元紅下肚，張溥起身告辭，周延儒道：「天如，同進士出身能入翰林院，我大明開國以來，你雖不是頭一個，也是極少見的。庶起士按規矩要見習三年，期滿之後，才能過班引見，一睹聖顏。你的文章冠絕天下，自然是罕有人及，但你官場的歷練還少，不要心急。只要平平安安地熬過這三年，自然會有施展身手的日子。」

「恩師教誨的是。」

「天如啊，聽說你在翰林院有品評他人文章的習氣，甚至隨意批改，可有此事？」

「門生薄有微名，一些人便拿文章來請教，不好推辭……」張溥見周延儒臉色有些陰沉，頓住話題。

「如今翰林院是溫閣老掌管，外面已有些非議了，你說話還要有些分寸才好，畢竟薛國觀誣告科考之事剛剛平息，不要給人家再抓了什麼把柄。皇上因楊鶴招撫失策，近日心緒不佳，已連連申飭了好幾位大臣，這幾日辦事可要格外小心。」

「謝恩師教誨。」張溥心頭猛地一沉，嘴裏答應著，快快地告辭回到私宅。他雖破格做了庶起士，但還只是翰林院裏見習的預備官員，除了每年有些許銀兩補貼伙食，一文的俸祿也沒有，本來留住在江蘇會館，要節省不少。可是母親金氏知道兒子欽點了翰林，捎信要來京師看看。金氏出身侍婢，在家中地位最卑，幾十年忍氣吞聲，難得有幾天舒心日子。張溥體諒母親，又想早在京師自立門戶，便賃了一個僻靜的小四合院，但擔心開銷過大，寫了家信暗囑妻子留守家中，不必跟著來京。四合院不大，屬於最小的那種，只有一重院子，北面三間正房，東西廂房各兩間，道士帽式的黑漆街門。進門是五六丈見方的天井，青磚鋪墁的十字甬路通到四面各房屋，天井沒什麼遮攔，四下通透，牆外的幾棵老槐樹，枝椏嵯峨，亂蓬蓬地遮住大半個天井，添了一些生氣。已過戌時，他怕驚動了母親，輕手輕腳地回了東廂房，猶覺頭有些發暈，胡亂擦了把臉，和衣臥在床上，眼前卻總有一個瘦小的身影晃來晃去，心口的煩悶難以排遣，冷笑著自語道：「溫體仁，你這老狗切莫打錯了算盤，須知我也不是你隨意拿捏擺布的泥人兒！」想到此處，翻身坐起，將燭光挑明，鋪紙濡筆，將溫體仁結黨營私、援引同鄉洪閩學爲吏部尙書等事情，寫成疏稿，洋洋千言。

次日一早起來，又斟酌改定，在翰林院偷偷送給吳偉業，暗裏囑託他謄清後具名參劾。吳偉業看了，一整天心神不安，深感進退無地，雖說高中榜眼，文章也得皇上聖裁恩寵，但自家不過一個區區的七品翰林院編修，入仕途不久，個中三昧沒有多少體味，如何掌握分寸，實在爲難，可畢竟追隨張溥已近十載光景，若不參劾則是有違師命。好不容易熬到散班，他匆匆趕回宅子。張溥沒見到吳偉業，回家草草吃了晚飯，正要出門尋他，吳昌時卻一步跨進門來。張溥看他一身的黑色衣衫，帽檐壓得極低，心裏登時隱隱有些不安。多年的交往，張溥深知吳昌時的稟性，何況做了首輔的幕僚，更不該輕易拋頭露面，除非遇到了極爲重大緊急的事情。張溥領他進了東廂房，吳昌時甫一坐下，就低聲道：「天如，我勸你不要彈劾溫烏程。」

「來之，你是何意？」張溥心裏吃驚異常，看來自己的一舉一動實在難以不爲人知，他強捺住心中的不快，展顏一笑，但吳昌時分明感到了話音之外的不滿。

「此時上摺子，還欠火候。」

「來之！你也是熟讀經史的人，那董狐直筆、聖人作《春秋》亂臣賊子懼，太過久遠，可不必提了。前朝的楊繼盛彈劾嚴嵩十大罪狀，我等未逢其時，未睹他颯颯風姿，也不必說起。天啓三年，楊大洪上彈劾魏忠賢二十四大罪疏，與左光斗、魏大中、袁化中、周朝瑞、顧大章俱遭魏閹酷刑慘死詔獄；天啓六年，魏閹走狗應天巡撫毛一鷺逮辦周順昌、周宗建、繆昌期、李應升以及高攀龍七君子，他們無不慷慨赴義。這些先賢你可都是知道的。他們可曾想過是不是時候？自古正邪如冰炭，水火難容，就該知其奸而發，不可延緩。再說，兵法也講先發制人，後發制於人。」

吳昌時拱手道：「天如，你抄贈的《五人墓碑記》，我一直好生地收著，時時取出拍案快讀，這些先賢我自然是不曾忘的。你說到兵法，豈不聞待時而動麼？」

「來之，坐等玄想不如身體力行，你不怕落入王陽明心學空談的窠臼？」

「天如，你且聽我說。你知道了這事的來龍去脈，自然不會逞一時的意氣了。」

張溥冷笑道：「哼，你不會從盤古開天地講起吧？」

吳昌時見他怒氣又起，並不理會，自顧說道：「其實周、溫兩位閣老本不相容，只是至今尚未撕破臉皮……」

「天下人可都知道那年會推的事由，當時他二人聯手逼走了錢牧齋，周閣老可還是念舊情麼？」張溥打斷吳昌時的話，似頗不以爲然。

吳昌時也不反駁，略頓一頓，接著說：「此一時彼一時，那些都是舊事了，不提也罷，還是說說近來的新事。你道溫烏程安於其位麼？」

「此話怎麼講？次輔權勢已極高了，還要……難道還想做首輔不成？」

「不錯，天如不愧是一社之魁，心思果然……」

「好了，來之，都什麼時候了，你還有心調笑？我不過是推測之辭，他做首輔不是癡心妄想麼？不用說周師相聖眷正隆，單說年紀，那溫烏程六十幾歲，將到致仕之年了，說他想著首輔的位子，不若說他想著如何多撈些銀子。」

「你這話也對也不對。」吳昌時搖搖頭，「你將權勢與銀子分得太清楚了，其實只要心思稍稍一偏，這兩樣本是一體，有了權勢還能沒銀子，有了銀子還能買不動權勢麼？溫烏程要想著逕自將周閣老推開，做個名正言順的首輔，自然不容易，可若有了許多的實權，將首輔架空一些，又何必在乎那虛名呢！」

「暗渡陳倉？他手未免伸得長了吧！師相又不是……目光何等銳利，又有許先生等人出謀劃策，豈能聽之任之。」張溥怕出語不恭，忙將呆子二字生生嚥下。

「溫烏程高深莫測，做事滴水不漏，不是泛泛相與之輩。」吳昌時眉頭鎖起，語氣頗爲沉重道：「此次春闈延開，天下人才勢必集聚。溫烏程本想借主持春闈，網羅英才，培植勢力，穩紮穩打，步步經營，一旦門生故吏遍及四海，那時一呼百應，把持朝政，自然不是什麼難事，群臣也自然唯他馬首是瞻，周閣老又能奈他何？不料，周閣老請旨親領會試，他的計謀落了空……」

「怕是不能這麼說吧！溫烏程是一計不成，再生二計，吏部尚書不是他的同鄉麼？銓選大權要比取幾個儒生要緊得多。」

「唉！這也是首輔看錯了。當時許先生提過醒兒，首輔並未全放在心上，只暗地叮囑錢象坤搶先票擬，推薦別人。你想溫烏程是何等伶俐聰慧，錢象坤哪裏是他的對手！幾句話幾杯酒就收拾得服服帖帖了。」

張溥忍不住惋惜道：「實在所託非人呀！」

「還不是爲私心所誤！」吳昌時扼腕歎息，將事情前後講出，張溥聽得一時默然。

會試的次日，溫體仁與吳宗達一道拉著錢象坤吃茶閒話。吳宗達道：「此次首揆將閣中要務暫且放下，不知要取多少棟樑之才？」

「有孫承宗總理遼東，後金不會輕舉妄動。陝西又出了洪承疇這樣的幹才，招撫的招撫，剿殺的剿殺，平安無事，首輔自然樂得多幾個門生了。他尚不足天命之年，不出數年，門生故吏遍天下，一呼百應，可是尊貴威風得緊呀！」錢象坤不知是羨慕還是嫉妒，摸著花白的鬍鬚晃著腦袋，歎道：「要說我這把年紀，入閣拜相也沒什麼不知足的，絲毫不敢再份外之想了。到致仕的時候，皇上能有恩旨許乘驛傳，回老家含飴弄孫，也不枉了此生。」

溫體仁聽出他話語之中的醋意，心下不由暗自好笑，他儒弱無能，竟也有此妄想？雖甚覺不屑，口中卻呼著錢象坤的表字，嘖嘖稱讚道：「弘載如此淡泊，足見胸懷，好生教人欽佩。不過，說起子孫，我記得令郎還在留都禮部奉職。」

錢象坤一怔，點頭應道：「溫相好記性！小犬在南京已有五年。」禮部本是清水衙門，沒有油水可撈，南京的禮部更是做樣子的擺設，冷清得門可羅雀，就是沒靠山的也將白花花的銀子頂在頭上，四處找門路選調北京。錢象坤前些年在北京做禮部尚書，趕上皇上初登極踐位，不敢用銀子打通門路，如今做了輔臣，越發擔心物議，不敢輕舉妄動，有心幫忙的見他滿臉的清正，怕碰一鼻子灰，也去了念頭，兒子就一直窩在南京，自己雖暗地焦心，卻有苦說不出，兒子也老大的不快。聽溫體仁提起此事，他暗叫慚愧，老臉自覺也紅熱了一陣。

「我協掌吏部，令郎一個微末之官，升遷選調倒是極平常的事，不用費多少周章，只是……」溫體仁拿眼睛瞟著錢象坤，故意將話收住。吳宗達心領神會，一旁攛掇道：「君子成人之美，弘載兄這般清正的好官，平日只知耽心國事，哪裏想什麼兒女私情？眼看著那些不成器的庸官俗吏個個填了肥缺，總不能教老實人吃虧吧！」

溫體仁連連擺手道：「那倒不會。只是擔心幫了倒忙，壞了老先生的名聲，實在不敢開罪呀！」

錢象坤聽他如此說，怎能輕易教他落個空口人情？忙道：「言重了。如此盛情雅意，我豈能不知好歹地拂逆了？只是勞累費心，無以爲報，實難心安……」

「報答什麼？老先生若是送什麼銀子，便是通了關節，兄弟哪裏還敢援手？老先生若以爲欠了人情，要還也不難，我知道一家新開的酒館，老先生做東請我們幾人大快朵頤一番如何？」

「什麼好酒館？漫說一次，就是百十次也無不可。」錢象坤大喜，問道：「在什麼地方？」

「大隆福寺的一個胡同裏。老先生有意破費，可要早去訂下席面，以免吃不成了。」

「什麼山珍海味，莫非是龍肉，這麼稀罕搶手？」錢象坤大不以爲然。

吳宗達與溫體仁相視一笑，笑道：「倒沒那麼金貴。只是這家酒館做的菜肴是有數的，晚去便沒貨了。若是乾喝他們的酒，刀子似的，小弟自信沒有老先生的酒量，怎敢乾喝？」

「這倒怪了，有銀子也不掙，寧肯閒著？」

溫體仁應道：「嗯！小本生意，沒有做大的心思。這也是操守，思不出味麼！」錢象坤聽他說得不動聲色，卻一語雙關，似含嘲諷之意，臉上又是一陣發燒。

三人來到酒館，小二斟酒上來，錢象坤端杯一嗅，笑道：「果是烈酒。這孫記燒刀子聞名關外，不在地凍天寒的時候喝，有些傷身。」

「你這般的好酒量，怕什麼？不是心疼銀子吧？」吳宗達一番調笑，錢象坤不好再說什麼，舉杯乾了，溫、吳二人乘機再勸，錢象坤盛情難卻，心裏又想著南京的兒子不日可來團聚，哪裏把持得住？一連幾杯下肚，便不再推讓。孫記燒刀子果然名不虛傳，溫體仁又暗地吩咐換成五十年的陳釀老酒，力道更大，不消半個時辰，已喝得爛醉如泥，第二天依然滿嘴酒氣，渾身無力，掙扎不起，只好稱病在家。溫體仁從容地寫了舉薦閔洪學的摺子，遞了上去。錢象坤知道已是兩天以後的事了，將消息傳與周延儒，皇上已然准了，再無可挽回。

張溥聽到這裏，歎惋道：「皇上英明聖睿，竟沒有識破他的險惡用心？」

「天如，看來你恨烏及屋，動了肝火。你想皇上英明，自然不願出個什麼把持朝政的權臣了。首輔本來就權重，身邊沒有一個異心的，如何制衡？」

張溥沉思道：「依你說來，皇上是有意准了溫烏程的摺子？」

「不錯！近來首輔安插的人也多了一些，難免遭人議論。皇上聽了，想必有些擔憂。皇上乾綱獨振，容不得恃寵而驕之人，最怕再出個大權獨攬的魏忠賢。」

「師相可是不願多生是非，才命你來遊說我？」

吳昌時瞇眼應道：「小不忍則亂大謀，不必急於一時。」

「要是到了是可忍孰不可忍的地步呢？」

吳昌時的兩眼連跳幾跳，粲然笑道：「當日首輔說你承接東林先賢，你還推辭，這不正是東林的風骨麼？不過，首輔吩咐：上摺子若成功，他心裏感激；若不成，那他怕難以保全你，只好請你先避避了。」

「難道要我縮在家裏不出門麼？」張溥天性有些狂狷，最不怕權貴，聽到躲避二字，大覺不快，不由面色一寒，彷彿罩了層嚴霜。

「那倒不必，只怕要委屈你過幾年優遊林下的日子了。」

張溥不平道：「我一身正氣，反要躲溫老賊？」

「累及師相，事情就更沒有迴旋的餘地了。你再好生想想，不必爭一時之氣。」

「若勞而無功，我甘願吃苦領罪，絕不累及他人。」張溥長長呼出一口氣道：「如此，我也可報師相知遇之恩了。」

第十二回

避鋒芒借機別首輔
訪名妓夤緣識仙妹

那丫鬟急得眼淚汪汪，朝裏喊道：「你、你好無賴！愛姐姐，快來呀——有人要生事！」

「是誰這麼歹毒？」隨著一陣腳步聲響，樓梯上下來一個綺淡雅淨的麗人，年紀十四、五歲的光景，中等身材，一襲藕白色窄袖長衫襦，飄飄如雲中仙子，施施然走到長三面前，問道：「你叫長三麼？」

吳昌時從張溥家裏出來，仰頭望望滿天的繁星，夜風清涼，送來一陣陣甜甜的槐花香氣，沁人心脾。他來到吳偉業的家門前，環顧四下無人，輕輕拍了兩下，吳福開了大門，他閃身進去。吳福冷盯看一個黑衣人進來，吃了一驚，待看清了是吳昌時，歡喜道：「吳老爺來得正好！快去勸勸我家少爺，他不知遇到了什麼難事，回來後一直悶頭坐著，飯菜熱了幾回，卻一口未吃，若是有個好歹，可怎麼好？」他語調之中竟有一絲哽咽。

「他豈止吃不下飯？怕還是不住唉聲歎氣吧！」

吳福詫異道：「老爺怎麼知道？」

吳昌時笑而不答，邁步進屋，見吳偉業呆坐在書房裏，愁腸百結，桌上的飯菜一口未動，調笑道：「梅村，你這榜眼省下糧米，生生這般餓著，可是爲攢銀子回鄉迎娶佳人？」

吳偉業起身相迎道：「來之兄，你倒還有心思取笑！小弟急得昏了頭，就是給人一刀砍了胳膊，也未必覺得出痛來，何況饑飽？噫！你怎麼如此打扮？」

吳昌時將黑色斗篷脫下，神情詭祕，點頭道：「你們要參劾溫閣老，事關重大，我不敢不多加些小心。」

「兄台消息果眞靈通！」吳偉業越發吃驚，不由想到了那些令人聞名喪膽的東廠番子。

吳昌時微微一笑道：「以天如的性情，給薛國觀參劾了，自然嚥不下這口惡氣，必要想方設法反擊。何況昨夜又給周閣老申斥了幾句，更是怒不可遏。我勸天如不可如此率意行事，整整一個時辰。唉——」吳昌時重重歎了口氣，吳偉業知道他沒有說動張溥，心下頗有些失望，怔怔地望著吳昌時。

吳昌時見他滿臉憂愁，露出莫可奈何之色，指指桌上的飯菜道：「我知道你為難，因此連夜過來看看你。路上我琢磨著天如這樣做也好，挫挫銳氣磨磨性子，未嘗是件壞事，不然什麼時候都鋒芒畢露，不知收藏變化，會有更大的虧要吃。好在周閣老那邊已點了頭，知道天如是要報恩呢！」

「還是要參劾？」

「溫閣老已有所警覺，若不參劾也顯得咱們軟弱可欺。梅村，你可知道你的考卷範本是如何到了李明睿府上的？」吳昌時見他搖頭，接著道：「當時我就覺得此事有些蹊蹺，便將猜測與周閣老說了，他老人家也以為必是溫體仁背後指使，一計不成，才生二計，以挑唆你與李明睿的關係，將事情鬧大，後面怕是還有許多的手段未使出來，就像當年龐寵的連環計，不將你與天如等人一並排擠出朝堂，他們是不會甘休的。」

「我與他們並無恩怨糾葛，他們怎麼要下這般狠心？」

「他們不是對你，而是另有所圖。」

「意圖何在？」

「梅村，項莊舞劍，意在沛公，你與天如都是周閣老的羽翼，溫體仁自然容不得。此事風雲詭譎，你不要多問了。將疏稿拿來我看。」

吳偉業從貼身處小心取出一個布包，打開將疏稿遞與吳昌時。吳昌時接了細細展讀，眉頭越鎖越緊，看到最後道：「天如的文章學的是韓昌黎，以氣勢勝，但殊欠平和，正是疏稿的大忌。疏稿要改，這樣參劾於事無補，反會授人以柄，引來麻煩。」

「有什麼不妥之處？」

「其一，參劾之人選得不妥。溫閣老身居次輔，根基深厚，區區幾張疏稿能奈他何？說句不中聽的話，蚍蜉撼樹，只增笑耳，此事不可不慎。其二，參劾之事多風聞不實之辭。我朝只有台諫之官皇上恩旨特許有望風聞奏之權，不在此職，難免捕風捉影之嫌，自然就失了先機，甚至會遭人反噬。再者，溫閣老身爲輔臣，舉薦洪閩學乃是其份內之事，算不得結黨營私，還是換個人吧！」

「換哪個？」

「我聽臥子說過，武學上有種功夫叫隔山打牛，我不懂什麼武學，但體會其中的含義，雖隔了層山，不徑直打牛，但其意在牛。咱們如法炮製，換成他的黨羽蔡奕琛如何？」

「……？」

吳昌時見吳偉業一臉茫然，起身道：「蔡奕琛雖與我們並沒有什麼抵觸，但他是溫體仁的左右手，深受倚重。他身居吏部侍郎，一個三品大員，分量也夠重了。尤其是溫體仁貪贓枉法多是經過他的手。他在前臺，是實的，而溫體仁在幕後，是虛的，避虛擊實，勝算要大許多。」他復又坐下，邊說邊取筆在手，在疏稿上圈圈點點，或刪或加，改了足足半個時辰，才將密密麻麻的疏稿交與吳偉業道：「我的字近於塗鴉，你可看得清楚？」

吳偉業接過疏稿，從頭致尾細細看完，見上面添了幾件實據，並將一些事件添上了年月日，甚至準確到某個時辰，既驚且佩，暗忖這些材料不知要花多少人力物力，也不知是什麼人苦心搜集獲取的。他情知不能深究追問，豎指稱讚道：「兄台筆錄的這些材料果然言之鑿鑿，令人信服。抉擇之精，一如刀筆老吏的手段，眞是高明之極！」

「你不要捧我了，這些材料篤實不假，終究是死的，還要勞動你彩筆潤色，點鐵成金，化腐朽爲神奇，才堪大用。已經定更，你少不得要多熬上一會兒了。我終日裏事務繁雜，比不得先前那般悠閒，陪不住你，先走了。」說完起身將黑斗篷披嚴了，也不要人送，輕開了大門，走入漆黑的夜色中。

吳偉業的摺子上了兩天，沒有動靜。不用說張溥、吳偉業如坐針氈，想不出什麼緣故，就是周延儒也心裏惴惴不安。在值房正覺心煩意亂，乾清宮管事太監馬元程悄無聲息地進來，傳旨道：「周閣老，萬歲爺口諭，教您老人家過去呢！」

周延儒忙問：「乾清宮？」

「萬歲爺與三位娘娘、太子在西苑呢！」

周延儒尙未進園門，便覺到了西苑的熱鬧，鳥語花香，樹木漸漸撐出綠蔭，一路上太監宮娥往來穿梭。周延儒望望高大的團城給一片濃翠的林木籠罩，升起一團淡淡的氤氳之氣，團城四周有眾多的錦衣衛護衛，他急忙拾級而上，巍峨高聳的承光殿迎面而來，殿頂的黃色琉璃瓦在日光下光彩耀眼，正要進去，裏面出來一個小太監說道：「閣老，萬歲爺在鏡清齋與田娘娘下棋呢！」

靜心齋在瓊華島上，周延儒原路下來，沿著永安橋上島。湖中菱荷滴翠，碧水映天。遠遠望去，島上萬木蒼鬱，殿閣櫛比，恍如仙境。鏡清齋是一座自成格局的庭院，院中疊石岩洞，幽雅寧靜，樓閣亭榭，小橋流水，頗有江南園林的風味。周延儒隨在小太監的身後，沿著院內的迴廊和山路迂迴往復地走，曲徑通幽，似有無窮無盡之感。屋裏寂靜，只有帝妃二人落子的聲響。崇禎下得興濃，聽周延儒到了，笑道：「先生不必拘禮，且看看朕的棋局如何？」

「手談之道，臣本不曾究心，皇上、貴妃面前怎敢置喙。」周延儒見崇禎滿面春風，心神安穩了許多，但仍規規矩矩地行了常見禮，又拜了田貴妃。

田貴妃道：「先生想是有要緊的事，皇上先住了吧！」

「常言說：一涉手談，則諸想皆落度外。看來貴妃的心思並未全在棋盤上，難怪左右見絀了。」崇禎將手中的幾枚棋子放回竹雕的盒子裏，起身道：「你可是放心不下煥兒？」

「臣妾是有些擔心他，那泰素殿前的五龍亭雖說不算陡險，可煥兒生性好動，那般頑皮，小小年紀，不知厲害，若是看護的宮娥一時疏忽，太液池水那麼深……」田貴妃越想越怕，神色之間便有了一絲不安。

崇禎安撫道：「有皇后、袁妃在呢！她們哪個是大意粗心的人？看你已無心戀戰，還是放你去吧！以免輸棋又有說辭了。」

「可不是麼！臣妾下棋的功力本來就比皇上差些，心神若是不穩，自然沒法子比了。」田貴妃將手上的棋子輕輕丟回盒子裏，不料一枚棋子撞擊而出，落在地上亂跳，彷彿珍珠落入玉盤的幾聲脆響，她彎腰去撿，露出彎彎的蘇樣宮鞋，周延儒忽然湧出兩聯詩句：裙拖湘江水，弓彎新月眉，心頭一慌，低頭收回了目光。

田貴妃面色微紅，斂衽道：「臣妾失儀了。」

崇禎笑道：「你此刻的心思都在煥兒身上，怎能不慌？朕記得後蜀花蕊夫人有一首宮詞寫下棋：日高房裏學圍棋，等待官家未出時。為賭金錢爭路數，長憂女伴怪來遲。朕不怪你，煥兒也不會怪你的。」

田貴妃幽幽地看了崇禎一眼，怕他再說出尷尬的話來，回身嫣然一笑，緩步出了屋子。崇禎目送她姍姍地走了，招呼道：「先生近前坐。」

「掃了皇上的雅興，臣惶恐。」

崇禎擺手道：「干卿何事？是朕召你來的，你該不是勸諫朕嬉戲無度，怠慢大臣吧！」

「臣怎敢？絕無此意！皇上即位以來，宵夜旰食，難得片刻悠閒，臣心裏、心裏萬分愧疚……臣何德何能，得侍明主，實在、實在又歡喜得緊……臣、臣不敢說皇上……心裏頭其實願意皇上天天如此，皇上若此，不正是天下平安之兆麼！」周延儒看似說得斷斷續續，其實最會察言觀色，說到了崇禎的癢處。

崇禎果然點頭唏噓道：「先生這些話深得朕心。朕登基四年，何曾嚐過什麼太平日子。

乾綱重振，翦除魏閹；後金犯境，兵臨京師；陜西民變……每日裏都憂心忡忡，焦勞國事。如今東北有孫承宗主持，陜西有洪承疇駐守，朕從沒有今天這般心安過。朕緩緩手，朝中的朋黨也可整肅一番了。」

「破賊易，破朋黨難。韓蒲州老先生這句話似是言猶在耳。自萬曆朝以來，朋黨根深蒂固，同年、同鄉、門生故吏盤根錯節，眞、眞教人無從下手呀！」周延儒大加感慨。

嘩啦一聲，崇禎將棋盤上的黑白棋子盡情倒入盒內，問道：「先生可還記得歐陽修的那篇《朋黨論》？」

「臣依稀記得。」

「朕不會學漢獻帝，盡取天下之名士囚禁之，目爲黨人。致使黃巾賊起，漢室大亂，朝廷無人可用。也不會學唐昭宗，盡殺當朝名士，投之黃河，說什麼此輩清流，可投濁流。殺人終究不是法子，朕記得我朝曾有人說過：凡朋黨者，先王之所不能廢也，而恆示之戒。這話實在是通達透澈之言。朋黨比如人體，有首腦有四肢有呼吸有心肝，不然難有作爲。朋黨本無高下軒輊之別，都想著在君王面前邀功沽名，不外乎眼前利身後名，做人主的只要或揚或抑，調教得法，他們便都可爲國家盡忠出力。」

「皇上聖見。只是臣以爲還有君子小人之分的……」

崇禎笑著起身道：「君子小人多半是古人強自劃分的，其實哪裏有什麼純粹的君子小人？朕治理天下，最服膺聖人有教無類之說，所謂舉賢不避親，舉賢不避仇，只要有功於國家，有用於朝廷，管他是君子還是小人呢！唯才是舉麼！是能吏就好，不然天下事務紛雜，亂麻似的，什麼時候理出頭緒來？」他從袍袖裏抽出一卷紙來，遞到周延儒面前道：「這是新科榜眼吳偉業上的摺子，彈劾刑部侍郎蔡奕琛，先生想是看過的。」

「這……」周延儒心中一驚，急忙離座恭身接了摺子，「臣不曾看過。」

「怎麼？閣臣附了票擬，你竟不知麼？」崇禎不禁有些意外。

「吳偉業是臣的門生，臣照例迴避。」

「先生還是看看的好。」崇禎似問又似自語道：「吳偉業不過一個新科的榜眼，文章再高明，可是立朝未久，如何敢彈劾三品的大臣？再說他與蔡奕琛平常謀面也難，怎麼如此知道底細？出位言事，顯然是受人唆誘！先生以爲背後指使之人是誰？」

其實吳偉業將摺子抄了一份送與周延儒看了，摺子上的言語他還記得，但崇禎面前只得裝模作樣地閱看，耳朵卻未放過崇禎說出的每一個字，聽到崇禎點出吳偉業背後有人指使，不禁驚出一身冷汗，急忙回道：「臣、臣確實不知他受何人指使。」

「朕有心將他拘了來，當面問問，又怕他謊言推脫；命東廠將他拿了，又恐他酷刑之下，胡言亂語地牽扯好人。朕不想這麼做，不想大動干戈，鬧得滿城風雨的，人人自危。你起去吧！好生體會朕的用心。」崇禎掃了周延儒一眼，問道：「張溥知情麼？」

「吳偉業或許與他商議過。」

「他們有師生之誼，知情也在情理之中。張溥經營復社不過數年，竟搞得風生水起，也算個人物。」

周延儒揣摩著皇上話中之意，附和道：「張溥是個膽大心細的人，讀書下過苦功夫，七錄七焚，捨得下力氣，倒是可用的……」他見皇上鎖了一下眉頭，急忙斂口收聲。

崇禎果然冷笑道：「他是夠膽大的，還沒過班引見，授以實缺，竟想著彈劾大臣，手伸得不短呀！」

「少年人血氣方剛，未免意氣了些，也該教他知道進退。」

崇禎搖頭道：「朕倒不怪他出位言事，初出茅廬，有這等銳氣，不計個人利害，也是有心爲國，只是他慫恿別人，與朕繞彎子，卻容不得！」

過了幾日，崇禎傳下口諭，要張溥入宮覲見。按照成例，翰林院庶起士三年見習期滿，才會過班引見，張溥入翰林院不足半年，自然不到覲見之期。張溥不敢動問，只好忐忑不安地跟著入了宮，七繞八拐地低頭進了文華殿便殿，竟不見了前面引路的小太監，抬頭朝上看時，見御案後面的龍椅空空如也，大殿內也是一片寂靜，沒有人聲，便殿居中放了一個紫檀雕荷花寶座，後面擺設一組屏風，兩邊陳設香幾、香筒等物，下首是一個紫檀繡墩。張溥恭恭敬敬地朝寶座叩拜，跪在殿上，恭候皇上聖駕。過了一頓飯的工夫，張溥略微活動了一下硌得生疼的雙膝，想到繡墩當是爲自己所設，規規矩矩地坐了靜候，想著皇上召對起來如何答話。又過了半個時辰，殿中依然靜得出奇。張溥端詳著寶座，見椅背及扶手等處皆雕飾荷花圖案，椅前腳榻亦雕飾著荷葉，細微之處也是華貴無比。呆看了半晌，也不知過了多少時辰，只覺殿內有些昏暗，那小太監進來，吃驚道：「你怎麼還在這裏？今個兒萬歲爺在乾清宮忙呢，不會召見你了，快走吧！」

「皇上不是說好了，怎麼……」張溥大急。

那小太監見他如此較眞，咧嘴一笑，拱拱手道：「我的爺！敢情你頭一回進宮，就給晾這兒了？這也沒什麼，趕緊回去吧！萬歲爺不是你一人的，多少大事等著他老人家處置，你這點小事兒算什麼？就認倒楣吧！」

「哪個倒楣？」

張溥對著寶座行著叩拜大禮，忽聽有人發問，知道事不關己，低頭匆匆出殿，來人卻阻攔道：「張溥，可是等得不耐煩，才見了朕便逃？」

張溥見來人頭戴翼善冠，身穿赭黃團龍袍，手中捏把蘇樣的摺扇，急忙跪倒叩頭：「臣不敢。是這位公公傳話兒……」

崇禎將手中摺扇打開，復又收攏，抬頭看看日色已有些暈紅，說道：「果然有些晚了，隨朕走走吧！」他拾階而下，向東轉過傳心殿，沿著通往內閣的甬路漫步，走到文淵閣前停住腳步，問張溥道：「你的策論寫得極好，只是有些盛氣凌人，讀卷官本來放在一甲，是朕黜在了三甲頭名，但又准你進了翰林院。你明白麼？」

「皇上有意磨練微臣，實是一片苦心。」

「嗯！你的策論說到遼東女眞，引經據典的，說了一大堆的話，想必你對東北輿地之學下過功夫。你說女眞就是周朝的肅愼，可有鐵證？」

張溥道：「肅愼之名，見於《書序》、《周書．王會篇》、《大戴記．少閒篇》、《左傳》昭公九年，《國語．魯語》，《史記．五帝本紀》、《周本紀》、《孔子世家》，《說苑》，《孔子家語．辨物篇》也有記載。到了北魏，肅愼改稱勿吉，唐朝時改稱挹婁、靺鞨，金朝時改稱女眞，沿用至今，自古以善造弓箭聞名。」

「不愧是七錄七焚，經史果然精熟。你對遼事持何看法？」

「聖人說：憂不在於顓臾，而在於蕭牆之內。臣以爲遼東地處荒蠻，女眞不過數萬，乃肘腋之患，而陝西民變才是心腹之害。皇上只遣一上將據守關門，自然可高枕無憂。」

崇禎忽然想到了袁崇煥，暗想：九邊關隘又非山海關一處，他也看得太容易了，畢竟是書生，好作欺人之談！換了話題道：「你以爲遼餉用處如何？」

張溥聽了，不敢隨便應對。遼餉始徵於萬曆四十六年，每畝土地加徵銀九厘，計五百二十萬零六十二兩。天啓時，並徵及榷關、行鹽及其他雜項銀兩。崇禎四年，又把田課由九厘提高到一分二厘，派銀六百六十七萬餘兩，除兵荒蠲免，實徵銀五百二十二萬餘兩，另加關稅、鹽課及雜項，共徵銀七百四十萬八千二百九十八兩。雖是神宗皇帝留下的祖制，但事關當今皇上，出言自然格外愼重，不敢率爾陳詞。可他轉念一想，皇上既然動問，若泛泛而言，不過老生常談，必然難符聖意，語不驚人，不如緘默。打定主意，略想一下，說道：

「萬曆三大徵，天下財力耗盡，太倉無歲支之銀，開徵遼餉也是不得已的法子。但考歷代治亂興亡之由，深知今日政事，當廣布寬仁之政，不以苛察聚斂爲主，以免舊徵未完，新餉已催，額內難緩，額外復急，村無吠犬，尚敲催追之門；樹有啼鵑，盡灑鞭撲之血。黃埃赤地，鄉鄉幾斷人煙，白骨青燐，夜夜常聞鬼哭。日日聚斂，無異竭澤而漁，殺雞取卵，小民生機絕望，不啻爲淵驅魚，爲叢驅雀。民心關係國運，民心若失，則天下事不堪問矣！」

崇禎擺手道：「張溥，你說得未免有些危言聳聽了。如今流賊猖撅，東事日急，太倉又沒有多少積蓄，四處伸手要銀子，朕不得不百計籌餉。今日賦稅科派較重，實非得已。朕豈不知停徵遼餉，是天子的仁德，可餉銀不足，兵卒必有怨言，誰肯出力戍邊？若動輒兵變，不必後金來攻，自家就先破敗了。」

張溥見皇上憂心兵餉不足，記起座師周延儒當年論寧遠兵變的奏摺，便借題發揮道：「自神宗朝以來，朝廷解發遼東的餉銀何止千萬，而邊帥總言不足，實在大可懷疑。臣以爲並非餉銀不足，實是兵籍過濫，兵多虛冒，餉多中飽。餉銀有數，而貪欲之心無厭，再多的銀子也打了水漂兒，用不到該用的地方。皇上若要餉足，必先要兵清，核實兵額，兵無虛冒，自然足用。不然虛冒與中飽如故，雖另行籌措，搜盡百姓脂膏，亦無裨益。」

崇禎輕喟道：「朕自登基以來，敬天法祖，勤政愛民，宵衣旰食，總是以堯、舜之心爲心，務使仁德被於四海，總想使天下早見太平。張溥啊！你的策論有不凡之處，可談及實事畢竟還多書生氣，輕重緩急還需用心權衡。兵清容易麼？多年陋規，想著一朝消除，只會自取其擾。再說後金皇太極虎視眈眈，這時鬧得將士們人心惶惶的，也不是時候。凡事必有主次輕重，不能因小失大，不能昧於百姓眼前的一時之苦，而忘了天下根本，忘了朕的萬世江山。」

「臣不敢。」

「朕總以為你是可造就之才，不想你未入仕途，已一腳踏進了是非的圈子。朕頗為失望。」崇禎看張溥面色一變，加重語氣道：「自從萬曆以來，士大夫多以講學樹立黨羽與朝廷對抗，形成風氣，殊為可恨。那些進諫獻策的大臣，結黨立朝，互為聲援，先黨後國，假公濟私。朕每次聽來，不得不加份小心，唯恐誤信其言，助其氣焰。如此大小臣工們的才智如何為朕所用？依朕看來，建虜、賊寇易治，衣冠之盜難除。諸臣若各自洗滌肺腸，消除異見，共修職掌，贊朕中興，同享太平之福的日子非遠。」

張溥以為皇上要揭破彈劾蔡弈琛之事，免不了大發雷霆，正覺胸中鼓響，卻聽他的話語由申飭漸漸變成了無奈與牢騷，似非專對自己所言，心中有些詫異，又聽崇禎問道：「你離開江南，北上京師，復社由誰統領？」

張溥一怔，摸不透皇上話中之意，躊躇道：「臣還忝居社長一職，但覺社務紛繁，實在不好措手，預備北遷京師，也方便些……」

「不必了。」崇禎冷冷地說道：「砥礪學問必要清心寡欲，受不得塵世中的浮囂。你忘了管子割席絕交的故事了？」

「臣遵旨。」

「你心裏要是只有朕，只有朝廷，自然就清明了。不然，朕交辦你做事，如何安心？好了，你起去吧！」

張溥望望紅日沉後的餘暉，心下一片茫然，暗自體味著皇上話中的深意，實在覺得費解，莫非皇上說自己結黨了？他默然回到私宅，久坐出神，本打算約吳昌時商議，但想到皇上顯然知曉了自己指使吳偉業彈劾之事，不敢輕舉妄動，輾轉了一夜，四更十分，才略微打了個盹兒。

張溥剛到翰林院的值房，門外就有人喊著：「張溥接旨——」一個小太監邁步進來，展開宣讀，張溥聽到「我大明以孝治天下……准其所請，假歸葬父」，心裏豁然開朗了，皇上竟想了這個法子放自己南歸，看來對自己對復社是有了成見。他心頭頓覺冰冷，想到以後不知何時回朝奉君，心底不由湧起一聲浩歎，兩行熱淚奪眶而出。回家與母親商量，預備回太倉給父親遷葬。

吳昌時、吳偉業幾個故舊和早年問業的門生，知道他要離京，紛紛趕到私邸看他，商量著擇日餞行。吳偉業正好被恩賜回鄉完婚，有意同行。張溥心知奉旨歸娶，沿途勢必多有逢迎往來，此時心緒落寞，不便搭夥兒，更怕招搖，便請吳昌時代向座師周延儒致意，與母親悄然出了朝陽門，到通州張家灣買舟南下。

張溥陪著母親在一處飯館坐等，貼身書僮到岸邊去找船隻，卻見一人進來跪下叩頭，口中說道：「幸好還能與恩公見上一面！」

張溥低頭細看，原來是那日在前門外茶樓遇到的僕人楊義，抬手道：「你怎麼到了這裏？」

楊義起身道：「我家少爺聽說老爺要南歸，特備下了一桌水酒，給老爺餞行。」

「這……」張溥登時醒悟，知道楊義說的是楊鶴的兒子楊嗣昌，這幾日，有關楊嗣昌的傳聞極多，聽說他一個挨一個地到京城的寺院裏焚香，禱告早日剿滅陝西民變，四海昇平，又接連上了三個摺子請求代父承罪，朝野稱讚其孝心可嘉。他有心結識，轉頭看了看母親，有些放心不下，神色不禁有些遲疑。楊義在跟隨楊鶴多年，察言觀色的本領已非等閒，忙朝上拜道：「老太太，怪不得張老爺如此古道熱腸，原來是家裏有您這樣現世的活菩薩！多虧張老爺幫忙，我家少爺感念得不行，特地託漕運總督尋下了南去運糧的漕船，開船時辰還早，老太太先上船歇息一會兒。」

盛情難卻，金氏老太太笑著應了，張溥不好再推辭，隨著楊義上了一家酒樓。進了樓上的單間雅座，裏面站起一人，三十多歲的年紀，身形略瘦，穿一件湖藍色的道袍，頭上只罩個網巾，白淨面皮，眼神幽深，頷下細長的黑鬍鬚絲毫不亂，一副少年老成、沉穩幹練的模樣。寒暄著將張溥讓到首席，長揖到地，說道：「昨日才聽說恩公即日離京，嗣昌連夜趕來張家灣。這些日子一直想著登門拜謝，但忙著家父的案子，抽不開身，拖延到了今日，恩公勿怪！」說著便要大禮參拜。

張溥急忙上前拉住，阻攔道：「舉手之勞，怎敢居功？大人若執意如此，學生只有告退了。」想到自己買了那三幅書畫走通權門，心裏暗叫慚愧，花了莫大的本錢，卻落得惶惶回籍的下場，快快不快。

楊嗣昌道：「既是如此，大恩不言謝。若蒙不棄，咱們就不必這般生分了，且以兄弟相稱如何？」

「最好！」張溥落座，稱著楊嗣昌的表字道：「文弱兄，尊父的官司聽說有了一些轉機？」

「天如兄，愚弟在山海關接到邸報，知道事情難以迴旋，請旨入京料理家父後事，這才來到京城。天可憐見！宮裏傳出話來，皇上有意從輕發落。」楊嗣昌抬眼掃了一下屋門。

「也是文弱兄的一腔孝心感天動地，才有此奇效。」張溥知道就是這一絲資訊，倘若洩露出去，不但前功盡棄，而且還會引來更大的災禍，他能透出口風實屬不易，當下不再追問。

「那不過是表面文章……實不相瞞，愚弟結識了瀛國府的總管劉全，但知道皇上輕易不為人所動，又等新任三邊總督洪大人率兵攻破了寧塞城，將神一魁等賊寇斬殺乾淨，請他親筆上摺子為家父求情，幾下裏使勁兒，皇上才鬆了口兒。」

「可喜可賀。」張溥聽他說得輕描淡寫，但足以看出處事極為細密周全，謀定而後動的涵養功夫極深，又見他顧盼之間，神采畢現，說得極為坦誠，並無什麼顧忌，暗暗讚歎此人胸懷磊落。

「若不是天如兄援手，未必能夠如此。」

張溥搖手道：「言重了。」

「天如兄大恩，一杯水酒自然不成敬意，愚弟席前奏支曲子，聊表寸心。」楊嗣昌從懷中取出一管碧綠的竹簫，幽幽地閃著暗光，顯然是多年的古物，他吹了一曲《高山流水》。《高山流水》本是一支古琴曲，如今給他用簫吹出，雖無錚錚淙淙的古韻，但清越悠遠，別是一番意趣。張溥見楊嗣昌吹奏得極是忘情，其中隱含著幾分知音自況之意，不由怦然心動，以手擊節相和，心懷澄澈，想到復社三年前的金陵大會，心神大振，登時忘卻了南歸的失望與淒涼。

張溥辭別楊嗣昌，登舟南下。一路過了河南、安徽，進了江蘇地界。復社的社員早已得了消息，沿途結伴拜謁，擺酒接風。張溥忙於應酬，只得先命貼身書僮護送母親先歸，自己另雇了小船，帶了家奴長三隨後緩行。那船家乃是慣行水路的把式，船使得又快又穩，不幾日便過了蘇州。河道裏往來的船隻往來如梭，多是運送絲綢的商賈。張溥出艙眺望，見前面一處港灣，檣桅如林，篷帆如雲，問道：「船家，前面可是盛澤鎮？」

那艄公應道：「正是盛澤。老爺可是要買幾匹綢緞回去？」

「倒不想買什麼綢緞，我是想起了一位故人。」

「老爺要上岸訪友麼？前面拐個彎兒就是垂虹橋了，由此進鎮最爲便捷。」艄公將泊在垂虹橋旁，張溥與長三棄舟登岸，步行入鎮。

盛澤鎭隸屬蘇州府吳江縣，明初之時還是個不過五六十戶人家的小村子，後來開始以蠶桑爲業，家家戶戶開機織綢，兩岸綢絲牙行約有千百餘個，日出萬綢，衣被天下，已是煙火萬家的巨鎭。自古商賈薈萃之地，多半煙柳繁華。盛澤地處江南水鄉，又是京杭運河的必經之途，輕脂淡粉，嫋嫋婷婷，書寓鱗次，歡笑時聞，燈火樓臺，頗多韻事。鎭上青樓大小數十家，歸家院無論規模名聲都是此間的翹楚。原來的歸家院不過一家平常的妓院，並沒有什麼出奇之處，萬曆末年，歸家院出了一個絕色的書寓徐佛，不足二十歲的年紀，出落得貌美如花，體態風流，兼以能琴工詩，畫得一筆好蘭花，一時觀者如堵，門前寶車香馬，絡繹不絕，歸家院聲名鵲起，興隆異常。不出三年，鴇母病亡，徐佛接掌了歸家院，每日調教那些買來的小丫頭，有時遇到可心的老主顧也逢迎接納。

張溥沿著河邊彎曲的小巷，迤邐來到一座青漆大門前，正是掌燈時分。這歸家院果然氣派非凡，一水兒的青磚瓦房，連簷起脊，庭院深闊。門前上百盞紅燈高掛，直通院內。富商公子、遊子過客帶著小廝，往來如梭，門外卻並無一人招呼迎客，但院內呼酒送客之聲不絕，與絲竹笙歌夾雜在一起，頗爲誘人。張溥心裏暗讚：看來歸家院的名頭越發響亮，門口已不必像一般的妓院招攬客人了。張溥進門，直奔院內的十間樓。十間樓是歸家院最爲高大華麗的樓閣，也是歸家院色藝雙絕的女校書的寓所。樓總三層，越往上姑娘的身價越高。每層之中又各據《千字文》的次序分出等級。才進大廳，早上來一個伶俐的知事丫鬟，嫣然問道：「大爺要到幾號房？」

張溥幾年前曾與徐佛有一面之緣，在此厮守盤桓數日，如今歸家院已今非昔比，哪裏說得上什麼房號。那丫鬟見他躊躇不定，笑吟吟地說道：「大爺想必是老客了，自然有早相識的姑娘，我領大爺去。請問大爺要找的是……」那丫鬟瞧著張溥的臉色，兩眼眨個不住，越發顯得明眸善睞。

「我要找徐佛。」

那姑娘臉色微變，回道：「大爺，我家媽媽早已不接客了，大爺還不知道？」

張溥微微一笑，頗爲自負地說：「我來了，她自會接的。」

「你知道我家老爺是誰？她豈會不見！」長三揚起眉毛，虛張聲勢地一甩胳膊，神情頗爲滑稽。

那丫鬟微慍，冷臉說道：「大爺想是慕名而來，小婢實話說與大爺，每日來尋媽媽的不下數十個，若說也是有情有意的人，只是媽媽年事漸長，早絕了這些念頭。大爺若看得上別的姑娘，任憑挑選，不然就請回吧！」

長三在一旁饒舌道：「嚇！開妓院的也學江湖中人金盆洗手麼？可眞是天下奇聞，自古姐兒愛俏鴇兒愛鈔，怎麼送上門來的生意卻不做了？」

丫鬟冷笑道：「你嘴裏放乾淨些，歸家院的規矩你們想是還不知道，可心的，沒有銀子，這裏的姑娘照樣笑臉相迎。不如意的，就是金銀堆成山，想取樂子要威風也難。」

張溥見事情要僵，忙瞪了長三一眼，賠笑道：「姑娘，你不必聽他胡說。我是徐佛的故友，今日路過此地，特來見她一面。」

丫鬟臉色不見一絲和緩，依舊敷衍道：「不巧了，媽媽不在歸家院，小婢也不好教大爺空等，改日再來可好？」

張溥見她精靈鬼怪，伶牙俐齒，以為她藉故推脫，沉了臉道：「我好言好語的，你卻要刁蠻。再不去通稟，我可教我的書僮滿院子喊了，看她出不出來？」

「你敢？」丫鬟睜大杏眼，怒叱道：「還讀聖賢書呢！沒有見過你們這般不要臉的，枉污了這頂頭巾！」

張溥見她嬌嗔的模樣，不怒反笑：「你看我敢不敢？長三——」

「小的在呢！」

「去租面銅鑼來，在院子裏來回喊上三遍，就喊：徐姐有客了。」張溥摸出一錠大銀，甩與長三。

那丫鬟急得眼淚汪汪，朝裏喊道：「你、你好無賴！愛姐姐，快來呀——有人要生事！」

「是誰這麼歹毒？」隨著一陣腳步聲響，樓梯上下來一個綺淡雅淨的麗人，年紀十四、五歲的光景，中等身材，一襲藕白色窄袖長衫襦，飄飄如雲中仙子，施施然走到長三面前，問道：「你叫長三麼？」

長三點點頭，那女子冷笑一聲，說道：「你這名字好怪，似是我們青樓姐妹的後人，那姐姐想是位在下等，才盼著將來能做一回長三。不對、不對，看你如此地狠心相迫，又不似一路人。想是一個潑皮的賭棍，終日骰子、牌九兒不離手，給兒子取名也免不得俗，看作一張牌了。」

長三正自驚歎那女子的美貌，不想這般刻薄的話竟從她口中說出，氣得連連大叫道：「你胡說！你胡說……」他本待罵那女子：你爹才是賭棍，你娘才是婊子呢！只是給她的神采震懾了，覺得這般污濁的話在她面前罵不出口。

張溥聽那女子出言傷人，不屑與她糾纏，轉身道：「你這丫頭這般刁蠻，歸家院徐佛創下的名聲就要給你們毀了。若是徐佛如此，不見也罷！」

「讀書人動輒搖頭說：唯小人與女子難養，其實不知那些君子更難伺候，一身頭巾氣，只認自家的道理。我看你們哪裏是媽媽的什麼故交，不過是想來生事的！」那女子負手圍著張溥、長三走了一圈，上下不住打量。

「你看我們像上門討債訛銀子的麼？」張溥擺擺寬大的衣袖。

「那既是故交，怎麼還想動用敲鑼喊街這般下三濫的手段？」

「只要徐佛出來見我，自然不必用了。」

「媽媽不在家。」

「你不必一齊合夥兒騙我，我只想問問她若不想見我，說一聲不字，我自會掉頭而走，不必這般推脫。」

「媽媽當眞不在。」

「何以信你？」

「你看媽媽門前的紅燈不是一直沒亮麼！」

張溥抬頭望了一眼，果然徐佛的門窗一片漆黑，顯然屋內無人，但他京師之行，實在有許多話語要與紅粉知己傾訴，當下厚了臉皮，窮追不捨地問道：「去了哪裏，方便見告麼？」

「敢問先生怎麼稱呼？」

長三搶先說道：「我家老爺可是當今的大名士，你們沒聽過婁東二張麼？」他撇一撇嘴，臉上有些倨傲之色。果然，那女子吃了一驚，上下打量著張溥道：「婁東二張，聞名天下，我們如何會沒聽說？先生是西張，還是南張？」

張溥家居婁東西郊，而稱西張；張采家居南郊，而稱南張。若論名聲，自然是張溥最爲響亮，但他的年紀卻小張采六歲。張溥見她半信半疑，莞爾笑答：「在下張溥。」

那女子聽了，盈盈下拜道：「小婢楊愛，久聞先生大名，今日終於有緣拜見了。」

「哎呀！姐姐可遇到師傅了，她寫了許多的詩詞，總說等著先生這樣的大名士指教呢！」小丫鬟拍手歡笑。

張溥愕然失聲道：「你就是那個才貌雙全的女校書？不想竟如此年幼！」

「正是影憐。」楊愛低垂了眼瞼，似有不盡的仇怨。張溥趕忙換了話題道：「你還沒說徐佛到底去了哪裏呢！」

「媽媽前日去了尹山，趕赴陳眉公先生的壽宴。」

「眉公先生是天下文宗，該去祝壽的。再說詩酒風流，也少不了她。人既不在，我就告辭了。」

「先生要這就走麼？」

「小住一夜，留宿船頭，再聽聽盛澤的夜曲。」張溥本想連夜趕路，但他分明看聽出了楊愛話中的繾綣與留戀，便改了口。

第十三回

楊影憐花饌宴名士
張天如巧辯難大儒

「先生若是喜歡，下次再來，我要做一桌宜於高人雅士的菊花宴，配以百花露。可惜先生來的季節不對，不到秋涼，找不到菊花，也釀不成百花露。秋露初起，山林疏朗，月白風清……」影憐從想望中醒悟道：「看我這般絮叨，說了這麼多不該在筵席前說的話，掃了先生雅興。先生慢慢品用，我吹個曲子給先生侑酒。」說罷，取了一管烏油油的紫竹簫，靜心屏息，細細地吹出一首古曲。

張溥回到垂虹橋邊的船上，輾轉反側，良久難眠，數年的時光，不知徐佛是什麼模樣了。聽得四下雞鳴，才沉沉睡去。朦朧之中，彷彿躺在十間樓柔軟的香榻上，徐佛已擺好了酒宴，滿室香氣，執壺把盞，情深意濃……竦然驚醒，見東方日頭已高，咳嗽一聲，長三趕忙進來道：「老爺可醒了，楊姑娘已等了半個時辰。」

「怎麼不喊醒我，教人家空等。」

長三見主人喝斥，委屈道：「楊姑娘知道老爺在睡，不教驚動呢！」

張溥起身淨臉漱口，整好衣裝，出艙一看，見垂虹橋下楊影憐衣袂翩翩，立在婆娑的柳樹下，不住地往船上張望，一個跑街的小廝蹲坐在旁邊，放著兩個大食盒。張溥站在船頭招招手，影憐見了，忙教小廝將食盒挑上船來，道：「昨日媽媽不在，未便款待，唐突佳客，今日特來還禮。」

張溥笑道：「該不是試探我的真偽來的吧？」

「先生說笑了。婢子出生得晚，一直仰慕先生文章風采，今日既夤緣會面，自然不肯放過了。親到廚下調製了幾樣小菜，昨日失禮之處還請海涵。」

「言重了。你不怪我唐突佳人，我就領情。」

「婢子越發惶恐無地了。先生請在船頭稍待，容婢子擺設酒菜。」 楊影憐彎腰入艙，掃一眼艙內的小木桌，出來蹙眉道：「這等醃臢，如何招待貴客？小福子，你快回去取那綠竹桌來。」

小福子一指遠處道：「姑娘，那桌子有人送來了。」

「誰這麼細心？」楊影憐往岸上望去，見一頂小轎如飛地趕來，眨眼間到了岸邊，轎簾方起，綠襖女子從轎中下來，懷裏抱著一張通體碧綠三尺見方的竹桌，嬌喘道：「姐姐，可曾耽誤了用？」

「小玉妹妹，你來得正好。」

小玉取香帕拭了鬢邊的細汗，笑道：「妹妹想張先生何等尊貴的客人，怎好用那船上的破爛桌椅，見這綠竹桌還在，想必姐姐走得急，一時忘了，便趕過來。謝天謝地，總算沒有誤事。」

長三嘴裏咕噥道：「謝什麼天地！還是謝謝我家老爺的瞌睡蟲才對。若不是他多睡了一個多時辰，兩桌酒席都吃過了。」忙幫著搬入船艙。小玉見張溥立在船頭，一件淡藍的道袍隨風飄擺，更覺瀟脫，忙上前恭恭敬敬地見了禮，三人一同進了船艙，綠襖女子又將錦墊放好，三人依主賓之位坐了，影憐將紅漆食盒中的美味佳餚依次取出，四涼六熱，佳餚雜陳，色彩斑斕。

張溥看了，多是不曾見過的，驚問道：「這是什麼宴席？」

「這是婢子依照《餐芳譜》調製的花饌。」影憐逐一指點道：「四涼是迎春花、金雀花、玉蘭花、玫瑰花。六熱是杏花、桃花、芍藥花、薔薇花、百合花、茉莉花。」

「鮮花入饌，古來有之，只是不曾親眼得見。屈子《離騷》說：朝飲木蘭之墜露兮，夕餐秋菊之落英。《九章．惜頌》又說：播江離與滋菊兮，願春日以為嗅芳。今日見了姑娘的花饌，才覺古人言之不虛。若是天下鮮花皆可入菜，該是何等華麗的筵席！」張溥不勝讚歎。

小玉道：「為這桌花饌，姐姐忙了大半夜，今個兒一大早起來，去採了滿滿一籃子鮮花，挑選、洗淨又忙了多半個時辰，平常兩三桌酒席也不用這般費神。」

「有勞了。」張溥含笑一揖，影憐遜謝道：「媽媽不在，有事女兒服其勞，本屬份內之事，豈敢當得勞動二字。」

小玉嘻嘻笑道：「姐姐知道先生是西張後，整夜不安，她從小敬佩的就是滿腹詩書的君子，怎想險些開罪了先生……」

張溥見影憐的臉色越發窘得緋紅了，忙打斷道：「偶遇容易相知難，萍水相逢，有些戒心也是人之常情，你們姑娘家小心些總是好的。」

小玉見張溥和藹親善，登時沒了拘束，活潑起來，拍手笑道：「噫！我倒有個主意，先生若再去陌生的地方，可在胸前寫上西張兩個大大的字，別人自然不會不知了。」

張溥大笑，「那見到的人豈不個個說我是瘋子？」影憐也噗哧笑了，伸手在小玉臂上擰了一把，啐道：「你這利嘴的丫頭！這般口沒遮攔，虧得先生是極有肚量的，不然責怪下來，姐姐就是給先生做一輩子的花饌也難贖罪了。」

「姐姐竟想一輩子給先生做飯麼？」小玉樂不可支，幾乎彎腰笑倒，「那、那要不要工錢？」

影憐一時大窘，羞得面紅耳赤，狠很瞪她一眼，責問道：「你要作死麼？這般亂說！」「是你自家說要做一輩子的，怎麼反來問我？」小玉嘴裏兀自不依不饒，影憐忙將一塊鬆餅塞到她嘴裏。張溥見她尷尬，忙轉了話題，問道：「方才你說的《餐芳譜》是何人所作，難道竟是聞所未聞的珍本祕笈麼？」

「哪裏是什麼珍本祕笈，不過拾人牙慧，從宋人林洪《山家清供》、我朝高濂《遵生八箋．飲饌服食箋》、王象晉《群芳譜》中所載的花饌輯錄彙編，略加改變，便成了此書。解悶好玩而已，登不得大雅之堂的。」

張溥本以爲這些菜肴不過是她一時興趣所至，不想卻都有來歷，他平生讀書極博，但多屬經史時文，那些清玩雅賞的文章不曾涉略，見她小小年紀，讀書竟極駁雜，心下既有幾分佩服又有幾分惋惜，感慨道：「看如此精緻的花饌，色彩繽紛，豔麗異常，就是不見到影憐姑娘，也可推測必是出自一位蘭質慧心冰雪聰明的妙人兒之手。這般稀罕雅致的筵席，大快朵頤起來，不免有些焚琴煮鶴，實在不忍心吃下肚去。」

影憐終究年紀還小，沒有聽出他話中的惆悵，只以爲他起了憐香惜玉之心，舉箸勸道：「江南有四時常開之花，取之不盡，用之不竭。若是聽任它自開自落，化作春泥，也屬可惜，不如塡塡先生滿是詩書的肚子。先生多吟幾首花間詞句，它們也就得其所哉了！先生看這個涼菜名喚春光乍洩，是將迎春花在熱湯裏滾過，用醬、醋拌成的；這個名喚金屋藏嬌，是將金雀花在熱湯汆過，拌以糖、油、醋；這個名喚春色滿園，是以玉蘭花爲底，點綴些桃花、杏花……這六熱菜是桃花鱖魚、月季蝦仁、芍藥銀耳、百合時蔬、茉莉豆腐……還有梅粥、藤蘿花餅、槐花糕……」

張溥聽她流水似說來，如數家珍，彷彿吸風飲露的仙子，清雅脫俗，沒有一絲塵世煙火之氣，不由連連讚歎，暗忖青樓並非善地，此女子天資聰慧，多加調教，假以時日，必是橫絕一時的人物，不然久處枸欄，爲風塵所誤，豈不可惜？看著影憐如花的笑靨，大有憐惜之情，不待她說完，問道：「徐佛的色藝曾擅絕一時，不少公子王孫大把地拋銀子，她卻未尋下個可心的，一直留在歸家院。這些年來，她教了你什麼？」

不等影憐出語，小玉搶著答道：「琴棋書畫，姐姐沒有不會的，尤其是寫的詩詞，見到的人無不擊節稱賞。姐姐，快背幾首給先生聽聽。」

影憐從袖中取出幾頁紙來，含羞奉與張溥道：「信筆塗鴉，敝帚自珍，不足入方家法眼，只可供先生一哂。」

張溥將詩章輕輕接過，一行行娟秀的小楷婉媚絕倫，取法玉板十三行，又雜有虞世南、褚遂良的筆意，鐵腕銀鉤，不似小女子所爲，第一首題爲《詠竹》：

不肯開花不趁妍，
蕭蕭影落硯池邊。
一枝片葉休輕看，
曾住名山傲七賢。

張溥不禁對她刮目相看，此女果然有志氣。第二首，也是一首詠物詩，詠的卻是梅花：

色也淒涼影也孤，
墨痕淺暈一枝枯。
千秋知己何人在，
還賺師雄入夢無？

似有拜立門牆之意，又將後面一張看了，卻是一首古歌行，借吟詠楊花道其身世飄零：

楊花飛去淚霑臆，楊花飛去意還息。
可憐楊柳花，忍思入南家。
楊花去時心不難，南家結子何時還？
楊白花不恨，飛去入閨闥，
但恨楊花初拾時，不抱楊花鳳巢裏。
卻愛含情多結子，願得有力知春風。
楊花朝去暮復離。

傷春悲秋，自古如此，何況是個年華近於二八的女子，有些纏綿感傷之情自是難免，張溥也未多想，卻對那些清麗的詞句極為讚賞，笑道：「影憐，你這些詩詞足見天資，實在是巾幗不讓鬚眉。我此次回來，要收拾社事，文書筆箚瑣事極多，長三讀書不多，指望不得，實在需要一個伶俐機敏的人，你如願意隨我，不懼繁雜，等你媽媽回來，我出些銀子與你脫了籍，與我一起到太倉如何？」

「先生，我怎會不願意？大的事情我做不來，但灑掃庭除伺候筆墨，絕誤不了事！復社多英雄豪傑之士，我早就景仰……」話說到此，影憐的面色陡變，剎時灰白有如枯木敗絮，眼裏登時含了淚，搖頭道：「婢子怕是有心無力了，先生是何等高貴的人，婢子怎能高攀得上？先生的好意，婢子終生難忘……嗚——嗚——」她嗚咽出聲。

「姐姐，你怎麼了？敢是先生盛情相邀，你竟歡喜得哭了麼？要不就是你捨不得媽媽，捨不得眾姐妹，其實太倉到盛澤又不遠，來回極方便的……」小玉見她哭得傷心，急聲勸解。

張溥也說道：「你若捨不得她們，我也不會勉強。」

「先生——」影憐抬起淚眼，「我不是不願意……好妹妹，你不知道姐姐心裏的苦楚，姐姐是個不乾淨的人，若是隨先生去，說不得玷污了先生的名聲，若不隨先生去，又拂了先生的美意，也大違我的心願，進退兩難，姐姐的命好苦！」低頭悲泣，小玉聽了，哇的一聲，與她抱頭痛哭。張溥不知哪句話惹惱了二人，一時摸不著頭緒，饒是身爲數千人的士林領袖，但面對兩個小女孩痛哭失聲，也覺手足無措。

長三聞聲進來，冷笑道：「想是知道我家老爺官俸不多，一時捨不得夜夜笙歌，後悔了。要貪圖財物，何必巴巴地跑來……」

「啪」的一聲，長三話未說完，臉上早著了一巴掌。小玉氣憤憤罵道：「你這個只知吃食睡覺的蠢貨，青天白日地亂嚼什麼舌頭！我姐姐是想起了淒苦的身世，忍不住哭起來，說什麼後悔不後悔的？」

「什麼身世？」長三捂著火辣辣的腮幫道：「有什麼話好生說麼，怎麼下這般狠手！若把牙齒打落了，你賠得起麼？你的牙那麼細小，放到我嘴裏，就是兩顆換一顆，我也吃虧的。」

「你要佔我的便宜麼，哪個會將牙齒放在你嘴裏？」小玉作勢要打，長三急忙一跳，出了船艙，小玉兀自不捨，二人跑到艙外糾纏。張溥見他們二人去了，輕吟道：「楊花飛去淚霑臆，楊花飛去意還息。可憐楊柳花，忍思入南家。詩句哀怨淒絕，不似無病呻吟，似有難以說出的隱情。看來你必有一番摧心斷腸的經歷，方才我只當成傷春悲秋之作，沒有看出個中三昧，魯莽了。」

「不是先生魯莽，是我的身世太悲慘了。」影憐抽泣道：「我、我本名雲娟，祖居嘉興，母親早死，父親賭錢輸了，將我賣與娼門，輾轉到了盛澤歸家院，媽媽教我讀詩填詞，練習琴棋書畫，日子極是悠閒安樂，不想十三歲那年，歸家院來了一個大人物，是吳江人氏，姓周名道、道登，曾任文淵閣大學士，他要給老母親找個貼身的丫鬟，一眼看上了我……」她長長吁出一口氣，掏出香帕擦了眼睛，吃了口茶，漸漸沉靜下來，語調仍覺淒苦，沒有說幾句話便又眼淚汪汪，「我隨周道登到了吳江，他是世家子，家道殷富，又做過閣老，好大一片宅院，藏書也多。老夫人極喜愛我，周道登見我伶俐，常教我填詞作詩……我原本想就是這樣過上一輩子，不嫁人也是福分。可、可誰料，那個衣冠禽獸竟趁、趁他母親午睡之機，將我騙到書房……我向老夫人哭訴，他竟以藉口年老無子，求老夫人將我賞與他、他做了小妾……我當時想周府畢竟是個詩禮人家，他年紀雖說可做得爺爺，終究算是有了依靠，也勝於往後倚門賣笑，逢迎那些怒馬鮮衣的世俗公子，也就認了命。哪裏想到周府妻妾成群，每日爭風吃醋吵鬧不休，都想生個兒子，下半生自然不愁了。她們見周道登爲我改名影憐，將心思放在我身上，終日在我房裏吟詩作對，哪裏容得！竟、竟將我灌醉丟入柴房，誣我與家奴私通……那老賊一時火起，也不問青紅皂白，一頓好狠的皮鞭，打得我身上沒有一絲囫圇處。若不是老夫人看不下去，勸他住了手，唉！我怕是早成了孤魂野鬼了……沒奈何，只好再回歸家院。好在媽媽不嫌棄，收留了我……那日我撲在媽媽懷裏，眼淚簌簌地直往下掉，可比今日流得多多了。」影憐含淚苦笑。

「周道登其人，我倒是略有耳聞。此人號念西，乃是吳江的大姓。他因當今皇上金甌之卜選拔閣臣，以禮部尚書召入內閣，迂腐無才，崇禎二年正月引疾回鄉，著書自樂。此人稟性至孝，素無大惡。只是苦了你。」張溥不禁想起秦相李斯的慨歎：「人之賢不肖譬如鼠矣，在所自處耳！」那糧倉中的老鼠與茅廁中的老鼠境遇可謂天壤之別，前者肥滾滾的，沒有衣食之憂，後者食不果腹，擔驚受怕，影憐這般小的年紀，如在富貴人家正是撒嬌討歡呼奴喝婢之時，如今卻如楊花飄零，游移無根。張溥心中一酸，情知不便幫忙，倘若將她帶到太倉，不用說給人居心叵測的嘲諷攻擊，就是復社中人知道她的來歷也未必相容，如今復社剛剛大見起色，不該爲她一個誤了大事，想到此處，便不再勉強，有幾分悵然地問道：「你今後有什麼打算？」

影憐恨聲道：「我心裏的怨氣鬱積，位卑勢孤，又不能到周府去討回個公道，本想打出相府堂下妾的名頭，買一隻畫舫在江南浪遊，也羞羞那老賊的臉面。只是這樣做未免有些歹毒了，躊躇難決。」

「你這般經歷與眾不同，自標豔幟，卻也屬實情，別人也奈何不得。初次相見，我雖憐才，可有心無力。你以花爲貌，以鳥爲聲，以月爲神，以柳爲態，以玉爲骨，以冰雪爲膚，以秋水爲姿，以詩詞爲心，實是不可多得的才媛藝姝，若不爲世人所識，也恁可惜了。我社中才俊甚多，呼朋引伴，流連山水，置酒高會，詩文風流，你若有意踐約赴席，酬唱應和，必可使你聲名遠播，選個稱心的佳婿也不是什麼難事。」

影憐聽得不勝嚮往，感激道：「能與復社的豪傑之士交遊，就是死也不枉此生了。」

張溥看著影憐紅腫的雙眼，輕喟道：「此次一別，不知何時再會。我有心籌備復社再次聚會，到時送信給你，你可要來喲！」

「如此盛會，大江南北想必舟車以往，能一下子見到復社眾多名士，影憐自然求之不得，豈有不去之理！」影憐瞟一眼張溥，透過船頭眺望遠處煙水迷濛，運河水道蜿蜒向南，看不到涯際，陡生別離之感。春草綠色，春水綠波，送君南浦，傷之如何？低聲問道：「先生，不等媽媽回來，見上一面麼？」

「不等了。眉公的盛會高人韻士甚多，詩文酬唱，山水流連，若要盡興而歡，沒有十天半月怕是不成的。再說，我也是順路探望，一切隨緣，不可強求。我今日遇到你，足以盡興，何必見她？」

「他日先生再來，可先遣長三送個信，我也好整治個像樣的酒席招待，不會如此匆忙了，實在難為情。」

「如此花饌，精雅異常，乃是我平生僅見，不知如何感謝呢！」

「先生若是喜歡，下次再來，我要做一桌宜於高人雅士的菊花宴，配以百花露。可惜先生來的季節不對，不到秋涼，找不到菊花，也釀不成百花露。秋露初起，山林疏朗，月白風清……」影憐從想望中醒悟道：「看我這般絮叨，說了這麼多不該在筵席前說的話，掃了先生雅興。先生慢慢品用，我吹個曲子給先生侑酒。」說罷，取了一管烏油油的紫竹簫，靜心屏息，細細地吹出一首古曲。簫聲時而清幽圓潤，時而纏綿惆悵，隨風飄蕩，連綿不絕。張溥凝望著春筍般的十指有如花瓣翻飛起落，聽出是李後主的《相見歡》，臉上露出悲欣交集之色，和著簫聲低吟道：「林花謝了春紅，太匆匆。無奈朝來寒雨晚來風。胭脂淚，留人醉，幾時重？自是人生長恨水長東。」簫聲戛然而止，影憐已然滿臉是淚。

張溥點頭讚歎，看一眼綠桌上的花饌，從身後取出一個牙青色布囊遞與影憐道：「這是我在京師的好友所贈，轉送與你，聊表謝意。」

影憐接過布囊打開，裏面竟是一管通體晶瑩的瓷簫，雪白如玉，觸手生涼，上唇試吹，聲調淒清，餘音飛出船艙，似在水面迴旋徜徉，清越之響遠在那管紫竹簫之上。影憐癡癡地不住摩挲，良久還與張溥道：「如此貴重之物，還請先生收回。」

「你不是嫌此簫俗氣吧?」

「豈敢!此簫清雅甚或在竹簫之上。就是平常的瓷簫燒造也是極難的,而燒成合調則更難。看此簫晶瑩如玉,吹奏起來有如龍吟鳳鳴,實在是難得一見的神品。區區一桌登不得大雅之堂的山野花饌,如何敢換取先生如此厚禮?先生好生收了吧!」

張溥伸手阻止道:「你熟知音律,用此簫吹奏更見手段。不然,掛在我的七錄齋裏,豈不可惜了如此佳作良器?時辰不早,我也該起程了。徐佛那裏,代我多多致意。」

小船順水漂流,張溥回頭遠望,楊影憐依然佇立岸邊,一縷簫聲飄來,似是帶著迷濛的煙水之氣……卻是唐人王維的那首《送別》:

山中相送罷,日暮掩柴扉。
春草年年綠,王孫歸不歸。

張溥回到蘇州府太倉老家的次日,共創復社的同鄉張采便邀了與奉旨回鄉成婚的吳梅村、顧夢麟等太倉籍的社人一起歡聚,籌畫大會社員。各地學子聽說他回來,四面八方地趕來拜謁求教,張溥一邊應酬,一邊重修父親的墳塋,諸事繁雜,應接不暇,一切都有了頭緒,天氣已漸漸轉熱。復社大會已是第三次,張溥必要人員周全,聲勢大過金陵大會,但江南正值梅雨,道路泥濘不堪,擔憂社員長途跋涉不勝其苦,若等秋涼,那時萬物肅殺,金風落葉,不宜聚會。反覆商量數日,便將會期定在明年三月,選在蘇州府的一處名勝虎丘。派專人知會文震孟、姚希孟、劉宗周、錢謙益、瞿式耜等東林元老,四處發出傳單,遍告復社同人。

轉眼到了崇禎六年的三月，蘇州的春色已滿十分，城裏城外多了無數遊人，聽口音四方雜輳，不少是遠道而來的過客，蘇州城的會館、客棧一時爆滿。蘇州古稱姑蘇，始建於春秋吳王闔閭，乃是天下有名的古城。蘇州閶門外五六里遠的路程，有一座小山，爲闔閭的墓葬之處，傳說葬後三日，有白虎踞其上，所以取名虎丘。山高雖僅十餘丈，但拔地而起，極爲挺秀。虎丘風景如畫，古蹟甚多，有「吳中第一名勝」之譽。

天色蒼黃，三頂轎子出了蘇州城，向虎丘而來。轎行如飛，一頓飯的工夫，已到了二山門，前面轎子裏喊聲住了，三頂轎子幾乎同時落下，張溥從轎中出來，朝後面說道：「受先兄、梅村，我們還是棄轎而行吧！」

第二頂轎子上下來一個身形微胖的漢子，笑道：「正該如此。牧齋老先生面前，我們都屬晚輩，豈可失禮？」他便是復社中的二號人物張采，自江西撫州府臨川縣令任上解職回家，正等著吏部授缺改調。

「皓月當空，萬籟俱寂，若是悶坐在轎子裏，豈不辜負了如此良宵！」吳偉業從後面的轎子出來，一身素服角帶越發顯得玉樹臨風，飄然若仙。

七里山塘到虎丘，虎丘在閶門以外，離開城市已有不小的路程，是個鬧中取靜、優遊頤養的勝地，東林元老錢謙益自虞山趕來，住進了虎丘的雲巖寺。三人沿著彎曲的石徑，漫步向前，四面絕崖縱壑，茂林深篁，極其清幽。張溥道：「古人遊虎丘有九宜之說：宜月、宜雪、宜雨、宜煙、宜春曉、宜夏、宜秋爽、宜落木、宜夕陽。有梅村的情懷，方算沒有辜負！」

「天如，若是你一人來此，必定總想著聚會之事，自然無心賞景了。」張采本來想著調笑他，可話一出口，竟似有幾分感歎。

張溥是個胸懷大志的人，近年來復社的聲勢日大，自己兩榜出身，又入了翰林院，正是大好前程之際，不料卻捲入了黨爭的漩渦，難以立足京師，一直心有不甘，深深吐出一口氣，自嘲道：「青山秀水，自然該有有所寄託的雅士登臨，容不得心事忡忡之人。不然，未免如花間晾衣、月下舉火，實在大煞風景了。」

吳偉業道：「佳山勝水最能消磨英雄之氣，所謂鳶飛唳天者，望峰息心；經綸世務者，窺谷忘返。學生沒有兩位先生的定力，不敢貪戀美景！」

「奉旨歸娶，你是捨不得美貌的妻子吧？」張采笑問。吳偉業燕爾新婚，不由臉上一熱，心裏卻萬分甜蜜。

雲巖寺在虎丘山頂，虎丘山不高，經平遠堂、千手觀音殿，便已看到寺門。雲巖寺是東南的名剎，千佛閣、轉輪大藏殿、土地堂、水陸堂、羅漢堂、伽藍堂等，一應俱全。三人敲開了寺門，一個小沙彌探頭出來，問道：「三位施主可是訪友的？」

「你怎麼知道？」張溥有些吃驚，錢謙益在此留宿沒有幾個人知曉，自己與張采、吳偉業來訪，更是沒有告知別人。

小沙彌合掌道：「錢施主正在會一位遠道而來的貴客，煩請三位施主暫到淨室寬坐片刻。」

一個小書僮早已等候在淨室門口，施禮道：「三位老爺請裏面稍坐用茶。」

三人進了淨室落座，見裏面一塵不染，但擺設極爲簡樸，一榻一桌，四把椅子，別無長物，床頭放著一把古琴，顏色斑駁，想必是流傳已久的名品。八仙桌上放著打開的絳色小包袱，裏面隱約看出有一個方正的函套，上面露出一冊石藍紙封面的古書，張溥取書在手，見上面題簽「戰國策」三個大字，展卷觀讀，口中不由驚異道：「牧翁的藏書果然精絕異常，這等的好本子實難一見呀！」

「老爺果然是行家！這部《戰國策》乃是南宋刻本，我家老爺上個月剛從無錫一戶人家花了兩千兩銀子買下，算起來，一兩銀子都買不了一頁紙呢！」時過境遷，小書僮說起來口中兀自嘖嘖稱奇，高高地伸出兩個手指，久久不能放下。

張采看著歷久猶新的墨色，點頭道：「這天下第一的善本，兩千兩銀子不算多。」

吳偉業平日只留意前人的詩詞文章，對版本目錄之學不曾究心，聽得十分枯燥，忍不住問道：「牧翁見的是哪裏來的貴客？」

小書僮看他有些焦急，笑道：「那位貴客眼生得緊，小的也是初次見面，不知道他的來歷，我家老爺沒有說，小的也不敢打聽。老爺若是心急，可親到後面的淨室去看。」

吳偉業見他年紀不大，說話竟是軟中帶硬，心知自己唐突了，登時大覺尷尬，起身出門，似見幾條人影蹤向牆外，悄無聲息，正自驚愕，卻見從後院急急走出一個老者，月光之下，依稀看出面容清矍，寬袍大袖，飄飄若仙。吳偉業數年前曾隨張溥到過虞山拂水山莊，認出此人便是領袖文壇的東林名宿錢謙益，急忙深施一禮道：「牧翁老前輩一向可安好？晚輩請安了。」

錢謙益也是一怔，說道：「是梅村呀！勞你肅立庭院，老朽心裏不安哪！」

「方才有幾個人影，卻又倏忽不見了……」

「隔牆花影動，疑是玉人來。你當眞風雅得緊！」錢謙益打斷他的話，邁步進了淨室。吳偉業心頭疑惑，難道是巡夜的武僧，或是看花了眼？

錢謙益進屋寒暄道：「天如、受先，勞你們久等了。」

「牧翁言重了。您老人家不顧舟車勞頓，我們後生小子等一時片刻，卻又何妨？」張溥上前見禮。

張采也笑道：「如此受教的良機，我們豈容錯過？再說您老人家大老遠地趕來，我們等了不過片刻，比起奔赴虞山請教，已是占了大大的便宜，哪裏算得上什麼久等？」

錢謙益捋鬚笑道：「長江後浪推前浪，老朽是辯不過你們這些復社領袖了。」

「小子不過是繼承東林復興古學的衣缽，聚些嗜好經史的同好，承蒙前輩和大江南北的學子抬舉，互通聲氣，怎敢當得領袖二字！要說領袖，我們也是唯東林五老馬首是瞻。」錢謙益、黃道周、文震孟、姚希孟、劉宗周合稱東林五老，乃是當年東林黨碩果僅存的名宿耆老，而錢謙益在《東林點將錄》中被稱爲天巧星浪子燕青，名位極高，眼下的聲望才幹無人能及，張溥在他面前自然不敢妄自尊大。

錢謙益聽了，輕咳兩聲，問道：「天如，老朽接了復社的傳單，知道你聯絡了我們五個老傢伙，此次大會究竟有什麼打算？」

「牧翁，自古讀聖賢書，當以天下爲己任，能爲朝廷出力，勝於獨善其身，如此才不負平生所學。」

「怎樣爲朝廷出力？」錢謙益取過書僮獻上的茶盞，呶嘴道：「唔——這是高山雪水泡製的三清茶，最能明目清心，一起嚐嚐。」

張溥三人各取一盞，輕輕用碗蓋打去水面的浮沫，數片嫩綠的龍井一芽一葉，葉開展如旗，芽尖細似槍，有梅花、松子、佛手點綴其間，淺啜一口，一股清香直達心脾，彷彿遨遊天外、餐風飲露的高人韻士徜徉在新雨後的春山。張溥看著錢謙益蒼眉下幽深的眸子，思忖著如何對答，他剛剛接到吳昌時自京中送來的密信，知道周延儒正給科道言官們交章彈劾，坐臥不安，想乘復社大會之機，務必聲援。吳昌時信中沒有明說言官們受何人指使，推測必是溫體仁所爲，不用說自己對周延儒知遇之恩心存感激，單只溫體仁的門生薛國觀誣告一事，張溥也與溫氏師徒勢不兩立。但此事甚爲機密，不能輕易洩露，尤其當年會推之事，周延儒、溫體仁聯手出擊，錢謙益落得鎩羽而回，罷職丟官，難保不對周延儒耿耿於懷，私心或許竊喜二人兩敗俱傷。

「果是好茶！清雅脫俗，滌盡俗氣，牧翁的修養功夫教人好生敬佩！」片刻之間，張溥思慮了許多，口中讚歎著將茶盞放下道：「復社尹山初次大會，尚屬艱難，多虧吳江縣縣令熊開元出了五百兩銀子，又將食宿一齊包下，才勉勉強強操辦成功。次年留都鄉試，復社中舉甚多，以致大會金陵，聲勢陡漲，遠勝尹山。復社辛未科北闈，大魁天下，有六十二人高中進士，佔了近兩成，因此復社的聲勢江浙以外，已遠播江西、福建、湖廣、貴州、山東、山西等省，各地入會同志多至二千餘人。復社能有今日的局面，其一是承接了東林文脈餘緒，其二則是各地專心科舉的儒生爲求高中而有意依附。倘若復社不與朝廷互通聲氣，下一科鄉試、會試勢必難以如願，難免令天下文士失望。俗話說：學成文武藝，貨與帝王家。天下父母莫不望子成龍，天下儒生莫不求取富貴，復社若不能教他們魚躍龍門，身登朝堂，哪個還願意入社？」

錢謙益將茶盞在桌上一頓，碗蓋跳起老高，濺出數滴茶水，他憤然不悅地責問道：「天如，你這番話雖是實事求是之言，可與當年東林的宗旨相去甚遠，未免少了許多骨鯁之氣。」

「哦？」張溥故作驚訝說道：「小子以爲復社與東林其實殊途同歸，只不過東林切直，復社曲折罷了。」

「好一個曲折，不過是諂媚朝廷的託辭！」錢謙益冷起臉面，張采、吳偉業不禁有些吃驚，實在沒有料到他會心火突熾起來。

張溥卻不驚慌，拱手道：「牧翁莫怒，聽小子剖白。余生也晚，不及親聆東林諸前輩訓誨，但也知道東林諸老個個都是盡心王事的好漢子！無時無刻不想著開太平、樂萬民，只是想的與做的未免有些貌合神離……」

砰的一聲，錢謙益拍案而起，拂袖怒道：「天如—— 東林人還沒死絕，容不得你如此詆毀！」

張溥起身賠笑道：「牧翁，您老人家先等小子將話說完，再怪罪也不遲。」

錢謙益緩緩坐下，在後生晚輩面前失態，未免少了洵洵長者之風，他見張溥笑得生硬，知道話說得既早且重，暗覺臉上一陣紅熱，冷聲道：「老朽正要領教高論！」

「東林諸前輩自居清流，特立獨行，高標自詡，爲胸中的正氣不惜拋頭顱灑熱血，確是天下臣子的楷模，可惜卻墜入了陽明心學的窠臼，耽於義理之辯而不明是非，不知變通。先儒鄭康成祖述聖人之說，以爲《易》道有三，其第二義即是變易，所謂窮則變，變則通，通則久。世事紛紜，以不變應萬變，只憑著一個理字走天下，如何行得通？當年魏閹尚未柄國之時，也曾想著借東林沽名釣譽，標榜於世，可東林嫌其聲名狼藉，恥與其爲伍，白白放棄了內廷的強援。浙、楚、齊、宣、昆諸黨也曾各自向東林示好，可顧憲成、孫丕揚、鄒元標、趙南星諸人，閉門不納，以致其他各黨聯手對付東林，相互攻訐，終爲魏閹所乘，痛下殺手，使東林人才凋零，一蹶不振。當今皇上雖翦除惡瘤，撥亂反正，東林卻難恢復往日的聲勢。究其緣由，是顧前輩等人意氣太盛，不論什麼事必要強分是非，甚至知其不可而爲之，不想避其鋒芒，韜光養晦，東林的大名雖說可萬古流芳，但畢竟後繼乏人，不免熱血空灑、襟懷難施！」張溥取茶吃了一口，接著道：「其實虛名最是害人，聖人說：君子疾沒世而名不稱焉。東林諸老品評時政，指摘公卿，妄與朝廷相對，朝廷以爲是者必以爲非，朝廷以爲非者必以爲是，實在有些走火入魔了。朋黨相爭，遺禍天下，這難道合乎東林諸老的初衷？」

錢謙益越聽越是心驚，臉色由怒變緩，漸漸蒼白起來，兩眼木然，不見了往日的神采，口中喃喃辯駁道：「你、你……是你太過功利，將權勢看得重了，忘了我們讀書人的本分！老朽且問你，我輩讀聖賢書，所爲何事？」

「哈哈哈……」張溥連聲長笑，起身道：「牧翁，小子早已想到您老人家會有此一問。文文山臨終盡節所言：孔曰成仁，孟曰取義，讀聖賢書所爲何事，爾今爾後，庶幾無愧！其實是不得已之言，牧翁不可以平常的心境而論。」

「哼！不得已之言？當眞是前人未發的灼見新知！」錢謙益大不以爲然，不由語含譏諷。

張溥不緊不慢道：「牧翁學富五車，領袖文壇，小子怎敢故作驚人之語？先賢將立德放在立功之前，並無他意，不過是要以德服人，以德致功，遵行修、齊、治、平之道，不可蔽於操守而昧於作爲。我輩讀書求仕，無非操持國柄，忠君報國，造福天下，實在別無第二種途徑。若固守自家道德，徒逞口舌之能，喋喋不休於義理之辯，既是以一己之私妨礙天下大公，不但有違朝廷舉才託付之恩，也難解黎民百姓懸望焦灼之苦。試想文文山是願一死成就美名，還是願提一旅之師，直搗黃龍，掃滅金國？」

錢謙益見他雄辯滔滔，似無休止，知道他心意已決，再難阻攔，一時無言再辯，長歎一聲道：「江山有代謝，往來成古今，眞是英雄出少年，老朽未免暮氣了，看來只好守在家裏，讀書爲文自娛，打發殘年了。」

張溥與張采對視一眼，不知他話中是誇讚還是慨歎。吳偉業見他神色帶著幾分頹唐，唏噓不已，心裏頓覺酸楚，想到他宦海大半生，實在艱辛，拱手道：「牧翁老前輩，看您老人家出門兒都帶著《戰國策》揣摩，自然胸中縱橫之術不竭，老驥伏櫪，志在千里，哪裏看出丁點兒的暮氣？」

錢謙益蒼然一笑，說道：「梅村，你倒能給我寬心。什麼縱橫之術，不過是避禍之道罷了。老朽自萬曆三十八年爲官，在宦海裏翻滾二十多年，遍嘗了人情冷暖，世事艱難，再也無心於此了。復社宣導復興古學、務爲有用，看來老朽只做得第一層了，第二層就由你們這些年輕後生躬行實踐了。」

張采問道：「牧翁不贊成務爲有用之說？」

「豈敢！」錢謙益擺手道：「老朽已過天命，年邁體衰，時日無多，有心將平生所撰的詩文編次成冊，刊刻行世，也不枉了讀書一場。」

張溥見他如此說，也不便勉強，附和道：「牧翁詞林健將、文壇領袖，專心立言，澤被後學，也是無上功德。」

「天如莫笑話老朽了，自古文章乃屬小道，一自命文人，則不足觀矣！老朽雖不敢稱明達，卻還是有自知的，萬不可拖累你們消磨了壯志。」錢謙益看著門外倚牆打盹兒的小書僮道：「時辰不早了，明日大會事務繁雜，老朽就不留你們了。」

張溥三人起身告辭出來，西天半圓的月亮正要沉落，四野一片黯淡，無數的山石樹木陰影裏，傳來蛩蟲陣陣唧噥之聲……

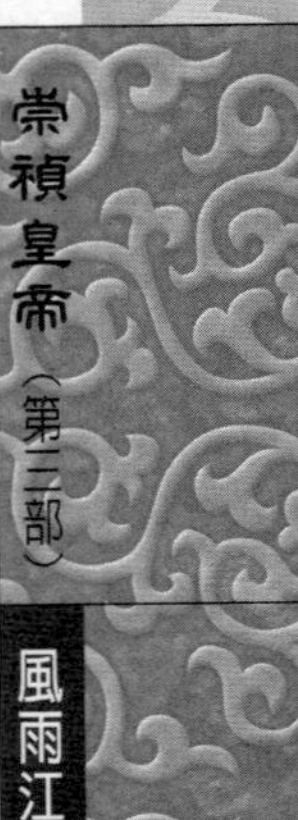
崇禎皇帝（第三部）
風雨江南

第十四回

聽崑曲狂批東林黨
造聲勢大會虎丘山

「師父——」把守在橋邊的那幾個書生急忙上前拜見，那漢子擺手命他們退下，伸手搭在少年肩頭，笑吟吟地看著他，忽然臉色一變，倏地收掌，低喝道：「姑娘，我們復社都是正人君子，你必要趕到山上，意欲何為？」

少年給他一掌壓得面色緋紅，聞言臉色登時變白，吃驚道：「你、你是誰？怎麼認出……」

錢謙益祕而不宣的遠道貴客，正是提督東廠的司禮監秉筆太監曹化淳，他奉了崇禎的密旨，帶著東廠的檔頭番子祕密來到了蘇州，住在了閶門外下塘花步裏的西園。西園乃是嘉靖朝的太僕寺少卿徐泰時的私宅，當年他回歸故里，擴建舊宅成東、西二園。西園由元朝時的歸元寺改建，寺中仍留有幾個僧人。徐泰時死後，其子徐溶坐吃山空，家境日漸衰敗，偌大家業不出幾年便千金散盡，兩處宅院歷經了四十多年的風雨，無力修葺，變得破敗不堪。曹化淳看中了西園的清靜，離虎丘又近，將西園整個包了下來，做了臨時的辦公場所。

酉時將過，曹化淳坐在西園臨水軒中吃茶，寺中的住持茂林和尚命人送來一桌整齊的齋飯，他胃口大開，吃得夠了，便將剩下的菜肴賞了幾個貼身的長隨，起身走到放生池邊，看了一會兒池中往來穿梭的五彩鯉魚，負手踱步上了湖心亭，見亭角的石階下伏著一隻暗青色的大鼉，折了一枝柳條戲弄一番，那大鼉撲通一聲跳到水裏，登時不見了蹤跡，曹化淳索然無趣，坐在亭中，眼望水面，悵然若失。一個檔頭飛步進來，呈上一個紅線束腰的全柬拜帖，稟報道：「廠公，有人來拜。」

「什麼人？」他悚然一驚，暗忖怎麼走漏了風聲。

那檔頭急忙道：「督主爺，來人口稱馮相公的故交，想必不是外人。」

「哦？命他進來！」曹化淳這才放下心來。離京南下，他沒有走水路，沿著官道一直向南。路過涿州，正好趕上四月的鄭州廟會，想到叔叔當年的故友馮銓家在涿州，趁機登門拜訪。馮銓是萬曆四十一年進士，因依附權璫魏忠賢而官至文淵閣大學士兼戶部尚書，加少保兼太子太保。崇禎繼位後，在抄魏忠賢家時發現了他爲魏閹所作的祝壽詩，奴顏卑膝，實在沒有大臣的體面，對他施以杖刑，貶爲庶民。曹化淳見了馮銓，因他歸隱林下多年，說起話來就不必句句謹慎，閒談之間稍微露了些許口風。那馮銓也是在官場上歷練已久的人物，洞澈世情，知道若非遇到緊要大事，皇上不會派遣宦官出京。

曹化淳取出大紅拜帖，拜帖用金陵雲錦製成，長達尺半，寬過五寸，上面以赤金絲盤成了眞楷細書的幾行小字：「曹公公左右：特備曲宴，略博一哂，恭候屈尊枉顧，不勝翹盼之至。渺渺小學生阮大鋮圓海百拜。」

曹化淳想到在涿州馮銓說過的那位至交朋友正是此人，心裏暗笑：這阮大鋮年貌履歷不甚明瞭，只記得他做過幾年吏科給事中，崇禎繼位之初，名列逆案，罷職寄居金陵。此人既與馮銓爲故交，年紀想必也不小了，竟自輕自賤地稱作什麼渺渺小學生，當眞是令人噴飯的奇聞，肉麻之極，心下卻大覺受用，問道：「什麼是曲宴？若玩那些曲水流觴的勞什子，那是窮酸文人的頭巾氣，沒大意思！」

「督爺，這裏的曲宴是邊聽曲兒邊吃酒，沒有什麼頭巾氣的。您老人家沒聽說過江南的三大家班麼？」貼身長隨是南直隸人，一口京白夾著吳儂軟語，躬身諂笑。

「什麼三大家班？」

「我的爺！這三大家班名滿江南，不知道有多少人做夢都想著一睹這些名伶的風姿呢！爺卻絲毫也不知曉！看您老人家終日忙，實在也沒有這份閒心。三大家班之首是紹興張岱家班，其次便是金陵阮大鋮家班，再次是長洲尤侗家班。其他什麼香囊班、琵琶班、麒麟班、連環班、浣紗班、金花班、繡襦班……只能算作不入流的小班了。」

曹化淳鼻子裏輕哼道：「這個阮大鋮好沒道理，以為咱們是遊山玩水，隨意走動，竟要到金陵去看戲？」

「督爺，不必勞動大駕遠赴金陵，他已將家班帶到了蘇州。」

「嗯！那為何還要等到明日？不必回話了，咱們連夜去看！」

曹化淳的臨時動議，可忙壞了阮大鋮。戲臺剛剛搭好，他已放大夥兒各自回去歇息，沒想到曹化淳竟要連夜來看戲，只得急忙將眾人召集起來，雖說忙亂不堪，但能將皇上身邊的紅人請到，心裏卻是十分歡喜。好在家班的伶人都是訓練有素，戲裝、曲目也都是現成的，不到一頓飯的功夫，收拾大致齊備，阮大鋮慌忙去大門口候著。不多時，一頂青呢小轎停在門前，曹化淳一身儒服從轎中下來，就見一個圓臉多髯身穿葛袍頭戴東坡巾的人迎上前來，笑道：「貴客臨門，蓬蓽生輝。快請！」

曹化淳不想張揚，聽他言語之中，並沒有半句洩露機密，心下暗覺中意，邁步進了中廳，那人將他讓在上座，納頭便拜，說道：「朝廷廢員阮大鋮拜見曹公公，皇上聖安。」

「平身，起來說話。」曹化淳皺了皺眉頭，一個除籍棄用的廢員按理說已無資格叩問皇上起居，他看著馮銓的面子，隱忍未發，問道：「看來阮世兄身在林下，仍是心懷魏闕呀！」

阮大鋮慌忙打躬道：「公公見笑了。學生多年遠離京師，陡見了公公，一時情不自禁，口不擇言，語出妄誕，公公海涵。」

「罷了。戲可備好？」

「正要請公公入席。只是……」

曹化淳聽他沉吟，問道：「有什麼話儘管說，不必吞吞吐吐的！」

「是、是。稟上公公，敝宅還有一人，稱與公公曾有數面之緣，想拜見公公，不知可恩允？」

「什麼來歷？」

「姓馬，名士英，表字瑤草，與學生同是萬曆四十四年的進士，去年剛從宣府巡撫的任上解職，流寓金陵。」阮大鋮看著曹化淳的臉色，小心應答。

「哦！這件事咱倒是知曉一二，馬士英也是個沒眼色的莽漢，他到任宣府，也不拜會鎮守太監王坤，這也罷了。動用數千兩的官銀饋贈朝中權貴，卻不肯出點兒血堵堵王坤的嘴，王坤是何等的資歷，咱也讓他幾分呢！焉能嚥得下這口惡氣？這等不知進退厲害，只顧前不顧後的蠢才，難怪王坤會容不下他了。他是自討苦吃，怨不得別人。」

「公公明鑒，瑤草也是一時糊塗，才有此疏忽，實在不是小覷了王公公，有心與他作對。如今瑤草追悔莫及，還望公公搭救。」阮大鋮從袖中取出一張大紅銷金紙箋，恭恭敬敬呈上。

曹化淳只微微瞥了一眼，隨手揣入袖中，他見上面工筆寫了一大溜兒的字跡，知道禮物不菲，淡然一笑道：「請他出來吧！」

一個矮瘦的漢子上前拜見，曹化淳含笑點頭，站起身來，問道：「今兒個是什麼戲呀？」

「曹公公儘管點來，世人雖然將學生的家班列名在第二，可最近幾年，學生專心排了幾出新戲，聲譽已可與張岱的家班並駕齊驅。」阮大鋮搶步再前面引路，眉飛色舞地誇耀著。

「就揀你們最拿手的好戲演來！」曹化淳一邊走，一邊看著庭院寂靜的四周，但見古木陰陰，花香襲人，這個院落想必是哪個世家的祖業，雖有幾分頹敗，但仍可見出往日的繁華景象。

「那就看一折《燕子箋》吧！」

「是新戲吧？咱眞沒聽過。」

馬士英賠笑道：「公公說得不錯。這是圓海兄新近撰寫的一齣戲，詞筆靈妙，爲一代中興之樂，實不下於湯若士的《玉茗堂四種》。」

「瑤草年弟謬讚了。」阮大鋮撫鬚笑道：「若說文采巧思，設景生情，學生的傳奇數種也算簇簇能新，不落窠臼，堪與若士先生比肩。若論自編自娛，本色當行，執板唱曲，粉墨登場；家蓄優伶，親爲講解，關目、情理、筋節，串架鬥筍、插科打諢、意色眼目，務必使伶人知其義味，知其指歸，湯先生還有不及之處！公公跟隨皇上多年，眼界自高，還要請教呢！」

曹化淳雖是內書堂的高才，其間所讀多是忠君報國的廟堂文章，不曾涉獵戲文豔曲，在宮裏當差多年，也不過是娘娘千秋節時看了幾眼《牡丹亭》、《琵琶記》，至於《浣紗記》、《繡襦記》、《邯鄲記》、《南柯記》、《紫釵記》等，更是聞所未聞，不過乍出京師，尋個熱鬧。他口中敷衍著，隨二人轉過遊廊曲巷，前面豁然開朗，竟是一處異常開闊的花園，彩燈高掛，明如白晝，家奴、伶人穿梭忙碌，園子的水池邊上憑空搭起一座戲棚，正中爲一大廳，大廳中部有立柱數根，四根前柱上都掛有對聯。戲臺後邊設楠木隔扇，上有名家畫的山水人物，兩旁懸掛大紅綢子的上下場門通往後臺，戲臺左右各有木梯可以上下，臺前居中擺放著一張八仙桌。四下環顧，松柏蒼鬱，綠波盪漾，舞榭歌臺，紅簷聳翠，眞是怡情快意的好所在。

曹化淳剛剛坐定，一個家奴提了大食盒上來，一個模樣清秀的丫鬟揭開盒蓋，陸續端出八大八小的十六碟菜肴，有松鼠鱖魚、碧螺蝦仁、一品官燕、蓴菜塘片、刺毛鱔筒、白汁圓菜、響油鱔糊、肺湯、帶子鹽水蝦、櫻桃肉、細露蹄筋、瓜脯銀魚餛飩、江南水八珍、整隻滷鴨，又端上一只砂鍋，裏面熱氣騰騰，是香氣四溢的萬三蹄，最後上來青花大碗，盛著金亮亮的蟹黃扒翅。曹化淳正要舉箸，丫鬟又端上四色的開胃果碟：金絲蜜棗、金絲金桔、白糖楊梅、九製陳皮。阮大鋮親自執壺斟滿了酒，三人舉杯同飲。曹化淳吃了第一道菜，叫得聲好，出手便賞了一兩銀子，及至吃到蟹黃扒翅，更是讚不絕口，賞了十兩銀子。阮大鋮見他吃得盡興，朝臺上揮一下手，班主會意，洞簫輕吹，隨刻開戲。

《燕子箋》所寫乃是唐代霍都梁與妓女華行雲及酈飛雲悲歡離合的故事，共分四十二齣，一半個時辰難以演完，阮大鋮只選了其中《奸遁》一折，鮮于佶竊割了朋友霍都梁的試卷，得中狀元，主考官禮部尚書酈安道欲將女兒飛雲許配給他，爲義女華行雲道破，酈尚書命他到家複試，鮮于佶交了白卷，從狗洞中逃走。笙管笛簫齊奏，上來一個一身華服的文丑兒，隨即是個花白鬍鬚的官服老者，不多時，上來一個略帶幾分妖豔的女子，三人交錯說唱。阮大鋮乘著說唱的間隙，指點著講解：「公公請看，那個扮作華行雲的，是敝班的當家花旦朱音仙，念唱做打，崑亂不擋。眞是扮什麼像什麼，端的惹人憐愛。」

曹化淳開始覺著熱鬧好玩兒，見那朱音仙長得果然出眾，粉臉桃腮，千嬌百媚。那朱音仙瞥見曹化淳不錯眼珠地看著自己，使出渾身手段，唱得十分賣力，聲調舒徐委婉，清麗悠長。曹化淳畢竟是去了勢的太監，已沒了喜好女色的本錢，看了半個時辰，覺有些膩了，崑曲的唱詞有如天書一般，聽不清片言隻語，聽得久了，不免焦躁，頭昏腦脹起來，耐著性子好歹聽到鮮于佶倉皇而逃，起身到一旁的水榭歇息。他看阮大鋮、馬士英意猶未盡的樣子，敷衍著誇讚道：「圓海先生果然高才，只是戲文畢竟屬於小道，沉湎其中，未免有些可惜了。」

「公公明鑑，學生其實也心有不甘，只是報國無門。」阮大鋮面現戚容。

馬士英打躬說道：「當年東林黨把持朝政，用人只憑一黨之私，就是皇上都給他們蒙蔽了。圓海兄看不慣他們意氣用事，寫成《東林點將錄》藉以諷喻，竟給人視作閹黨，名列逆案，天下當眞沒有公理可言了！好在還有公公這樣的耿介之臣，洞澈是非，我們就是冤死，心裏也感激萬分。」他說到此處，掩面悲泣。

「唔？」曹化淳放下茶盞，問道：「咱聽說圓海先生每次到魏忠賢府上拜謁，離開時都將名刺討要而回，以致查抄魏府時，並未見到丁點兒的憑據，可有此事？」

阮大鋮臉色一紅，說道：「公公說得不錯。學生當年迫於魏忠賢的淫威，不得不登門過府，但胸中終存忠義之心，不想諂媚求進，因此才將名刺討回。不想東林黨人卻以此大加攻訐，學生只得含恨棄官回籍。」

「那些東林黨人自視清高，其實心胸最是狹隘，所謂非我族類，其心必異，絕難容人，日日以攻訐爲能事，朝廷大事都敗壞在他們手中，再也不能縱容他們胡鬧了！」馬士英咬牙道：「那東林巨魁李三才，圓海兄稱他爲托塔天王晁蓋，其實卻是貪吝卑鄙的小人！大奸似忠，大詐似直，身犯貪、僞、險、橫四大罪，罷黜回家，兀自怙惡不悛，盜竊皇木，營建私第，華堂高屋，儼然王府皇宮，可是做臣子的腸肺？公公，東林自命清流，所作所爲盡是這等齷齪之事，藏污納垢，狼狽爲奸，眼裏哪有什麼君王社稷！他們放言朝廷以爲是者以爲非，朝廷以爲非者以爲是，與朝廷作對，分明無君無父之輩，萬萬姑息不得呀！」

曹化淳聽他說得痛心疾首，似有殺父之仇奪妻之恨，將手中摺扇抖開，復又合上，摩挲著扇柄上一個雙螭糾結狀的蒼玉墜子。那玉墜樣式奇古，隱隱透出數點血斑，經他反覆摩挲之下，緩緩生出一股沉香之氣。他放在鼻下輕嗅幾下，不動聲色地說道：「東林黨人多數已是明日黃花，不足爲慮了。你們如此聲討，未免小題大做了。」

阮大鋮起身拱手道：「公公可不能小覷了他們。如今東林陰魂不散，謬種尚在，不少後人依然結黨成風，復社既是東林餘孽，較之東林，更是有過之而無不及呀！」

「果有如此厲害？」

「圓海兄絕非危言聳聽，實在是憂心國事。東林黨人不過開個書院，講講學，發幾句無關痛癢的牢騷，大可置之不理，由他說去！哪朝哪代沒有幾個說閒話的人？可這復社卻不同了，不用說他們的聲勢遠遠超過東林，發傳單聚會，廣收社眾，單說他們對待朝政一節，已不滿足於清議品評了，與朝中大員相互援引，將社員陸續選送入仕做官，不少騖名逐利之徒更是奔走其門，以圖發跡。如此下去不出數年，復社的勢力遍布朝堂，就是不想干政都難！到那時，皇上怕都難左右了。」

「哼哼……張溥想以復社亂天下，不過是癡人說夢！萬歲爺何等聖明，豈能給他蒙在鼓裏？東廠也不是吃白飯的！」曹化淳連聲冷笑。

馬士英一喜，點頭道：「萬幸萬幸！這麼說皇上早有覺察了……那爲何還不派人捕殺？」

「這不是帶兵打仗，動不動打打殺殺的，勢必生出許多口舌是非，實在有傷萬歲爺的聖德，馬虎不得！對付這些讀書人，要用謀略，不能單憑武力。」曹化淳瞥了馬士英一眼，有些不屑地問道：「虧你還是個兩榜的進士，不知道齊太史和晉董狐的直筆麼？咱是替萬歲爺憐才，不是給他老人家招怨。」那齊太史和晉董狐是春秋時齊、晉兩國的良史，秉筆直書，不諱不隱，就是發蒙不久的童子也知曉一二，曹化淳說得如此盛氣凌人，馬士英登時面有羞色。

「公公高見！」阮大鋮聽曹化淳嘲諷之意甚重，心中隱隱有些不快，但揣摩之下竟覺大有深意，急忙笑道：「皇上是我大明立朝以來屈指可數的有道聖君，自然不能妄開殺戮，授人以柄，留下千秋穢名。再說朝廷正在用人之際，怎能因廢棄復社諸人而傷了天下英才之心，堵了用人之路？」

「那、那豈不縱容復社肆意胡爲了？」馬士英遲疑起來，他轉頭看著曹化淳道：「公公必要想個什麼法子，打壓他們囂張氣焰才好。」

「法子不是沒有，還是剛才那句話，東廠不是吃白飯的，不會任由他們做大！」

「那是、那是自然。」阮大鋮、馬士英躬身稱頌。

「別看復社眼下人多勢眾，熱鬧非凡，其實不過一盤散沙，張溥只是憑著科舉入仕一招，暫時籠絡住了人心。可是要將散沙捏成泥人，則是癡想了。他自家打不開利祿之門，還要仰仗朝廷，咱若將他的這點招數破了，他必然難以統領社眾。」

阮大鋮目光轉動，問道：「公公是說下一科北闈，將復社盡情斥落？」

「豈止是北闈，就是金陵的鄉試也要有些分寸，不可再像三年前那樣放縱了。」

馬士英滿臉堆笑道：「公公此計出人意表，確是釜底抽薪的妙策！」

「果能如此，復社就可不攻自破、煙消雲散了。不出三年，他們怕是再難自存於士林。」

阮大鋮陰惻惻地說道：「那時他們若敢鋌而走險，公公正好一網打盡，好似聖人誅少正卯一成一團了。」

曹化淳將摺扇收入袖中，起身負手，冷笑道：「怕是不用等到那時，他們內部早已爭鬥般，看今後有誰膽敢與朝廷作對！」

次日一大早，由閶門出城前往虎丘的官道上，儒服葛袍的文士絡繹不絕。蘇州是春秋時的古城，吳越爭霸之時，吳王夫差爲絕色美女西施築造館娃宮，風流韻事，天下豔稱。唐人李太白有詩曰：「姑蘇臺上烏棲時，吳王宮裏醉西施」，白居易浮想聯翩：「吳酒一杯春竹葉，吳娃雙舞醉芙蓉」。此後歷經魏晉隋唐，到唐末五代的吳王錢鏐，元末紅巾軍的頭領張士誠都定都此處，歷史勝跡極多，虎丘、盤門、石湖、靈巖、天平、虞山……更有歷代修造的精美園林——拙政園、留園、網師園、環秀山莊、滄浪亭、獅子林、藝圃、耦園、退思園等處，都是天下文人墨客流連嚮往之地。虎丘是吳中第一名勝，春秋時吳王闔閭在此修城建都，死後即葬在虎丘。秦始皇掃滅六國，一統四海，曾登臨虎丘攬勝。唐代詩人白居易任蘇州刺史時，鑿山引水，修七里堤，以後歷朝也多有擴建，虎丘景致更爲秀美，以致後人以爲到蘇州而不遊虎丘，實屬憾事。虎丘經歷朝的修護擴建，虎丘塔、憨憨泉、試劍石、枕石、孫武子演兵場、眞娘墓、冷香閣、第三泉、致爽閣、劍池、千人石、二仙亭、可中亭、悟石軒、白蓮池、大佛殿、千頃雲、五賢堂、平遠堂、小吳軒、放鶴亭、養鶴澗、湧泉亭、攬月榭、小武當、通幽軒、玉蘭山房、雲在茶香、擁翠山莊……處處花團錦簇，令人目不暇給、流連忘歸。

山塘街距離虎丘不過七里的路程，緊挨著白公堤，本來就是店鋪林立的商埠，此時正趕上復社大會天下文士，街上人頭攢動，笑語雜遝。豔裝女兒，倜儻少年，黃髮老者，垂髫幼童，如湧如流。山塘河中，畫舫遊船，穿梭往來，絲竹管弦，樂聲如縷。山塘水碼頭邊，一隻烏篷小船緩緩近岸，在潔淨整齊的石階旁泊穩。一個清秀的儒服少年輕手輕腳地下了船，走入岸上如織的人流中。少年緩步而行，半個多時辰，才遠遠望見虎丘山麓下，提籃賣花，泥人雕塑，耍猴練藝，熱鬧更勝山塘。尚未踏進頭道山門，看到隔河照牆上嵌有「海湧流輝」四個大字，山路兩旁怪石嶙峋，刀削斧劈一般。一座石橋橫跨環山河，便是有名的海湧橋，石橋下豎起一塊木牌，上面寫著：「復社大會天下文士，虎丘狹小，行走不便，請閒雜人等一律迴避。復社同仁敬啓。」木牌四周立著幾個青壯的書生，勸阻著上山的行人。爲首的書生見了儒服少年問道：「這位仁兄眼生得緊，可是趕來聚會的？」

儒服少年駐足打躬道：「正是。」

「敢問台甫？」

「這個……」儒服少年略一沉吟，眼珠轉了幾轉，笑道：「小弟姓柳，名隱。」

那書生抱拳道：「原來是隱兄，失敬失敬。」

「小弟草字如是。」

「柳如是？」那書生蹙眉思忖片刻，輕輕搖搖頭，看了身後眾人一眼，伸手從懷中掏出一個小冊子來，又問道：「仁兄仙鄉何處？」

「不敢，小弟生在雲間。」

那書生將手中的小冊子急急翻開，一目十行地看過，冷笑道：「這名冊上有松江府四縣的復社社員名錄，總共四十一人，並無仁兄的名諱。」說著一指身後的木牌道：「既不是復社同仁，請回吧！」

儒服少年急道：「是西張先生教我來的，你也要阻攔？」

「哈哈哈……」那書生連笑幾聲，說道：「西張先生大名響徹寰宇，道德文章，天下有誰不知？若個個都說是他老人家舉薦而來的，整座虎丘怕是也盛不下了。」

少年臉色微紅，怒道：「這虎丘乃是天下名勝，又不是你們自家的祖產，你們來得，別人怎麼卻來不得？」

絡繹趕到石橋邊的遊人聽少年說得有理，紛紛叫喊助威道：「是呀！這山不是你們復社的，怎能這般隨意霸佔了呢！」

那書生看看要犯了眾怒，向外作揖道：「大夥兒不要受他蠱惑，我們復社只是佔用虎丘兩日，因山上地方有限，容不下再多的人，怕出了什麼意外，還請大夥兒海涵。」

少年得理不讓人，見有人助陣，底氣更足，吆喝道：「腳長在自家身上，失足落崖也是天意，哪個要你們管了？」

「我們也是一片好意……」那書生見橋邊的人越聚越多，少年又一味歪纏，不禁有些驚慌，額頭沁出細細的汗珠。

少年趁機喊道：「讓不讓過去？若再阻攔，我們可硬闖了！」

「別別別……」那書生與身後的幾人一齊張開胳膊阻攔，說道：「誰家的讀書人不願有個清靜所在？作詩論文比不得其他營生，喧鬧不得。大夥兒多……」

「不行！這不是瞧不起我們麼？你們自顧吟你們的詩詞做你們的文章就是，難道我們上虎丘遊玩的資格都沒了？」

「這位小哥兒，不必心急。」一個略微低沉的聲音傳來，眾人循聲望去，只見一個身穿煙色道袍的漢子從橋對面過來，不知他如何走動，倏忽之間就擋在少年面前。

「師父——」把守在橋邊的那幾個書生急忙上前拜見，那漢子擺手命他們退下，伸手搭在少年肩頭，笑吟吟地看著他，忽然臉色一變，倏地收掌，低喝道：「姑娘，我們復社都是正人君子，你必要趕到山上，意欲何為？」

少年給他一掌壓得面色緋紅，聞言臉色登時變白，吃驚道：「你、你是誰？怎麼認出……」

「在下喻連河。姑娘雖說拔去了釵環，但耳根上的環孔宛然，焉能逃得過在下的眼睛！」

少年摸了一下耳垂兒，粉面一時通紅，跺腳恨道：「你、你們欺負人！我、我……」掩面哽咽。

眾人這才明白過來，紛紛議論道：「原來是個女娃子，我說她個子這般嬌小呢！」

「這麼如花似玉的小女娃兒喬裝改扮了，想必是偷著來會情哥哥。」

「嘖嘖嘖……看她粉面桃腮的，像塘裏的嫩藕，不知哪個後生有這般豔福……」

少年轉過身去，埋頭抽泣。喻連河怕她害羞，忙對眾人道：「她既來找心上人，我帶她去山上就是了。人家女孩兒臉皮薄，大夥兒散了吧！」眾人一陣哄笑而去。幾個書生上前攔道：「師父，萬不可放她進去，若是奸細怎麼好？」

喻連河點頭問道：「姑娘，你老實說，到底是誰教你來的？」

「我、我不是早就說了了嗎？你們還要來問！我、我哪裏是什麼奸細了……」

「師父，她自稱柳如是，說是西張先生舉薦來的。」

「柳如是？」喻連河低頭沉吟片刻，說道：「眞名也好，假名也罷。既是社魁相約，柳姑娘請上山吧！」

「師父……」幾個書生大急，喻連河微微一笑道：「你們怕什麼？她一個不懂絲毫武功的孤弱女子，你們也這般如臨大敵！我陪她去見西張先生，你們在此好生留些心。」

幾個書生見喻連河出掌片刻，就已試出對方的底細，各自佩服，目送他二人走下橋頭。二人一路上山，只見山道上極是乾淨，想必已給人打掃過了，轉入正山門，便有幾名復社弟子在兩口水井旁搭起帳篷，備了茶水點心，迎接四方賓朋，足見這次盛會準備得甚是周到。

轉過二山門的斷梁殿，有幾個青壯書生在此把守，見了喻連河紛紛頷首致意，無人阻攔。喻連河聽身後嬌喘微微，放慢腳步道：「虎丘本是一隻老虎變的。正山門前臨河的那個大踏渡是虎嘴，那兩口井是虎目；剛才轉過二山門的斷梁殿是虎的咽喉。你如今已到了老虎的肚子裏，想逃出去就難了。」

柳如是聽出他話中的弦外之音，燦然一笑道：「前面不是有座劍池麼？等我取了扁渚、魚腸寶劍，就把這隻老虎開膛破肚，看它如何再吃人！」

「你一個女娃家，也敢拿刀動槍的，卻也稀奇。」喻連河輕笑道：「你可來過虎丘？」

「不曾。」柳如是兩眼左右顧盼，看著四下的美景。虎丘果然不愧吳中東南第一名勝，山勢雖不高聳險峻，只有數十丈上下，但山道兩旁草色深碧，雜花叢生，一陣陣香氣沁人心脾。

喻連河指點著說道：「那是憨憨泉，此泉已近千年，依然清冽淳厚，傳說井中之水可醫治眼疾。要不要喝一杯憨憨泉煎煮的虎丘白雲茶解解渴？」他見柳如是搖頭，指著山頂八角形的木塔說道：「到了這裏，已走了一半的路程，那就是虎丘塔。」

柳如是抬頭仰望，果見綠樹叢中聳立著一座古塔，塔下隱隱露出一角紅牆，想必是座寺院，又聽喻連河解說道：「那寺院名雲巖寺，此次大會原想在那裏舉辦。只是寺廟的大雄寶殿、萬佛閣、方丈樓觀，因前些年失火，一夕而毀，今年趕來聚會的人又多，怕是侷促了些。」

說話之間，過了二仙亭、試劍石、眞娘墓、冷香閣，虎丘塔已在眼前，卻見廟門內出來數人，爲首的一人峨冠博帶，正是張溥。不等喻連河引見，柳如是早已搶步上前長揖道：「西張先生，我找你找得好苦呀！」

「你是……」張溥拾級而下，見是個身材矮小的書生，不禁怔住。

柳如是將頭上的方巾取下，露出如雲的長髮來，略帶羞怯地笑道：「先生忘了婢子了？」

「哎呀！竟會是你！楊影憐，你幾時到的？」張溥伸手將她拉住。

柳如是瞥了一眼喻連河，說道：「是給喻兄一路陪來的。」

張溥大笑道：「你這小丫頭身分可尊貴得緊！這是咱們復社第一高手，竟做了你的保鏢！」

喻連河急忙辯解道：「此女喬裝而來，說是赴先生之約，我見她形跡可疑，不敢大意，就送她來了。她方才還自稱姓柳名隱字如是，不敢以眞面目示人呢！」

「如此盛會，人多眼雜，是該小心。我聽說不少百姓吵鬧著要上山，給你們攔下了。還是放他們進來，隨意觀覽。我們做的又不是什麼見不得人之事，怕什麼？惡人搗亂自然要提防，但切不可因此擾民，污了復社的淸名。」一席話正大磊落，說得喻連河面色羞愧，點頭道：「我這就下山命他們開禁放行。」

張溥朝柳如是招手道：「來來來，我給大夥兒引進引見，她是盛澤鎭歸家院徐佛的女兒，我去年南歸的路上，曾與她有一面之緣。別看她年紀不大，卻是冰雪聰穎。」說著給旁邊的張采、吳偉業、陳子龍等人引見一番，楊影憐一一施禮相見。眾人見她一個十幾歲的弱女子，遠道趕來，暗讚她膽氣過人。

張溥道：「你倒果眞精靈古怪，竟打起了啞謎，楊柳不分，隱去眞名，作如是觀。竟比眞名還要大氣呢！」

「既經先生品評，那婢子索性趁機改了吧！」

「也好。此次會場改在千人石，如是，你先梳洗一番，略作歇息。臥子，你留下陪她。」說完，領著眾人下山去了。

柳如是上下打量了眼前這個青年書生，身材秀挺，眉宇之間透出一股英氣，不似平常的讀書人那般孱弱，心頭不由一陣鹿跳，微微低頭謝道：「有勞了。」

「在下陳子龍，姑娘隨我來。」轉身便要進寺。

「臥子兄，寺中既有僧人，反不如找個僻靜處方便。」

陳子龍思忖片刻道：「陸羽泉邊想必人少些，姑娘可到那裏梳洗。」

陸羽泉在冷香閣北側，本是一口古石井，約一丈見方，四面石壁，極是幽深，井旁的石壁上藤蘿蔓繞，四下寂靜無人。陳子龍道：「冷香閣的右側便是千人石，想是大夥兒都去了前面，難怪如此清靜。」用井邊的木桶打上水來，給她盥洗。

柳如是十指纖纖，掬水在手，果覺清寒無比，霎時暑熱頓消。她聽著千人石那邊人聲鼎沸，心裏急著要去看會，將帕子浸濕，擦拭了臉頰，轉身便走。陳子龍大步追上，二人並肩而行，但覺一縷暗香沁入鼻孔，他不禁心馳神蕩，暗想：哪裏是什麼作如是觀，分明是應了《金剛經》上那句話，如是我聞。她若是脫下儒服，換了女兒裝束，薄施脂粉，挽起八寶髻，斜插著一支色澤光潤的玉釵，衣袂翩躚，明眸皓齒，還不知是怎樣動人的模樣？

千人石是整塊暗紫色的大磐石，天然生成，二畝見方，由南向北傾斜，平坦如砥，氣勢雄偉，中有兩岩石凸起，頂面平坦，四壁如削，可坐千人，實爲罕見。相傳春秋時吳王闔閭陵墓建成後，將千餘名修墓者召集在此，設鶴舞助興，暗賜鴆酒，工匠們口吐鮮血，毒發而亡，染紅了大石，平日石色暗紫，一到雨天，便殷紅如血。到了晉代，高僧竺道生在此聚眾大講佛法，口吐蓮花，說得頑石點頭。千人石處在半山腰，正是虎丘的中心位置。此時千人石上聚滿了儒服的書生，碩大的千人石竟顯得有些狹小了。大會尚未開始，只聽得一片嘈雜之聲，各地方言鄉音交會起來，眾人眼裏放著興奮的光芒，一邊談笑著，一邊朝大石中心觀望。柳如是身子矮小，只得鑽入人群，擠到前面。陳子龍怕她有什麼閃失，緊跟在身後。

千人石中央用木板搭起的一座臺子，居中依次排著四張椅子，每張椅上都鋪了錦緞。張溥、張采陪著一瘦一胖的兩人上臺，將那個面容清矍的老者讓到首席。那人布鞋白襪，一身華服，身形高瘦，灰白的鬚髮一絲不亂，一雙眼睛炯炯有光，令人不敢逼視，他掃視了臺下一眼，哈哈笑道：「天如，你是復社魁首，自然該坐首座，老朽今日到來只是觀禮道賀，本不該上臺做戲，丟人現眼，你既不允，老朽只好答應露露面，卻怎麼好如此倚老賣老？」

張溥動情道：「你老人家是東林名宿，你若執意不肯，哪個有資格來坐？」

「也好，常言說：在野莫如齒，在朝莫如爵。我等既是散居鄉野，優遊林下，我就賣賣老了。」老者招呼道：「起田，那咱們就別客氣了。」

那個略胖些的中年漢子，穿件藍布長衫，廣額隆準，鬚髯戟張，軀骨魁偉，極似帶兵衝殺疆場的武將。他聽老者喊及自己的表字，急忙上前答應道：「全憑恩師吩咐。」挨著老師坐了次席，張溥、張采這才依次坐下。柳如是問陳子龍道：「那倆人怎麼這般托大，竟要坐首席？」

「說起這二人的資歷，坐首席也是不爲過的。他們是東林元老，那個年長的就是錢牧齋先生，另一位是他的弟子瞿起田先生。似他們這等身分的東林名士，在世的不多了。」前塵舊事，撫今追昔，陳子龍不勝唏噓。

「牧齋先生的風采果眞天下獨步，偌大年紀了，氣度絲毫未減。」

陳子龍見她小小年紀，卻似多年故交一般品評前輩，正要取笑她，卻聽有人大喊道：「牧老——，您老人家來評評理！弟子要入社籍，他們偏偏不讓，復社竟這般容不得人麼？」一個三十歲上下的儒服男子擁擠到臺下，攀著柱子朝上大叫。

張溥見他在眾人面前評論社務，心下有些惱怒，但聽他口稱牧老，似與錢謙益極有淵源，礙於情面，笑道：「這位仁兄不妨上臺指教。」臺下喻連河急得連連使眼色，他只作不見。

「天如，此人有些眼熟……」錢謙益思忖著，有些遲疑。那人早已飛跑上了高臺，跪倒在面前叩拜道：「鄉晚輩拜見牧老，求您老人家主持公道。」

「你是……」錢謙益仍未想起此人是誰。瞿式耜卻冷哼道：「怎麼是你？」

那人連連彎腰道：「晚生曾到半野堂拜過牧老。」

「噢，你可是張、張漢儒？」

「牧老好記性！正是晚輩。」張漢儒一揖到地，神態極是謙恭。

錢謙益想起此人本是常熟的一個土財主，花了一百兩銀子，捐了個秀才，其實並不曾入泮讀書，卻假作斯文，喜歡與名士交往，藉以沽譽。去年冬天，他託人帶了厚禮要列入門牆，執弟子禮，被婉言謝絕，將禮物退回。可此人仍不死心，竟花了幾千兩銀子，搜購到宋版《元微之集》，用錦匣盛了，扮作書賈模樣送到半野堂。《元微之集》乃是唐朝名詩人元稹所著的詩集，錢謙益極喜他的詩風，藏有明代翻刻本和明人抄本兩種，但都有不少缺字，常常深以爲憾，因而一見宋版，略一翻看，便知道此本乃是自家所藏抄本和翻刻本的祖本，完整無缺，欣喜若狂，急問價錢，書賈卻笑而不答，再三追問，才說此書是少宗伯的記名弟子所贈，您老人家若是喜歡，只管留下，不需半兩銀子。錢謙益問了那弟子的姓名，聽說是張漢儒，暗稱僥倖，倘若自家一時貪婪不察，一部宋版書賣了個師徒名分，傳揚出去，豈非名聲大損？便將書原封包好，淡淡說了聲：「太破費了，我擔當不起。」打發他走了。想起那件齷齪之事，仍有幾分惱怒道：「你來虎丘何事？」

「聽說復社在此大會，晚生與牧老忝爲鄉親，一直頗有私淑之意，卻無緣榮列門牆，想請牧老幫忙加入復社，萬望不要推辭。」

「好生做個鄉紳有什麼不好，何苦定要加入復社？」

「萬望成全。」

張溥見張漢儒尷尬萬分，說道：「我復社廣開門路，招攬天下英雄。仁兄爲何不在常熟入社籍，卻偏偏趕到虎丘？」

張漢儒冷笑一聲，恨恨說道：「常熟復社給幾個人把持著，學生再三申請加入，都被無端駁回了，不得不到虎丘當面問個明白。」

錢謙益道：「天如，如今復社勢力大增，天下爲之矚目，越是如此，越不可大意，萬不可自降門禁，魚目混珠，積成內患，亂了陣腳，給人可乘之機。」

張溥訕笑兩聲，說道：「吉時將到，不好因仁兄一人耽誤了大夥兒的盛事，且退在一旁觀禮，社籍之事過些時日再議。」擔心張漢儒一味糾纏，起身喊道：「吉時到——」兩旁數人一起吆喝：「請神位——」

張漢儒怨毒地看了錢謙益一眼，退下臺去，遠遠看著幾個青壯書生抬著一張寬大的供桌上臺擺好，桌上放了一座金光閃閃的宣德爐，盛滿精心篩過的細沙土。數個儒服的少年排成一隊，每人雙手垂在胸前，赫然捧著一個梓木神牌，依次寫著顧憲成、李三才、葉向高、趙南星、鄒元標、馮從吾、陳大綬、楊漣、左光斗、魏大中、周朝瑞、袁化中、顧大章、高攀龍、周順昌、周起元、繆昌期、李應升、周宗建、黃尊素等人的官銜、名號，整整齊齊地擺在供桌上。

「上香——」一聲唱和，迎神之樂大作。錢謙益、瞿式耜、張溥、張采四人各自盥洗乾淨雙手，拈香祭奠，臺下眾人呼啦跪成一片，一齊叩拜東林先賢。

「且慢行禮，我家二爺有話要說！」忽然幾個鮮衣的壯漢擁擠到臺前，個個滿臉橫肉，儼然權門豢養多年的豪奴，出言阻攔。

張溥大怒道：「什麼人如此囂張？竟敢到這裏來擾亂！」他掃一眼喻連河，卻見他早已帶著幾個弟子攔在了豪奴面前。驟停的樂聲又響亮起來，驚嚇而起立的眾人又緩緩跪倒叩拜。

第十五回

謀利祿鄉紳求社籍
受名號黨魁比先賢

「若給你算計了，還一絲不覺，豈非太愚笨無知了？」一個身背竹簍、頭戴竹編大涼帽的農夫急步走上高臺，放下竹簍，摘下涼帽扇了兩下，朝上一揖，拜過錢謙益、瞿式耜二人，才向張溥、張采拱手道：「天如、受先，別來無恙？」

「樂止——」，「禮成——」。錢謙益、瞿式耜、張溥、張采四人起身落座。張溥抬眼望望山道，忽見從鑄劍池旁邊轉出一頂竹絲涼轎，向千人石飛奔而來。轎後跟著一群家奴，有的拿著雨傘，有的提著食盒，有的捧著茶具，還有一個瘦小的書僮竟攜著一個朱漆的馬桶……眾人一路簇擁著涼轎，跑得吁吁帶喘，卻個個次序井然。涼轎一停，扶轎的家奴急忙打起斑竹簾，從上面上來一個五十來歲、乾瘦的老頭，微微駝背，青紗羅暗補子直身，粉底皂靴，手裏搖著一把蘇樣竹扇，笑吟吟地向高臺走來，一邊緩步拾級而上，一邊拱手道：「來得還算是時候，若再耽擱便遲了。」

喻連河見他前呼後擁，聲勢烜赫，又見他一身四品補服，不知是什麼樣的大人物，遲疑之間，見他將要闖到臺上，騰身躍起，攔在他面前，冷冷說道：「此次復社大會並未驚動官府，大人屈尊前來，有什麼貴幹？」

那人只覺眼前一花，憑空多了一個大漢，驚愕道：「什麼？倒也沒什麼貴、貴幹，只是過來看看。」

「既如此，大人盛情，復社心領，不敢叨擾大人公務，請回！」喻連河伸手擋在那人面前。

那人面色一寒，厲聲說道：「咱從浙江烏程而來，不畏天氣炎熱，一路奔波四五百里，也是一片赤誠之心，復社號稱士林領袖，仁義禮智信足以表率天下，不料卻如此待客，好生教人心酸齒冷！張天如，這便是你們復社的待客之道麼？」

「豈敢！大人遠道而來，請坐下歇息。」張溥起身拱手。

那人卻不立刻上臺，站在級上朝下擺手，一個家奴急步上前，從冰桶裏取出一條雪白的汗巾遞上，那人將額頭的油汗擦了兩把。又有一個家奴上來，問道：「二爺要喝什麼解暑？」

「都帶了什麼？」

「有藿香正氣丸、六合定中丸、金衣袪暑丸、香薷丸、萬應錠、痧藥、避瘟散，菊花水、蘆根水、竹葉水……還有消食的三仙飲……」

「不要囉嗦了！喝菊花水吧！」那人取過細瓷小盅一飲而盡，張溥等人看他如此作派甚覺不屑，卻也驚訝此人如此豪奢，出門都如此講究，平日在家裏的排場可以想見了。

那人搖著竹扇，歉然說道：「見笑見笑。咱生性最怕溽熱，但不願錯過此次盛會。」他邁上高臺。四人之中，錢謙益居官品級最高，做過三品的禮部侍郎，被尊為少宗伯，但已罷職鄉居四五年，見了在職的官員理應見禮，這是朝廷的成例，不可違背。錢謙益看了那人身上的補服，不敢輕慢，起身打躬施禮。瞿式耜、張溥、張采三人品級雖低於四品，因不是僚屬，不必跪行大禮，也只是長長一揖而已。

那人一邊答禮，一邊笑道：「咱是來入社的，怎當得起如此禮遇？」

張溥問道：「大人上下如何稱呼？」

「姓溫字育仁。」

錢謙益一驚，問道：「閣下是烏程溫姓，敢問與溫閣老可有淵源？」

「那是胞兄。」溫育仁頷首道：「牧老與胞兄有舊？」

「不過數面之緣，溫閣老貴爲次輔，老朽哪裏高攀得上呀！」錢謙益想起那年在朝堂上當著皇上的面兒與溫體仁爭辯科場舞弊之事，給人誣陷的滋味登時湧上心頭，又氣又怒，不由語含譏諷。

不料，溫育仁多年來給人奉承慣了，絲毫沒有理會，擺手道：「什麼高攀不高攀的！今後有兄弟這條門路，有事不過一句話的事，不難不難！」

瞿式耜聽他夾七夾八說得粗俗，頗多江湖習氣，冷笑道：「我們俯仰不愧天地，倒也不求什麼人！」

張溥聽他話中微露鋒芒，怕他按奈不住火氣，忙說道：「承溫大人如此看重復社，實在感激！只是大人官高爵顯，復社也幫不得什麼忙，未免大失所望。」

「咱並沒有什麼奢求，只要名列社籍，自然心滿意足。我聽說社員日眾，而財力入不敷出，我薄有家資，每年捐出一萬兩銀子。」

「是溫閣老的意思，還是大人自家的意思？」

「有何不同？」

「沒什麼不同，只是復社的社籍實在值不了這麼多銀子。」

「怎麼，你還嫌銀子咬手麼？」

「不光咬手，有時還會噬心呢！」

「你……你是說我這銀子不乾淨？」

「大人銀子的來路，我不好打問，烏程溫府名滿江南，有幾個不知曉的？」張溥想著湖州府附郭首縣烏程，大半的田地盡歸了溫家，這一萬兩銀子還不是佃戶的骨髓血汗？復社若拿了他的銀子，豈不是爲虎作倀？由東林累積而成的聲譽瞬間就會付之東流了。他暗自發狠道：「義利之辯，聖人古有遺訓，豈能因此小利泯滅了天良？」

溫育仁冷下臉道：「這麼說咱入社的事也不成了？」

「大人是朝廷命官，豈不辱沒了官聲？」

「我這四品補服，不過是花了三千兩銀子捐來的，從未實授過。」溫育仁將摺扇一收，說道：「張溥，既然這樣，咱就明說了。周延儒是你的座師，是當朝首輔，但要想抱他的粗腿，卻也沒那麼容易！一棵大樹，想要乘涼的人多了，就算到了樹下，會有多大用處？他引用大同巡撫張延拱、登萊巡撫孫元化，又使他哥哥周素儒冒充錦衣衛籍，謀了個千戶的職位。就是家奴周文郁也成了升天的雞犬，被擢升爲副總兵，而你還不是給逼出了京城？不燒冷灶，就想坐熱炕頭，哪有如此好事！咱勸你不要打錯了算盤，找錯了家門！如今姓周的自身難保，還顧得了你嗎？當真好笑！」

張溥臉色鐵青，咬牙道：「我做事自有分寸，不煩大人費心勞神。道不同不相與謀，大人請回！」

「哈哈……咱自然是要走的，哪個也攔不住！可走之前，咱還有件事要拜託天如先生，煩請仗義援手。聽說你素來嫉惡如仇，想必不會推辭吧！」

「大人言重了。我張溥一介儒士，頭上沒有烏紗，手裏沒有銀子，有何本領能幫大人的忙？」

「天如名滿天下，此事非你不可呀！」

「大人究竟有什麼事？」

「替咱寫個狀子，不不不……寫個揭帖……嗯，或是檄文，多少潤筆你儘管說。」

「大人要告哪個？」

「周延儒。」

「哼！大人找錯了人，你要告的人與我有師生之誼，你看我可是欺師滅祖的無恥之徒麼？」張溥臉色陡變，聲調隨之高了起來。

「聖人說當仁不讓於師，咱正因你是周延儒的門生，才請你動筆，實在不想教你因有他那樣魚肉鄉里、胡作非爲的座師，而壞了自家的名節。」溫育仁拱一拱手，譏諷道：「咱本佩服復社都是名聞天下的清流君子，也有入社的打算，不然也不會巴巴地到這裏來。」

張溥冷笑道：「承教了。我在京城時對尊兄與吾師之間的恩怨也有所耳聞，我堵不了你的嘴，隨你說去，只是要我寫什麼狀子、揭帖，萬萬不能！我做事無愧本心，名節也不會因此有什麼污損。」

「周延儒何德何能，你們還這般尊奉維護他？他做的那些壞事還少嗎？朝廷裏的明爭暗鬥咱且不管，也無須論道，但說周家在宜興作的孽也是罄竹難書了。」溫育仁撚著髫鬚，詫異道：「周家老宅近日出了件大事，你們不曾聽說？」

眾人一怔，復社之中宜興籍的社員不多，只有徐懋賢一人，他早早來到了蘇州，離家多日，想必也不知道消息。復社社眾遍布大江南北，這等消息卻不知道一絲一毫，張溥暗覺失了顏面，不露聲色地緩緩問道：「大人說的是哪件事？」

溫育仁雖讀書不多，終是久經世事的人，不是泛泛之輩，聽他問得心虛，心下一陣好笑，並不搭腔，揉揉雙腿道：「哎呀！坐慣了太師椅，站了這片刻，雙腿竟酸得難耐，眞是老而無用了。」

張溥丟個眼風給喻連河，喻連河搬把椅子上臺，卻又惱他拿腔作勢，重重一頓道：「請坐吧！」

「這不妥吧！你們復社正在大會，咱若坐下亂扯，豈不是耽擱了這麼多人的工夫？不妥不妥，還是改日再敘的好。」擺手辭讓著折身欲走。

張溥心裏焦急，以話激他道：「大人若推辭不說，稍後宜興訊報到了，我們可沒工夫候教了。」

溫育仁本就沒有要走之意，在椅子上一屁股坐下，搖著摺扇說道：「天如既想知道，怎好駁這個面子？若不耽誤眾位聚會，說說也無妨。」他伸手做了個取茶的模樣，家奴提著一個剔紅的食盒急急跑上臺來，從盒中取出一個金茶壺一隻金杯，斟了涼茶，雙手奉上，等主人取過吃了幾口，才小心地收好，提了食盒下臺。張溥幾人忍著性子等著，心裏暗笑此人當眞俗不可耐，瞿式耜漲紅臉，兩眼圓睜，恨不得搶身上前，奪了那金壺金杯，摔在臺上，再踏個稀爛！臺下眾人見溫育仁如此誇富爭強，有的嘖嘖讚歎，有的小聲咒罵，不住交頭接耳。

溫育仁渾若不覺，又從袖中取了絲巾拭去鬍鬚上的茶漬，才清清嗓子說道：「周家祖墳給人刨了。」

「什麼，是誰這麼大的膽子？」眾人不由瞪大了眼睛，紛紛驚呼，臺下登時嘈雜起來。錢謙益、張溥四人各覺驚疑，此事當眞非同小可，不用說刨了當朝首輔家的祖墳，就是白丁書生、平頭百姓之家，也是莫大的恥辱，非有深仇大恨，斷不會做這等甘冒天譴有損陰騭的惡事！他們知道溫育仁的胞兄溫體仁與周延儒勢同水火，但見他心平氣和地說出，沒有丁點兒賭咒發狠的模樣，顯是絕非戲言。張溥不覺心頭一陣陣沉重，額頭浸出細細的汗珠，一時想不透怎麼竟出了這麼大的亂子？

溫育仁見他們面色冷峻，沉默無語，笑道：「讀書多了，涵養的功夫果然不同尋常。要不然咱怎麼總給哥哥罵呢！心裏頭藏不住事兒，定要吵嚷出來才痛快。你們雖不說話，咱也能猜出一二分來。你們必是在想出了這麼大的禍，府縣衙門幹什麼去了？都吃白飯麼？首輔家的祖墳也不過三十幾畝的地方，還守護不住？你們還眞想錯了，不用說府縣衙門，就是撫台大人調撥全省的兵馬，也未必彈壓得住！那人多得……」

瞿式耜再也忍不住，打斷他的話道：「不必扯得那麼遠，有話直說最好，我們這些人還分得出黑白曲直，不須費心解說。」

「那好那好。話說起來就長了，咱最不喜歡給人半路打斷，大夥兒可要耐得住性子，不要胡亂插嘴，以免咱一時想著前頭接茬兒，忘了後頭該說什麼。」溫育仁將扇子大搖一陣，身上的紗袍吹得時而鼓脹時而飄搖。他瞥見錢謙益與張溥微微皺了幾下眉頭，猜想他們雖不甘心如此耽誤了時辰，但此事終與他們休戚相關，極想知道內情，朝下望望密麻麻的人群，眾人都豎起耳朵靜靜地等著自己開口，將扇子一攏，收在手中，乾咳一聲道：「那宜興周家本來不是當地的什麼名門望族，因出了個當朝首輔，一下子發達富貴了，廣置田地，大起樓閣，丫鬟、老媽子、長隨、護院……奴僕成群，周延儒胞兄周素儒眼熱兄弟出入的威風，央求兄弟給謀個官缺，周延儒便給他冒籍錦衣衛，授了千戶之職，兄弟二人住在京城，偌大個家業由周素儒的夫人掌管。他們兄弟二人只有長房生的一個兒子，好生嬌慣，弱冠的年紀，不願讀書，使銀子捐了個秀才，終日帶著奴僕遊玩，老夫人管束不住。今年初春，在郊外遇見了一個絕色的姑娘，光天化日便要上前非禮，幾個貼身的丫鬟叫嚷起來，才驚退了他。誰想他回到家中，暗命幾個有武功的護院家奴夜裏搶人。那女孩兒家知道日間遭遇的是周府少爺，得罪不起，暗中使了個掉包計，選了一個美色的丫鬟住在小姐的繡房裏，周府家奴果然將一個假小姐搶回。周家少爺擺好了酒宴等得心焦，一見不是白天遇到的小姐，登時大怒，將家奴大罵了一回，姦污了那丫鬟還覺不夠解氣，又賞給了那幾個家奴。可憐一個如花似玉的柔弱女子，怎經得起數個壯漢的狂風暴雨？一夜之間，竟給折磨死了。」溫育仁歎了口氣，似是大起憐惜之情，眾人聽了，也覺憤恨。

「那幾個畜牲也當眞沒有人性，將丫鬟的屍身扔在了山坡上，都不願出力掩埋……那家主得知了凶信，喊上丫鬟的父母一齊報了官。宜興知縣不敢做主，一面撫慰，一面飛報湖州知府。湖州知府正要攀上周延儒這個靠山，決意要壓下此事，便以一無人證二無事證為名，只說是誣陷敲詐，一頓亂棍打了出去。家主見無處申冤，給了丫鬟父母銀子，勸他們消了念頭。那丫鬟的父母卻只生了一個女兒，女兒一死，他們便將生死置之度外了，每日到周府門前喊冤，一時之間，傳得沸沸揚揚。惹得周家少爺心煩了，竟命人將他們活活打死，拋屍在河裏……天如，你說該不該告他？」

張溥遲疑道：「這……也許吾師並不知情。」

「我雖不殺伯仁，伯仁卻因我而死。他侄子若不是倚仗他的權勢，怎麼敢如此作惡多端，逼得府縣衙門都不敢主持公道，為民伸冤？春秋時，晉靈公無道，正卿趙盾屢次勸諫，靈公不聽，反欲殺之，趙盾於是逃亡國外。其後族人趙穿弒靈公，趙盾還晉國，而不討伐趙穿，以致良史董狐寫道：趙盾弒其君，可曾冤枉趙盾了？董狐秉筆直書，聖人稱讚，千秋法則，天如熟知經史，不會忘了吧？如今有人要進京告御狀，可卻沒人敢寫狀子，復社既以天下為己任，家事國事天下事事事關心，天如不會袖手旁觀吧？」

張溥給他說得沒了後路，進退兩難，反問道：「不是將周家老墳都刨了，還不解恨？依照《大明律》，凡發掘墳冢見棺撐者，杖一百，流三千里；已開棺撐見屍者，絞；發而未至棺櫬者杖一百，徙三年。刨了人家祖墳，想必是已開棺櫬見屍，也是死罪呀！可算一命抵一命了，不如息事寧人的好。」

溫育仁搖頭了冷笑道：「息事寧人？周家犯了眾怒，大夥兒才一齊動手刨了他家的祖墳。古語說法不責眾，又不是事主領頭發難，說什麼一命抵一命，分明是偏袒周家。復社一直自命賢達君子，不料竟也有這等小人之心，實在令人齒冷！天如，當年魏忠賢何等權威！矯詔紛出，鉤黨之捕，遍於天下，東林黨人卻沒有復社如今的聲勢，卻激昂大義，蹈死不顧，慷慨赴難。眼下的周延儒雖說大權在握，但皇上英明，他與魏忠賢不可同日而語，你為何竟如此躊躇不前，不敢為民請命，可是怕了他，還是想著功名利祿？這般行事，如何對得起故去的東林前輩，如何領袖臺下眾人？」

張溥給他說得臉上暗自發熱，自覺錢謙益、瞿式耜和臺下社員數千條目光射在自己身上，想要回答：「罪在吾師侄子一人，或許他老人家並不知曉，事情至此，不過是地方官吏一心討好，才陷他老人家不公之地。」卻又覺終有替他開脫之嫌，正在猶豫，卻聽有人說道：「眾怒洶洶，若不是有人背後挑唆指使，何致有這般局面？溫大人，你說是不是？」

「什麼人跑到這裏胡言亂語？」溫體仁看到張溥眉宇之間頗有難色，心下正自得意，不料卻給人點破了玄機，此事萬分機密，他怎會知道內情？

「若給你算計了，還一絲不覺，豈非太愚笨無知了？」一個身背竹簍、頭戴竹編大涼帽的農夫急步走上高臺，放下竹簍，摘下涼帽扇了兩下，朝上一揖，拜過錢謙益、瞿式耜二人，才向張溥、張采拱手道：「天如、受先，別來無恙？」

「來之，你幾時到的？」張溥見吳昌時葛衣葛褲，腳蹬麻耳鞋，一身茶農打扮，十分驚異。

吳昌時笑道：「剛剛趕來，你看這身衣服尚未及換下。」他掃了溫育仁一眼，說道：「天如，宜興出事後三天，消息就傳到了京城。」

「恩師知道了？」

「嗯，不但他老人家知道，皇上也曾過問。」

「皇上？啊，好快的消息！」張溥不由既驚且佩。

「消息如不是傳到京城，又怎會掀起如此滔天巨浪？溫二爺，我說得可對？」

溫育仁故作鎮靜道：「周府少爺橫行霸道，釀成變亂，本是眾位鄉鄰出於義憤而為，與消息傳到京城有什麼干係？」

「周家少爺觸犯刑律雖說實有其事，但卻有人居心叵測，乘機大做文章，既恐嚇官府，又煽動民眾鬧事，這條計策當真歹毒得很呀！」

「路見不平，拔刀相助，也是俠義之行，何罪之有？」

吳昌時連聲冷笑道：「溫二爺，宜興知縣、湖州知府若不是得了溫閣老嚴命彈壓的手示，怎麼敢如此明目張膽地縱容袒護？那事主本來膽小怕事，若不是你三番五次勸導鼓動，給他撐腰，怎敢咬牙撐到底？那些民眾本來多屬遊手好閒之徒，不過是圖個解悶兒逗樂兒，有了熱鬧蜂擁而來，看得膩了一哄而散，若不是你花銀子買通他們鼓噪鬧事，怎會激成劇變？二爺，你們兄弟的這條計策真是天衣無縫，可是忘了堂堂首輔少得了眼線？那知縣、知府眼裏會只有溫家？」

「你……你說的都是揣測之辭，哪個信你？」溫育仁將扇子抖開，一陣猛搖。

吳昌時從懷中取出一個牛皮紙信封，在他眼前一晃道：「這封溫閣老給湖州知府的密函，二爺不用看，必定知道其中的字句。」

溫育仁臉色大變，站起身道：「分明是已當面燒毀了，怎會在在你手裏？」

「二爺推脫得倒乾淨，萬一今後除了什麼事，有人追究下來，知府怎麼辦？他又不笨，怎會不多個心眼兒，留作擋箭牌。」

「我親眼見的，怎會……」

「那不過是一種幻術，湖州知府偷換信函，燒毀的不過是一張摺子的棄稿。若不是令兄弟在其中推波助瀾，二爺何必大熱天趕來虎丘？」

「你不要血口噴人，咱是來入社的，哪裏有什麼意圖？」

「你來入社？復社社規早有明文，在任官吏一概不收，你雖是個虛銜，正在候缺，也在拒收之列。你自稱前來入社，其實是來逼天如的。」

「我逼他做什麼？」

「項莊舞劍，意在沛公。你還狡辯，不怕我當著復社眾人的面，將令兄弟的毒計細細說一遍？」

「好，好！吳昌時，我不與你爭一日長短。」溫育仁惡狠狠瞪了吳昌時片刻，轉身下臺，倉皇而去，全然沒有了來時的氣派。

張溥此時才覺遍體冷汗，那溫體仁果然老奸巨滑，心機如此深沉，一件偶發的人命案，經給他安排得如此環環相扣，詭祕莫測，一石二鳥，端的歹毒無比。心下感激道：「來之，你來得好！不然我們險些中了奸計。」

吳昌時點頭道：「周閣老怕為難了你，命我日夜兼程趕到虎丘，還好幸不辱命。」

「多日不見了，等聚會事畢，我好生陪你喝上幾杯。」張采上前拉住他的手，意興頗豪道：「這次我未必還會輸與你。」

「我怎好趁人之危！這幾天想必終日酒宴盤桓，你那點兒酒量能剩下幾兩？你還是多歇息上幾天，改日到京城我做東再比試吧！」

「你急著趕回去？」

「嗯！我還要拜會巡撫張國維，再趕到湖州、宜興。」吳昌時壓低嗓音道：「閣老的日子不好過呀！最近，言官們交章彈劾，閣老甚是狼狽。宮裏傳出風聲，說皇上有些責怪閣老用人不力。我離京時，閣老叮囑復社切不可聲援，必要避免操縱結黨之嫌，千萬千萬！」說罷，提了竹簍，朝錢謙益、瞿式耜二人一揖，快步離去。

眾人見一個老茶農忽然上了臺，幾句話竟將溫育仁嚇走，又見張溥、張采二人與他拱手見禮，似是極熟的友人，只是看不清茶農的相貌，不知他是什麼樣的人物。後來聽說是吳昌時，都各自驚訝，他喬裝出京，想必遇到了緊急的事情。不由議論紛紛，猜測不已，臺下一片嘈雜之聲。

張溥抬頭看看日色，已是辰時光景，不敢再耽擱，忙請錢謙益說話。錢謙益站起身，捋捋鬍鬚，臺下漸漸安靜下來。眾人側耳細聽，錢謙益朝下拱手道：「萬曆三十二年，涇陽先生倡修東林書院、道南祠，與弟顧允成，及高攀龍、安希范、劉元珍、葉茂才、錢一本、薛敷教等東林八君子聚眾論德，標榜氣節，崇尚實學，諷議朝政，裁量人物，指斥時弊。涇陽先生手定《東林商語》、《東林會約》，規定每月一小會、每年一大會。那些被謫黜的士大夫、各地學者聞風回應，朝內官員也遙相應和，天下爲之側目。閹豎魏忠賢其時尚未坐大，妄想借東林黨人的名望籠絡朝野人心，恩威並施，拉攏東林。東林不肯與他同流合污，以致這狗賊懷恨在心，伺機報復。他提督東廠以後，羅織罪名，屢興大獄，肆意捕殺。又將東林黨人姓名榜示全國，凡是榜上有名的，生者削職爲民，死者追奪官爵。一時天下噤聲，君子扼腕，東林元氣大傷，人才凋零，數年蟄伏不振。唉！這些往事彈指已三十年光景了，至今思想起來，宛如昨日，歷歷在目。」他輕輕地歎息一聲，撫今追昔，似是不勝感慨，接著說道：「如今東林死傷殆盡，只剩下我等幾個，宛如孤魂野鬼，心有餘而力不足，可有你們復社在，東林衣缽自然是後繼有人。當年東林極盛之時，在魏忠賢榜上的也不過三百零九人，如今復社社眾近三千人，聲勢遠勝東林。東林的那些老友若泉下有知，也足感欣慰了。」

「豈止是欣慰？天如他們將社事經營得如此興旺，實在是超邁古今。當年恩師大拜入閣之時，若有這等聲勢在野呼應，也不會輕易教溫老賊鑽了空子！皇上也不會給他蒙蔽了。」瞿式耜聲如洪鐘，想到當年百密一疏，以致功敗垂成，忍不住緊緊攢住拳頭，在椅子扶手處重重一拍。

錢謙益面上一熱，對他口沒遮攔地舊話重提，頗有幾分不悅，鎖眉道：「皇上英明，其實怨不得旁人，是老夫有些托大了，樹敵過多，以致自取其辱。不過，溫體仁也是個厲害的腳色，大意不得。」

張溥冷笑一聲，拱手道：「牧老不必自謙，溫老賊雖然得勢入閣，卻不能隻手遮天。有首輔周閣老在，他不敢胡作非爲。」

錢謙益見他意氣昂揚，似是勝券在握，知道他與座師周延儒之間淵源極深，也聽說他們有互加依仗之意，而內臣已沒有一人能與當年的魏忠賢比肩，既無內臣從中作梗，形勢與那時自然大不相同，點頭道：「但願如此，國家澄清有日，老朽也可在拂水山莊頤養天年了。」

張溥笑道：「牧老不能言退，復社事業方興，還要您老人家指點呢！」

錢謙益知道不過是客套之辭，可畢竟把自己看作了東林前輩，尤其是在數千人面前，更覺是給足了面子，歡顏道：「天如有命，自然是利國利民之事，若不嫌我昏庸無能，老朽怎敢推辭？」

瞿式耜附和道：「我輩身在儒林，自束髮起，讀聖賢書，爲國捐軀，爲民請命，乃是分內之事。天如若是忘了，我還不答應呢！」

張溥連道不敢，張采也忙說慚愧。瞿式耜本來嫉惡如仇，當年因恩師廷推入閣一事，鎩羽而回，這些年來隱居故園，兀自耿耿於懷，難以釋然，一口怨氣無處撒洩，見復社如此聲勢，想著報仇有望，不禁喜上眉梢，起身朝下高聲說道：「列位同志，我初次應邀到會，實在吃驚非小。說句心裏話，東林式微以後，我雖有些憤憤然，但如何重振聲威，眞是沒有多少成算。聽說了尹山初會，成立復社，還不以爲然，等到金陵大會才有些心動，到了虎丘一看，僅僅三五年的光景，復社竟有如此聲勢！古人說：哀莫大於心死，只要有不死之心，萬事皆可成就。天如、受先等人都是大才，果然了不起！」他翹起大拇指讚歎道：「先聖孔子終其一生，有弟子三千，賢者七十二人。你們短短幾年的功夫，門生弟子之數不下聖人了。」

張溥心下有些得意，嘴上卻說：「前輩謬讚，惶恐無地。孔夫子萬世師表，仰之彌高，鑽之彌堅，瞻之在前，忽焉在後。前輩雖是好意鼓勵，小子豈敢污了聖人？」

這些話語已給臺下前排的眾人聽去，有人喊道：「兩位先生的功績直追聖人，天下無不景仰。我等就是直呼兩位先生的字型大小，已不足顯示尊奉之意，不如只稱姓氏。」

有人反對道：「兩位先生都高姓張，只稱姓氏豈不是難以分辨了？」

「這個容易。天如先生住在城西，受先先生住在城南，就以此區別，一個稱西張，一個稱南張，如何？」

「好好，這個主意妙得緊！以地望稱謂，古有通例。」

張溥、張采看看錢謙益、瞿式耜二人，連連擺手。錢謙益知道是礙於情面，含笑道：「你倆不要拂了他們的好意。」

臺下見二人謙讓不已，喊道：「兩張夫子，我們奉你倆爲會盟的宗主，就是看做在世的孔聖人一般，何須推辭？」

「兩張夫子若是聖人，那婁東就是闕閭了。」張溥見說話的那人正是婁東城郊的王瑞國，神情極是亢奮，顯然以爲與聖人同鄉，是莫大的榮幸。錢謙益、瞿式耜二人偷偷對視一眼，本來以爲不過玩笑之語，卻漸漸當了眞，蹙著眉頭，一聲不語。瞿式耜原本想給張溥壯壯聲勢，但見眾人如此吹捧，不免有些胡鬧，暗悔方才魯莽，話說得有些過頭，但覆水難收，若立時反駁，便是打了自家嘴巴，當下懊惱不已，坐在臺上甚覺尷尬。

「說得有理！說得有理！」此時，群情激昂，成百上千的人叫嚷起來，聲勢頗壯。有人說道：「四配、十哲、十常侍等人是聖人門下該有之數，我們也該推舉出來，不可缺少了。」

王瑞國接過話頭，說道：「這有何難！都是現成的，拈來便是。咱們復社中太倉籍的社員不少，資歷最深的四人趙自新、王家穎、張誼、蔡伸，他們四人正好做四配。」

「那十哲誰可做？」

「十哲麼？必定是追隨多年的門人弟子才好，第一個便是吳偉業，再一個呂雲孚，還有周肇、孫以敬、金達盛、許煥、周群、許國傑、穆雲桂、胡周鼐，可算十哲。」

「那十常侍最好選了。天如先生有昆弟多人，從中選出十人來就行了。」

「張浚、張源、張王治、張撙、張漣、張泳、張哲先、張濯、張濤、張應京……」

突然一人冷笑著問道：「還有沒有五虎、五彪、五狗、十孩兒、四十孫什麼的？」嗓音又尖又細，極為刺耳。

眾人都是一怔，五虎、五彪、五狗、十孩兒、四十孫都是當年閹黨首領魏忠賢得門下走狗，助紂為虐，無惡不作，為天下正人君子唾棄不齒，竟與復社中人相提並論，可知用心險惡。會場登時沉寂起來，眾人紛紛四下尋找說話之人，不少人喝問道：「是哪個混賬東西胡說八道，咱們復社怎能與魏老賊扯在一起？」

「是哪個不知死活的東西？有膽量滾出來！」

「在下不是皮球，也不是糯米糰子，說什麼滾不滾的？復社也是天下斯文之地，怎麼張口閉口這般粗魯！」說話間，一個身著藕荷色儒衫的年輕文士喊道：「大夥兒既然定要在下露個面兒，也不好推辭了。借光借光，在下好到臺上供大夥兒瞻仰。」

眾人聽他言語先是自謙，而後面又倨傲起來，有些自相矛盾，不知是哪裏的狂生，捏著一柄蘇樣摺扇，搖擺向前，大庭廣眾之前，眞個不自量力。正要發笑，卻見他前面早有幾個青衣漢子在前面引導，也未見他們怎樣用力，眾人只覺一股股潛力襲來，不由自主地退後幾步，讓出一條四五尺寬的胡同。那年輕文士負手向前，緩步登上高臺，神態自若，臉上絲毫沒有惶恐愧疚之色。陳子龍大怒，悄悄對柳如是道：「你且好生待在這裏，看我去羞辱那狂生一番。」說著，雙手一分，在兩旁社員的肩上一按，身子高高躍起，猶如一隻大鳥朝年輕文士衝去，離他身子還有三尺左右，眼前人影閃動，竟有一人後發先至，擋在了年輕文士身前。他不用瞧看，單憑那人的身手便知道必是師父喻連河，當下將力道略減，在那文士身後站定。

那文士面色微變，乾笑道：「復社不是一心唯讀聖賢書嘛！怎麼竟有了看家護院的？讓開讓開，咱家可不想動粗，只想與這四位先生說說話兒。」他輕輕抖開摺扇，隨即合攏上，朝上指點，扇柄上那塊雙螭糾結狀的蒼玉扇墜跳動幾下，神情泰然，似是並未將他們二人放在眼裏。

陳子龍見他目空一切，怒喝道：「你是什麼人？復社大會容不得你撒野！」突施擒拿手，抓住他的手腕，便要發力將他舉起拋下臺去，卻聽錢謙益急聲阻攔道：「不可魯莽！且聽他有什麼話說。」

陳子龍聞聲，忙將手腕一鬆，與喻連河點頭會意，閃身到一旁，暗地戒備。喻連河低聲道：「小心此人那幾個隨從。」陳子龍登時醒悟，看那幾個隨從引路的行跡，想必是深藏不露的內家高手，急忙下臺招呼人手多加防備。

文士拱手道：「拜見四位先生。」

「你是……」錢謙益遲疑著問話，猛然想到極似昨日雲巖寺淨室之中的那人，當時雖在黑夜，也未掌燈，但借著星月之光，依稀可以辨出與眼前此人的身形無二，那一口帶著京白的口音稔熟得有些刺耳，他幾乎脫口而出：「難道他曹化淳要來攪局麼？」

曹化淳嘻嘻一笑，說道：「牧老也不必費心動問，似我這無名小卒，也不值得說出名號。我也不是復社中人，只是偶然路過此處，趕來助助興開開眼。本想看看名滿天下的復社名士都是怎樣出眾的人物，哪裏料到卻領教了不少自吹自捧的功夫。只是復社的馬屁功還不夠精純，不如搬出鑼鼓簫笛，或敲或吹，再放開喉嚨高唱：兩張夫子，德侔天地，威震寰宇，古今無比！如此排場，才覺熱鬧好玩兒，也不枉了做一回聖人的聲威！」

「你……」張溥霍地站起身來，卻又強自忍耐著坐下，說道：「這位仁兄還是以姓名見告的好！」

復社正在如日中天，哪個不尊？眾人見他年紀甚輕，不過黃口孺子，想必也不會有什麼大的來頭，竟敢如此羞辱張溥、張采二人，眞是老虎頷下捋鬚，各覺駭然。曹化淳笑道：「那咱從命就是。在下姓曹，號止虛子，普天之下，並沒有幾人知曉賤名，比不得兩位人人景仰，不少人都在家中設下神位，早晚拈香叩拜。」

瞿式耜性子本來就剛烈，聽他話中多含譏諷，厲聲問道：「哼！止虛子？想必是個虛名。你既不敢以眞姓名示人，足見心懷鬼胎，是有意來搗亂了？」

「你眞是高抬咱了。咱沒讀過幾天的書，字認不得幾籮筐，怎敢到這裏賣弄，豈非自取其辱？」

「那你與復社有仇還是有怨？」

「復社中人想謀得一面都難，哪裏會有什麼仇怨。」

「那你口口聲聲詆毀復社，卻是爲何？」

「是爲了給你們提個醒兒。」

瞿式耜冷笑道：「我們豈敢勞動大駕？」

「咱是自願來的，並沒有向各位討要舟車費。」

「那你是要我們洗耳恭聽了？」瞿式耜鼻中狠狠一哼。

「咱是一番好意，聽不聽就由你們了。」曹化淳看了錢謙益一眼，說道：「牧老是這裏的尊長，您老人家不會以爲咱是惡人吧！」

「自然、自然。你既巴巴地趕來，足見熱忱。請講請講。」錢謙益擦了擦額頭的熱汗，忙不迭地點點頭，全沒有了剛登臺時雍容閒雅的氣度。

「咱的話不多，只有八個字：莫談國事，休起紛爭。」

瞿式耜反唇相譏道：「看來老兄的名號當改一改了，換個和事佬如何？」

「咱哪裏有那個本事？不過，若眞能如此，世間倒是少了不少是非。」

「大丈夫沒有是非善惡，何以立身於世？那與豬狗之類有什麼區別？」

曹化淳臉上掠過一絲不悅之色，反問道：「咱倒要請教請教，若執著於一時是非，那就是大丈夫麼？」

瞿式耜不提防他如此反問，這些道理平生不曾想過，一時語塞，竟覺得無從辯駁，大是窘迫，怔怔地不知如何對答。張溥見此人機變百出，饒是瞿式耜本做過戶部給事中，本以言辭犀利多辯見長，也竟給他駁得啞口無言，大覺詫異，冷冷說道：「這位兄台年紀小了幾歲，想必沒有見識過魏忠賢那些閹賊奸黨的穢行，你在這裏逞口舌之利，竟將復社與閹黨相提並論，是何居心？」

曹化淳摩挲著扇墜兒，嘻嘻笑道：「咱只是看著有趣，想來天下不管做什麼事，都少不了有人抬轎子捧場，不然一個人唱獨角戲，也太無味了些！」

「自古正邪如冰炭，復社與閹黨勢不兩立，當年東林前輩誓死抗爭……」

「好啦好啦！咱生得雖晚，可不少事也聽說過。咱倒要請教了，這你爭我奪的，到底爲了什麼？」

「爲朝廷、爲皇上。」

曹化淳搖頭道：「假的假的！實在不值一辯。其實不管閹黨也罷，東林也罷，都是爲了爭權奪勢，這說白了，還不都想著自家說了算？」

「大丈夫不可一日無權，若君子無權了，那些小人鼠輩便會越發放肆無行。」

「那也未必。你們復社自稱小東林，還沒掌過權柄，可見識過東林黨人掌權的不止一個，他們如何了？還不是排斥異己，呼引同類麼？以致孤立於世，橫遭打擊。當初他們若與魏忠賢聯手，未必會有閹黨的肆虐，也不會有那麼多東林黨人的慘死。」

「哼！奇談怪論！是非不分……」

曹化淳輕輕歎息道：「你們也太迂腐固執了。律已嚴本是修身之術，倒也沒什麼大錯，錯就錯在律人也嚴，一味苛求。東林、復社都自命賢者，可不要忘了，唯賢者可致不賢者，所謂寧得罪君子不得罪小人，當時魏忠賢、魏廣微他們有心結交依附，可你們卻閉門不納，拒人於千里之外，能不招怨？唉！敗莫大於不自知，與你們說這些也沒用，白費口舌，時辰不早，也該找個館子，好生餵餵肚子了。告辭告辭！」拱拱手，帶著幾個隨從揚長而去。

張溥便覺給一個大鐵椎般當胸重重一擊，霎時之間，幾乎喘不過氣來，胸悶異常，茫然地望著曹化淳遠去，想到此人不知他什麼來歷，也識不出他本來面目，如此神龍見首不見尾，透出一種怪異，但所說的那一番話立意卻極高遠，似是站在極高的山巔俯視，胸懷自有溝壑卻又無溝壑，當眞出人意表，匪夷所思，不由愣了半晌，心中無數念頭紛去沓來，想到自己花了無數心血，將匡社、端社、幾社、邑社、超社、莊社、質社、應社等合併，創立復社，自以爲是超邁前賢的不朽事業，天下也是稱頌者多，那些詆毀者也只以結黨相攻擊，內心也是讚許的，不料竟給他貶得一文不値，若沒什麼驚人的壯舉，傳揚開來，一來首輔勢必失望，二來也要給天下士林小瞧了，今後怕只有任人宰割的份兒，那號令士林，遙執朝政，怕終是空談，遑論有什麼大作爲？登時生出功敗垂成、霸業成空之感，但終是心所難甘，高聲喊道：「我張溥無德無能，受眾位抬愛，總領復社，就是要與大夥兒做出一番前人未有的事業，不想卻不爲世俗所容……」突然間心中一酸，熱血上湧，哇的一聲，一口鮮血直噴出來，身子直直地向後倒去。臺下一片驚呼，登時大亂。

第十六回

溫體仁重金結內宦
周延儒拙計送繡鞋

「公公嚐嚐這酒如何？」吳昌時從懷中取出一個白瓷瓶，將酒塞輕輕拔下，登時一股醞醞的酒香撲面而來，唐之征大吸了一口，伸手抓過，滿滿斟了一杯，吱的一聲，淺淺地咂了一小口，閉著眼睛慢慢嚥下，睜開眼睛道：「這是什麼酒？咱沒喝過，下的料可真足，夠勁兒！」

初夏的京城，天氣剛剛轉熱，一場細雨後，楊柳越發青翠欲滴，街道兩旁的槐樹上開出了串串白花，滿城飄香，無數的蜂蝶嗡嗡嚶嚶，還有許多的鳥雀登上高枝啄食，嘰嘰喳喳，甚是熱鬧。

溫體仁回到府中，徑直回了書房，貼身小廝伺候他換了常服，又沏上一碗熱茶，見他坐在太師椅上低眉閉目，知道是在想事情，小心地退到門外。溫體仁睜開雙眼，起身從書櫥裏抽出一本書冊，翻開取出一封信函，那是弟弟溫育仁派專人快馬送來的密信。溫體仁素來謹慎，在朝堂、辦事值房即使說一句話，也要三思才出口，到了家中，對下人甚至是家人照樣加著小心，凡是機密大事講究不傳六耳，倘若非說不可，也是人越少越好。禍從口出，多年的仕宦生涯他深知其中三昧。何況東廠的番子無處不在，雖說當今皇上不像太祖、成祖那時廣布羅網，卻也大意不得，不然給人抓了把柄，禍且不測，腦袋掉了都不知錯在哪裏，豈不冤枉糊塗？他輕咳了一聲，喝了口茶，展開信箋流覽了一遍。這封信是昨天夜裏收到的，他已看了不下十幾遍。信寫得倒是十分詳盡，將溫育仁如何攛掇鄉民刨了周延儒的祖墳，如何趕到虎丘激將，眼看張溥難以推脫，不得不入套了，不想來了一個茶農，將好端端的一件事攪砸了。

溫體仁看著茶盞上嫋嫋升騰的那股熱氣，自語道：「茶農？若是一個粗手笨腳的愚夫，能壞了我的計策？你哪裏知道他的身分，他是周延儒的智囊呀！」他用手指輕輕敲了幾下桌子，半是發狠半是喝采道：「好個吳昌時！我倒是聽說他離京了，沒想到他不先趕往宜興，反去了虎丘。不然，張溥若寫了摺子彈劾他的座師，扳倒周延儒就多了幾分成算。不想許太眉走了，卻來了個吳昌時，一個落第的舉子竟也是這般棘手！」

正在冥想，門外的小廝稟道：「老爺，有人來拜訪了。」

溫體仁動怒道：「我不是早就交待過了，今日不擺壽宴，府門內外不添掛燈籠，一切如常，凡是來拜訪送禮的，一律擋回。」

「老爺，小人擋不住……」

溫體仁站起身道：「是哪個……」

「還不是我們兩個老門生麼？」蔡弈琛一身青衣小帽，掀簾子進來，後面跟著同是青衣小帽的薛國觀。

「哦！是你們倆人，快坐快坐。」溫體仁笑著離座招呼著二人。

二人慌忙放下各自手中提的大食盒，整衣冠上前道：「恩師端坐了，門生也好行禮。」

溫體仁死力阻攔道：「這是怎麼說？前日閔洪學、唐世濟、吳振纓等人見了，還攛掇著我要多擺些壽宴，說什麼多年沒做過壽，趕上六十整歲，不可再等閒視之了。逼得我不得不嚴令門子們放下臉來擋各位的駕，再擋不住，我還打算找個清靜的廟宇躲躲呢！」

蔡弈琛笑道：「恩師的心思我們幾個老門生也猜到了，我倆沒敢約別人，到了門上也只管說有公事求見，不敢說來拜訪的。」

薛國觀道：「老師清儉持家，有古賢相之風，我們做門生的怎敢污了老師的名聲？老師做不做壽，這個日子我們做門生的也該來，天地君親師是世間的人倫正道，諒也沒人說道的。」

幾句話說得溫體仁心頭一熱，薛國觀是萬曆四十七年的進士，入門晚於蔡弈琛，加上官職卑小，不過正七品的言官，平時難得獨處交談，僅是朝堂上照個面而已，但聽他言詞之中面面俱到，吹捧逢迎得天衣無縫，溫體仁暗覺心裏無比熨貼，笑道：「在書房裏擺酒怠慢你們了。」

薛國觀一邊打開食盒，流水似搬出菜肴，一邊臉上堆歡道：「老師不嫌我們幾個門生不中用，能讓我們踏進這個門檻，就深銘師恩了。以老師的資歷名望，多年執掌禮部，春風數度，桃李屢華，門生故吏遍布天下，若是齊來拜壽，那是多大的場面！我們兩人排隊叩拜也要等個把時辰呢！能陪老師吃酒飯，更是莫大榮耀，傳揚出去多少人嫉妒欽羡？」

溫體仁感慨道：「這倒也是。我自萬曆二十九年做考官，出自我門下的學生少說也有個三五千人了。這麼多年，我也熬白頭了，在閣中辦事有些力不從心，眞想有個人幫襯幫襯。當年弘載與我同爲閣臣，貴爲一品大員，與我平起平坐了，還堅意執弟子禮，凡事謙讓，相處甚洽，可因與首輔周延儒不和，只做了不到兩年的閣臣，便去職回了老家。如今內閣是周家的天下呀！」

蔡弈琛、薛國觀二人知道溫體仁所說的那人是錢象坤。錢象坤字弘載，浙江紹興人，萬曆二十九年進士，一直供職在翰林院，與錢龍錫、錢謙益、錢士升四人是翰林院多年難得的人才，極有名望，人稱翰林院「四錢」。他先於溫體仁入閣，當時有閣臣五人，何如寵攀附周延儒，周延儒的姻親吳宗達卻依從溫體仁，錢象坤夾在其中，左右爲難，寢食不安，實在苦撐不下去，藉口贍養高堂老母，辭官回家。溫體仁的門生雖多，可做到一品大員，位極人臣的只錢象坤一人。蔡奕琛歉然道：「都是門生無能，不能替恩師分憂，慚愧無地。」

溫體仁看了看滿桌子的飯菜，五彩斑爛，香氣撲鼻，認出其中竟有幾品湖州家鄉菜，爛糊鱔絲、酸菜魚、燒雞公、油燜筍乾、煮白蝦、太湖銀魚湯……，一看便知都是精心烹製的佳餚美味，吃了口筍乾，放箸道：「這也怪不得你們，要怪也只能怪我無力舉薦。我如今雖位居次輔，可吏部給周延儒死掐著不放，實在插不上手，好在趁他主考北闈之時，我將閔洪學推到吏部尚書的位子上。只是自此以後，他便一心提防了，不是我舉薦的還好，若是我舉薦的反而難准了，存心與我過不去，是我拖累你們呀！」

蔡奕琛默然，薛國觀卻拱手道：「老師終日焦勞國事，怕是無暇重溫那些閒書了。」

「哦，什麼閒書？說來看看我可還記得？」

薛國觀一笑，吟詠道：「太行、王屋二山，方七百里，高萬仞。本在冀州之南，河陽之北……」

蔡奕琛皺眉呼著薛國觀的表字道：「兵廷，這是什麼所在？怎麼在老師的書房背起了《列子》，你要考他老人家麼？」

溫體仁撚著花白的鬍鬚，點頭道：「呵！不錯，這是《列子・湯問篇》裏話。」

薛國觀似是受到了嘉許，接著吟誦道：「北山愚公者，年且九十，面山而居。懲山北之塞，出入之迂也，聚室而謀曰：『吾與汝畢力平險，指通豫南，達於漢陰，可乎？』」背到此處，戛然而止，兩眼盯著溫體仁，再無一語。

蔡奕琛一時不知其意，茫然道：「你這是猜的什麼啞謎？風馬牛不相及，如何……」

「我懂他的心思。」溫體仁擺手打斷他的話道：「兵廷說得不錯，要有路走，必要搬山，除非不想在那裏住了。」

「搬山？這如何使得！老師，學生想那列御寇也是個狂放不羈的人，他寫的這篇文章，實在不可以世間情理揆之。依學生來看，大可不必出這些死力，下這等的笨功夫，搬家豈非比搬山便利多了？」

「奕琛，你誤會了。有時做事也要有個心氣，不可自家先氣餒了。搬山雖難雖苦，可難有難的樂趣，苦有苦的回味，那愚公或許生來就是要搬山的。」

蔡奕琛驀然聽出他話中大有深意，只是太過簡括，一時不得要領，難以明白究竟有何所指。薛國觀不愧科道言官出身，歷練出察言觀色、應對敏捷的本領，他聽溫體仁嘴上雖有些含糊其辭，可其中隱含著嘉許搬山之意，心知方才的試探已然奏效，說道：「自古華山一條路，要想登高望遠，一覽群小，實在沒有別的路可走，也沒有偷懶省力的法子。愚公樂居其家，若要出入便利，沒有什麼阻攔掣肘，也只有搬山一策最適宜。」他一臉的剛毅之色，語氣更是斬釘截鐵，毫不含糊。

溫體仁伸手點指道：「你們可是畢力平險來了？」

「老師若不聚室而謀，學生怎好輕置一喙，胡亂聒噪。哎呀！只顧了說話，忘了給老師斟酒祝壽了，改打該打！」薛國觀離座從食盒的底層取出一瓶酒來，雙手捧到桌上道：「這是老師家鄉的一種酒，產自金華府，名爲壽生酒，比平常的黃酒要烈一些，不知老師品嚐過沒有？此酒雖不如紹興黃酒名氣大，今日獻與老師，是重在此酒有個好名字。學生給老師滿上一杯，添添壽。」

蔡奕琛附和道：「一杯增一紀，恩師要連吃上三杯。」

「哈哈……那我豈不成了愚公！」

「老師若做愚公，搬山就不難了。」薛國觀一口將酒吃下，拊掌而笑。

一連吃下三杯，溫體仁臉上微微沁出一層細汗，他從袖中取絲巾拭了，輕喟一聲道：「我要搬的這座山可不同尋常，太行山、王屋山是死的，可這座山是活的，不會輕易讓出道路來的。」

薛國觀見火候已足，把話挑明道：「學生再鼓動一些朝臣彈劾他，眾志成城，不愁他不挪位子！」

「學生第一個參他！」蔡奕琛自知今日輸了一招，給薛國觀搶了風頭，哪肯不小心落後於他人。

「不妥不妥，不能一味使蠻力氣。」溫體仁緩緩地搖搖頭，摸了摸長長的眉毛，說道：

「崇禎四年辛未北闈，他周延儒撈了個大主考的美差，借機網羅天下英才，將張溥、吳偉業等復社俊彥收歸門下，意在廣植羽翼，獨霸朝堂。他的居心我豈能看不出？自然不可聽之任之，我趁著暫理閣務之機，安排閔洪學接掌吏部，做大九卿之首。此事雖說如願以償，可也不免打草驚蛇，周延儒警覺起來，事事提防，不容我再得手。我只好轉而翦除他的羽翼，找岔子將領頭的張溥趕出了京城，但終因他樹大根深，一時也撼他不動。你們要參他，並非不可，只是近兩年來，參他的人不在少數，從兵廷揭發他主考北闈舞弊時起，御史吳鯨、吏科給事中吳執御、陝西道御史余應桂、戶科給事中馮元飆、山西道試御史衛景瑗、四川道試御史路振飛、山東巡撫王道純、工科給事中李春旺等十幾人，先後上了摺子，有人還不止一份，物議洶洶，不絕於朝，聲勢夠大了，可並未傷到周延儒，閔洪學卻被逼得回籍養病，白白損了我一員大將。」

蔡弈琛道：「近日周家老宅出的人命案，正好可多做做文章。」

溫體仁面色一暗，說道：「遲了。周家老宅的命案已無什麼大用。」

「人命關天，不是小事，總不能遮掩得天衣無縫吧！」

「若是他不想遮掩呢？」

蔡弈琛大出意外，吃驚道：「怎、怎麼會？他能大義滅親？」

「爲平息此事，周延儒專門派得力幕僚吳昌時偷偷出京，去了南京。聽說他密令宜興知縣會同湖州知府，將那幾個行兇的豪奴鎖在囚車上，在宜興城裏連遊了三日的街，才將他們刺配的刺配，收監的收監，全都具案畫押，完結存檔，申報了刑部。刑部是何如寵總領，諒不會有什麼駁文究問，此事便大化小，小化無了。還有一招狠的，周延儒竟放下臉面不顧，吳昌時在宜興、湖州各處的大街上貼出告示，絕不追究刨挖祖墳之事。捕拿了凶徒，平了民憤；既往不咎，安了民心，你們想鄉民們還能再吵鬧不休麼？」

蔡弈琛、薛國觀均有惋惜之色，蔡弈琛搖頭道：「錯過如此良機，實在可惜了。」

薛國觀沉吟片刻，說道：「學生身爲言官，依例准許風聞而奏，此事作得實，人證事證俱在，周延儒絕脫不了干係。即便學生奈何不了他，也不教他睡得如此安穩！」

威逼張溥彈劾周延儒一事白費了心機，溫體仁心雖不甘，因事關機密，並不想透露絲毫口風，但覺得薛國觀上摺子的分量太輕，其身分名望都不可與張溥同日而語，如此莽撞不如坐等，伺機再動，以免弄巧成拙，只是當今正是用人之際，不可直言拂了他的好意，涼了他的心，淡然說道：「我是擔心你們的仕途，好不容易十年寒窗好歹掙下個出身，不可冒此風險。再說參他的人多了，皇上深恨朝臣存門戶之見，結黨營私，倘若皇上疑心幕後有人指使，此事斷難成功，必是各打五十大板，兩敗俱傷而已。我們如此消耗實在熬不過他。若要彈劾周延儒，最好找個令皇上放心的人物才好。」

蔡弈琛爲難道：「皇上多疑苛察，能對誰放心？」

「不外乎兩類人，一是孤立於周延儒與老師兩家之外的人，一是周延儒手下反水出首，最能打動皇上，最令人信服。」薛國觀侃侃而論。

「此言大是有理，可周延儒聖寵未衰，正是風頭勇健之時，誰敢拼著性命捋他的虎鬚？」溫體仁不由地又想起張溥，暗裏有幾分沮喪。

薛國觀微笑道：「老師可還記得前朝張江陵是如何趕走高新鄭，取而代之的？」

薛國觀說的高新鄭既是隆慶朝的首揆——河南新鄭人高拱，張江陵則是身居次輔之位的湖北江陵人張居正，二人都是穆宗皇帝託付的顧命大臣。神宗皇帝繼位時不過十歲的孩童，張居正與司禮監秉筆太監兼任東廠提督的馮保聯手，矯旨驅逐高拱出朝。這段前朝掌故溫體仁熟知始末，他在宦海沉浮多年，自然早已練就了聞弦歌而知雅意的本事，頓悟道：「你是說結歡內臣？」

「以老師的名望資歷，宮裏想要結交的不可勝數，他們之中不少是皇上親信的人，如能爲我所用，實在事半功倍。」

世間萬事正面攻之不成，則反面取之。擒縱之術，隱在其中。劍走偏鋒，常收實效。蔡奕琛不由不佩服薛國觀心思縝密，誇讚道：「皇上近年是有些看重太監，與踐位之初，翦除魏忠賢時，確實不同了。接連遣用內臣，司禮監太監沈良佐、內官監太監呂直提督九門及皇城門，司禮監太監李鳳翔總督忠勇營、提督京營，乾清宮管事太監王應朝監軍山海關、寧遠，乾清宮牌子太監王坤監軍宣府，劉文忠監軍大同，劉允中監軍山西……前後不下二十幾人，而尤以任用司禮監太監張懿憲爲戶、工二部總理最甚，堂堂朝廷正二品的大員也要仰其鼻息，看來內臣的好日子又來了。」

溫體仁道：「皇上是不放心外廷大臣，如今廠衛畢竟有些鬆懈了，不似前朝那麼四處騷擾，皇上是聖明之君，本不屑於那些猥瑣的行徑，這等派遣內臣反而光明正大得多。如今內官權勢不似魏忠賢那時定於一尊，不知哪個中用，倉促之間，倒不易遴選。再說那張居正與馮保乃是多年的故交，非急時抱佛腳可比。」

薛國觀揣摩著老師的心思，知道他斷不會輕舉妄動，趕忙答道：「學生只想借中貴之威，奏上一本，尋尋周延儒的晦氣。那宣府監軍王坤與學生情交莫逆，他雖沒什麼大權勢，遠離京城，置身事外，反會少了顧慮，最能放開手腳。」

「王坤其人我倒還記得。他剛剛到宣府任上一個月，便參了宣化巡按御史胡良機貪賄侵餉，龍心甚慰，以爲用人至當。此人可用。」溫體仁不住點頭，卻又叮囑道：「此事只可暗中使勁兒，務要機密，不可露出絲毫痕跡，一旦授人以柄，勞而無功不說，還要牽扯進去，捕蛇不成，反遭其噬。」

「老師寬心，只是摺子不可給周延儒瞧見了壓下。」

「這個我省的，要參他什麼，你可想好？」

「這……」薛國觀遲疑一下，答道：「周家老宅的命案如何？」

「不妥。」

「堂堂首輔給人刨了祖墳，史所罕聞，有失朝廷體面，大有可參之處。」

溫體仁依舊搖頭不允，辯析道：「此事剛有了眉目，料想邸報上都未刊載，王坤遠在宣府邊塞，這麼早知道消息，免不了教人生疑，還是再換個題目吧！那王坤是個小火者出身，沒有進過內書堂，只教他親筆呈揭子最好，萬萬不可替他潤色。切記切記！」

「學生明白了。」薛國觀與蔡奕琛對視一眼，萬分欽佩老師的深沉老辣，暗忖：若非這身爐火純青的功夫，他老人家絕難在朝中支撐三十多年，沒有什麼閃失。

過了半月，還不見王坤的揭子送到，溫體仁倒也沉得住氣，在値房裏不動聲色地票擬往來公文，有時坐得久了，起身踱步到窗前，望望初夏那澄碧如洗的晴空中飄移不定的朵朵浮雲，片刻再坐回去，閉目養神，縮在袖筒中的右手一彎一鉤，算計著京城往返宣府的日程。將近晌午，一個年紀輕輕的中書抱了一大包揭子匆匆進來，稟道：「大人，這是通政司剛剛送來的揭子，您先過過目？」

「哦，是至發呀！」溫體仁心下一喜，點點頭，臉上有了嘉許的笑容，如此勤快伶俐，我只漫不經心地問了一句有沒有西北各邊的揭子，他竟留了心，是可造之材。他指指桌案，眼看張至發將一大摞揭子放好，問道：「至發，你做內閣中書有不少日子了吧？」

「回大人的話，已有十年了。」

「才是個從四品吧？」

張至發臉色羞紅，低頭道：「慚愧慚愧！學生只知謄寫奏稿，不與外面交結，無人援引，以致蹉跎至今。」

「我知道了。小心當差，不可氣餒，等著尋個時機放放外任，勝似終日這般忙亂。」溫體仁起身翻閱奏摺，只翻過一本，宣府王坤的摺子赫然在目，想必是張至發已將西北各邊的摺子放在了上面。溫體仁取了，翻眼盯著張至發道：「這些先送到首輔值房，免得給人說我僭越不守規矩。」

張至發會心地答道：「學生只是從大人值房門前走過，並未進來拜見。」抱了案上的摺子匆匆退了出去。

溫體仁粲然開顏一笑，目光便回到摺子上，細看之下，見彈劾的是周延儒姻親陳于泰賄賂主考的舊事，沒有多少新意，字不規整，還有不少錯字別字，只是寫得還算明白，滿紙全是大白話，實話實說，沒有絲毫的拐彎抹角，更沒有起轉承合那套假斯文，說什麼「奴婢書讀得少，上摺子怕給人嘲笑，一直不敢動筆。上一回，參奏胡良機，蒙萬歲爺替奴婢撐腰壯膽……」「奴婢聽說陳于泰中了狀元，他媳婦本是周延儒的小姨子，他們哥倆兒好，這等的人情他周延儒如敢不送，想必小姨子會拔他的鬍子」，「那狀元本是天上的文曲星下凡，陳于泰將三千畝的水田送給他，又送了幾個妖冶的小娘們兒……」溫體仁見言辭鄙俗，竟似當面拉家常一般，差點笑出聲來，又仔細看了一遍，忍笑濡筆批道：「覽奏不勝感慨，非盡心國事忠君愛朕者，斷不肯如此眞心直言。朕不懼語拙少文的人，只要沒有私心，不結黨羽，朕自然信用不疑。你身爲內官，想著替朕分憂，忠貞可嘉。」批完以後，加了封套，命人呈送。

崇禎連夜看了摺子，提朱筆批道：「越職參論，率妄大體。」但想到曹化淳回京後的密報，周延儒是有些不夠檢點，身爲首輔，領袖群僚，一舉一動不可忽玩，如此轉念，便覺下面的票擬頗合自己的口味，一字不動，接下揮筆批道：「禁用內官乃是太祖明訓，朕豈不知？然三尺在手，自有威福，此曹何能為？朕親擒魏瑺伏法，豈是溺情閹豎者？以內官少親戚、少同年、少交遊，無結黨之弊，忠貞堪用，以為權宜。人臣感恩圖報，何論內外？」

次日依例常朝，崇禎命乾清宮太監馬元程高聲誦讀，不少朝臣聽得忍俊不禁，可當著周延儒的面兒不好放肆，只得隱忍著，個個憋得臉頰漲紅。周延儒聽得冷汗直流，垂頭不敢仰望，溫體仁等人心頭不住狂喜。聽到最後的御批，眾人登時噤聲，朝廷一片寂靜。

崇禎見群臣低頭掩飾，為存體面，無心深究，等馬元程讀完，正要口諭散朝，命大小臣工回各自的衙門反省，洗滌腸肺，卻聽一人高聲道：「陛下，王坤不過一個小小的內臣，怎敢肆意妄言，語侵首揆？軍國大事，豈容這些供灑掃賤役之輩指手畫腳？此風一長，朝臣斯文掃地，顏面何存？請陛下嚴懲王坤，以平群怨。」

崇禎認出說話的人是左副都御史王志道，說道：「理越辯越明，軍國大事並非只准肉食者謀之，凡我大明子民都可議論，人人有責，怎麼強分什麼內外貴賤？朕的朱批你沒聽明白？」

王志道叩頭道：「太祖高皇帝創業時三令五申，嚴禁宮廷內外交接。洪武十七年，鑄造一塊『內臣只供灑掃侍奉，不得干預政事，預者斬』的鐵牌，掛在宮門內。如今內臣非議廷臣，歷朝未有，此端一開，流禍無窮！王坤的摺子貌似憨直鄙俗，其實深含機鋒，嬉笑怒罵，應對不易，想必別後有人指使，陛下明察。」

崇禎的眼神從周延儒的身上飄過，冷笑道：「說起祖宗的規矩，朕爛熟於心。若按祖訓，大臣推諉搪塞，該如何處置？只怕是早已拖下去打了！有些士大夫分明是中了宋儒的毒，空談心性氣節，不然內臣身居掖廷，與外隔絕，怎麼還能抓到你們貪贓枉法、怠忽職守的把柄？平日不知清慎自持，等到給人抓了小辮子，卻反說別人的不是，自家卻推脫得乾乾淨淨，這是忠君盡職麼？還不是為稻粱謀！」他略頓了頓，接著說道：「朕乾綱重振，翦除魏閹，勵精圖治，意在中興，恢復洪宣盛世。對於大小臣工，屢有旨嚴飭，可不少臣工全不體會，尸位素餐，不曾盡力！工部主事金鉉管理軍器、修整城防，卻連紅衣大炮的炮眼都不會開，一旦敵虜進犯，豈不誤事？胡良機巡按宣府、大同兩年，撫賞冒領餉銀五萬多兩，如此大弊竟不覺察，怎麼做得巡按？遣用內臣，原非得已，朕屢有諭旨，此次又特加解說，極是明白，如何又有一番議論，糾纏牽扯許多？如今廷臣參劾，無不牽涉內臣。有人以為內臣參的處置了，參內臣的也處置了，一味信口誣捏，不顧事理。如此說來，所有處置的百官都是因為內臣了？參過內臣的竟是有了護身符，隨他溺職誤事，也不能動他分毫，這是什麼混賬話！朕自登極以來，取人只憑事功，何曾有什麼好惡？」說到最後，已是聲色俱厲，面沉如水。

王志道見龍顏不悅，忙分辯道：「皇上聖明，洞澈萬機，燭照千里，即便有不奉公守法的臣子，也難以隱藏，自該嚴懲。臣方才所奏，不關涉其他，只是單參王坤一人。內臣疏參首揆，歷朝所無，不見於我朝會典，臣憂心此風一長，朝廷綱紀法度廢弛，並非為朝臣開脫。臣一時急不擇言，語多謬誤，罪當萬死。」他本意想在首輔面前賣個人情，周延儒樹大根深，聖寵未衰，區區一個乾清宮牌子太監在宮中沒什麼勢力，不過是在皇上身邊伺候了幾年，哪裏會撼得動一品大員。不料卻惹惱了皇上，登時惶恐不安，額頭的冷汗涔涔而落，慌忙抬起袍袖擦拭，不想袍袖寬大，竟擋住了嘴巴，以致說到「語多謬誤」有些含糊不清。

崇禎以為他有意蒙混，追問道：「你說什麼？」

王志道以為皇上要下旨問罪，嚇得渾身一震，嘴裏囁嚅道：「臣、臣……」周延儒忙接過回道：「他自認謬誤，有心悔過。」

「自稱謬誤？那參奏前怎不思想明白？身為朝臣，自該心存社稷黎庶，軍國利弊大事多所建言，放著這些頭等大事不顧，卻一心指摘他人的過失，相互攻訐，各據門戶，問兵馬不知，問錢糧不知，吟歪詩填豔詞，吃花酒狎雛妓，刻個稿討個小的，倒是行家裏手，天下可有這等的為臣之道？」說到此處，崇禎不由想到幾年前後金皇太極鐵騎南下，兵臨京城，真是莫大恥辱！臉上一熱，剛剛有些消退的火氣又蒸騰上來，鐵青著臉道：「文武各官，朕未嘗不信用，誰肯打起精神來實心做事？只知一味蒙混欺瞞，結黨營私，貪墨徇情。若非如此朽敗無能，後金兵怎會入關，蹂躪京畿？」

周延儒乃是百官領袖，聽皇上嚴詞申飭廷臣，不敢再沉默下去，出班跪下領罪，次輔溫體仁緊跟著出班，閣臣吳宗達、徐光啓、錢士升也依次跪倒。周延儒先替王志道開脫道：「王都堂參劾內臣，實則是指責我等閣臣溺職。臣身居首揆，輔理不力，表率無能，在內部院各衙門，在外督撫按各官，不能盡心修職，以致封疆多事，寇盜繁興。皇上遣內臣核查邊備，原是一番憂勤圖治的苦心，意在激勵廷臣奮力任事，不可落後於內臣。臣等無不欽佩敬服，雖有攘臂向前之心，無奈才能不逮，跋前躓後，謬誤百出，罪狀多端，朝廷內外自然不滿。」兩眼噙淚，語調有些哽咽。

崇禎見他話說得懇切，尤其是將後金進犯之辱攬在身上，心頭這塊宿疾舊病減輕了一些，顏色稍霽，撫慰道：「此事罪不在一人。」端了茶盞連吃幾口。

溫體仁聽周延儒對王志道尊稱都堂，袒護之心昭然，心底發狠道：「我必教他當不成都堂，看看哪個還敢替你剖白？」急忙叩頭道：「王志道曲意阿上，沽名立論，如何糾察百官？若不懲處，只怕群起效尤。」

不等崇禎表態，周延儒急道：「王志道種種誣揑情罪甚明，原是該處。只是他的本心原非抨擊朝廷，也不是專論遣用內臣，意在參閣臣溺職，臣等確有此罪，委實不可逃避。生殺奪予盡在皇上，伏請開恩寬宥，外廷人人感念聖德。」

「嗯！王志道身為風憲大臣，本當重處，姑念閣臣申救，從輕革職為民。」

「謝皇上！」王志道伏地叩頭。

「起去吧！」崇禎俯視著御案前的王志道，目送著給兩個太監攙扶出大殿，神情有些不屑，朝閣臣道：「先生們請起。如今邊疆多警，民困時艱，後金兵圍了錦州，總兵祖大壽苦守待援，而戶部錢糧徵派遲緩，工部軍器督造不力，朕日夜坐臥難安。大小臣工理應洗心革面，急公盡忠，不得挾私抱怨，爭鬥不休，紛擾內耗。若執迷不悟，陽奉陰違，朕嚴懲不貸！」

崇禎見群臣低頭傾聽，怕挫了他們的銳氣，勸勉道：「朕不是慳吝的人，辛勞你們幾載，等消除邊患，掃滅賊寇，四海晏清，天下無事，文恬武嬉，只要不出大格，便無傷大雅了。那時，朕也要出宮走走，到南京紫金山南麓獨龍阜珠峰下拜謁太祖陵寢，看看江南的風花雪月。你們都是扈從之臣顯！龍旗飄搖，車輦滾滾，何等烜赫！」

群臣聽皇上說得意氣風發，附和道：「臣等願隨皇上開創太平盛世。」

周延儒回到內閣值房發了半晌的愣，草草用過午飯，和衣小睡，翻來覆去卻怎麼也閉不上眼睛，耳邊總是有個尖細的公鴨嗓縈繞難去，「他媳婦本是周延儒的小姨子，他們哥倆兒好，這等的人情他周延儒如敢不送，想必小姨子會拔他的鬍子……」臉上一陣陣紅熱不已，看看日色偏西，起身回府。進門才望見好春軒，吳昌時滿面春風地迎出來，周延儒擠出一絲笑容道：「來之，路上可還順利？」

吳昌時笑吟吟地說道：「一切如願，事情辦妥了。辦了幾個惡僕，苦主也撤了訟狀。」

周延儒倒身在太師椅上，無奈道：「僥倖僥倖，虧你去得快，不然更給他們抓住把柄了。」

「朝堂上風聲緊了？」

「朝臣彈劾也就罷了，監軍宣府的王坤那個閹豎也跳出來狂吠，皇上又命在朝堂上當面讀他的摺子，我只得忍辱不言，實在臉上無光。」周延儒嗓音有些嘶啞，聲調甚覺淒涼。

吳昌時吃驚道：「聽說王坤其人生性暴躁，當年在宮裏是身分卑賤的小火者，必是有人給他撐腰，不然怎麼會如此膽大妄爲？太監參劾首揆可是歷朝所沒有的稀罕事兒，我看大人不妨查查他背後是哪個指使的。」

周延儒在朝堂上一心揣摩皇上的心思，心無旁鶩，沒想到這一層，此時幡然醒悟道：「那摺子的票擬似是出於溫體仁之手，他手伸得如此長，其心不可測。當年張江陵與大太監馮保互爲援引，只一個月的工夫，便將首輔高拱趕回了河南老家。此事看來不簡單，速教董獻廷找唐之征問個明白！」

「關係重大，皇上心意不明，凡事都該加倍小心，萬不可走漏一絲風聲，我還是親去一趟的好。」吳昌時拱拱手，急匆匆出了好春軒。

唐之征不過四十歲上下的年紀，卻是個資歷頗深的大太監了，自萬曆末年入宮當差，歷經了泰昌、天啓兩朝，如今曹化淳取代了王永祚提督東廠，唐之征做了掌班太監，成爲東廠的二號人物，手下的領班、司房、掌刑、理刑、檔頭、番子，人數眾多。他知道自家資歷雖深，但趕不上曹化淳狡黠多智，聖寵更是望塵莫及，因此別無他念，安心做分內職事，日子過得甚爲滋潤。魏忠賢在宮禁開設內操時，他曾下苦功習武，練就了一身本事，習武不輟成爲他的一大嗜好。另一嗜好則是酷愛杯中之物，發誓嘗遍天下酒。酒吃了多年，嘴巴極刁，最愛兩種酒，一是美酒，一是沒吃過的酒，哪怕粗濁不堪，也毫不在意。那所太監所開的廊下家酒家，是他每日必去的地方，每日日落前，他從東廠衙門坐轎而來，在遠遠迎候著的小二悠長的肥諾中，踱進屋宇深密的那間廊下，舉杯淺酌。

暮色初起，西山外尚殘留著一抹餘暉，幾朵火燒雲殷紅似血，豔麗異常。吳昌時進了皇城，遠遠望見玄武門外、北安門內那一片連在一起的瓦房。玄武門以東，東西橫列，連排有十一道門，以西有九道門。過長庚橋至御酒房後牆，則是一排南北縱列的屋宇，自北而南，有三十一道門，稱爲「長連」，再往前面，有三道門稱爲「短連」。這些房屋總計五十四道門，總稱廊下家，乃是宮中地位中等的答應、長隨們集中居住之處。此處毗鄰御酒房，御酒房釀造的竹葉青、五味湯、眞珠紅、長春酒、金莖露、太禧白、滿殿香等，都是天下罕見的美酒，酒香飄到廊下家，那些答應、長隨忍不住仰鼻長吸，可那些美酒都是御用之物，萬難嚐到一滴。他們便偷學釀御酒的手藝，又向內府酒醋局的酒戶請教，釀製棗酒，不料大爲成功。太監出宮不易，於是便請旨開了廊下家酒家，專供太監、宮女們吃酒玩耍，不需上稅。吳昌時趕到門前，唐之征已吃完了一壺名爲琥珀光的內酒。

唐之征見了吳昌時，並不說話，只取了一隻杯子，滿滿斟了，推到對面桌邊。吳昌時拱手謝座，端起來一飲而盡，連聲讚道：「好酒！好酒！廊下家果然名不虛傳。」

「天下的好東西都進了宮，加上萬里挑一的釀酒師傅，釀成的酒自然會與外面大不相同。」唐之征跟著乾了一杯，朝外喊道：「小二再添幾個菜，沒見多了個客人嗎？」

吳昌時見桌上的四個青花中盤擺著盡是葷菜，一個紅燒牛鞭，一個雄鵝腰子，一個羊白腰子，一個龍卵，並無丁點兒菜蔬，笑道：「公公眞一副好腸胃，常年吃竟能受用得了？我可是沒這口福了。」

唐之征點了醋溜鯉魚、清炒河藕，說道：「這廊下家的酒菜可是蠍子的尾巴——獨一份兒，別處想吃漫說是吃不到，怕是連酒菜的名兒都不知道呢！你也果眞沒口福，這挽手，你們稱牛鞭的，還有雄鵝腰子、羊白腰子都是大補的東西，能治病又能頂飯食。這龍卵，嘖嘖……更是極難得的珍品，要想天天吃可不容易，光有銀子也不成。你想想，白色的兒馬有多少，一個兒馬不就兩個卵嗎？若非咱有幾個小徒弟到了九邊做監軍，手下有成千上萬匹軍馬，哪裏會有這麼多龍卵供奉？」

「有您這身子骨兒，能吃能喝，眞是天下第一快活事！」吳昌時翹指稱讚。

「哈哈哈……」唐之征開懷大笑一陣，吃了杯酒道：「古人說酒可紅雙頰，愁能白二毛。人這一輩子，不能自尋煩惱，得高歌時且高歌，酒可以喝，愁不能添呀！」

吳昌時將酒也乾了道：「公公倒是曠達，可常常是愁來尋人呀！想躲都躲不開。」

「說說什麼愁事吧！你是個大忙人，在天下最有權勢的人家做幕賓，可是輕易不拋頭露面的。」

「還是老規矩，先喝完了酒再說不遲。」吳昌時給他說得攪動了心事，想到自家蟄居周府轉眼兩年多了，威風自在倒是有些，可仕宦之路依舊迷茫，不知何時才有登臺亮相的機遇。

「好！」唐之征酒興大發，朝外喊道：「小二，上酒——」

吳昌時阻攔道：「時辰還早，不用急著喊他進來。我聽說公公只喝兩類酒，都這把年紀了，喝過多少種酒，還有多少種沒喝過？」

唐之征思忖片刻，扳著指頭道：「要說咱生平所嘗過的酒，還眞不少，揀有名的好酒說，喝過宮裏的滿殿香、金莖露，京師柳泉居的黃米酒，薊州的薏苡酒，永平的桑落酒，易州的易酒，滄州的滄酒，大名的刁酒、焦酒，濟南的秋露白，蘭溪的金盤露，淮安的綠豆酒，婺州的金華酒，粵東的荔枝酒，汾州的羊羔酒，高郵的五加皮，揚州的雪酒、稀芬酒，無錫的華氏蕩口酒、何氏松花酒……總共不下百種。名酒沒喝過的不多，只有廣西的滕縣酒，山西的襄陵酒、河津酒，成都得郫筒酒，關中的蒲桃酒，中州之西瓜酒、柿酒，十餘種。」

「公公嚐嚐這酒如何？」吳昌時從懷中取出一個白瓷瓶，將酒塞輕輕拔下，登時一股釃釃的酒香撲面而來，唐之征大吸了一口，伸手抓過，滿滿斟了一杯，吱的一聲，淺淺地咂了一小口，閉著眼睛慢慢嚥下，睜開眼睛道：「這是什麼酒？咱沒喝過，下的料可眞足，夠勁兒！」

「這是五香燒酒。」

「怎麼個做法？」

「取糯米五斗，細麴十五斤，白燒酒三大罈，檀香、木香、乳香、川芎各一兩五錢，人參四棵，各研成細末。再取白糖霜十五斤，二百個胡桃取仁，紅棗三升去核，也研成細末。將米蒸熟，晾冷，放入缸中密封，等剛剛發起，加入糖並燒酒、香料、桃、棗等物，將缸口厚封，密不透氣。每七日開打一次，依舊密封，到七七四十九日，綿軟幽香，透出缸外，大功便成。」

唐之征邊聽邊喝，牢牢記在心裏，說道：「咱將這法子告知廊下家，命他們學著做。不然，若是等著你來送，肚子裏的酒蟲怕早渴死了。」

片刻之間，酒瓶已空，唐之征道：「趁咱還沒醉倒，有什麼事快說吧！」

吳昌時朝外看一眼，伸手沾了茶水，在桌上畫了一個大圓圈，圈內寫了一個大大的「周」字。唐之征道：「咱明白你的心思，是要找個解圍的人。這事直說吧，不必打什麼啞謎！咱在這裏，窗戶根下不會有人的。」

「那是自然。」吳昌時將桌上的茶水用袖子擦了，說道：「我家東主想找個皇上面前遞上話兒的人，如今他給一些廷臣逼得實在有些心煩。」

「這可不好辦！皇上不是個耳根子軟的主兒，誰敢在他面前亂嚼舌頭！」

「這事要是好辦，我也不來麻煩公公了。您老人家是伺候過四代皇上的功臣，就是司禮監掌印、秉筆太監也是晚輩，宮裏的事還不是您路子最熟？」

「你小子也別給咱戴高帽子，這事還眞的棘手。如今宮外能說得上話的只有一個，就是瀛國老夫人，那是萬歲爺的姥娘，可求她說話，太扎眼了，弄不好萬歲爺會起疑心。宮裏頭麼，周皇后和田貴妃求哪個都行，不過近日萬歲爺歇在田娘娘承乾宮的時候多。」唐之征蹙眉苦思道：「田娘娘的父親田弘遇倒是個有義氣的人，可事情不好張揚，這般大張旗鼓的，給萬歲爺知道了，反幫了倒忙。怎麼求貴妃娘娘，要好生核計核計。噢！咱聽說田娘娘嫌宮裏的衣服樣式不好，尤其穿不慣笨重的宮鞋，想到蘇州訂做一批蘇樣的新鞋，可周皇后怕花費太多，沒有應允。」

「這事容易，我前幾天剛剛見過江蘇巡撫張國維，吩咐下去，來回用不了一個月。」吳昌時從袖中抖出一張銀票，推到唐之征面前。

忽然外面一陣喧嘩，吳昌時霍地站起身來。唐之征笑道：「莫怕，這是小太監們在演正德皇帝醉酒廊下家的戲，你若願意，可過去見識見識。」

吳昌時屏息傾聽，一連幾聲嬌喊：「朱大爺，我家來！」隨即笙簫雜奏，殷勤勸酒之聲不絕於耳，一顆懸著的心才放下來，拱手道：「這點兒銀子權給公公買料釀酒，等酒釀好了，再來廊下家叨擾，嘗嘗公公的五香燒酒。」

「咱可等你了。」唐之征看著吳昌時閃身出去，看一眼桌上的銀票，赫然是一千兩，小心收藏入懷。

第十七回

賑饑民老嫗輸粟米
設內應驍將擒寇賊

王嘉胤痛得狂吼一聲，右掌奮力劈下，擊在張立位天靈蓋上，張立位登時昏了過去，雙手兀自緊握著尖刀不放，借身子歪倒之力，將尖刀向上一挑，王嘉胤連聲慘叫。婦人搶身上前，不知是照顧丈夫，還是扶住哥哥，扯住兩人的衣衫哭喊，王嘉胤面目猙獰，倏地右掌一翻，十指如鉤，鎖住她的咽喉，只聽得咯吱吱幾聲響，婦人的喉管給他生生捏斷，哇的一聲，噴出幾大口鮮血，倒在地上……

承乾宮裏，田貴妃看著首領宮女王瑞芬將白緞的包袱打開，裏面是一個剔紅花鳥紋長方蓋盒，輕輕移開盒蓋，「噫！一雙繡鞋竟有這般濃香。」

「我還以爲是什麼稀罕東西呢！原來送雙繡鞋入宮，我還少了鞋子穿麼？你看著合適，就賞給你吧！」田貴妃聽說是雙女鞋，興趣頓減。

「奴婢怎敢？這麼好的繡鞋，豈不折了奴婢的壽！娘娘，你看多好的樣式，多精細的手藝，這料子、繡工、針腳……嘖嘖嘖，奴婢從來沒見過。」王瑞芬捧著盒子，走到田貴妃榻前，一一指點道。

「喔，我好生看看。」田貴妃伸手拿出一隻繡鞋，玉色綾緞鞋面上，用金絲繡了一隻彩鳳，口銜一粒碩大的珠花，栩栩如生。檀木鞋底高有三寸，裏頭藏著紫檀雕就的一朵蘭花，鞋底下開個小孔，恰好漏出。鞋跟處的木底內放了沉香末，也雕了一個蓮花形的小孔，人若走動起來，羅裙半掩，落地生香，腳下漏出的香末踏成一朵朵花兒。田貴妃笑道：「我幼時聽母親說起過，這繡鞋名叫步步嬌，本是古已有之的名品，想是在蘇州請名工仿做的。」

「能入娘娘鳳目的，自然是人世間的珍品。」王瑞芬讚頌道：「娘娘將宮中冠服舊製稍加改易，樣子便精巧可愛，坤寧宮的管家婆吳婉容三番五次找奴婢來描衣裳樣子。還有咱承乾宮中的燈火，先前都在罩了縷金的龕子，樣式倒是古雅，可燈光卻昏暗得緊，看著心裏憋悶得慌。遵娘娘的指點，將那燈的四周各挖去一塊桃形的窟窿，繃上輕細的宮紗，燈光大亮，一室通明，我們這些奴婢夜裏當差方便多了。」

田貴妃忽然想起問道：「我改的珠冠，皇上可還中意？」

「眞該打！這事兒怎麼竟忘了回稟娘娘呢！」王瑞芬抬手打了自家一個耳刮子，說道：「萬歲爺歡喜得緊呢！那日奴婢送過去，萬歲爺說珠冠本來都是用珍珠與鴉青石連綴成的，娘娘把珍珠換了，綴上珠胎，再嵌上鴉青石，這樣依次排列，眉目清楚，戴在頭上，便覺光彩燦爛，有無比的威儀。萬歲爺當時便試戴了，還賞了奴婢五兩銀子。」

「嗯，那皇極殿到宮門的御道上搭起竹架，種上紫藤，皇上沒說什麼？」

「說啦！萬歲爺也是大加誇讚了一番。說娘娘敏慧巧思，炎夏烈日，紫藤花繁葉茂，不必再打什麼傘蓋了，天涼了在上面鋪一層草苫子什麼的，就不怕什麼嚴冬風雪了。那路徑兩側的花草，用楊木做成高約尺餘的低欄護住，草木再茂盛，也不致掩沒了路。娘娘試試鞋子合不合腳？」王瑞芬跪在田貴妃腳下，替她脫了腳上的宮鞋，換上步步嬌，「嘿！像是比量著娘娘的腳做的，一絲不差。娘娘起身走幾步看看。」

「呸！」田貴妃笑著啐她一口道：「你這小蹄子又來胡說！哪個不要命了，敢比量我的腳？必是你將尺寸透露給了別人。」

「奴婢怎敢亂嚼舌頭！那天親見了一個小宮女用手量娘娘的腳印兒。」王瑞芬見田貴妃的一雙小腳給淡白色鑲粉邊兒的十幅湘裙罩住，走動起來，微微露出腳尖兒，鞋底稍高，一步一搖，嫋嫋婷婷，拍手道：「月裏的嫦娥下凡來了，月裏的嫦娥下凡來了！」惹得內外的宮女一齊跑來觀看，田貴妃一時興起，擺個身段，婆娑起舞，頃刻間，裙幅飄動，衣袂生風，一舉手一投足，婀娜多姿，顧盼生輝。

「好一個月宮仙子！」眾人聽得一聲喝采，崇禎已站在了門外。

田貴妃嚶嚀一聲，收住舞步，上前迎接，眾宮女隨後跪了一片，承乾宮中一陣嬌呼嫩喚。崇禎拉起田貴妃，王瑞芬使個眼色，與眾人退出宮外。崇禎看著田貴妃面色微紅，略有些嬌喘，假意責問道：「怎麼也不等朕來了再跳？可是不願朕看見？」

田貴妃見崇禎臉上滿是笑意，拉著崇禎坐下，嗔怪道：「皇上總是這般偷闖進來，嚇得人家心裏直跳！」

「朕看看跳得可厲害？」崇禎將田貴妃攬在懷裏，伸手向她胸口摸去，「可是想朕了？」

田貴妃緊偎在他懷裏，埋下頭道：「大白天的，皇上不老實。」

崇禎扳起她的粉臉，在脖頸上一吻道：「是你招惹得朕不老實。」

「臣妾怎麼招惹皇上了，方才試鞋子時走了幾步，卻給皇上瞧見了。」

「什麼樣的新鞋子？給朕瞧瞧。」崇禎撩起田貴妃的裙子，果見玲瓏的小腳上穿著一雙嶄新的鞋子，素色鞋子、素色襪子，足踝之上的肌膚光滑晶瑩，潔白如雪，輕輕一捏道：「屐上足如霜，不著鴉頭襪……」將那條腿放在自己的膝上，一手捉住她的足髁，一手給她脫了繡鞋，握住她的小腳，輕輕撫摸幾下，歎道：「高擎彩鳳一鉤香，嬌染輕羅三寸長，滿斟綠蟻十分量。俏生生，小酒囊，蓮花瓣露瀉瓊漿，月兒牙彎環在腮上，錐兒把團欒在手掌，筍兒尖簽破了鼻樑……」

田貴妃將纖足縮回，紅了臉道：「皇上從哪裏聽來的淫詞邪曲，蓮杯飲酒，由來雖久，可終究透著輕狂。」

「朕是從前門外的茶樓上聽來的，寫得有趣。你不知道纏足始自五代李後主，後來群起效尤，流布極廣，竟有人寫了一本書呢，叫什麼《香蓮品藻》，細分爲五式九品十八類……」

「那酸文士歪秀才當眞好狠的心，竟有這般閒情！只知道要女子裏個三寸金蓮，狀如新月，步生蓮花，可知道小腳一雙，眼淚一缸？那纏腳布一緊，鑽心也似地疼……臣妾想教宮裏沒有裏腳的宮女免了這般皮肉之苦，皇上可肯應允麼？」

崇禎見她眼裏噙了淚水，撫慰道：「好好，朕准你所請，不只是沒裏腳得可免，就是裏了腳也聽憑放開，今後宮中一律不准裏腳，如何？」他撿起地上的繡鞋，轉問道：「這鞋是哪裏貢的？」

「想是蘇州織造吧？」

「蘇繡果然精細。」那繡鞋上下銀白，一塵不染，好似玉琢冰雕的一般，崇禎托在掌中把玩幾下，卻見白緞的鞋裏上，以細細的銀絲繡著幾個字：「臣周延儒恭獻」，這六個字極小，繡在幾乎同色的鞋面上，若不如此切近去看，絕不會分辨出來。他瞟了田貴妃一眼，不動聲色地給田貴妃穿上，說道：「天色還早，彈上一曲給朕聽聽。」

「難得皇上又如此閒暇。」田貴妃朝外喚道：「取琴來！」

崇禎笑道：「人逢喜事，不奏曲吟詩樂一樂，何以消此永日？」

「皇上又什麼喜事？」

「洪承疇蕩平陝西，斬殺了匪首王嘉胤，不是大大的喜事麼？」

「皇上洪福，我大明朝可是有日子沒這等喜事了，要好生慶賀一番。」

「朕已下旨宣洪承疇入京陛見，朕要行郊勞之禮，迎接他凱旋。還要在宮裏演幾天傀儡戲，教京城上下都樂樂。」

「那臣妾就彈一曲《樂太平》。」田貴妃坐到大聖遺音琴前，纖指一揚，錚錚鏦鏦地彈奏起來，霎時珠玉跳躍，鳴泉飛濺，端的是一派群卉爭豔、花團錦簇的繁盛景象。崇禎閉目靜聽，以手擊節，臉上滿是欣慰之色。

洪承疇匆匆離開灞陵橋，趕到延綏巡撫的衙門榆林，還未滿月，就接到了神一魁復叛的消息，張孟金、黃友才挾持神一魁，帶叛兵北上，攻下了寧塞。總督楊鶴發來緊急文書，命他領兵進剿。不等洪承疇動身，接到了升任兵部右侍郎兼右僉都御史，總督陝西三邊軍務的聖旨，他跪接了旨，忍不住問道：「那楊軍門……」

「給大人道喜了。」傳旨的太監接過書僮金升遞上的五十兩銀子，掂兩掂收好，冷笑道：「大人何須問他？那楊鶴養寇成患，塗炭生靈，萬歲爺已下旨將他革職，差錦衣衛旗牌校官押解赴京了。」

洪承疇聽了默然，說道：「神一魁復叛，楊軍門也盡了力……」

「洪大人，有話還是向萬歲爺說罷，咱是只管傳旨的專差，管不了許多。大人快趕去赴任吧，此處皇上已有旨給陝西布政使陳奇瑜署理。」

「公公在此委屈一晚，我要寫個謝恩的摺子，勞公公代爲轉呈。」說罷，命金升陪傳旨太監下去，收拾出一處乾淨房間，好生伺候。隨即洪承疇發權杖曉諭杜文煥：「寧塞城中存糧不多，將城圍困，斷了內外交通，等糧草吃光了，不愁神一魁不束手就擒。」留下延綏總兵王承恩駐守榆林，迎候陳奇瑜。

安排妥當，草草吃過晚飯，連夜寫了謝恩摺子，又給楊鶴寫了一個長長的求情奏疏，謄寫已畢，細查一遍，看到結尾不由默念出聲：「楊鶴蒞任以來，小心謹愼，盡日俱爲地方籌畫，隨事皆從封疆起見。即有一二招撫，亦剿撫並用，時勢不得不然。唯是窮荒益甚，盜賊愈繁，東撲西生，此滅彼起。神一魁之變，實在是時勢非常，出乎意料之外。楊鶴在繫，臣心萬不自安，懇請陛下從寬發落。」看看沒有疏漏筆誤違制之處，一齊拜發。四更時分，帶了貼身侍衛蔡九儀、王輔臣、書僮金升，起身趕往寧塞。

杜文煥與神一魁和他死去的哥哥神一元有血海深仇，接到洪承疇的軍令，即刻率兵將寧塞城團團圍住，想到一家老小慘死在他們之手，忍不住強攻城池。急切難下，反而損傷了不少士卒，見了洪承疇，慚愧領罪。洪承疇寬慰道：「此等賊人最好智取，不然將他們逼得走投無路，必要死戰，那便棘手了。」出營來到城下，果見神一魁在城頭堅守，黃友才、張孟金、劉金、徐鴻儒等人跟在左右。

洪承疇喝問道：「神一魁，你設計殺茹成名時，發誓賭咒歸順朝廷，怎麼轉眼間又反了？如今大兵已到，你還要殺哪個兄弟來應急？似你這無信無義的鼠輩，竟還會有人追隨你，當眞奇怪！」

神一魁尷尬道：「俺們幾個都是喝過血酒的兄弟，不能同日生，但願……」

洪承疇哈哈大笑道：「兄弟？哪個會聽你的鬼話！你沒有退路時，可曾顧念過兄弟之情？果眞如此，茹成名怎麼會死在你手？如今你困守孤城，又是大難臨頭了，還想用兄弟的性命來換富貴麼？」

「你、你胡說！」神一魁氣急敗壞，卻不知如何辯白。

黃友才、張孟金疑心大起，二人偷偷對望了一眼。黃友才試探道：「當家哥哥，官軍人多勢眾，硬打無異自尋死路，不如再降他一回。」

神一魁沉吟不語，劉金厲聲道：「大哥不可受他蠱惑！洪承疇心狠手辣，遠勝楊鶴，咱們已是降了復叛，此次再降，姓洪的豈能放心？不把咱們點了天燈，也會活埋了。大哥萬不可拿錯了主意！」

神一魁神情黯然，有氣無力地說道：「好漢不吃眼前虧，能躲一時是一時吧！」

黃友才冷笑一聲，拔刀劈下，神一魁猝不及防，被砍做了兩段，劉金、徐鴻儒二人揮刀過來，張孟金迎上抵住，四人混戰在一起。城下的官兵乘機攻城，不到半個時辰，收復了寧塞。

黃昏時分，洪承疇進入城內，滿眼的殘牆斷壁，街道上堆著磚瓦、木頭等許多雜物，兩旁的屋頂上炊煙稀少，推門進了沿街的一戶人家，一個乾瘦的老頭摟著兩個五六歲的孩子，蓬頭垢面，驚恐地跪下，哀求饒命。洪承疇到灶下一看，煮著小半鍋的樹葉，沒有一粒糧食，一連看了幾家，幾乎家家如此。洪承疇陰沉著臉，走進臨時總督行轅，命道：「喊糧官進來。」

不多時，一個精瘦的糧官進來，扎手行禮。洪承疇上下打量一番，笑道：「看你的模樣哪裏像個管糧餉的，分明是個餓死鬼投了胎。」

「卑職生來就瘦小，就是頓頓酒飯，也胖不了一斤半兩的。」

「軍中還有多少糧草？」

「可用十天。」

「拿出三天的軍糧，設幾個粥棚，唉！不然，寧塞的百姓不知要餓死多少人！」

糧官爲難道：「下次糧餉還不知什麼時候解到，一旦軍中缺了糧，如何打仗？」

洪承疇揮手道：「這個本軍門知道，我不是曹孟德，出了事只知道拿糧官關問罪，你下去置辦，不得遲延！兵卒們有什麼怨言，本軍門一力承擔，絕不會怪到你的頭上，我總不能眼看著這麼多百姓活活餓死吧！」

糧官退下不久，杜文煥急急地進來道：「洪軍門，外面正在設棚舍粥，聽說是奉了大人的鈞令，賑濟饑民，可是眞的？」

「不錯。」

杜文煥跺腳道：「萬萬使不得！軍門大人，不用說咱們軍中糧餉本來就不足，就是吃用不完，也不能給他們呀！」

「弢武，我記得你的家就在寧塞，怎麼竟沒有絲毫鄉親之情？」洪承疇頗覺詫異。

「洪軍門，正因卑職家在寧塞，才深知此處風土。寧塞自古多出刁民，見小利而忘大義，兇狠好鬥，不講信義。大人今日給了他們糧吃，沒準兒明日他們就來搶糧了。」

「弢武，我明白你的心思。我在陝西多年了，各處的風土也略有耳聞。對付陝西民變，非剿即撫，從私心來講，我是贊同招撫的，剿只是一時之策，終是爲了安民，還能年年剿下去，代代剿下去？剿是樹威，撫屬施恩，如今不得不恩威並施。只知一個剿字，殺人無數，那我等與草寇何異？官軍不能護民，百姓還有什麼安居樂業的盼頭？造反是個死，守在家裏也是個死，自然是越剿賊寇越多了。」洪承疇目光深邃，慢聲細語地說道：「孟子說，天時不如地利，地利不如人和。咱們不管百姓領不領情，是給他們一個盼頭，想著安居的人越多，事情越好辦。總不能救山火似的，東撲西滅，忙個不停，火卻終究不滅。」

「大人是要立個榜樣，給各地的百姓看看？」

洪承疇點頭道：「百姓向著朝廷的心多了，從賊之心自然就少了。眼下是難一些，再捱些日子，等收了新麥，難關差不多算是度過了。這是我草擬的請糧摺子，你看看吧！」他從懷裏取出摺子，遞到杜文煥面前。

杜文煥雙手接過，展開拜讀，讚佩道：「洪軍門，您可眞是膽大，上任伊始，先是爲楊鶴喊冤求情，那摺子還沒音訊，接著伸手要餉銀二十萬，還想明年截留陝西稅銀二十萬。當年的袁崇煥也沒有這等口氣。您說說，這天下的總督也不在少數，還有比您膽兒大的麼？皇上能准？」

洪承疇呵呵一笑，說道：「你是說本軍門忒張狂了？不張狂不行呀！前面的楊修齡就是前車之鑒！撫局之敗，就敗在沒銀子安置流賊，以致旋撫旋叛啊！三邊總督不可謂不位高權重，可眼下內少及時之餉，外乏應手之援，若非急增大兵，籌大餉，爲一勞永逸之計，恐官軍奔於東，而賊馳於西，糜餉勞師，成了長年難了之局。那我這個總督就當到頭了。」

杜文煥平日只知上陣提刀衝殺，哪裏體會過這些道理？一時聽得心驚肉跳，合掌道：「但願皇上能體味大人這番苦心，准了這摺子。」

「給得多，要得也多呀！我是站在風口浪尖上了，天下人的眼睛都在盯著，若有絲毫大意，便脫不了滅頂之災呀！」洪承疇垂下眼瞼，猶如老僧入定一般，調息了片刻，睜開兩眼，拱手道：「皇恩高厚，唯有鞠躬盡瘁，早日蕩平賊寇，才好上慰聖心啊！」

「文煥願追隨大人，誓死殺賊！」

「好，好！」洪承疇嘉許一番，才說：「如今陝西境內只剩下一個王嘉胤，盤踞在陝西、山西交界的府谷、河曲一帶，大軍征剿，逼得急了，他逃入山西焚掠；官兵一退，他又攻搶延安、慶陽等地，當眞狡猾無比。」

「王嘉胤手下不少部眾做過邊兵，熟知官軍底細，數次征剿，無功而返，他卻日益坐大了，號稱有三萬餘人，闖王高迎祥、西營八大王張獻忠、闖將李自成等大批幹將，並任王自用為左丞相兼軍師，白玉柱為右丞相，野心勃勃，不可小覷。」

「我早有除去他的打算，只是擔心他四處流竄，避實擊虛，老是在山溝裏繞圈子，不免有獅子搏兔之憾，不等發力，又給他逃了。」洪承疇聳起兩道長眉毛，說道：「好在皇天不負有心人，延綏東路總兵尤世祿、副總兵曹文詔，山西總兵魏雲中三路官兵向河曲進剿，將王嘉胤逼得向東南逃竄，駐紮在陽城一帶，雖有吾聖山、香山、伊侯山、大尖山、方山、嶽城山、晉普山等可為屏障，易於藏身，但他手下只有王自用、白玉柱兩營人馬，曹文詔正在率兵尾隨追殺，斷了他回府谷、河曲的後路，眞是天賜良機，你可有膽略長途奔襲？」

洪承疇正要密授機宜，忽聽院內一陣喧嘩，王輔國小跑進來，稟道：「外面一個自稱張王氏的老太婆肩背一個大口袋，吵著要見大人，怎麼也攔不住，已闖到二門了。」

「什麼事？」

「她說給大人送糧來了。」

「哦？」洪承疇忽地站起身，朝外急走道：「混賬東西，怎麼還要阻攔她！」

剛出屋門，就見一個頭髮灰白的老太婆站在二門外，哀求道：「小哥，就讓我老婆子進去，見見洪軍門，我沒有壞心呀！」

「不行！大人正忙著軍中大事，哪有閒功夫見你這老東……」守門的兵卒正在唾沫飛濺地喝斥，卻聽背後腳步聲響，洪承疇已大步走去，和聲問道：「婆婆有什麼事要找我洪某？」

「洪軍門！」那老太婆邁上臺階，想是口袋背得久了，踉蹌幾下，險些摔倒，她將口袋放在地下，用衣袖擦擦額頭的汗水，顫聲說：「我給洪軍門送糧食來了！」

洪承疇眼圈微微有些發紅，擺手道：「我看你年紀老邁，面有菜色，日子想必也過得艱難，怎好要你的糧食？」

那老太婆淒涼地一笑，說道：「不瞞大人說，我老婆子這點糧食是留作種子的，都是上好的河道黃米。我本來一家五口，可媳婦遭山賊凌辱上了吊，女兒給他們擄走了，兒子氣憤不過，去投了曹將軍。我在家裏守著小孫子，盼著能有一天他們回來團聚。誰想小孫子轉眼間竟給人抱走了，我怕他給人吃了，取了種糧去換，可早已沒了胳膊大腿……我還留著這種糧有什麼用？我那苦命的孫子呀！」她再也忍不住悲傷，放聲大哭起來。

洪承疇聽得心裏一陣冰冷，易子而食，析骸而炊，都是書上讀來的慘劇，不想今日竟會親耳聽說。他提起口袋，伸手抓出一小把，交給王輔臣道：「給我好生放妥，記住切不可教百姓無望。」隨後他將口袋往地上一摜，咬牙道：「杜總兵，本軍門就將這袋黃米送與你做軍糧，望你戮力殺賊，將王嘉胤一鼓剿滅！」

「卑職將這些黃米給每個兵卒分上幾粒，絕不負大人重託。」

「我只能多撥給你兩日的軍糧。」

杜文煥一撫劍柄道：「大人寬心。此地到山西，一路多山嶺，常有野獸出沒，卑職選數名弓箭手打些山羊、野雞，不難充饑，就是殺馬而食，也不會擄掠地方。」

老太婆問道：「這位軍爺若是見到曹將軍，給我那孩兒捎個口信，教他好生殺賊，不要記掛家裏。」

「你那兒子名喚什麼？」

老太婆絮叨道：「大名張立位，花了十文錢請先生起的。小名狗剩兒，是他爹起的。」

寧塞到陽城有八九百的路程，杜文煥帶領一千人馬走了十天，才抵達陽城。陽城本是多山的地方，巍巍八百里太行，綿延晉冀豫三省，橫亙境內，又有王屋、中條二山自西向東匯來，三山在此交會，造就無數奇峰、秀谷、幽澗，山嶺陡峻，雲海浩瀚，瞬息而變，氣象萬千。王嘉胤的老營駐紮在龍王山下，面臨著丹河，依山建寨，易守難攻。隨後趕來的曹文詔見王嘉胤派人守住險要之處，情知急切難下，卻又不甘心空手而返，便在丹河對面紮下營盤，兩相對峙，借機休整士卒，伺機攻打山寨。

王嘉胤得知曹文詔立起了大營，似有相持之意，急召手下眾頭目商議。右丞相白玉柱道：「不管誰來，咱還是一個字「走」，鑽到山溝裏，教官軍追不上，找不著。」

軍師王自用道：「此地便是太行山南麓，不如將人馬拉到太行山上，建起山寨，修築關隘，做個自在逍遙快活王，豈不勝過終日東奔西逃的。八百里太行山，官軍要圍剿也難。」

一個高大威猛的黃臉漢子叫嚷著闖進來，呼喝道：「怕什麼，打他奶奶的！曹文詔這個孤魂，竟要附體怎的？這般窮追不捨！大當家的，咱帶手下人馬與他拼個死活，看他厲害還是咱厲害？」

王嘉胤只聽聲音便知道來人是綽號黃虎的張獻忠，笑道：「你就是這火爆脾氣，總願意猛打硬拼，用兵不是打群架，還要講究些韜略兵法。」

一身白袍的高迎祥大步進來，抱拳施禮，他身後跟著方面寬額、神態凜凜的李自成，他們二人與張獻忠自王左掛被殺後，一齊轉投到了王嘉胤手下。他環視眾人一眼，點頭道：「大當家的所言有理，曹文詔驍勇異常，手下多是慣於廝殺的精兵，孤軍尾隨，必是有備而來，應先避其鋒芒。」

張獻忠性情暴躁，哪裏聽得進去，搖頭道：「我張獻忠從來沒做過縮頭烏龜，眼見人家找上門來，卻嚇得躲起來不敢出戰！」

「曹文詔既然趕來，必是想要與咱們決鬥，你這等心急，豈不是正中他的下懷？」王自用翻著兩眼，見張獻忠緊閉著寬大的下巴，蠟黃的臉色因發怒才有了一絲血色，想著如何勸說他。

張獻忠卻嚷道：「老百姓編了兩句歌謠，說什麼『軍中有一曹，西賊聞之心膽搖』，軍師想必怕了曹文詔，咱卻不怕他！不信這個邪，今日便與他痛痛快快地鬥上一場。」

李自成一拍張獻忠的胸膛道：「想與曹文詔爭個高低，出出心中的惡氣，法子多的是，何必非要用蠻力氣呢？」

「你有什麼好法子？」

「只在高處擺好酒宴，一邊吃酒一邊看山景，不愁曹文詔不退。」

「哪裏會這等容易！曹文詔大老遠地追到這裏，豈能善罷甘休？你不要調笑了。」張獻忠頗不以爲然。

李自成說道：「曹文詔追得如此急，必是沒帶多少輜重，遠來少糧，利在速戰，咱們卻堅守不出，看他糧食夠用幾天？一沒糧草，二無援軍，他武藝再高強，也沒了用武之地，必然不戰自退，還用你費力麼？」

張獻忠當胸一拳，笑道：「還是你的點子多，這回可要將曹文詔的鼻子氣歪了。」

眾人聽得頻頻點頭，登時歡笑起來，商量著在哪裏擺酒。一個探子飛跑進來，稟報道：「大王，又有一隊明軍向龍王山而來，距此不過十里。」

「是哪路人馬？」

「小的遠遠看見大旗上寫著個「杜」字。」

「此人想是杜文煥，他怎麼從陝西趕來了？」不僅是王嘉胤，屋裏其他的人也有些吃驚，一時想不明白杜文煥竟會到了山西。如今明軍實力大增，是守是退還要再加斟酌，屋內驟然寂靜下來，大夥兒一齊看著王嘉胤，個個面色嚴峻，只有張獻忠以爲大戰在即，神情反有些亢奮。

王嘉胤思忖片刻，說道：「方才自成說的法子雖好，可是也有疏忽之處。咱們據險堅守，與官軍拼一拼糧草，官軍的糧草即便不多，咱們的糧草也支撐不了多少日子。若官軍隨後運送糧草，反會耗不過他們。」

李自成叉手施禮道：「大當家的，此事小將也想過。此處草木茂密，又值初夏時節，山上野獸極多，獾狗、野兔、山羊、野鴿、野雞……數不勝數，每日派人獵上一些，不僅省了口糧，也教弟兄們見點兒腥味，豈不兩便？多支撐半月二十天不難。倘若官軍陸續增援，咱們就再向南，到河南籌糧去。那裏可是一眼看不到邊的平川！敞開肚皮隨便吃。」

王嘉胤一拍虎皮椅的扶手，起身道：「好！就照自成說的辦。守住險要之處，日夜戒備，我看官軍怎麼來攻打。」

杜文煥望見曹文詔的大營，先命軍卒在相距兩里左右的河邊紮營，帶了幾個親兵趕去拜會曹文詔。曹文詔業已接到探報，他雖不是杜文煥的屬官，但杜文煥做過延綏總兵，職位高出一截，自然要禮數周全。早早迎出了轅門，高叉手行禮，客氣道：「有杜總鎮趕來，不愁捉不到王嘉胤。」

杜文煥哈哈笑道：「本鎮早已聽說「軍中有一曹，西賊聞之心膽搖」，將軍威名素著，本鎮還擔心礙手礙腳，可是洪軍門鈞旨不敢違抗，特地趕來看將軍殺賊。」

「還要仰仗總鎮大人虎威。」二人一陣寒暄，並肩進了大帳，曹文詔問道：「總鎮大人說的是哪個洪軍門？」

「延綏巡撫洪大人剛剛升任了三邊總督，曹兄還不知道？」

曹文詔苦笑道：「卑職與尤總鎮分手以後，一直追剿王嘉胤，不是鑽山溝，就是爬土坡，消息怎能知道得如此快捷？」

杜文煥看著桌上展開的地圖道：「將軍可有成算？」

曹文詔搖頭道：「王嘉胤依山建起營寨，易守難攻，卑職打算誘他出來，伏而擊之，他們未必會上當。」

杜文煥點頭道：「若是他們堅守不出，與咱們拼耗糧草，勢必會更棘手。本鎮來得匆忙，沒帶多少糧草，將軍追得急，想也不會有多少餘糧。孫子說：軍無輜重則亡，無糧食則亡。這仗可不好打喲！」

曹文詔給他說中心事，一時想不出什麼妙策，低頭看著地圖，二人默然無語。良久，曹文詔歎息道：「強攻山寨損兵折將不說，也無必勝的把握，稍有疏忽，又給王嘉胤逃了。常言道擒賊擒王，若是王嘉胤有膽量廝殺，憑著卑職手中的長矛，再不放過他！」

「他躲得遠遠的，你如何近得了身？」杜文煥連連搖頭，忽然醒悟道：「你帳下可有名喚張立位的軍卒？」

「張立位？喔，卑職想起來了，半年前他深夜來到營門，給巡營的誤以爲奸細，捉住審問，他卻嘴硬得很，只說要見撫台大人，其他一概不說，給巡營的捆了一夜，次日才知道是來投軍的。卑職這才記住了他的名字，總鎮認識他？」

「從未見過面，但此人與王嘉胤是同鄉，可派他到王嘉胤身邊臥底，以爲內應。不知他可有此膽量？」

曹文詔即刻命人喊來張立位，杜文煥見他五短身材，形狀甚是猥瑣，頗爲失望。等他上前拜見過了，問道：「你家裏可是還有一個老娘？」

張立位既驚且喜，不解道：「大人怎麼知道？俺娘還替小人撫養著一個兒子。」

「你有個妹妹給賊寇擄去了？」

「大人……」張立位驚異地看著杜文煥，說不出話來。

杜文煥道：「本鎮來的時候，見過你的老娘，她託本鎮捎話給你，教你安心尋找妹妹的下落，不要惦記家裏。」

「大人，我娘她……想妹子眼睛都快瞎了。」

「老人家還好。」杜文煥眼前登時浮現出一具四肢殘缺的小孩屍體，想到自己一家老小都給神一元殺了，忍不住心頭一酸。

「多謝大人，小人這就放心了。我妹子就是給王嘉胤手下擄走的，如今已有半年，不知死活。」

「若你妹妹還活著，你想不想救她？」

張立位茫然地看著杜文煥，不知如何回答。曹文詔道：「總鎮大人想命你假作尋找妹妹，到王嘉胤的營中入夥，伺機刺殺，然後舉火爲號，裏應外合，共破賊寇，你可願意？」

「小人願意。」張立位挺胸道：「何時動身？」

曹文詔道：「你扮作花子模樣，見了賊兵只說四處尋找妹妹，不可亂說話。明日一早，從別處過去。」

次日，天剛放亮，張立位拄著打狗棍，一身的破爛衣裳，端著骯髒的討飯碗，來到王嘉胤老營前，推說是大王的同鄉前來投靠，巡營的軍卒不由分說，五花大綁著稟報了王嘉胤。王嘉胤冷笑道：「此處離我老家府谷皇甫川小寬坪不下千里，怎麼會有鄉親來尋？帶進來我聽聽他的口音，自然就明白了。」

王嘉胤高坐在虎皮椅上，看著張立位給推搡進來，踢軟了雙腿，跪在地上，問道：「你是哪村的？」

「堯村。」

「離我老家多遠？」

「走大路三十五里，抄小道二十三里。」

「哼！聽你說話不是府谷口音，分明是官軍混進來的奸細。來人哪！給我重打四十軍棍，看他喊疼是什麼口音。」

兩個大漢將張立位摜翻在地，張立位怒目而視，分辯道：「五里不同鄉，十里不同俗。俺的口音怎會沒有一點兒分別？」

「哼哼，再不說實話，休怪我無情了！」

張立位橫下心來，閉目大叫道：「都說好漢護三村，你這般對待鄉親，哪有半點兒鄉親之情？算俺瞎了眼！」

王嘉胤喝道：「還不動手？」

大漢們舉棍便打，忽聽後面淒厲地哭喊道：「不准打！」話音未落，衝出一個俏麗的婦人，上來擋在張立位身前，恨聲道：「要打先打死我。」兩個大漢急忙住了手。

王嘉胤道：「你出來做什麼，這樣一個叫花子也值得你可憐？小心污了你的衣裳。」

「他是我哥，我心疼有什麼錯？」婦人拉著張立位的手，流淚道：「哥呀！你怎麼到了這裏？娘還好麼？」

張立位睜大眼睛，見眼前滿身綾羅綢緞的美貌婦人果然是自家妹子，只是白胖了一些，眉眼模樣並沒有大變，想到飽受淩辱的妻子，登時嗚嗚地痛哭起來，「哥找得你好苦啊！」

那美貌婦人正是張立位的妹妹，給嘍囉們擄來，獻給了王嘉胤。她與張立位雖是一母同胞，可自小出落得水靈靈的，面容姣好，體態婀娜，王嘉胤十分寵愛。見此情景，心知眞是大舅哥，急忙親手解開繩索，吩咐給張立位沐浴更衣，擺酒壓驚。爲討婦人歡心，使他們兄妹時常見面，命張立位做了帳前指揮，引爲心腹，隨意出入大帳。軍師王自用、高迎祥等人得知此事，並未疑心。

一連幾天，王嘉胤總是與人商議對策，張立位沒有下手的機會，又見他身形魁梧，自己一人未必能對付得了，一時沒有主意，離開大帳，到後院找妹子閒話。剛剛邁進院子，卻見跨院裏門環一響，出來一個漢子，四下察看一番，急匆匆朝月亮門走來，見了他臉色大變，怔在原地，不知如何招呼。屋內卻有女人恨恨地說：「這麼快就走，你倒是快活了，撇得人家好苦！」聲音嬌滴滴的，不由得酥了半邊身子。

張立位認出那漢子是王嘉胤的侍衛首領王國忠，如此與王嘉胤的女人纏綿，想必早就勾搭在了一起，等他走過來，才低聲道：「你好大膽子，大當家的正在前面議事，你卻跑到後面來討便宜，要是傳揚出去……你自然知道會有什麼下場。」

王國忠早已心驚膽顫，臉上一會兒白一會兒黃，給他一嚇，跪地哀求道：「我那親哥哥，您高高手兒，放兄弟這一回，兄弟做牛做馬也念哥哥的恩德。」

張立位嘿嘿一笑，拉他起來，噓聲道：「還不快走！」王國忠飛也似地跑了。

剛進六月，山上的糧食剩下不多了，山下官軍還沒有撤走的跡象，王自用帶著高迎祥、張獻忠、李自成等人出去打獵，將近晌午還沒回來。王嘉胤餓腸轆轆，帶著張立位、王國忠回到後院，婦人已整治好酒飯，紅燒肉、過油肉、肉丸、雞蛋湯……滿滿八個大碗。王國忠在門口侍立，張立位進屋坐定，看著王嘉胤迫不及待的模樣，擺上兩個大碗，倒了滿滿兩碗烈酒，笑道：「聽說當家的酒量驚人，比試一番如何？」

王嘉胤酷好杯中之物，登時酒癮大發，端碗一飲而盡，不想空腹痛飲，酒量大打折扣，眼睛有些發花，正要夾菜吃，張立位伸手攔道：「先喝個雙數。」王嘉胤不以爲意，端酒又一氣喝下，腹中一團火似的熱烘烘燒起來，他咬牙喝采道：「好酒！」

「這是陳年的汾酒，酒性雖烈，可味道卻醇厚。」張立位朝外喊道：「添酒來！」

王國忠答應一聲，抱著一個瓷罈進來，在王嘉胤身後將子放下，從懷裏摸出一條細細的繩索，猛地勒在王嘉胤的脖子上。王嘉胤悶哼一聲，扭身右肘擊出，王國忠猝不及防，正中面門，向後飛出五六步，仰身摔倒，手裏還抓著繩索。

「不要鬆手！」張立位拔出尖刀當胸刺下，王嘉胤伸手拉住繩索，抬腿將桌子踢翻，乒乒乓乓一陣亂響，碟碗摔得粉碎，飯菜撒了一地。他見尖刀刺來，閃身急躲，無奈相距太近，尖刀刺入腹中，直沒刀柄。婦人正從廚下端飯上來，見此情景，嚇得掩面尖叫，手中的飯碗掉在地上，卻未碎裂，在地上連轉幾下。王嘉胤痛得狂吼一聲，右掌奮力劈下，擊在張立位天靈蓋上，張立位登時昏了過去，雙手兀自緊握著尖刀不放，借身子歪倒之力，將尖刀向上一挑，王嘉胤連聲慘叫。婦人搶身上前，不知是照顧丈夫，還是扶住哥哥，扯住兩人的衣衫哭喊，王嘉胤面目猙獰，倏地右掌一翻，十指如鉤，鎖住她的咽喉，只聽得咯吱吱幾聲響，婦人的喉管給他生生捏斷，哇的一聲，噴出幾大口鮮血，倒在地上……

過了半晌，張立位幽幽醒來，頭痛欲裂，他支撐著爬起來，看看王嘉胤、妹妹、王國忠三人已死，鮮血流了一地，急忙出了院門，見十幾個侍衛聚在一處，鬧哄哄地推牌九，急忙拐進小路，爬上一處山頭，掏出三隻響箭，朝天上放了，腦袋一暈，癱倒在一塊大石頭下，含含糊糊地聽到一陣陣喊殺的聲音傳來……

第十八回

行郊勞士卒攔聖駕 演雙簧君臣論密情

正在熱鬧之際，忽然發一聲喊，三個方隊往來穿梭到一處，三聲鑼響，軍士們登時各自站定方位，屹然不動，大纛旗下的數百勇士竟然排列成了「中興聖主」四個大字！眾人都看得呆住了，半晌才回過神來，震天價響齊聲喝采。

一大早，崇禎皇帝擺動鑾駕，出了永定門，由文武大臣們扈從著，浩浩蕩蕩向西南的良鄉郊勞臺進發。永定門到良鄉有六十里上下的路程，中間要在黃新莊歇息一夜。這時已入初伏，赤日炎炎，猶如在頭頂上懸著一團大火。崇禎在鑾輿裏熱得渾身是汗，出了城門，急忙棄轎乘馬，汗雖不出了，可火毒的日頭直曬下來，烤得渾身熱烘烘的。崇禎是個能吃苦的人，在毒日薰蒸之下，還可忍受，有些隨行的小太監平日難得出宮，開始還覺新鮮，等日頭高起，走得又渴又乏，幾乎暈倒。

黃昏時分，接到訊報，洪承疇已在良鄉宿營。崇禎看著天色尚明，悄悄吩咐馬元程道：「朕到良鄉的大營走走，看看洪承疇與當年的袁蠻子是不是一個樣？」

「袁崇煥家在廣東東莞，洪承疇家在福建南安，離得想來不遠，必是說一樣聽不懂的鳥語，長得瘦小不堪……」

崇禎見馬元程絮叨不止，叮囑道：「切不可聲張，免得驚動了隨行的各位大臣，又要勸諫阻攔個不住，全沒了趣味。」

二十幾里的路程，騎馬只用了半個多時辰。馬元程朝前方指點道：「萬歲爺，看那裏有許多燈火，必是到了大營。」

崇禎遠遠望見點點光亮，催馬快行，突然一聲喝問傳來：「什麼人夜闖大營，再敢往前，小心弓箭是不長眼的。」

崇禎一收馬韁，那馬緩緩而行，抬頭看看大營外的轅門，旗杆上高高掛起一盞大紅燈籠，上面大寫一個「洪」字，一個帶刀校尉率領著幾個兵卒來回巡邏，把守轅門。四周一片寂靜，不時傳來幾聲戰馬的嘶鳴。

馬元程上前大叫道：「快去通稟，聖上……」崇禎阻攔道：「你去稟報洪大人，說我們要見見他。」

「呵！你是什麼人？黑燈瞎火地要見我們洪軍門，你想見就見啦！」校尉看這幾人一身便服，以為是京城裏什麼人家來求洪承疇辦事的，半理不睬，一點也不買賬，又問道：「你與洪軍門沾親帶故？」

「一不沾親二不帶故，至今還沒見過面兒。」

「那你有何貴幹？」

「來拜望拜望。」

「不必了。此處是轅門，各色人等照例不許妄自靠近，請回吧！」

馬元程罵道：「混賬東西，皇上要見洪大人，你也要阻攔麼？」

「皇上？拿來吧！」校尉伸手道。

馬元程以為他如權貴的門房一般討要銀子，惱怒道：「拿什麼？」

「皇上的印信呀！」

「印信豈可隨意帶在身上？」

「沒有印信，難斷眞假。」校尉搖頭道：「軍營之中只聞將令，不知有皇上。即便你們拿出印信，我也要稟告洪軍門，請令後才會放你們進去。」

「讓開！你一個小小的校尉，也敢阻攔聖駕，不想活了？叫洪承疇出來迎接！」馬元程氣急敗壞地大叫起來。

那校尉卻絲毫不為所動，按刀而立，冷笑道：「洪軍門的轅門豈容人隨意出入馳騁！看你們沒帶兵刃，才不為難你們，快走吧！休要囉嗦，不然捉你們關上一夜，等天明了，再交洪軍門處置。」

崇禎不以為忤，心裏暗自稱讚：軍中聞將軍之令，不聞天子之詔，洪承疇果然有手段。他調轉馬頭，低喝一聲：「回去！」原路返回了行宮。

次日天明，崇禎用過早膳，來到郊勞臺。郊勞臺俗稱接將臺，專為迎接出征將士凱旋而建，在良鄉大南關外，地方甚是空闊。一座大方臺，有一丈多高，方圓百尺之闊，兀然佇立於曠野之中。臺上建起一座漢白玉的八角亭，亭分兩層，每層八根石柱，飛簷翹脊，氣勢非凡。幾間廠房是演武廳，東面是將臺，西面是馬道。演武廳後面另外有三間起坐，是歇息的處所，東西兩面搭起數架席棚，是給站班的眾位大臣遮陽所用。臺上搭起黃緞子的行帳，中央設著皇帝寶座，撐著一把巨大的黃羅傘。崇禎登臺就坐，數百官員們在大方臺前按官職大下排列兩旁。馬元程等幾個太監忙著在崇禎周圍服侍，有的打扇，有的遞手巾，有的獻涼茶。

崇禎笑道：「烈日似火，你們大夥兒也辛苦了。回頭返城，朕下旨給光祿寺，凡是隨行的大小臣工都賜些冰塊。」

周延儒道：「陝西的賊寇剿滅了，往後都是太平的日子，想起來臣欣喜若狂，不覺得有什麼炎熱之苦。」

崇禎點頭道：「也是，這點苦比起用兵打仗，眞是算不得什麼了。」

溫體仁介面奉承道：「皇上不辭炎熱，御駕勞軍，大熱的天兒，迎出好幾十里的路，這眞是曠古未有的殊恩，將士們爲皇上赴湯蹈火，也是心甘情願。」崇禎的用意就正在籠絡軍心，還要給群臣選出做臣子的榜樣，尤其這是他做皇帝以來頭一次大勝，如此下去，中興有望，自然倍加鄭重其事，聽他說出自己的心意，微微一笑，掃視一眼兩旁的群臣道：「朕常說，只要大小臣工盡心職守，不難求得太平日子。如今洪承疇蕩平了陝西，內亂消歇，不足爲患，再提師出關，掃滅後金，朕便可與你們共用太平了。」臺下眾位臣子齊呼萬歲，崇禎哈哈大笑。

此時，聽得遠遠的軍號響聲，接著是轟隆隆三聲炮響，前站迎接的大員飛馬回來報道：「洪總督凱旋回朝！」

崇禎起身，踱出行帳，遠處一隊步卒甲冑鮮明整隊而來，隨後是一隊騎兵，馬蹄噠噠，刀劍錚錚。步卒到了臺前，行過軍禮，騎兵一齊翻身下馬，也行過軍禮，左右分列。最後一支馬隊鏗鏗而至，轟隆隆三聲炮響，中間一面大旗高高豎起，旗上繡著「三軍司命洪」幾個大字，旁綴一行小字：欽命總督陝西三邊軍務兼理糧餉兵部右侍郎兼都察院右副都御史。親隨衛隊和帳下將領簇擁著金盔緋袍的洪承疇，騎著一匹白龍駒，緩轡而來，神采飛揚，竟絲毫沒有路途迢迢的疲憊之色。

崇禎回到寶座，洪承疇已到了臺前，滾鞍下馬，伏地跪拜道：「臣洪承疇恭請聖安。」

崇禎抬手笑道：「洪卿辛苦了，免禮平身，上臺來！」

大小文武百官都鵠立在臺下，自己卻登上高臺，是何等的恩寵！洪承疇起來撣撣浮塵，小心地邁步在大紅的氈毯上，一步步走上高臺。崇禎特命賜座，太監遞上在冰水裏浸泡過的手巾，洪承疇敷在臉上，頓覺全身的汗毛爲之一爽，迎面竟有絲絲涼風吹來。

崇禎含笑道：「洪卿，朕昨夜已看過你的細柳營了。」

「臣惶恐，昨夜睡得沉，不知道……」

崇禎擺手道：「朕知道路上你走得急，次日還要見朕，不能不養養精神。朕也是興之所至，想盡早見到你，聽你講講是如何殺賊的！摺子畢竟要寫得中規中矩，有些話不方便說。」

「天氣如此炎熱，微臣勞動聖駕，肝腦塗地，不足言報！臣惶恐慚愧。臣何德何能……」

「何德何能？朕賞罰嚴明，就憑你蕩平陝西這一條，就可賞！朕今日如此加恩，猶恐慢待了你。朕實在是高興，自從皇太極入關以來，朕還沒有過一天這樣可心的日子！這口氣朕一直憋了許久，今日可以一吐爲快了。當年朕翦除了魏忠賢，以爲做天下英主，留個聖明的好名聲給後代並不難，哪裏想到內憂外患瞬間便來，朕措手不及呀！昨夜朕去大營，給把守轅門的軍卒阻攔了，可朕心裏頭沒有丁點兒的惱怒，只覺著高興。朕想起了周亞夫，想到了漢文帝，想到了文景之治……我大明的將領個個如周亞夫，何戰不可勝，何敵不可克，何功不可取呀！」

崇禎朝臺下看去，兩旁文武百官，文自內閣大學士以下，武自兵部尙書、五軍大都督以下，都按品級穿著紗製的補服，個個熱得汗透衣衫，顯出斑斑的汗漬，不停地拭汗打扇。那一隊隊軍卒在熱日下直挺挺地肅立不動，任憑臉上的汗珠一顆顆淌落下來，卻無一人敢用手抹。洪承疇治軍之嚴，果然名不虛傳。如此威武之師，焉能不勝！他環顧左右，朗聲道：「賜蟒服！」

乾清宮管事太監馬元程捧著一個朱漆的托盤上來，上面放著一件五爪龍紋的蟒衣，衣襟左右用黃燦燦的金絲繡著兩條行蟒紋，熠熠生輝，光彩奪目。蟒服的紋飾與皇帝所穿的龍袞服相似，本不在官服制度之列，多是內廷權高位尊的司禮監太監、宰輔蒙恩特賞的賜服。這件單蟒雖比不得坐蟒尊貴，沒有在前胸後背加正面坐蟒紋，但在崇禎翦除魏忠賢、乾綱獨攬以後，屬於初次賜服，就是那些信王府邸的舊人、內閣大學士都無人有此榮寵，單憑此一點，洪承疇足以傲視天下。樂聲大作，洪承疇穿戴整齊，跪拜謝恩。崇禎抬手說道：「洪卿免禮！」

洪承疇知道皇上嘴上說免禮，其實只不過是一種客套之辭，哪裏敢恃功而驕，不行大禮？匍匐在地，恭恭敬敬地行過大禮。果然崇禎心裏甚爲舒服，面上閃過幾個笑影，假作責備他多禮道：「這裏又不是朝堂之上，可以便宜行事，天氣炎熱，但行軍禮已足，何必如此繁瑣呢！」

「君臣之禮乃是人世間的大禮，豈可輕易言廢？臣不敢奉旨。」洪承疇知道皇上喜歡，口中連聲告罪，心下卻是暗暗喜歡。

崇禎微笑道：「洪卿此次帶了多少人馬？」

「馬步軍兵三千。」洪承疇回身望望臺下直立不動的三個方隊。這三千軍馬是他挑了又挑，選了再選的精銳之師，生得虎背熊腰，勇猛異常

「轅門侍立三千將，統領貔貅百萬郎。你這個大總督可是威風得緊呀！朕今日要看看你如何操兵？」

演武校閱例有成法，但多在秋後天氣轉涼時才演習操練，無非是戰陣、射箭、角力，但自萬曆九年以來，朝廷從未舉行過演武，大臣們哪裏見過？不用說知道底細，許多人聽都沒聽說過。洪承疇自任陝西督糧道參政以來，在研習兵書戰策上下過苦功夫，他領旨起身，在懷中掏出令旗，侍衛蔡九儀躬身接了，單膝跪地向洪承疇行了個軍禮，回到校場中間的大纛旗下，高呼一聲：「洪軍門有令，操演開始，請萬歲大閱！」

「皇帝萬歲，萬歲，萬萬歲！」三千鐵甲軍士齊聲高呼，各持刀槍開始操演。崇禎在寶座上觀看著兵士們操演，心下卻隱隱有些不快起來。剛才侍衛蔡九儀上臺接令旗，竟對自己這個皇帝視而不見，這是什麼規矩？他瞟一眼洪承疇，見洪承疇看得饒有興致，絲毫沒有察覺，心中暗自冷笑。

此時，臺下的三個方隊正操演陣法，隊形變化多端，時而橫排，時而縱列，什麼一字長

蛇陣、兩儀陣、三才陣、四面埋伏陣……當中還有什麼長蛇陣變螺螄陣，螺螄陣變八卦陣，左右行進，縱橫變幻。隨著陣法變化，三個方隊依次對壘，互相廝殺。只聽金鼓陣陣，彎刀長矛，此起彼伏，殺聲震天。地上雖用黃土墊了，潑了許多淨水，可早給日頭曬得半乾，又經軍卒們奮力踩踏，揚起了陣陣塵土，越發顯得刀光劍影，殺氣騰騰。正在熱鬧之際，忽然發一聲喊，三個方隊往來穿梭到一處，三聲鑼響，軍士們登時各自站定方位，屹然不動，大纛旗下的數百勇士竟然排列成了「中興聖主」四個大字！眾人都看得呆住了，半晌才回過神來，震天價響齊聲喝采。

崇禎大聲稱讚：「好！強將手下無弱兵，卿家是國之干城，兵卒自然是一支無敵鐵甲軍！」

「皇上可要看兵卒們射箭？」

「不必了！朕已看到卿家軍紀肅謹，天氣炎熱，士卒勞乏了，免了吧！」崇禎甚為滿意地望望臺下，對洪承疇道：「朕要到臺下勞軍，卿家隨在朕身後。」說著，大步走下高臺，洪承疇緊隨在他身後，慌得馬元程急忙吩咐肩輿伺候，可已是追趕不及。

兵士們齊聲高呼「萬歲！」崇禎穿行在佇列之中，還沒走到大纛旗下，已是通身透汗了。看著身邊的兵卒都一身鎧甲，操演一番，一個個早已熱得大汗淋漓，點了點頭道：「操演已畢，你們都解了甲，涼快涼快吧！」

「謝萬歲！」眾兵卒兀自挺立不動，沒有一個敢解甲寬衣。

「朕不是已經說過了，讓你們都卸了甲……」崇禎心下詫異，但話未說完，噗通一聲，一個兵卒摔倒在地。洪承疇低喝一聲：「拖下去，重責四十軍棍！」

一個校尉上前囁嚅道：「軍門大人，他、他是熱得中暑了，不是有、有心違紀。」

「拖下去！」洪承疇目光如刀，饒是五黃六月的天氣，那校尉竟連打了幾個冷顫。崇禎有些不忍道：「洪卿，既屬無心之過，又無大害，不必苛責他了。」

「拖下去！」洪承疇恍若未聞，校尉揮手，上來兩個甲士將中暑的兵卒拖走。跟在身後的周延儒變了臉色，溫體仁仰頭望望天頂火辣辣的日頭，似乎沒有看到。不多時，傳來聲聲慘叫。崇禎心頭一驚，他萬萬沒有想到在文武大臣面前，竟會有人抗旨不遵，他的臉色「唰」地就黑下來了，再也覺不到天氣炎熱，渾身冷涔涔的。他輕咳一聲，洪承疇看出了皇上的不滿，辯解道：「軍中只知有軍令，不知有皇命，還請陛下明鑒！」

崇禎眼裏閃過一絲陰寒之光，但稍瞬即逝，他猜忌之心大起，可不得不暫時收斂深藏，哈哈大笑道：「自古將在外君命有所不受，朕明白這個理兒。指揮大軍，如臂使指，自有法度。令下如山，你責打得對！不過領兵打仗並非全不講情面，不然威而不心服，誰肯願效死命！」

洪承疇已聽出皇上話中有一絲不悅，忙躬身道：「萬歲訓誡的是！臣回去必要好生體會聖意。」

「朕沒帶過兵，但知道帶兵的難處，你不容易！」崇禎折身返回，依舊入座，吩咐三品以上的大臣上臺，將方才的不快一掃而光，滿面春風地說：「我朝開科三百年，取士無數，可稱得上國家棟樑的寥寥無幾。洪卿是神宗爺開軒親取的門生，帶出如此勇猛的兵卒，蕩平了陝西，替朕除去了心頭一患，今日凱旋回朝，朕心裏實在是歡喜不盡。沒有他在前方領兵拼殺，天下臣民怎能共用這堯天舜地之福？朕自登基那日起，就有三件大事，一個是魏忠賢，那是肘腋之患，不可不早除，但眞正的心腹大患卻是民變和後金。如今還剩下後金這一大心事，還要有人替朕分憂，雪洗當年兵臨京師之恥！誰能替朕了卻這樁心願，誰就是朕的恩人！朕要不惜王侯之爵，重重封賞他！玉繩——」

「臣在！」

「今日操演的兵卒各賞銀十兩，肥羊一頭，酒一瓶。另發內帑四萬兩，素紅蟒緞四千匹，紅素千匹犒軍。洪承疇保奏立功將士的摺子上了沒有？」

「臣昨日剛剛見到。」

「洪承疇加封太子少保，領兵部尚書銜。所有立功將士轉吏部考功司記檔，票擬照准。」

「遵旨。」

眾人都欽羨地看著洪承疇，大學士督師才領兵部尚書銜，一般的總督依照成例都是兵部侍郎兼都察院副都御史，看來皇上這次是格外推恩，以示殊榮。崇禎不理會眾人眼熱，吩咐賜宴，洪承疇跟著崇禎走下高臺，轉進後面的行帳，一同坐席，周延儒、溫體仁那班內閣大學士、駙馬勳臣等在左右陪宴。御酒飄香，珍饈雜陳，席間崇禎乾了頭一杯酒，問起陝西剿匪的情形，親熱地稱呼道：「彥演啊！剿匪的捷報朕看過了，可語焉不詳，事情經過曲折猜不出來，今個兒給大夥兒講講吧！」

眾人又是各自暗忖：皇上直呼臣子之名本來就算寵愛了，而今日竟稱洪承疇的表字，與內閣大學士們一般，難道他洪承疇竟要出將入相了？洪承疇將第二杯酒乾了，滔滔不絕地誇耀武功，崇禎見他第二杯酒獨自吃下，只顧著自誇，沒有絲毫稱頌君王之意，更加不悅。洪承疇說到最後，奏請道：「前任總督楊鶴給錦衣衛旗牌押解入京，皇上打算怎麼處置他？」

這要在往日，妄測上意是大不敬的重罪，但此次洪承疇自恃有功，名為楊鶴討條生路，其實要給自己留條後路。崇禎淡淡說道：「洪卿曾有專摺替楊鶴求情，此事已有旨了，不必再糾纏下去。」他瞥見洪承疇神情極為尷尬，似是自語道：「朕明白楊鶴盡了力，他本是個舞文弄墨的書生，寫詩度曲還行，對兵事並不通曉。朕生他的氣不假，損兵折將，耗費糧餉不打緊，要緊的是令朝廷蒙羞，給那些賤民小看了。此事朕也有失察之責，就免去他的死罪，充軍江西袁州算了。」

「皇上聖鑒，至公至允。」眾人紛紛稱頌。

崇禎擺手道：「什麼至公至允？朕也是不得已，前有楊鶴的兒子楊嗣昌泣血跪請，一連上了三道摺子。朕動了惻隱之心，實在下不了手呀！楊嗣昌到任了吧？」

周延儒忙回稟：「到任幾日了，今日就在臺下站班呢！」

崇禎點頭夾著說道：「朕自幼既失怙恃，未能承歡父母膝下，怎能教楊鶴失了天倫之樂？朕一直拿不定主意，想著楊嗣昌孝心可嘉，將他升作都察院副都御史，替楊鶴盡忠，楊鶴就忍痛……如今洪卿又替他求情，朕還是要給他這個面子的。」

洪承疇聽皇上准了，心裏卻高興不起來，皇上話中有弦外之音，有責怪之意，連剛剛喊了一句的稱呼又變了回去。周延儒、溫體仁等人也覺洪承疇有些得意忘形，犯了君臣之間的大忌，但見皇上並未申飭，都默不作聲，小口地飲酒。

洪承疇又向崇禎道：「聖上大閱已過，臣想即刻轉回陝西，就不再京師逗留了。」

「那怎麼成？朕還要到太社、太廟告奠天地祖先，還要你上朝陛見，在奉天殿論功行賞，賜你誥命，用儀仗、鼓樂送到你在京的府第。噢，對了，你離京多年，就是有宅子也早賣了，朕賜你片宅子。」

「臣的宅子事小，陝西糧餉接濟不上，臣心裏不踏實……」

「朕心裏記著哪！」崇禎打斷他的話，站起身子慢慢地說，「你要的軍餉，還有請截留的稅銀，朕都已吩咐戶部尚書畢自嚴辦理了。」洪承疇大喜，急急謝過恩。

皇帝郊迎，賜宴統帥，不過是一種儀式，三杯酒吃完之後，便告撤席。崇禎出了行帳，上馬回城，周延儒、溫體仁、洪承疇等文武大臣隨後跟隨。進了德勝門，天已大黑，周延儒等人目送皇上進了西華門，各自回府歇息。崇禎剛邁進清暇居，宮女們忙伺候著洗臉水、換衣裳，獻上涼茶。辛苦了一天，崇禎連吃了幾盞涼茶，才覺喉嚨裏清涼了一些，可暑氣方退，身上卻覺到一陣陣疲乏，靠在龍椅上，閉著眼睛假寐，可偏偏沒有一絲睡意，白天的事情一件件湧到心頭，揮之不去。

馬元程悄無聲息地進來，笑聲稟道：「萬歲爺，新任都察院副都御史楊嗣昌求見。奴婢回說萬歲爺累了，有什麼事等明天再說不遲，可他卻死賴著不走，還說非要連夜拜見不可。眼看著宮門就要下鑰了，不奉特旨出不去，這可怎麼辦好？」

崇禎心底壓著的火氣騰地升起來，厲聲說：「又是一個不知好歹的東西！你告訴楊嗣昌，要是替楊鶴謝恩，就上個正經的摺子，朕不聽他當面稟告。」

馬元程出去不大一會兒，回來說：「萬歲爺，他不是來謝恩的。」

「那要做什麼？朕沒教他陪著進膳！」

「他要彈劾洪承疇。」

「哦，宣他進來！」

馬元程見皇上發這麼大的火，戰戰兢兢地出去，引著楊嗣昌進來，路上不住小聲叮囑。崇禎看著跪在腳下的楊嗣昌，慍聲問道：「楊嗣昌，你夤夜求見，真是要參洪承疇？他可是你的大恩人，你這不是忘恩負義嗎？」

楊嗣昌一身簇新的孔雀補服，上面還可看出斑斑汗漬，他擢升都察院副都御史，自家本沒有想到，更想不到的是聖旨上竟特地註明官階是從三品，比正常的都察院副都御史低著一級，他猜測著皇上是出於撫慰之心，升官本是可喜可賀的事，可他一想到從三品的烏紗換了老父親的一條命，千萬個不甘心。今日知道父親沒有了刀光之災，萬分欣喜，可同時心裏也添了一股怒氣，竟比替父親擔驚受怕的驚恐厲害百倍。他低著頭，看不到崇禎臉上的顏色，但聽到皇上出言洶洶，咄咄逼人。

「臣並沒有忘恩負義。」

「洪承疇曾上專摺替你父親求情，今日在郊勞的賜宴上還向朕面請，你卻要參他，不是忘恩負義是什麼？」

楊嗣昌叩頭答道：「臣所知道的恩義與皇上所說的不同。」

崇禎見他把話頂了回來，冷笑道：「照你這麼說，朕是不懂得什麼是恩義了？」

「臣不敢，臣沒有誣枉皇上之意。臣心裏想的是國恩，沒有個人私惠；想的是公理，沒有個人私義。不錯，洪承疇是一再替臣父求情，臣心裏感激莫名，若論私誼的話，臣自然可與他成爲刎頸之交的生死至友，但臣想的是朝廷禮法、倫理綱常，所以不得不參他。」楊嗣昌說道最後，神色凜然。

「那你要參他什麼？」

「參他居功自傲，藐視皇上，無人臣禮。」

此言一出，語驚四座！旁邊伺候的太監、宮女們全都怔住了，個個手顫心搖，偷偷看著崇禎的臉色。楊嗣昌的話觸到了崇禎的隱痛，他慢慢往前傾一傾身子，仔細盯著楊嗣昌，心裏暗自驚訝，一個剛剛到任的都察院副都御史竟這麼膽大，話又說得直白，不知道繞彎子顧惜臉面，眞是出人意料。他又開始思想洪承疇的所作所爲，一舉一動，就是一句話、一個眼神、一個手勢都在瞬間回想了一遍。他盯了楊嗣昌片刻，才問道：「你可是想借著參洪承疇爲自家沽名釣譽？」

「臣絕沒有私心！」

「那朕要好生聽聽洪承疇到底有些什麼錯？他剛剛爲朕建立了不世之功，滿朝文武……不、不，天下都是盡人皆知的。朕御駕親迎，恩寵已極，就是要給天下人樹一個替朝廷賣力的楷模，他居功自傲，朕怎麼看不出來？」

楊嗣昌用手捏捏跪得有些麻木了的雙腿，又叩頭答道：「臣想請教皇上，兵法上常說將在外君命有所不受，可將在內君命該不該受呢？」

「多此一問。」

楊嗣昌抬頭道：「皇上剛才說，洪承疇是立了大功的人。不錯，蕩平陝西居功甚偉，若沒有皇上屢屢平臺召對商討良策，沒有朝廷的糧餉、軍械、馬匹……，只憑他一人能獲此大勝嗎？這一層洪承疇不會想不到，可皇上御駕郊迎，格外施恩，皇上賜酒之時，他竟坦然自顧地吃下，沒有半句感謝聖恩的言語。皇上大閱兵馬，洪承疇執意處罰違紀的兵卒，全不顧皇上免刑的諭旨，如此置皇上於何地？長此以往，兵卒只知有洪軍門而不知有皇上，豈不成了洪家軍？一旦洪承疇心懷異志，如之奈何？」

崇禎掃了馬元程一眼，馬元程知道皇上要與楊嗣昌密談，急忙朝那些太監宮女揮了一下手，快步退了出去，將門輕輕帶上。崇禎果然歎息一聲，說道：「你方才說的話，朕並非沒有覺察，朕該怎麼做，削了他的兵權？不行啊，朕還要用他，陝西離了他不行。眼下是蕩平了，可朕心裏明白，陝西連遭大旱，山東、河南、安徽等地，就是號稱米倉的江南，今年的收成也不好，朝廷能調撥的糧食有限，陝西民變自然難以根除，野火燒不盡，春風吹又生呀！朕接到吳甡的密奏，王嘉胤雖死，可他的餘部推舉軍師王自用爲首領，還在與朝廷作對。朕擔心死灰復燃，再成燎原之勢呀！洪承疇在陝西已樹了威，別人替不了他，也彈壓不住，你教朕怎麼辦？只有忍了，正所謂兩害相較取其輕嘛！小不忍則亂大謀，洪承疇是有些倨傲跋扈，可並沒有犯上的膽子，還沒有一絲反跡，朕不得不恩威並用。」崇禎起身走下涼榻，一邊踱步一邊說道：「如今雖不能說是亂世，可內憂外患不少，朕要的是能臣，不是忠臣啊！朕的苦心你可領會得？」

楊嗣昌聽皇上說得坦誠，眼裏早噙了淚水，連連叩頭道：「臣、臣進宮門前做了最壞的打算，自以爲是忠直爲國，卻沒想到皇上想的是更深一層，臣、臣斷沒想到皇上有如此的難處。皇上剛剛給洪軍門郊迎賀功，臣就急急忙忙地入宮告狀，也太莽撞、太不知趣了。求皇上降罪責罰！」語調哽咽，臉上盡是傷悔之色。

崇禎在他跟前停住腳步，搖頭說：「朕方才貞想了怎麼處置你，預備教你在家裏託病，閉門思過，可轉念一想，也不是個好法子。朕不想將此事傳揚出去，朝臣們議論紛紛，說得變了音走了調怎麼好？那樣洪承疇勢必不安其位，不會一門心思地替朕帶兵打仗。你身爲風憲之官，這次造膝密陳本有些不夠光明，可也幸虧了是向朕說悄悄話兒，不然你在朝堂當著大小臣工的面將這麼一軍，朕反倒是措手不及了。朕一是不能再裝糊塗，二是不能糊弄，怎麼處置這個難題？你參他爲的是君臣之禮，是天大的事，朕不好怪你，也不該怪你；可爲了安撫洪承疇的心，爲了陝西全省的安寧，又不得不怪你。朕好生爲難呀！朕自幼讀習經史，歷朝治亂知道得不少，西漢時的晁錯進諫削藩錯了麼？可景帝不得不殺他。晁錯也確實該死，他的話說得不是時候，給景帝添了亂子，皇上尚未準備好怎麼應付，可劉濞等七國卻有了造反的口實。」

楊嗣昌抬頭仰視著崇禎，眼淚終於流了下來，悔恨道：「若是壞了皇上的大計，臣眞是萬死莫贖了。」

「你知道就好。平身吧！」崇禎語調又威嚴起來。

「臣不敢，臣該跪著，哪怕兩腿跪爛了也是罪有應得。」

「起來說話吧！」崇禎回到涼榻上，「你明日一大早起來，就趕去洪承疇那裏道謝，他若問起你入宮的事，就說是替你父親向朕謝恩。朕思謀著洪承疇在陝西已是水潑不進了，可只此一省，也不會有什麼大亂子，朕要再用一人總督山西，再逐步分調幾個陝西將領入晉，既可擋住賊寇東進，又可提防洪承疇有什麼不規矩的地方。明日早朝，朕要大夥兒推選一個山西總督，卻不想教洪承疇起疑心，你要給朕唱好這齣戲，明白麼？」

楊嗣昌何等機警，只是連日爲父親獲罪一事愁煩，心智有些紛亂，如今經崇禎解說一番，心中早已豁然領悟，又跪下叩拜道：「皇上諭教，臣感激不盡，受用不盡。」

次日早朝，洪承疇一身蟒衣，站在眾人之中分外扎眼。崇禎升座後，先說了後金皇太極帶兵圍住大淩城，遼東總兵祖大壽孤立無援，命大夥兒議議選派何處兵馬出關解圍。大小朝臣都望著周延儒，等著首輔說話。周延儒自以爲領會了皇上的旨意，回頭看看神氣飛揚的洪承疇，出班奏道：「三邊總督洪承疇運籌帷幄，韜略過人，正好挾蕩平陝西餘威，提雄兵出關，必能不負眾望，爲國分憂。」

崇禎也沒想到會有人舉薦洪承疇出關，關外有著當年袁崇煥留下的數萬精兵，洪承疇到了那裏如虎添翼，加上他在陝西的兵馬，天下的精兵都到了他的麾下，在吃不準他有多少忠心的情勢下，這可是一步極險的棋，萬萬不可輕易落子。電光火石之間，崇禎想了一遍，不露聲色道：「陝西雖已蕩平，但百姓尚未安居樂業，善後的事務還不少，不便另換他人，還是洪承疇輕車熟路的好。再說洪承疇種的果樹已經開花了，別人來摘果子，也顯得朕處事欠公允了不是？」皇上的話說得有些詼諧，眾人上朝叩拜時誠惶誠恐的氣氛登時一掃而空，都覺得輕鬆了不少。

溫體仁看著碰了一鼻子灰的周延儒，暗自解氣，出班道：「臣舉薦登萊巡撫孫元化解大淩之圍。」周延儒聽了，心裏暗忖：孫元化本是我的心腹，你將他趕到關外是何居心？是借此消弱我的實力吧？哼，你手伸得未免過長了，我豈容你如意！孫元化到了遼東，死傷一人我補他一人，看你還能如何？但此事不好貿然出言唱反調，皇上已對自己多了心，萬不可再大意。他強壓下心頭的惱怒，狠狠瞪了他一眼，溫體仁恍若不見，侃侃而道：「大凌所在的寧前道歸登萊巡撫統轄，萊州與遼東隔海相望，無論走海上還是走陸地，都要比陝西近得多。孫元化手下遼人頗多，袁崇煥矯旨斬殺毛文龍後，其下屬孔有德、耿仲明、李九成等，均自東江走避登州，孫元化即用以為將。這都是陝地兵卒不可及之處，最不可及的是孫元化有不少火器。子先，孫元化是你調教出來的得意門生，他的底細你再清楚不過了。」

鬚髮花白的閣臣徐光啓聽溫體仁扯及自己，不得不出班奏道：「皇上，當年孫元化曾隨臣學了幾年火器，還寫了一部書，名叫《西法神機》，上面說的都是西洋火器的款式、造法、用法，他確實精研此道，浸淫甚深。說起他手下的火器，還是多年前的舊物呢！臣記得天啓二年，張燾自澳門運來大銃二十六門，原是澳門葡萄牙兵卒在廣東高州府電白縣所擊沉荷蘭人船上的艦炮，十四門留在了京師，一門試炮時炸毀，其餘的十一門都安在寧遠城上。崇禎元年，兩廣軍門李逢節和王尊德奉旨至澳門招募三十一名銃師、工匠，購買大鐵銃七門、大銅銃三門以及鷹嘴銃三十門。這些火器都在孫元化營中。前些日子張鳳翼剛接了兵部本兵，收到了孫元化籌建火器營的奏摺，溫次輔因臣略通火器，曾面召與張本兵一起商議如何票擬，最後因耗銀過巨，暫時擱置。」

張鳳翼忙接著解說道：「孫元化的胃口大得出奇，想要建立十五支精銳火器營，每營配備雙輪車一百二十輛、炮車一百二十輛、糧車六十輛，共三百輛。西洋大炮十六門、中炮八十門、鷹銃一百門、鳥銃一千二百門、打仗的兵卒二千人、搬運的兵卒二千人。還要甲冑、軍械，凡軍中所需，一一備具。說什麼若建成四、五營，則不憂關內；建成十營，則不憂關外；十五營都建成了，則不憂進逼遼東，收復失地。當眞狂妄之極！」

溫體仁看著崇禎面帶沉思，揣摩著他有此動心，說道：「他既有此雄心，何妨教他一試？倘若成功，自然是社稷之福，也替皇上分了憂。那時建不建火器營，就不用反覆商議了。」

「一旦損兵折將……」張鳳翼頗覺遲疑。

楊嗣昌早已出班道：「皇上，臣在山海關多年，對後金兵馬與我軍長短略知一二。建虜馬快箭急，長於野地浪戰，卻不諳攻城。我軍長處在於火器，西洋大銃遠勝後金弓箭，建虜箭矢射不到城頭，而西洋大銃發射的彈藥已入敵營。」

「但搬運不便，朕擔心太過遲延了，祖大壽他們撐不到時候。」

溫體仁道：「登萊有三萬八千守軍，每年花費八十餘萬餉銀，是一百四十餘萬百姓每年多出的加派錢，況且後金從來不曾自海路進兵內犯，朝廷不能耗銀養兵，而一無所用。」

崇禎點頭應允：「就命孫元化從海上救援。如今陝西蕩平，朕也放了心。可朕接到山西巡撫的加急奏摺，說山西境內突然出現幾股賊寇，如何追剿？」

崇禎話音剛落，楊嗣昌便奏道：「權事要專一，才好……」

洪承疇接過話頭，稟道：「山西巡撫說境內驚現流寇，其實是參劾臣剿滅不乾淨。臣既受聖命，總督陝西剿賊，若賊寇一日不絕，臣一日不罷手，誓與此事相始終，斷無中止之理。今山西傳報陝賊入境，臣請赴晉剿賊，節制山西軍馬政務。」

「臣以爲不可。」

「楊嗣昌，你說下去！」

「以洪軍門的韜略自然是上上之選，臣不是反對他入晉剿賊，只是擔心他到了山西，賊人懼怕他，不敢交戰，又退回了陝西，如此追剿下去，徒勞我師，也墜了洪軍門的虎威，實在於事無補。」楊嗣昌略停頓一下，目光從洪承疇臉上掠過，見沒有異樣，接著說道：「臣以為不如再指派一人做山西總督，與洪軍門合力夾擊，賊人便無處可逃了，洪軍門也省了往返奔波之苦。」

「洪卿以為如何？」崇禎和氣地問了一句。

「楊大人深知兵法，對流寇瞭若指掌，臣以為大合情理。」洪承疇自然知道與流寇周旋起來，不易奏效，只道楊嗣昌是為報答自己的恩情，而給自己提個醒。皇上英明苛察，自己大包大攬，一旦勞而無功，禍且不測，不可不預先慮及。想到此處，他含笑朝楊嗣昌微微頷首，說道：「臣以為這個職務要懂得兵法、在軍中歷練過的才好。皇上看杜文煥行嗎？」

崇禎輕輕搖頭道：「自景泰初年設總督一職以來，都是兩榜出身的人擔任，杜文煥一個武夫，這樣用他不合慣例。」

楊嗣昌怕洪承疇再想出什麼人選來，皇上為難，忙說道：「臣倒有個人選，不知行不行？」

「是哪個？你說給眾位聽聽。」崇禎不急不躁地問了一句，似是極為隨便。

第十九回

虧銀兩兵變吳橋鎮
遭圍困誤入車廂峽

張屠户早沒了方才昂然的模樣，全身哆嗦著向前挪步，雙手顫抖得幾乎攢不住刀柄。陳繼功本是不要命的主兒，可眼睜睜看著自己被人開膛剖肚，不由面色慘白，一頭滿臉的冷汗不住滴落，眼見那尖刀晃到胸前，噗通一聲跪倒在地，哭喊道：「小的是吃了燒雞，求大老爺開恩哪！」

楊嗣昌鄭重道：「臣舉薦署理延綏巡撫陳奇瑜。」

周延儒道：「他署理巡撫尚未有什麼實績，這樣擢升未免太快了吧？」

陳奇瑜與兵部尚書張鳳翼是兒女親家，溫體仁見張鳳翼低頭不語，似是恍若未聞，其實是做樣子給人看的，心裏必是萬分贊同，攛掇道：「張大人與他相交多年，總有話要說吧！自古舉賢不避親，都是為了朝廷，大夥兒可沒說你懷什麼私念。」幾句話將張鳳翼開脫得乾淨，沒有了瓜田李下之嫌，又隱隱挑破了他與周延儒的情面。

張鳳翼想得沒有如此深切，急紅著臉道：「臣、臣還是迴避才好……」一時進退兩難。

「朕記得不久曾看過陳奇瑜的履歷，他是萬曆四十四年進士，按說資歷也不淺了。再說朕用人唯才是舉，不次擢升有什麼不好，只要堪用，管什麼相貌、年紀、資歷？英雄不問出身，哪裏有那麼多陳腐的臭規矩！就命他實任延綏巡撫。」崇禎看看周延儒，臉上閃過一絲不悅，問道：「昨日朕吩咐過所有立功將士轉吏部考功司記檔，票擬照准。別人朕就不問了，只聽聽杜文煥和曹文詔是怎麼票擬的？陽城南山這一仗打得好，狹巷短兵相接處，殺人如草不聞聲，奇謀制勝猶過於猛打猛衝，朕不能虧待了他們。」

周延儒道：「杜文煥封神武將軍，曹文詔封揚威將軍。」

「這怎麼行？都是虛銜嘛！他們兩人立的可是實實在在的大功，不行，這票擬得改。杜文煥一家老小都給賊寇殺了，不孝有三，無後為大，不能教功臣絕了後，朕親賜婚給他，再賞他一所宅子……嗯，洪卿不要想著替他謝恩，等他生了胖兒子，再到京城來謝朕。曹文詔嘛，山西總兵一直出缺，此次秦晉並力剿賊，正是用人之際，就實授他山西總兵，由陳奇瑜節制。都不要再說了，下去擬旨吧！」

孫元化不是兩榜出身，與周延儒同年中舉。他的老家嘉定縣與徐光啓所居毗鄰，跟徐光啓遊學數年，精研過西洋算學和西洋火器。科場蹭蹬多年，一直難入仕途，便轉到遼東軍中，先後在王在晉、孫承宗、袁崇煥手下當差，頗有邊功。照例他這般出身的人萬難做到封疆大吏，趕上崇禎破格求才，周延儒又極力提拔，以勤勞邊事擢爲都察院右僉都御史，巡撫登萊。他在遼東多年，不少遼東將士追隨著到了登萊，但遼東兵多身經百戰，看不起山東內地兵卒，爭鬥時有發生。這些遼東將士是久慣征殺的悍軍猛將，脾氣暴躁，出手兇狠，山東軍民畏如虎狼。孫元化頗爲此事傷神，接到兵部自海路赴遼東耀州鹽場牽制後金的急令，請來總兵張可大商議一番，趁機將最凶悍的那部遼兵遣派回去，可算一舉兩得，既可應付兵部諭令，又可少了爭鬥之煩。於是命游擊孔有德與牙將李應元率兵兩千渡海出關，不料孔有德到了海邊，藉口風汛不合，一再拖延，眼見天氣轉涼了，又藉口船隻修繕未完，仍不動身。兵部一再嚴令，孫元化發了兩封文書申辯，看看再也不能等下去，急忙請兵部改令從陸路趕到寧遠，聽候調遣。

孔有德本是皮島大帥毛文龍的部下，與後金兵馬交戰多次，深知建州鐵騎的厲害，這幾年在山東養尊處優，哪裏還吃得下軍前的勞苦，暗忖此次出關想必凶多吉少，但知道再難推脫，只得硬著頭皮上路。

時至十月，天氣已涼，過冬的衣甲要等到寧遠再發，兵卒身穿夏衣，暗懷不滿，偷搶百姓衣物的事件屢有發生，孔有德一味縱容，並不申斥責罰，軍紀散漫，行走遲緩，以致前隊進入直隸地界，李應元的後隊還逗留在山東境內。不多日到了吳橋縣，天氣突變，紛紛揚揚地下起雪來，那雪雖說不大，可陣陣北風吹來，兵卒身上衣甲單薄，如刀刺骨。遼兵一窩蜂地向城中湧去，想找地方避風取暖。此時正是農閒季節，城中正辦著廟會。吳橋是遠近聞名的雜技之鄉，全縣百姓沒有不會這功夫的，所謂「上至九十九，下至才會走，吳橋耍玩藝兒，人人有一手」。饒是飄著雪花，城南關外依舊人頭鑽動，熙熙攘攘，做買賣的攤販支起帳篷，沿街叫賣的小販撐起一把大傘，遮擋風雪。時有扛著長槍牽著一隻猴子的江湖藝人撂地賣藝，還有幾處打場子舞刀弄劍的，頗是熱鬧。中間一塊開闊處高高搭起祭臺，臺上正演著馬戲，隨著一陣鑼鼓聲響，幾個健兒在飛奔的馬上翻跟斗、疊羅漢、變戲法兒……，或翻或臥，或折或踞，或坐或騎，或躍而立，或頓而側，時而雙手撒了韁繩，時而兩腳離了馬蹬，觀者紛紛咋舌叫好。孔有德大剌剌地到了前排，身後跟著不少的兵卒，前排的人見了，忙起身讓了座。孔有德叉腿坐了，命人端上酒肉，一邊吃喝一邊看戲。

過了半個時辰，那些看戲的兵卒有些支持不住了。他們趕了大半天的路，因乍看馬戲入神，竟忘了饑餓。等馬戲過後，蹬車輪、蹬人、鑽桌圈、蹬散梯、舞獅子……輪番出場，工夫一長，前排燒雞和烈酒的香味直鑽鼻孔，登時肚子咕咕直叫，才覺得又冷又餓，又累又乏。一個身形高大、面目黧黑的兵卒用肘左右撞了身邊的兵卒幾下，使個眼色，擠出人群，一矮一瘦兩個兵卒隨後出來，問道：「放著這般有趣的玩意兒不看，哥哥要到哪裏去？」

「哼！哪裏去？去尋些吃食，晌午那點兒乾糧有多少油水，幾泡尿撒過，肚子早空了。」

矮子笑道：「哥哥又不是不知道，小弟那幾兩散碎銀子在登州時便全輸光了，哪裏還有銀子使喚？」

瘦子也道：「小弟的銀子也是輸了。」

黑臉大漢罵道：「你們兩個可眞沒用，終日地玩牌九，怎麼總是只輸不贏，白白地將銀子送了別人，倒不心疼？」

矮子撓頭道：「小弟平日嫌得手癢，忍不住去賭幾把，可手氣卻如此之壞。等月底發了餉銀，好歹再博回本錢來！」

瘦子接話道：「我倆輸得還少呢！算不得什麼！游府李老爺將孫撫台到塞外買馬的銀子都輸光了。」

「五萬兩銀子！誰贏了去？」黑臉大漢聽得撟舌不下。

「還有哪個？游府老爺耿仲明唄！」

三人談論著入了城內，在街上四下亂走，隱隱嗅到一股濃濃的香味。轉過一個街口，果見臨著街面，有一個高掛幌子的店鋪，寫著王記燒雞店，紮著白圍裙的店小二正守在一個大食盒烤火，那食盒想必有了些年頭，油晃晃地透著香味。矮子偷偷嚥了口唾沫，上前問道：「還有燒雞麼？」

店小二聽著他一身破舊的衣甲，不是本地口音，乜斜了一眼，說道：「剛剛出鍋的燒雞，三錢銀子一個，三位要幾個？」

矮子回看黑臉大漢一眼，黑臉大漢抱拳道：「先要兩隻吧！」

店小二卻打開食盒，矮子罵道：「你小子耳朵聾了？我大哥說要兩隻，還不快拿！」

「軍爺」，店小二指著店鋪的幌子道：「咱王記燒雞店向來是一手交錢，一手拿雞，不能壞了規矩。」

黑臉大漢伸手往懷裏一摸，吃驚道：「壞了，那一兩散碎銀子不知何時竟弄丟了。」

矮子和瘦子催道：「你再找找，看是不是放錯了地方？」店小二卻不住冷笑。

黑臉大漢將腰刀摘下，說道：「小二哥，我這把腰刀權押給你，換兩隻燒雞，你明日拿著到大營裏找我換銀子可好？」

「不行不行……」店小二將頭搖得似撥浪鼓一般，「咱這可是燒雞店，不是當鋪。就是當鋪，也不當營裏的刀槍軍械。不然官府追問下來，沒法子交待。再說你們這些過路的兵卒，說不定連夜拔營趕路了，哪裏去討賬？」

矮子上前劈胸抓住，惡狠狠道：「咱大哥什麼時候向別人說過軟話？不用說換你隻燒雞吃，就是白拿了又能怎樣？」

瘦子掀起食盒，撈起一隻，將雞腿撕了，遞與黑臉大漢，又將另一條雞腿扯下大嚼，嘴裏含糊不清地說：「可不是！爺爺們在軍前、咳……啐」他吐出一截雞骨，「出力效命，到了你的鋪子來，你就該揀好的燒雞送上，還要費這些口舌做什麼，好不識相！」

店小二不驚不慌，說道：「我只是一個下力氣的小夥計，要是我們東家願意，漫說一隻，就是十隻百隻也送得起，只怕你們知道了不敢吃！」

「有什麼不敢吃的？你要到官府出首就只管去，大爺卻不怕你！」矮子鬆了手，順勢推他一把，店小二好不容易站穩腳步，拱手道：「有勞三位在店門上砍上一刀，報出姓名，咱也好向東家交待，不然憑空少了一隻雞，東家追問起來，百口莫辯。」

「成全你！」黑臉大漢拔出刀來，白光一閃，那店門飛下一塊木片兒來，「我叫陳繼功，那矮胖的是李尚友，瘦些的是曹得功，不要記錯了。」說罷，三人揚長而去。

天色將暗，祭臺上的鑼鼓兀自鏗鏘地敲著，已到了一天的高潮。臺上一個老頭正耍著飛叉，那飛叉光閃閃繞著身子上下飛動，叉頭的鐵環嘩啦啦亂響，猛聽他大喝一聲，將手中的鋼叉橫擔在脖子上，雙手叉腰，不住擺動身軀和腦袋，那叉竟在脖頸之間繞來繞去，團團飛舞。「飛叉呀！好飛叉！」眾人不住喝采。那老頭收了飛叉，招手喊出一個小丫頭，拋出一個空竹，老頭鷂子翻身接住，只抖了幾下，便聽到有嗡嗡的聲音傳出。那小丫頭上前接過，耍了一會兒，又換了單片的、茶壺蓋、酒葫蘆來抖，臺下叫好聲不斷。孔有德從軍多年，今日一套「風擺荷葉」、「黃瓜架」、「回頭望月」、「片馬」、「流星趕月」等招數接連使出。要大開眼界，看得痛快淋漓，拍桌子喊好。正在興頭上，後面有人喊叫道：「讓開讓開，縣老一個滿身冠服的知縣到了孔有德跟前，施禮道：「本官吳橋知縣李碁隆，敢問可是孔將軍？」

孔有德上下打量他幾眼，一個七品知縣稱自己這個無品級的游擊爲將軍，心裏大覺受用，起身拱手還禮道：「正是小將。老公祖有何貴幹？」

「有事請將軍裁決。」李碁隆朝身後喝道：「帶上來！」

陳繼功、李尚友、曹得功三人被捆綁著押了上來，身後跟著十幾個衙役捕快，三人見了孔有德，大呼冤枉。孔有德霍地站起身問道：「這是何意？」此時，看戲的人紛紛圍攏過來，裏三層外三層的，臺上也提前煞了戲，藝人們站在台邊，居高張望。

李碁隆道：「素聞將軍治兵嚴明，可這三人卻在城中搶掠，無端擾民，本官不敢自專，將人犯帶來，請教將軍如何處置？」

「他們搶了多少東西？」

「游府大人，小的們沒搶東西，是他們誣陷，求大人替小的們做主。」陳繼功挺著身子，十分不服氣地說道：「說小的們搶了東西，人證物證呢？」

李碁隆附在孔有德的耳邊，低聲說道：「他們搶得東西雖說不多，可那王記燒雞店的東家卻是兵部侍郎范景文大人的至親，他不依不饒，執意要本官懲處，不好推託。」

孔有德聽了，朝陳繼功三人喝問道：「說的可是實話？」

陳繼功梗著脖子，回道：「句句是實，小的們不敢損了大人虎威。倘若有半點兒虛假，甘願領罪。」

李綦隆嘿嘿一笑，瞇起眼睛說道：「既是如此，本官就地升堂問案，審個一清二白。來呀，升堂！」

那些衙役捕快在祭臺中央擺好了一張桌子，搬兩張板凳放了，又多點起燈火，將祭臺照得一片雪亮，看戲的那些人早忘了回家吃飯，幾個賣燒餅的小販挎著籃子，在人群中穿梭，趁機兜售。李綦隆居中坐了，請孔有德在一旁陪坐，陳繼功三人被押上前來，立而不跪，衙役們舉棍子要朝他們的腿上打，他擺手阻攔道：「不必了，孔將軍在此，要略存體面，不可濫用刑罰，我自有辦法審問。別看此時他們嘴硬，到時候自然會跪下求饒。將人證帶上來！」

店小二上來跪倒叩頭，李綦隆問道：「你當時看得可明白？」

「小人看明白了。」

「再見到那搶燒雞的三人可指認得出來？」

「斷不會錯。」

「你看可是他們三個？」

「正是這三位軍爺。」

陳繼功跺腳道：「你這小兔崽子平白血口噴人，大爺何時到過你的燒雞店？」

店小二冷笑一聲，「我早防著你賴賬呢！你們到沒到過燒雞店，我不用強辯，你們離店時，這位陳軍爺一刀砍在店門上，還將姓名告知了，若是你們沒到過店裏，我如何知道？」

陳繼功沒想到他毫不怯陣，給問得張口結舌，但賴賬的話已說出口，只好咬緊牙不承認，瞪著眼睛道：「大爺到過店裏，就搶了你的燒雞麼？就你一個人，說大爺搶了就搶了麼，物證、旁證呢？」

店小二見他這般胡賴，賭咒道：「那物證早到了軍爺的肚子裏，我哪裏拿得出來？店裏也只我一個，沒有什麼旁證，天地良心，平白無故的，我怎敢誣賴軍爺！求老爺明鑒。」

「不要吵嚷，老爺心裏有數。」李綦隆看著孔有德，森然說道：「物證關係人犯的清白，本官有法子取來，不過有些毒辣，孔將軍莫怪。」

「有助斷案，小將不敢阻攔。」

「本官謝過將軍。」李綦隆朝孔有德拱拱手，說道：「將北關的張屠戶請來，帶上順手合用的宰豬快刀。」

眾人一時莫名其妙，紛紛議論著縣太爺判案如何有用張屠戶之處，有的悄聲私語自古兵匪一家，何必招惹這些麻煩。正在議論不休時，滿臉橫肉的張屠戶捧著一把明晃晃的尖刀，昂然隨在衙役身後來到臺上。李綦隆等他拜見了，獰笑道：「張屠戶，你宰過多少頭豬？」眾人聽得心下惘然，孔有德也覺問得越發不著邊際，耐著性子看他如何結案。

「回大老爺，小人記不清了，想來不下四五千頭了。」

「好！在人身上動過刀沒有？」

張屠戶嚇得一激靈，哆嗦道：「沒、沒有，小人萬萬不、不敢殺人的，大老爺可說不得玩笑話。」

「本老爺今夜就請你在他三人身上試刀。」李綦隆一指陳繼功喝道：「先將他開膛剖肚，看看腸子裏有沒有燒雞肉？若是找不出來，本官就把店小二那條人命賠給你！你還愣著幹什麼，動手！」

開膛剖肚！不用說陳繼功三人和四周圍觀的百姓，就是孔有德這樣的悍將聽來，也不由毛骨悚然，眼看區區一隻燒雞將要釀成命案，好個心狠手辣的李知縣，竟想出這等狠毒的法子。張屠戶早沒了方才昂然的模樣，全身哆嗦著向前挪步，雙手顫抖得幾乎攥不住刀柄。陳繼功本是不要命的主兒，可眼睜睜看著自己被人開膛剖肚，不由面色慘白，一頭滿臉的冷汗不住滴落，眼見那尖刀晃到胸前，噗通一聲跪倒在地，哭喊道：「小的是吃了燒雞，求大老爺開恩哪！」

李綦隆哈哈一笑，「你早說了不就結了，何必費這些周章呢？孔將軍，本官已問明瞭案子，這三人是你的部下，本官不便越俎代庖，交給將軍發落吧！」

孔有德滿臉沉鬱，明白王家朝中有人，若不還他個公道，王家勢難罷手，一旦事鬧大了，兵部追究下來，就是孫撫台也不敢袒護，自己更不易收場，一拍桌子罵道：「你們三個狗才，犯了軍紀還推三阻四地抵賴，到大庭廣眾面前現世，全營將士的臉面也給你們丟光了。來人，押下去，插箭遊營，以儆效尤！」說罷，朝李綦隆抱了抱拳，頭也不回地走了。

插箭遊營是用箭穿著耳朵，在軍營中遊行示眾。雖說比挨軍棍要好受得多，可卻飽受羞辱，臉面無存。陳繼功三人沒有想到區區一隻燒雞，說起來不是什麼大事兒，竟落得插一支耳箭，被人押著遊營，越想越氣，路上大聲叫道：「眾位兄弟聽了，咱們領不到餉，吃不飽肚子，餓得兩腿打晃，還要跑到千里之外的老家去送命，爲的是什麼，還不是擋著不教韃子兵殺進關來？咱不過吃了他一隻燒雞，算不得什麼罪名，欠賬還錢，給他銀子就是了，如何卻要插耳遊營，弄出這般醜態，也是撕破了咱們遼東兄弟的臉面！」說到傷心處，陳繼功三人放聲大哭。營中盡是遼東兵卒，聽得個個心中淒慘，唏噓不已，有的禁不住暗自落淚歎息。眾兵卒一陣喧嘩，紛紛叫嚷責罵。

「哭什麼？咱們遼東的弟兄什麼時候變得這般窩囊了！」一個三十歲上下的將領從營中出來，走到陳繼功面前，一刀將他身上的繩子割斷，拔出他耳朵上的箭折在地上。

押解的兵卒吃驚道：「李督司，這可是游擊大人的軍令，你怎敢如此藐視？」

「我不是藐視軍令，是替這三個弟兄鳴不平。游擊大人怪罪下來，自有我李應元承擔，與你們無關！」

那押解的兵卒見他惡狠狠的，不敢招惹，回去稟告孔有德去了。孔有德大怒：「將李應元捆來！」

「不必了！我自己送上門來了。」李應元笑嘻嘻地進了大帳，手無寸鐵。

孔有德冷著臉喝道：「你好大的膽子！」

「膽子大的不止他一個。」帳外闖進了一個五十多歲的老頭，穿著一身兵卒的衣甲，含笑朝他抱拳。

「你、你怎麼來了？」

那老者歎息道：「我若不來，這條老命就要留在登州了。」

孔有德見狀，揮手命左右迴避了，離座問道：「九成兄，出了什麼事？」

老者黑紅著臉，只顧搖頭歎氣。李應元說道：「我父親把孫撫台預備到塞外買馬的銀子輸光了。」

「這可怎麼辦？幾萬兩銀子怎麼湊？」孔有德大驚失色。

李九成自責道：「我是一時糊塗，賭得興起，將銀票就那麼押了。唉！錯到這步田地，想改也是不及。可我不能看著你再錯！」

「兄弟錯了什麼？」

「錯了什麼？」李九成冷笑兩聲，「你這是去送死，豈非大錯特錯了？」

「我知道躲不過，沒法子呀！」孔有德悵然若失，臉上盡是痛苦之色。

「有法子，看你夠不夠膽量了。」

「兄長之意……」

李九成雙眉一挑，咬牙道：「殺回皮島，去過快活逍遙的日子，省得受別人的鳥氣！」

「我們糧草不多，怎麼走？再說朝廷得到消息，四處截殺，走得了嗎？」

「走海路！」

李九成一按腰間的鋼刀說：「此事我早有準備。你我加上咱們的老兄弟東江副總兵毛承祿、右步營都指揮陳有時，還有全營的將士，都等著你歃血盟誓呢！」李應元搶步上前，將帳簾一把高高掀起，帳外齊刷刷地站著一排排兵卒，孔有德頓覺遍體冰冷，知道身不由己了。

「這是誅滅九族的大罪，誰願跟追隨咱們？」

「等咱們拿下登州，就由不得他了。」

「孫撫台能答應？」

洪承疇一路鬱悶地離京回秦，途中便接到了杜文煥的急報，斬殺王嘉胤後，其殘部擁立左丞相兼軍師王自用爲王，與曹文詔周旋數日，四處聯絡各地反賊，老回回、曹操、整齊王、點燈子、五條龍、賀雙全、英王、過江王、征西王、福壽王、齊天王、滿天星、荊聯子、豹五、大膽王、八大王、密靈王郝光、闖和尚、出獵雁、黑心虎和樓山虎老邢和順利王等，陸續匯集到澤州、沁陽、陽城一帶，加上上天龍、九條龍、八金剛、掃地王、射塌天、闖正虎、過天星、破甲錐、邢紅狼、顯道神、黑煞神等王自用手下的十二路流寇，號稱三十六營，大會南山。洪承疇暗笑道：「如今的賊寇大部都在山西，我倒要看看陳奇瑜有什麼手段收拾局面？」下令杜文煥將人馬守在東南邊界，不准賊寇回竄入秦。

陳奇瑜數月之間，便得實授延綏巡撫，成了屈指可數的封疆大吏，他本是山西保德州人氏，自萬曆四十四年中了進士，輾轉在河南、京城等地做官，如今雖說還在陝西，但巡撫衙門的治地榆林與保德州毗鄰，喜訊早就傳到了老家，也算是衣錦還鄉，免不得生出振衣千仞崗、濯足萬里流的氣概，軍需器械又有親家張鳳翼本兵籌措調度，到任伊始，分遣副將盧文善討斬截山虎、柳盜蹠、金翅鵬等，又遣游擊將軍常懷德斬薛仁貴，參政戴君恩斬一條龍、金剛鑽、開山鷂、黑煞神、人中虎、五閻王、馬上飛，都司賀思賢斬王登槐，巡檢羅聖楚斬馬紅狼、滿天飛，參政張伯鯨斬滿鵝，擒黃參耀、隔溝飛，守備閻士衡斬張聰、樊登科、樊計榮、一塊鐵、青背狼、穿山甲、老將軍、二將軍、滿天星、上山虎，把總白士祥斬掃地虎，守備郭金城斬扒地虎、闖天飛，守備郭太斬跳山虎、新來將、就地滾、小黃鶯、房日兔，游擊羅世勳斬賈總管、逼上天、小紅旗，他將斬草上飛、一隻虎、一翅飛、雲裏手、四天王、薛紅旗、獨尾狼，又取得了延水關大捷，先後斬獲八次，威名大震。王自用又急又憂，暴病而亡。三十六營分散敗逃，剩下的幾路擁立闖王高迎祥爲首領，向南避入湖、廣，在襄陽、鄖陽等地搶掠，老回回、過天星等，又自鄖陽竄入四川，攻陷夔州。

北京城裏，下了今年的頭一場雪。乾清宮東暖閣裏，覺不到一絲寒意，可崇禎的臉色卻如窗外陰鬱的天色，他看著周延儒、溫體仁、徐光啓幾個閣臣，神情極是不悅。周延儒滿臉的汗水，臉色慘白，兩眼死死盯著案幾上的摺子，那是半個時辰前，兵部送來的六百里加急文書，登州丟了。崇禎惱怒道：「這可倒好，眞越是想清心麻煩事越多，如今祖大壽還給皇太極圍困在大凌城內，這天寒地凍的，等著兵馬解圍，不想後院卻起了火，登州就這麼輕易地丟了。」

「臣一時失察，舉薦了孫元化，臣罪該……」

「此事還不是追究罪責的時候，還是想個穩妥的法子吧！」崇禎打斷周延儒的話，「那個孫元化御下過寬，失於督責，幾萬兩銀子做了賭本還不知道？出了這麼大的亂子，還隱匿不報，妄想文過飾非。又調度乖張，應對失策，一心想著當好好先生，招撫寬宥，以致叛兵在山東、直隸勢如破竹，連陷陵縣、臨邑、商河、青州、新城。好哇！如今做了人家的階下囚，再有妙策也是無用，朝廷的臉面給他丟光了！」

溫體仁暗笑不已，口中卻開脫道：「他想必是一心替皇上分憂，想著先平定了兵變，將功贖罪，再稟報朝廷。」

「哼，想得倒周全！他就是做得了朕的主，也做不了亂兵的主。什麼招撫，全是書生之見，他們但凡有忠君愛國之心，斷不會做出這等無君無父的禽獸行徑來！還有山東巡撫余大成，聽說了兵變，竟嚇得託病不出，朕嚴旨申飭，才不得已派了中軍沈廷諭、參將陶廷鑨帶兵征討，朕何曾負他，他竟如此負朕！」崇禎越說越氣，朝外喝道：「小程子——」

馬元程小跑進來，崇禎氣急敗壞地命道：「命曹化淳帶錦衣衛緹騎將余大成扭結來京，投入詔獄。」

崇禎看來氣得真是不輕，余大成有罪也該由兵部會同三法司審訊，押在刑部大牢，不該羈押在詔獄。三位閣臣知道皇上正在氣頭上，誰也不敢勸諫，眼看馬元程領旨走了。崇禎兀自怒氣不息，命道：「擬旨，割去余大成山東巡撫之職，由參政道徐從治接任；割去孫元化登萊巡撫之職，由布政使謝璉接任。起去吧！」

三位閣臣起身告退，崇禎阻攔道：「溫先生、徐先生且留下。」周延儒一怔，自己身爲首輔，位在他二人之上，卻給趕出了東暖閣，心裏又是悲傷又是悔恨，低頭急匆匆地走了。

崇禎望著周延儒的背影，怔了片刻，問徐光啓道：「朕請先生冒著風雪入宮，是想討教孫元化手中的火器如何處置，那可是幾百萬兩銀子！」

「臣慚愧！」徐光啓得到消息，早已傷心欲絕，孫元化是他從小看到大的學生，也是西洋算學和西洋火器的傳人，自己多年的心血傾囊傳授與他，可眨眼間卻都付諸東流，白白浪費了。他聲音哽咽道：「皇上，那些火器是自神宗爺起便開始置辦的，就是不算銀子，也非有十幾年的功夫不可。大部分火器還不曾用過，要是給亂軍砸壞尙可修復，若給他們丟入大海，就再難搜尋了。老臣一輩子的心血呀——」

「朕擔心的是他們帶著火器投靠了後金。」

「那紅衣大炮運轉不便，他們想運到遼東可是不易。」

溫體仁獰笑道：「不管他們易不易，必要連人帶炮都截下，尤其那些炮手更是不准走脫一個。沒有炮手，後金即便得了大炮，也不會用，無異一堆爛銅廢鐵。」

「嗯，如此最爲穩妥。諭令皮島總兵黃龍，在海上往來巡邏，嚴防亂軍在海上北竄，將亂軍圍殲在登萊。」崇禎的臉色終於和緩下來，向二人說道：「闖賊高迎祥幾路流寇竄入了湖廣，四處掠殺，朕擔心各地的巡撫互為推諉，賊不在所轄的地界，便袖手旁觀，若有心追剿，過境討賊，又有些不宜。事權不一，難免相互觀望，宜設大臣總領其事。思來想去，得有個辦賊的專差，總督河南、山西、陝西、湖廣、四川五省軍務。」其實這事他前幾天與楊嗣昌談起過，今日得知了登州失陷，感到不可再拖延。

總督一職向來都是一省、一地或一事，如此統轄五省的設置，雖無成例，但卻是因時制宜的好法子，二人聽得各自點頭。溫體仁大感歡欣，崇禎今日撇開周延儒，召對閣臣，詢問密務大計，這也是前所未有的事，忙稱頌道：「皇上英明。如此，必趕得流寇上天入地，無可遁逃了。」

崇禎問道：「先生們看誰任此職合適呢？」

溫體仁沉吟不語，低頭冥思。徐光啓道：「非三邊總督洪承疇不可。」

「先生說得不錯，只是洪承疇自做了總督，就居功自傲，如今在陝西擁兵觀望，朕這才明白獵……啊，千里馬也不能餵得過飽了，餵飽了還怎麼跑？」

溫體仁聽皇上改了口，知道皇上本來是想將洪承疇比作獵狗的，獵人打獵前總是將獵狗餓著，不然它不願再追捕獵物。他揣摩著說道：「人跟人也未必相同，皇上看陳奇瑜如何？」

「他名震關陝，是個將才，就加他兵部侍郎銜，做個五省總督。不必進京陛見，徑直赴任。」崇禎的目光掃過他們的臉，又說：「擢升楊嗣昌兵部右侍郎兼右僉都御史，總督宣府、大同、山西軍務。」

「那洪承疇……」溫體仁吃驚不已，他分明看到崇禎眼裏隱含著兩道凶狠的光，忙將下面的話聲聲噍了回去。

「回去接著做延綏巡撫。」說完，從袖中摸出一卷紙扔到案几上，笑道：「這是周延儒請罪的摺子，朕准他！」然後，踱步出了殿門，慌得門外的太監七手八腳地給他披裘皮大氅，戴風雪帽。

徐光啓暗呼道：「看來洪承疇是要給餓一餓了。」俯身去看那案几，見摺子上朱筆批了三個大字：放他去。皇上說得平淡，可片刻之間竟將首輔罷了職，輕輕這麼一句話，就打發了。他驚異地看看溫體仁，溫體仁伸出右手，不動聲色地收入了袖中，可那寬大的袍袖分明連連抖了幾下，似是難以抑制喜悅之情。

陳奇瑜接到聖旨，已到正月，天氣寒冷，不宜用兵，因此便沉住了氣，先請旨罷黜了見賊逃遁的鄖陽巡撫蔣允儀，又將大名副使盧象升調任。盧象升是天啓二年的進士，雖是文士，但善騎射，嫻將略，慷慨好義，已巳之警，曾招募萬人，入衛京師。北京圍解後，任大名、廣平、順德三府兵備，人馬並未解散，號天雄軍，是經過悉心調教的精銳之師。盧象升帶領天雄軍到任後，陳奇瑜如虎添翼，即刻調兵遣將，布置四面圍堵，檄令陝、鄖、豫、楚四撫臣率兵會討，陝西巡撫練國事駐紮商南，阻截在西北；鄖陽巡撫盧象升駐防竹溪，阻截在正西；河南巡撫玄默駐盧氏，阻截在東北；湖廣巡撫唐暉駐南漳，阻截在東南。陳奇瑜自率精兵從南陽趕到湖廣襄陽府均州城，自鄖陽府的竹溪出擊，連戰於平利、烏林關、溝陽界、乜家溝、蚋溪、獅子山等地，大小十餘戰皆傳捷報，斬殺近五千人，俘獲頭目十一人。

副將劉遷則攻擊於平利、竹溪之間，游擊賀人龍等追擊至紫陽，分獲大勝，紫陽一戰賀人龍斬殺萬餘人。陳奇瑜乘勝追擊，加緊圍堵，命四個巡撫繼續守住四方要害通道，部將賀人龍、劉遷、夏鎬守衛略陽、沔縣；楊正芳、余世任守衛褒城；陳奇瑜親率楊化麟、柳國鎭駐紮洋縣，布置周密，步步爲營，不斷收縮包圍圈。

闖王高迎祥率領八大王張獻忠、蠍子塊、張妙手各部四萬多人，自澠池渡過黃河，進入河南，一連打了幾個勝仗，殺入湖廣鄖陽府鄖西縣城，接著又攻破鄖西之北的上津、房縣、保康諸縣，如入無人之境，正覺得意，聽說陳奇瑜調集各路十幾萬大軍四面合圍，知道眾寡懸殊，不敢硬拼，召集八大王張獻忠、蠍子塊、張妙手、李自成等人商議如何突圍。

三十六營大會陽城南山，李自成因兵馬最少，位列末席，看著綽號黃虎的八大王張獻忠，在議事大廳上恃著兵多，意氣自豪，便暗暗留心結交天下豪傑之士。南渡黃河，他率軍攻破澠池，收服了顧君恩的部眾，人手雖說不多，可顧君恩出身秀才，頗有謀略，李自成一見傾心，以爲軍師，參與機要。李自成與顧君恩尚未走進議事廳，就聽裏面已吵作一團，張獻忠力主入川，蠍子塊、張妙手則吵嚷著躲進商洛。二人悄悄進來，坐在一旁靜聽。過了大半個時辰，高迎祥見他們兀自爭吵不休，一無定論，勸阻道：「大夥兒在這裏費著口舌，可官軍卻不等咱們，再這樣吵下去，也是無益……自成，你怎的一聲不吭？噫！你身邊這位儒士還沒請教高姓大名。」他見顧君恩三十幾歲的年紀，一身儒服，頷下飄著稀疏的長鬚，舉止頗爲儒雅，頓生好感，大起惺惺相惜之意。

李自成一扯顧君恩，說道：「這位是我新結識的軍師顧君恩，是入過縣學的秀才。快見過闖王！」

高迎祥不等顧君恩施禮，忙拱手道：「咱們都進過學，就作個揖吧！」

顧君恩執意不肯，說道：「自古尊卑有序，不可亂了。」跪下便拜。

張獻忠大笑道：「你們這酸腐的兩個老秀才，刀都要架到脖子上了，還這般瞎講究！」

顧君恩團團作揖，與大夥見了禮，才應道：「八大王說得不差，百無一用是書生嘛！不過方才聽了大夥兒言語，學生卻以爲不可。八大王說入川，其實欠妥。」

張獻忠圓睜著兩眼，問道：「有什麼不妥？」

顧君恩環顧了眾人一眼，侃侃而論：「咱們處在鄖陽，四通八達，本有不少出路可走。往東北可通河南之淅川、內鄉，往西北可通陝西之平利、興安、洵陽、山陽，往西南可通四川之大昌等地，往正南可通湖廣之荊門、遠安、夷陵，往東南可由漢水直赴襄陽。眼下陳奇瑜在正西、西北、東北、東南布有重兵，唯獨在西南網開一面，他想做什麼？」不等眾人回答，他自顧接著說道：「他意在將咱們趕入四川。不錯，四川自古就是天府之土，可別忘了蜀道之難，難於上青天，川兵據險死守，陳奇瑜遣精兵追殺，咱們腹背受敵，實在危險之極。即便拼死殺進四川，那裏山嵐瘴氣，咱們祖居北方，水土不服，這樣消耗幾年，不用官軍圍剿，咱們就自生自滅了。」

「好陰狠的一條毒計！」眾人聽得大驚失色。張獻忠搓著一雙大手道：「那、那往哪裏好？」

顧君恩目光灼灼道：「只有殺回陝西一條路可走。」

蠍子塊不解道：「西北有練國事阻截，怎麼過得去？」

「兵者，詭道也……」顧君恩想到面前的人多是些大字不識的粗漢子，忙改口道：「練國事不甚知兵，他一來必以爲咱們不會返回陝西，二來他自恃身後有洪承疇，雖擁重兵，也必大意。再說西北方向山嶺連綿，他哪能面面俱到，沒有絲毫紕漏呢？咱們出其不意，攻其無備，等官軍明白過來，咱們已逃出圍堵，在陝西殺了回馬槍。」

高迎祥憂慮道：「那洪承疇極會用兵，不容小覷，你想必沒與他打過交道，不甚了了。」

李自成道：「洪承疇剛剛遭貶，他心裏正不好受呢！未必肯出死力。到了陝西，咱們人地兩熟，鑽進山溝兒與官軍繞圈子，他們人再多也奈何不了咱們！」

高迎祥環視一下，見眾人再不反對，說道：「兵分勢孤，容易給官軍各個擊破。咱們五路人馬一起動手，向西北撕開個口子，回陝西再說。」

陳奇瑜派出了十幾路探馬，半個時辰一次往來飛報賊寇動向。他接到賊寇向西北行進的密報，取過地圖，細看了半晌，冷笑道：「他們自恃平利、興安、洵陽這條路崎嶇難行，追剿不便，便打起了如意算盤，卻忘了山高谷深最易設伏。哈哈……興安縣內有一處車廂峽，長四十里，四面絕壁，是個適宜埋伏的地方。傳羽檄給練國事，命他虛與委蛇，將高迎祥等人誘入其中，困而殺之！」

第二十回

李自成智獻詐降計 陳奇瑜貪賄縱殘敵

鐘鼓的聲音才歇，眾人兀自在交頭接耳，卻聽城南面遠遠傳來幾聲炮響，震得屋頂簌簌作響。屋門轟然洞開，陳奇瑜提劍排闥而出，目光炯炯地逼視著眾人，高聲道：「桌上的奏摺，本部堂已拜發，速用六百里快馬飛報皇上。曹先生、王先生，還有你們幾個，今夜看本部堂殺賊——」眾人吆喝一聲，各上戰馬出城而去。

練國事接到陳奇瑜的軍令，暗中吩咐手下將士網開一面，只等高迎祥到來。四更天色，滿天星斗燦爛，高迎祥果然命李自成爲前鋒，張獻忠斷後，自帶蠍子塊、張妙手居中，率領大隊人馬闖營而出。官軍虛張聲勢地阻攔一陣，練國事又親率人馬嘶喊著追趕了數里，眼看著他們鑽入深山，連放了幾聲號炮，轉回大營，命人飛報陳奇瑜。陳奇瑜急令練國事帶精兵晝夜不歇，趕往車廂峽北面的谷口埋伏，自率副將劉遷、游擊賀人龍、楊化麟、柳國鎮尾隨，又調盧象升以爲後援。

高迎祥等人鑽入深山密林，聽著後面罵喊之聲漸漸遠去，勒住白馬，眺望四周的群山道：「這些山嶺抵得上數萬官兵！」

蠍子塊笑道：「咱只要到了山裏，跟官軍兜起圈子，他們就是再多的人馬，也是拖得胖的瘦瘦的病病的死了。他們終日花天酒地，哪裏吃得下這等苦處？不似咱們都是窮苦人出身，腳板兒早磨得鐵一樣硬了。」

「不光是腳板兒磨硬了，是咱們的命賤膽子大，什麼都豁得出去，不像陳奇瑜那般尊貴，二品的朝廷命官，潑天的富貴，怎能隨便拋了？咱們怕什麼？在家裏是等死，出來造反也是死，可這樣死得壯烈，死得有聲響！」高迎祥勒定絲韁，翻身下了白馬，提著馬鞭，指指崎嶇難行的山路道：「他陳奇瑜也不用走這等的山道兒，自有八抬大轎抬著，前呼後擁，衣食無憂，用不著像咱們這般拼命，要他擔當風險，自然不容易。」

蠍子塊也下了馬，哈哈大笑道：「他一介腐儒，哪裏會有如此豪氣！終日逢迎往來，說的都是虛言假話，豈有咱們這般快活自在！」

二人隨著隊伍向前緩行，山路曲折往復，回首望去，數萬大軍拉著馬，挑著糧草輜重，在山裏蠕動，猶如一條蜿蜒的巨龍，或隱或現，時斷時合，行進極是艱難。日色過午，埋鍋造飯，塡飽了肚子，接著行進。天色將晚，走了半日，卻又轉回了原處。高迎祥正要派人到前面責問，李自成帶著兩個親兵趕來道：「稟闖王，此山峰嶺相連，路徑曲折，咱們迷了路。」

「迷了路？」蠍子塊和跟上來的張妙手對視一眼，吃驚道：「怪不得方才看見埋鍋造飯的地方有些眼熟，原來折騰了小半天，竟又折了回來，這可怎麼好？」

張妙手瞪著眼睛道：「自成，你不是遇到鬼打牆了吧？怎麼能轉回來呢，走過的路不記得麼？」

高迎祥擺手道：「遇到鬼打牆的都是深夜獨行的人，哪裏有數萬大軍給鬼打了牆的？」他雖寬慰眾人，可心裏卻不由自主地向下一沉，眼看黃昏日落，數萬大軍若在原地繞起圈子，阻隔難行，一旦後面追兵上來，四面夾擊，情勢必會萬分危急，見張妙手面色有些倉惶，轉頭問道：「自成，到底是怎麼回事？」

李自成搔著腦袋，狠狠罵了一聲，才回道：「我發覺路徑不對，就命人沿路做了標記，可還是轉回了原路。這山小路極多，四處都有岔道，眞弄不清哪條道可走出去？」

高迎祥擔心張妙手的鬼打牆傳揚出去，對大軍不利，當機立斷道：「快去找個嚮導！」

「這附近杳無人煙，找個嚮導比打隻猛虎都難……」李自成頗有難色，見高迎祥陰起了臉，只得改口說：「我多撒出幾個兄弟，也並非難事。」轉身欲走，卻見李過押解著一個大漢過來，嚷道：「抓了一個官軍的奸細，抓了一個官軍的奸細！」

李自成看那大漢，三十歲出頭的模樣，破舊的粗布短褂，褲腳高挽過膝，腳蹬一雙麻鞋，體格魁梧，紫銅色的面皮，似有多年風餐露宿之苦。當下冷笑一聲，問道：「看你也是窮苦出身的一條漢子，怎麼甘心給朝廷做鷹犬，殘害自家兄弟？」

那大漢抱屈道：「大爺，我本是此地的樵夫，砍柴回家，猛然見了這些人馬，嚇得躲在岩石後面，不想心驚膽戰，斧頭失手落地，砍在山石上，給這位小爺聽見了，帶人一擁而上，將小人綁了，硬說小人是什麼奸細。」

李自成逼視著他道：「這裏方圓數里沒有人煙，山路又崎嶇難行，哪裏會有人在此居住？」

大漢絲毫不慌，答道：「大爺想必是初次路經本地，見此處滿眼的亂石奇峰，看不到人煙。這倒不奇怪，此處傳說是女媧娘娘的故里，當年女媧娘娘煉五彩石補蒼天，將剩下的石頭丟落在此，山路行走不便，卻常有些獵戶樵夫出沒。往前面走不過十五里，便是興安縣城，城裏店鋪林立，買賣興隆，是個繁華的所在。」

「哦，前面是興安縣城？」李自成上前給他解了綁繩，無意間帶起大漢身上的衣衫，後背上赫然有幾處褐紅的圓疤，閃著幽幽的冷光，他仔細打量片刻，忽然喝問道：「你一個砍柴的樵夫，身上怎麼來的箭傷？」李過等人聞聲，各持刀劍將大漢團團圍住，蠍子塊、張妙手也紛紛呼喝道：「快說！若有半句假話，必是官軍的奸細，絕不可饒了！」

高迎祥大步上前，分開眾人道：「你可是躲什麼仇家，在深山裏隱居？」

那大漢本來有些驚慌，見一個白淨高大的漢子過來問話，那些壯漢神色之間對他甚是恭敬，抱拳施禮道：「這位大爺眼光果然過人。小人名叫左良玉，本在遼東戍邊，原是遼東經略袁崇煥大人手下的都司，因替袁大人鳴不平，挨了四十軍棍，一怒之下，殺人逃回了關內。可卻有家難回，只得躲在這深山中，靠打柴爲生。實不相瞞，這位大爺說的箭傷，是追隨袁大人苦戰寧遠時給後金兵射的，小人整整躺了一個月。」左良玉說的本是實情，可也隱瞞了不少。袁崇煥當年平定寧遠兵變，責打了他二百軍棍，他甘心受罰，待罪戍邊。袁崇煥死後，他心灰意懶，跑到關內，在昌平駐軍中做了一名小校。由於武藝出眾，爲總兵尤世威賞識，舉薦給以兵部侍郎銜總督昌平駐軍的侯詢，侯詢保舉他做了副將。此次領兵進入河南，已升作總兵，統領兩千多人馬。

高迎祥聽他來歷說得眞切，暗自敬佩，疑心頓去，抱拳回禮道：「左兄弟原來跟隨袁督師在關外抵禦後金，失敬了。看來你到此也有不少年頭。」

「五年有餘。」

「左兄弟可願幫哥哥個忙，給我們引引路？」

「哥哥如此坦誠待人，萬死不辭。」左良玉躬身道：「這裏便是女媧山，雖然山重水複，道路難辨，但比起你們越過的大巴山，已算不得高聳險峻了。前面鳳凰山有一處山谷，人稱車廂峽，地勢低平開闊，乃是平常客商出入的必經之路，出得山谷眼前便是興安城。」

暮色蒼茫，在左良玉的引領下，大軍緩緩向鳳凰山進發，走了不到半個時辰，果見一座不高的山嶺，似是展翅欲飛的鳳凰，山路也漸漸平坦開闊。高迎祥等人上馬而行，前面傳過話來，離車廂峽還有不足一里的路程。高迎祥傳令下去，今夜趕到那裏宿營，明日黎明時分攻佔興安城。

此時的興安城內外都已駐滿了官軍，陳奇瑜將行轅建在興安縣衙，分兵出去，獨自一人閉著眼睛坐在簽押房內，中軍、幕僚、親兵們在門外伺候著。屋內燃起幾棵粗大的蠟燭，照得一片通明。他忽地睜開眼睛，盯著桌上的那個刻漏，那刻漏打做得極爲精巧，上有一隻黃銅的鳳鳥注水，一朵金蓮在下邊承著浮箭，水浮箭升。刻漏旁邊是一封加蓋兵部火漆密印的牛皮信套，封緘已好。他側耳聽聽，朝外面問道：「幾時了？」

門外的中軍、幕僚、親兵們也圍著一個刻漏，忙不迭答道：「剛剛酉時。」

「鐘鼓樓怎麼沒動靜？」

「想是與老爺的刻漏有些出入……」

正說著，鐘鼓聲連續傳來，極爲悠長。

中軍詫異道：「老爺眼前不是有蓮花漏，怎麼來要問？」

「東翁有這般的大事在心頭，能在屋裏坐得住，已非凡人。你不記得謝安聽說侄子大破前秦符堅，一時走得慌忙，腳上的木屐都給門檻碰壞了？」

「看來老爺的氣度還勝過謝安呢！」中軍看了幕僚一眼，點頭讚佩。

鐘鼓的聲音才歇，眾人兀自在交頭接耳，卻聽城南面遠遠傳來幾聲炮響，震得屋頂簌簌作響。屋門轟然洞開，陳奇瑜提劍排闥而出，目光炯炯地逼視著眾人，高聲道：「桌上的奏摺，本部堂已拜發，速用六百里快馬飛報皇上。曹先生、王先生，還有你們幾個，今夜看本部堂殺賊——」眾人吆喝一聲，各上戰馬出城而去。

養德齋內，崇禎獨坐在御案後批閱奏摺，那一大疊奏摺批閱完畢，夜已深了。他將留在一旁的一個奏摺取過來，又細細看了一遍，提筆欲批，卻躊躇起來，放下朱筆，吃了一口涼茶，喃喃自語道：「唉！廢了一年多的工夫，吳橋兵變才有這般一個結局！本來叛軍不過區區兩千餘人，越打越多，最終竟有數萬之眾。該死的孫元化！」

孔有德兵變吳橋後，還兵大掠，登萊巡撫孫元化與山東巡撫余大成擔心朝廷怪罪，想著大事化小，小事化無，竟力主安撫，下令沿途州縣不得出兵迎擊，致使孔有德一路暢通，先後攻陷陵縣、臨邑、商河，隨即殺入齊東，攻陷青城、新城，兵臨登州城下。城內的中軍耿仲明及都司陳光福等，暗中策應，舉火開門，孔有德從東門攻入，登州失陷。孫元化自殺未成，與同城將官一起被俘。總兵張可大斬殺其妾陳氏後，在官署懸樑自盡。余大成見事已鬧大，不敢再隱瞞，上疏朝廷。想到此處，崇禎臉上怒意大盛，饒是已將他兩人免職逮到京師，最後余大成充軍，孫元化斬首棄市，猶覺心頭怨氣難消。孫元化這樣一個腐儒，滿身的頭巾氣，竟給舉薦做登萊巡撫，成了開衙建府的封疆大吏，其中大有情面！他不由有些遷怒周延儒、徐光啓，恨恨地忖道：朕如此待你們，你們卻如此待朕！用這樣一個不中用的門生故舊，敗壞朝廷大事，還替他求情。若不是朕力排眾議，提拔福建右參政朱大典任山東巡撫，並急調遼東勁旅五千入關參戰，眞不知登州之亂何日了結。

朱大典至德州後，派副將牟文綬馳救平度，斬殺叛將陳有時。派總兵金國奇、參將祖寬爲前鋒，率遼東兵馬與孔有德戰於沙河，大敗孔有德。乘勝追擊，直至萊州城下，圍困萊州城的叛兵解圍而去。金國奇窮追不捨，與叛軍再戰於黃縣，斬殺上萬人，俘獲近千人，追至登州城下，在城外斬殺李九成，叛軍首領僅存孔有德、耿仲明、毛承祿三人。孔有德見大勢已去，用大船載著子女財帛，從水門出海而遁，耿仲明等也隨之逃出登州，叛兵無心守城，登州被一舉攻克。旅順總兵黃龍奉旨率兵在海上攔擊孔有德、耿仲明，斬殺李應元，俘獲毛承祿、陳光福。孔有德、耿仲明拼死衝殺，投奔後金去了。

崇禎歎息了一陣，終於又拿起朱筆批道：「擢升朱大典爲兵部右侍郎，世襲錦衣衛百戶，其他參戰將領各賞賜有差……」批到此處，想到孔有德、耿仲明二人竟然漏網，皇太極對他倆頗爲禮遇，親出盛京十里，設宴迎接，賜蟒袍、貂裘、鞍馬，授孔有德都元帥、耿仲明總兵官，賜敕印，予以重用。孔有德感激涕零，進獻了紅衣大炮。登時心情大壞，奮筆批了：叛首毛承祿解押來京，以大逆罪，依律寸磔。隨即啪的一聲，將筆狠狠扔下。

門外伺候的馬元程見了，輕手輕腳地進來，小心地收拾好朱筆，擦乾淨了墨跡，勸道：「萬歲爺，已是亥時了，該歇息……」見崇禎瞪了眼睛，趕忙收住嘴。

「你見朕什麼時候睡這般早了？」

「萬歲爺這幾日進膳比平日少，皇后和貴妃兩位娘娘都叮囑奴婢，萬萬不可忘了給萬歲爺提個醒兒，以免太過勞累。奴婢見萬歲爺批完了摺子……」說著眼圈兒竟有些發紅。

崇禎聽他囉嗦，擺手道：「朕沒說不歇息，想到外面走走。五黃六月，月白風清，活動活動筋骨也不是壞事。」

馬元程聽了，破涕爲笑，忙不迭說道：「奴婢去喊當值的侍衛。」

「不必了。朕就在外面露臺上走走，他們帶刀佩劍的，反會大煞風景。」崇禎一邊阻攔著，一邊邁步出門。

新月早已隱去，只剩下滿天的星斗，閃爍不已，銀帶子似的銀河橫亙長天，像是一大袋散落的珍珠。淡淡的霧氣將四周的宮殿樓閣籠罩起來，朦朧中越發顯得無上的尊嚴。崇禎走到露臺右側的那座鎏金銅亭前，伸手摸在亭頂上，溫潤而濕涼，那江山社稷金殿竟也有些迷濛了。

「噹噹噹……」三聲雲板響亮，崇禎心裏一緊，在一旁掌著宮燈的馬元程早已顏色大變，快步朝乾清宮通往養德齋的拐角處跑去。這是崇禎早就立下的宮規，倘若夜間有十分緊急的軍情文書，不論什麼時辰都不能延誤，必須趕快啓奏。內閣、通政司、司禮監夜間長年輪值，當值的內閣大學士、秉筆太監接了緊急文書，便到拐角處敲響雲板，值夜守候的太監宮女接過送到崇禎寢宮門外，交與在寢宮外間值夜的太監宮女，到御榻前跪呈。崇禎接過牛皮封套，連扯兩下，才撕裂一條小口兒，拆開來，抽出文箚，在燈下展讀，不禁笑顏逐開，仰天歎道：「十年剿匪，畢其功於一役。陳奇瑜果然不負朕望，將反賊們都困在了車廂峽！」

馬元程賀道：「萬歲爺聖明，妙算千里，萬里江山河清海晏，實在是中興可期啊！」

「恭喜萬歲爺——」侍衛、宮女一起拜賀。

李自成率先鋒營進入了山谷，路倒是還算平坦，只是寬僅丈餘，難以疾行。夜色已濃，將士們燃起了火把，但谷中霧氣蒸騰，饒是連成了一條火龍，所見不過三五丈遠，兩旁的山石變得迷濛起來，奇峰突兀，怪石嶙峋，似要撲面而來。走了近一個時辰，估計後面的大隊人馬也都進入谷中，才吩咐安營造飯，帶領李過等人到前面巡視查看，卻見顧君恩急急趕來，問道：「闖將，這裏是什麼所在？」

「想必是車廂峽了。左良玉呢？喚他過來問問。」

李過前後問了個遍，哪裏有什麼左良玉的影子？顧君恩說道：「此處不管是不是車廂峽，但此谷兩峰加峙，形勢險要，易入難出，咱們數萬人馬擁擠在這等狹窄之地，一旦官軍守住兩邊的谷口，前後夾擊，插翅也難逃了，萬不可在此宿營停留！」

李自成聽了大驚，急命道：「快去稟報闖王！」話音未落，山頭上一聲炮響，落下一陣石雨，隨著射下無數的火箭，帳篷糧草霎時燃起熊熊烈焰。眾人驚呼著四下躲避，李自成大喝一聲，「隨我衝出去！」揮刀向前急奔，行了不足數里，眼前早已堆起了無數的亂石，將谷口堵得嚴嚴實實，山上燈籠火把照得一片通明，數十面戰旗獵獵作響，旗下一個大漢哈哈大笑道：「流賊，你可還認得咱？」

李自成細看，赫然是失蹤了的左良玉，心頭頓時有如重錘撞擊，暴叫道：「左良玉，是好漢的下來與咱見個輸贏，用這般毒計算得什麼英雄？」

「哈哈哈……你這不知死的草寇，到了這等境地還兀自嘴硬！實話說與你，這等妙計是陳大帥想出的，要是嚥不下這口氣也沒用，你怕是見不到他了。」左良玉揮動令旗，山上射下滿天的箭雨，李自成等人急忙後退。

後半夜，下起了瓢潑大雨，將衣甲帳篷淋得精濕。折騰了一夜，李自成等人又餓又冷，疲憊不堪。天色微亮，闖王傳下令來，眾首領齊聚中軍大營商議對策。李自成叮囑李過等人，官軍只想困守，不會入谷廝殺，小心山上的冷箭，不可輕舉妄動，然後帶了顧君恩急匆匆趕往大營。一路上，抬眼四望，不由驚出一身冷汗。只見兩面絕壁陡起，勢若刀削斧砍，直插雲天。時值初夏，林草茂密，荊棘遍布，更覺狹長陰森，逶迤難行。不由暗暗叫苦，自己一時大意，竟給人誘入了絕境，上天無路，入地無門，眼睜睜困死在此，這可是數萬弟兄的性命呀！頓時遍身冷汗，悔恨交加。

大營建在一個狹小而曲折的山洞中，點著火把，一塊平坦的大石四周圍坐著高迎祥、蠍子塊、張妙手三人，個個神色沉重，高迎祥的右肩上繫著一條白帶，已給鮮血浸得半透。他上前問道：「闖王受傷了？」

「不打緊，中了一箭。箭頭已取出，敷了金瘡藥。」高迎祥微笑著，略抬一下右臂，以示傷得不重，但卻疼得嘴角抽搐兩下，額頭冒出細細的汗珠。

蠍子塊看著李自成，陰陰一笑道：「都傷到了骨頭，怎會不重？自成兄弟，你帶的好路！這回怕是逃不過此劫了，你該不是與那左良玉串通一氣，將我們賣了吧？」

李自成一怔，心頭酸楚得不知如何辯解，洞口有人大叫道：「他若敢如此負義，咱老張頭一個饒他不過！」隨著話音，張獻忠大步進來，自顧坐下，對蠍子塊道：「他若投了官軍，還到大營來做什麼？守在山頭等著收屍就行了，何必來陪咱們！」

蠍子塊自知話說過了頭，苦笑一聲，掩飾道：「有自成兄弟替我收屍，倒是享福了，得個全屍，說不定還有個棺槨，總強過給那些官軍亂刀砍個稀爛，餵了山裏的虎狼！」

張獻忠拍了他一掌，叫道：「你怎的如此喪氣！咱就守在谷裏，他來一個咱殺一個，多殺一個賺一個，怕什麼？」

「官軍肯進來就好了，拼死廝殺一場，或有生逃的一絲希望，就怕他們堅守不戰，咱們的糧草燒毀了不少，能熬得過幾天？餓就餓死了。」高迎祥臉色歎了口氣，憂慮道：「車廂峽南北兩個出口都伏有重兵，東西兩面山上有大炮和強弩，咱們近十萬弟兄被圍困於此，不少兵卒受了箭傷，又遇大雨，無處躲避，刀甲上都生出了斑斑鏽跡，不少箭羽脫落不能再用，士氣低落，人心浮動。要盡早想個法子，不然拖延一天，就多一天的危險。」

張獻忠一拍大腿道：「衝出去！不然窩在這狹谷中，早晚是死路一條。」

高迎祥搖頭道：「突圍不是好法子，咱們在谷底，官軍在高處，據險而守，可謂一夫擋關，萬夫莫開，連飛鳥怕也難逃！咱們一味衝殺，無異是拿性命往刀口上撞。如今士氣不振，再敗只會自亂陣腳，一旦軍心思變，就約束不住了。」

眾人一陣緘默，李自成陡然感到洞中的潮氣加重了幾分。高迎祥見大夥神色有異，起身朝眾人一揖道：「我高迎祥誓與眾弟兄同生死，斷不會見利忘義，賣身求榮！事情危急，切不可自相猜忌，只要咱們上下一心，此處並非絕境。」

張妙手不以爲然，反問道：「不是絕境是什麼？還是給自家寬心唄！依我看，拼了算啦！等到餓得拿不動刀槍的時候，就只有任人宰割的份兒了！」

蠍子塊說道：「不如就此散夥，化整爲零，各人顧各人，裝成樵夫山民，先躲過這一關再說。」

張獻忠取笑道：「老兄的相貌早就畫影圖形多日了，陳奇瑜的營中不認識你的兵卒怕是不多，若沒有上佳的易容術絕難蒙混過去。」說得蠍子塊半晌無言。眾人吵嚷了一陣，一時想不出萬全之策，面面相覷，各自沉默。

「我有一計，不知眾位頭領願不願聽？」顧君恩跨步上前，深深一揖。他一直站在陰影處，以致眾人未曾發覺。

高迎祥招呼道：「原來是君恩呀！快過來坐，有話直說，只顧躲在暗處做什麼？」

顧君恩四下作了揖，說道：「唯今之計，只有詐降一條路可走。」

「詐降？我還以爲什麼驚人的妙計，卻原來不過是拾人牙慧，這一套哄鬼的把戲，神一魁、王嘉胤他們早就用膩了，官軍吃盡苦頭，豈會再信咱們？」張獻忠拊掌冷笑，眾人也覺問到要緊之處，都等顧君恩解答。

「八大王，你說的也屬實情。但自古兵不厭詐，才有諸多妙計屢試不爽。對楊鶴使得，對陳奇瑜自然也使得。」

「怎見得？」張獻忠聽他說得頗有些自負，如何肯信？

「當年神一魁、王嘉胤是受楊鶴招撫，咱們卻要主動請降，更顯心誠。此其一。其二，咱們身陷絕境，兵卒無力再戰，官軍對咱們就少了旋撫旋叛的戒備之心。其三，官軍貪利好功，咱們動之以利，將所得珠寶盡獻給陳奇瑜，他自然樂得名利雙收。其四，他若再有什麼顧慮，可曉之以理。」顧君恩環視眾頭領一眼，見他們微微點頭，接著說道：「這最爲緊要，洪承疇剿殺過濫，上干天怒，皇上有些疏遠他，陳奇瑜當不願學洪承疇。再說，咱們可以出關平遼東爲誘餌，若是既可消弭內亂，又能攘除外患，陳奇瑜不是傻子，他也想著青史留名，豈肯將這等不世之功拱手讓人？」

「誰能擔此重任？」高迎祥目光閃爍不定，「我身上有傷……」

李自成道：「闖王前去反會教人小看了咱們，大夥兒要贊成此計，我去見陳奇瑜！」

高迎祥思忖道：「自成啊，當心陳奇瑜拿你做人質。」

「他若拿我做人質，才是誠心受降招撫，不然他必是將計就計，誘咱們出谷捕殺，可要千萬提防。」李自成神色凝重。

「那怎麼辦，還不是死路一條？」蠍子塊、張妙手二人大驚失色。高迎祥微微一笑道：「那時就由不得他了。咱們置之死地而後生，弟兄們哪個不出力死戰？」

張獻忠厲聲叫道：「我老張先砍下了陳奇瑜的人頭做酒碗！」

「不用你砍，崇禎想必饒不了他。」高迎祥起身道：「拿酒來，給自成壯壯行色！」七八隻大大碗公斟滿了，山洞裏登時彌漫著酒香，將潮氣沖淡了許多，「保重！」眾人一齊咕嘟嘟喝下，摔碎在地上。

大雨澆去不少暑熱，天氣涼爽了許多。五省總督行轅內，陳奇瑜悠然地坐著吃茶，一旁的幕僚、中軍、親隨正在品評他剛剛正書的字幅，上面寫的是宋人辛棄疾《破陣子》，曹師爺細撚著鬍鬚，嘖嘖有聲地讚道：「辛稼軒的這首詞寫得端的是豪氣萬丈，大帥這手眞書大字，楷法嚴正，不減顏柳，端的絕配，書詞雙絕！」

王師爺自是不甘後人，接話道：「此首詞副題《爲陳同甫賦壯語以寄》，起句是「醉裏挑燈看劍，夢回吹角連營」，繼之以「八百里分麾下炙，五十弦翻塞外聲。沙場秋點兵」，全是囈語癡話！他一介文儒，平生沒多少功業，何來什麼壯語？至於「了卻君王天下事，贏得生前身後名」，更是妄想了。這等話不是不可說，但要看誰來說。若是落在大帥頭上，自屬寫實之辭，最契合不過。有了這等功業胸襟，再以顏筋柳骨寫出，自是另一番氣象。此詞不過一假借之語，大帥信手拈來，其實與稼軒無涉！」

「這安邦定國的蓋世奇功不下於開國的徐達、劉伯溫。」

「那時自然了，創業難守成更難麼！輔佐社稷他倆是比不得大帥的！」

「諸葛武侯也是望塵莫及，他功敗垂成，星落五丈原，比不得大帥掃蕩中原，澄清玉宇。」眾人一片諛聲。

陳奇瑜道：「先收起來，等回了京師，再找人好生裱糊。」

門外的兵卒進來，稟報道：「恭喜大帥，流寇闖將李自成自縛出谷，前來請降。」眾人聞言，登時喜笑顏開。

陳奇瑜不露聲色，輕輕放下茶盞，取手巾擦了額頭的細汗，命中軍道：「傳我將令，車廂峽所有將士嚴防固守，當心流寇突圍。」看著中軍匆匆出去，才又命道：「帶他進來！」

大堂上，先前的衙役換成了赫赫威儀的帶刀侍衛，李自成進來跪拜：「小民李自成，受高迎祥及各路人馬所託，向大帥請降。願意歸順朝廷，永不爲寇。」

陳奇瑜見來人三十來歲的年紀，方臉寬額，面孔微黑，高顴削頰，鴟目鷹鼻，舉止從容不迫，隱含一股凜凜神威，心下竟有些賞識之意，想到他四處攻掠，才放下念頭，怒喝道：「來人，將李自成拖出去，斬嘍！」門外進來兩個刀斧手，朝外拖扯。

李自成掙扎著問道：「誠心來降，為何殺我？」

「滿嘴胡言！本部堂自幼讀書，兵書戰策了然於胸，豈會給你幾句白話哄騙了？你分明是來詐降，還要狡辯！」陳奇瑜兩眼灼灼，向下逼視。

李自成神色坦然道：「小民知道大帥身經百戰，連剿截山虎、柳盜蹠、一條龍、金剛鑽、開山鷂、黑煞神、人中虎、五閻王、馬上飛、王登槐、馬紅狼、滿天飛、滿鵝禽、黃參耀、隔溝飛、張聰、樊登科、樊計榮、一塊鐵、青背狼、穿山甲、老將軍、二將軍、滿天星、上山虎、掃地虎、扒地虎、闊天飛、跳山虎、新來將、就地滾、小黃鶯、房日兔、賈總管、逼上天、小紅旗、草上飛、一隻虎、一翅飛、雲裏手、四天王、薛紅旗、獨尾狼、鑽天哨、開山斧、金翅鵬、一座城等七十七家大小頭領，威震關陝，有什麼伎倆能瞞得了大帥？我等身陷絕境，都是引頸待死之人，實是眞心請降。大帥設身處地而想，只有歸順朝廷才可保全性命，此外還有什麼生路？」

陳奇瑜沉吟道：「你們如何招撫？本部堂的糧餉都是朝廷定額撥發，可沒有多餘的供你們安插之需。再說似楊修齡那般安插，本部堂也不安心。」

「小民願到遼東軍前效力，不費大帥分毫糧餉。」

「哦，果眞有此忠心？容本部堂上奏朝廷，如蒙聖上恩旨下來，你們便可為國效力了。」陳奇瑜說道：「如皇上不准，本部堂只好遣散你們。為此，要先派人入谷清點人馬，再做打算。」

李自成又稟道：「小民還有幾句私密的話與大帥說。」

「你們下去吧！」陳奇瑜掃了左右一眼，眾人悄然退走，他看著跪在地上雙臂反綁的李自成，抬手道：「你且起來說話。」

李自成朝前走了兩步，低聲道：「車廂峽成就大帥千古威名，天下做臣子的無不豔羨，小民實在敬佩得五體投地，可也替大帥擔心。」

「哦，你有什麼可擔心的？」陳奇瑜拈著鬍鬚，驚訝之中頗有些不屑。

「斗膽問一句不知進退的話，大帥今後有什麼打算？」

「今後如何打算？本部堂還沒想過。」

「常言說月滿則虧、盛極則衰，自古至今，功成而身退的都是世間聰明人，遠的就說范蠡、張良，二人得以善終，何文種、韓信的下場不免令人心寒。再說近的，太祖爺殺了多少功臣，大帥自然比小民更清楚。」李自成見陳奇瑜兩眼瞇成了一條縫兒，聽得極爲專注，猜測著他有些動心，接著說道：「宋太祖杯酒釋兵權，可謂棋高一招，既顧全了君臣之情，又可高枕無憂。如今大帥總督河南、山西、陝西、湖廣、四川五省軍務，兼理糧餉，天下一半兵馬掌握在手中，又有這等蓋世奇功，皇上能睡得著嘛？」

「你這廝胡說！本部堂自幼讀聖賢書，忠孝二字看得比性命還重，有一絲一毫的異心，天誅地滅！」本是申斥之言，說到後來竟成了賭咒發誓。

李自成聳聳肩頭，活動了幾下麻木的雙臂，點頭道：「小民沒有半句詬誣大帥之意，兵法上說：未思進先思退，凡事留條後路總不會有什麼大錯。小民做了幾年草寇，有了不少積蓄，足夠回鄉安居樂業。銀子多了，哪個還想提著腦袋拼命！可大帥未必有小民這般自在吧？」

「你是勸本部堂歸隱？」

「小民沒有這樣說，只是想大帥若是終日遭人猜忌，日子怕也不好過。」

「嗯，急流勇退，也是自然之理。老子說：生而弗有，爲而弗恃，功成而弗居。夫唯不居，是以不去。鳥盡弓藏，兔死狗烹，本部堂也深有體味。」

「那是自然。」李自成暗忖：依他年紀，他老子必是七十開外了，老人家說話總歸是對的。他說道：「大帥的仙鄉保德州地貧災重，是個兔子不拉屎……嗯，嗯，是個禿嶺荒丘的地方，聽說大帥在延綏撫台任上，拿出三千兩銀子賑濟家鄉災荒，又代交了一年的賦稅，共花費了三千六百多兩……」

「你怎麼知道的？」陳奇瑜臉色大變，那些銀子大半是或借貸或挪用的，才一年多的工夫，那些虧空尚未來得及還上，一旦給人告發，只有領罪了。

「大帥澤被鄉里，早就傳爲美談，山陝兩省知道的人不在少數。再說，大帥若是歸隱故里，修園築樓也少不了用銀子，總不能張著手向皇上討要吧！小民知道大帥的手頭不寬裕，特地備下了一點兒薄禮，就裝在馬背上的口袋裏，請大帥笑納。」

陳奇瑜目光倏的一熾，命人抬入大堂，親手解開，除了黃白之物，還雜有許多的珠寶，熠熠放光，想必裝得匆忙，不及細擇。李自成見他看得有些貪婪，將口袋死死紮牢，拖到帥案後面，笑道：「似這等的物件，營中尚多，不用說不費大帥分毫的銀子安插回鄉，就是招撫一人納銀五十兩，剩下的銀子小民們建房置地也不用發愁呢！」

陳奇瑜聽得暗自撟舌，他在陝西做過左右布政使，每年納入藩庫的銀子不過百萬兩，竟不及流寇攻掠所得。他暗自歎息了片刻，又恢復了矜持的模樣，緩聲說道：「這也算劫富濟貧吧！本部堂就替眾鄉親收下，分毫不會動用。」然後坐回帥案後，朝外命道：「來人，給他去了綁繩！」

兩個侍衛進來，給李自成解開繩索，退在陳奇瑜左右按刀護衛。陳奇瑜自然還少不了曉諭一番，說道：「你們既有意洗心革面，回鄉安居，本部堂就成全你們，發你們免死牌。但須每百人一隊，陸續出谷，每隊之中還要有安撫官監押，經由漢陰、石泉、西鄉、漢中，北出棧道，從鳳翔、隴州、平涼、環縣、慶陽一線，遣送回鄉，路上所需餱糧由沿途州縣給發。」

「大帥再生之德，沒齒難忘！」李自成又跪倒在地，磕了響頭。

人數清點極是容易，半天的工夫就點清了，共有三萬六千人馬。次日一早，開始百人一隊出谷，谷中軍卒衣甲襤褸，無精打采地出來，甚是狼狽，行走緩慢。陳奇瑜檄令守在南邊的鄖陽巡撫盧象升，依法放人。盧象升大驚，嚴令固守，匹馬趕到興安城，勸阻道：「大帥，賊人刀鏽弩壞，正是一舉撲滅之機，怎麼卻要放他們出來？」

「建門，你不必多慮，本部堂逐一招撫，不費一刀一箭即成大功。」

盧象升一時情急，伸手抓住陳奇瑜的臂膊，提醒道：「大帥，你要再蹈楊鶴覆轍麼？」

盧象升雖是文進士出身，可自幼習武，臂力過人，一抓之下，不覺用了眞力，陳奇瑜負痛，甩脫了厲聲喝道：「好生無禮，竟要你來教訓本部堂！」

「這般輕輕放過數萬賊寇，他們就感念大帥的恩德麼？一日爲賊，終生難改。大帥准他們出谷，無異魚入大海，再想捕殺，萬萬不能了！」盧象升拉住他的袍袖，爭辯不休。

陳奇瑜變臉道：「放手！你也是兩榜出身，竟如此舉止失措？來人，轟他出去！」

盧象升拉住門環，放聲大哭。陳奇瑜冷笑道：「本部堂處分神速，數萬凶徒，一朝解散，天下從此無匪寇之患，你是替他們哭麼？」

盧象升高聲道：「卑職是爲三秦百萬人口哭，爲大明江山哭，擔憂此後三秦再無寧日了！」掩面上馬而去。

一連十幾天，終於將三萬六千多流寇分遣完畢，各由五十多位安撫官護送回鄉，偌大的車廂峽一下子變得空空蕩蕩，寂靜無人。每日都有信報從各處傳回，分遣的各路亂民到了何地，都是一成不變的順利消息，陳奇瑜聽得都有些麻木了，想著那些流寇各自回鄉安居，變成了荷鋤挑擔的良民，不禁有些沾沾自喜，不戰而屈人之兵，實在是一場莫大的功德。他心裏打著腹稿，想著招撫有了結局，如何給皇上上個摺子，不露聲色地將這場功德說得震古鑠今。左右斟酌不定，正要去請曹、王兩位師爺過來商議，轅門外傳來一陣急驟的馬蹄聲，轅門內走馬可是殺頭的死罪，他陰沉著臉，正要發怒，門外跌跌撞撞地跑進一個兵卒，喘喘地報導：「大、大帥，出……出大事了。」

陳奇瑜總以儒將自許，最看不慣遇事驚慌的人。他一翻兩眼，冷冷地喝道：「慌什麼？慢慢說！」

那兵卒略一喘息，稟道：「七月初七，參將柳國銘帶著五十多人遣送一路流寇到了寶雞，想入城逗留幾日，不料當地的鄉紳孫鵬等人鼓噪起來，拒不接納，寶雞知縣李嘉彥只得下令關閉四門，又將登上城頭的三十六個賊人斬首示眾。城外的流寇見了，竟一哄而起，將柳參將等人殺了造反。」

「是李嘉彥自作主張？」陳奇瑜聽得有些氣急敗壞，兩眼惡狠狠地盯著兵卒。

那兵卒給他嚇得有些呆了，囁嚅道：「他仗著有總鎮楊麟率一千兵馬駐守寶雞，所以不懼。」

陳奇瑜咬牙道：「好個李嘉彥，竟敢壞我的大事，想是活得不耐煩了！」他心裏恨不得立時將李嘉彥抓來責問，依照皇上給自己的聖諭，文官四品、武官參將以下可指名參奏，及時拿問，可陝西畢竟是洪承疇的地盤，不能不有所忌憚。想到楊麟到了寶雞，自己並不知曉，心頭火起，追問道：「楊麟受何人差遣？」

「陝西撫台練大人。」

「好哇！原來是練國事在背後給他們撐腰，與本部堂作對！」他陰森地朝外揮了揮手，兵卒如蒙大赦一般地推了出去。陳奇瑜氣得來回在屋內踱步，取筆寫了彈劾練國事、李嘉彥的摺子，連夜拜發了，心頭的怒氣才覺消歇得差不多，可卻接到了一個更壞的消息：「李自成一出漢中棧道，也殺掉監察的安撫官，接連攻掠了麟游、永壽等七座縣城……」

陳奇瑜驚得沒有一絲睡意，先是忐忑不安，繼而不由得擔心起來，憂慮道：上天與之，棄之不祥，我當眞不該放高迎祥他們出來麼？他們果眞復叛，撫事大壞，局面就不好收拾了。想到這裏，他登時感到了一陣陣涼意，酷暑彷彿變成了隆冬季節，禁不住披衣坐起，擰著眉頭，怔怔地出神……

國家圖書館出版品預行編目資料

崇禎皇帝. 第三部，風雨江南／胡長青著
—一版—台北市 ： 大地出版社　2007〔民96〕
面 ；　公分. --（歷史小說 ； 11）
ISBN 978-986-7480-70-5 （平裝）

857.7　　95024615

崇禎皇帝第三部風雨江南

歷史小說011

作　者	胡長青
發行人	吳錫清
主　編	陳玟玟
出版者	大地出版社
社　址	114台北市內湖區內湖路2段103巷104號
劃撥帳號	0019252-9（戶名：大地出版社）
電　話	02-26277749
傳　眞	02-26270895
E-mail	vastplai@ms45.hinet.net
網　址	www.vastplain.com.tw
美術設計	洸譜創意設計股份有限公司
印刷者	普林特斯有限公司
一版一刷	2007年1月

大地

定　價：250元

版權所有・翻印必究　　Printed in Taiwan